옮긴이 이규원

한국외국어대학교에서 일본어를 전공했다. 문학, 인문, 역사, 과학 등 여러 분야의
책을 기획하고 번역했으며 현재 전문 번역가로 활동중이다. 옮긴 책으로 미야베 미
유키의 『이유』, 『얼간이』, 『하루살이』, 『미인』, 『진상』, 덴도 아라타의 『가족 사냥』,
다치바나 다카시의 『천황과 도쿄대』, 쓰네카와 고타로의 『야시』, 『천둥의 계절』, 사
토 다카코의 『한순간 바람이 되어라』, 『슬로모션』, 슈카와 미나토의 『도시전설 세피
아』, 『새빨간 사랑』, 마쓰모토 세이초의 『마쓰모토 세이초 걸작 단편 컬렉션』, 『10만
분의 1의 우연』 등이 있다.

NAKIWARASHI - MISHIMAYA HENCHO HYAKUMONOGATARI SAN NO TSUZUKI
by MIYABE Miyuki
Copyright © 2013 MIYABE Miyuki
All rights reserved.
Originally published in Japan by Bungeishunju Ltd., Tokyo.
Korean translation rights arranged with OSAWA OFFICE, Japan
through THE SAKAI AGENCY and SHINWON AGENCY.

이 책의 한국어판 저작권은 THE SAKAI AGENCY와 신원 에이전시를 통해
MIYABE Miyuki와의 독점계약으로 도서출판 북스피어에 있습니다.
저작권법에 의해 한국 내에서 보호를 받는 저작물이므로 무단전재와 무단복제를 금합니다.

＊ 이 도서의 국립중앙도서관 출판예정도서목록(CIP)은 서지정보유통지원시스템 홈페이지
(http://seoji.nl.go.kr)와 국가자료공동목록시스템(http://www.nl.go.kr/kolisnet)에서 이
용하실 수 있습니다. (CIP제어번호 : CIP2014023009)

차
례

✝ 일러두기
본문의 모든 주는 옮긴이 주입니다.

마리못 ·

다토연

에도에서는 음력 시월 첫 해일亥日에 고타쓰나무로 만든 상에 천을 덮고 그 아래에는 화로와 같은 것을 넣어 둔 난방 기구를 꺼내 놓으며 고사를 지낸다고타쓰나 화로는 음기가 강해진다는 해일에 꺼내 놓아야 화재가 없다는 속신에서 비롯된 관습.

오치카가 가와사키 역참 마을에 있는 생가 마루센 여관을 떠나, 에도의 간다 미시마초에 자리한 주머니 가게 미시마야에서 지내기 시작하고 두 번째로 맞는 고타쓰 고사였다. 새벽에 가족과 일꾼들이 한방에 모여 화마를 물리쳐 준다는 아타고신에게 고사를 지낸 뒤 헛방을 열고 각로나 화로를 꺼내 놓는다.

"아가씨가 오신 지 벌써 일 년이 됐네요. 세월도 참 빠르지."

미시마야에는 하녀가 셋 있다. 대체 일 년을 어떤 식으로 셀 셈인지, 손가락을 꼽아가며 가만히 말한 사람은 고참 하녀 오시마. 그리고 올여름부터 일하기 시작한 신참 하녀 오카쓰. 이 두 하녀는 비슷한 연배로, 즉 둘 다 나이가 좀 있다. 그런데 이런 조합일 때 흔히 일어나는, 서로 못마땅해서 모로 꼬아보는 일은 전혀 없었고 어찌 된 일인지 마음이 잘 맞았다. 덜렁덜렁한 오시마와 대범한 오카쓰. 손발도 척척 맞고 마음 씀씀이도 잘 맞아서 매사 사이좋게 도와 가며 지내고 있다.

그리고 세 번째 하녀가 오치카이다. 이 열일곱 살 처녀는 이 주머니 가게의 주인 이헤에의 조카딸이다. 예절 견습 명목으로 미시마야에 맡겨졌으니 그런 명목일랑 모른 척하고 시중이나 받으며 편하게 지내도 뭐라고 할 사람은 아무도 없지만, 오치카는 늘 재미있는 고참 오시마, 마음씨 고운 오카쓰와 함께 일하는 편이 즐거워서, 이렇게 두 하녀와 함께 다스키^{걷어 올린 옷소매를 양 어깨에 고정하는 끈}를 매고 일한다. 이런 생활에서 어려운 점을 꼽으라면, 함께 하녀 일을 하면서도 두 동료에게 '아가씨'라고 불리는 것이 조금 쑥스럽다는 정도였다.

미시마야는 주인 이헤에가 행상으로 일으킨 가게로, 그가 이렇게 자수성가한 데는 조강지처 오타미의 힘도 컸다. 오타미는 지금도 몸소 가위와 바늘을 잡고 하루 종일 작업장에서 직인과 침녀 들과 함께 일한다.

"네 숙모 정강이에 아주 근사한 '구케다이^{재봉에서 옷감을 공구를 때 옷감이 늘어지지 않도록 팽팽하게 당겨 두는 받침대로, 얇은 판 부분을 정강이 밑에 깐 뒤 무릎을 꿇고 앉아 체중으로 고정한다} 못'이 있단다. 한번 보여 달라고 해 보렴."

숙부 이헤에가 부추겨서 오치카도 숙모에게 정강이의 굳은살을 보여 달라고 청해 보았지만, 숙모는 지금까지 한 번도 보여 준 적이 없다.

"글쎄다…… 언젠가 오치카가 생각을 고쳐먹고 콧대 높은 주머니 가게 아가씨처럼, 숙모님, 하코네 7대 온천에 탕치하러 다녀와요, 라고 말해 준다면 보여 주지."

이렇게 공을 오치카에게 넘겨둔 상태다. 귀여운 조카딸이 마음껏 호사하기를 바라 마지않는 이 부부는 장사와 봉재밖에 모르는 일벌레들이다. 그러니 일꾼들도 자연히 비슷한 근성을 가진 자들만 남게 되었다.

"여기는 말이야, 오카쓰, 이렇게 요란하게 고타쓰를 꺼내 놓지만 제대로 이용하는 사람은 아무도 없어."

다들 아침부터 바쁘게 일하므로 공기가 차갑게 식을 저녁에는 이미 수마와 싸우게 마련이다. 고타쓰로 아랫도리를 데우고 앉아 있느니 이불을 뒤집어쓰고 잠자는 편이 편하다는 사람들뿐이었다.

"그럼 고타쓰는 뭐하러 꺼내 놓는지, 원."

오시마가 이렇게 한탄할 만했다.

"그래도 이래야 겨울맞이를 마친 것 같잖아요. 이렇게 나와 있는 고타쓰를 보기만 해도 왠지 몸이 따뜻해지는 것 같아요" 하며 오카쓰가 미소를 지었다.

미시마야에서는 고타쓰를 세 곳에 둔다. 주인 내외의 방, 가까운 친척이나 동료 장사꾼처럼 부담 없는 손님을 들이는 사랑방,

작업장의 직인과 침녀 들이 쉬는 방이다. 세 곳 모두 이동식 고타쓰를 두며, 방바닥에 묻는 매립식 고타쓰는 없다. 이 집은 셋집인데, 십일 년 전에 빌릴 때는 안쪽 방 바닥에 고타쓰 구덩이가 패어 있었지만, 관리가 번거롭다며 이혜에가 메워 버렸다고 한다.

고타쓰와 함께 화로도 이날을 기해 밖으로 나온다. 물 끓이는 용도가 아니라 온기를 얻기 위해 쓰는 이런 화로는 그 수가 많아서 헛방이 아니라 집 뒤에 있는 창고에 넣어 두므로, 사용하기 전에 물로 닦거나 걸레질을 해야 한다. 가게나 손님에게 내놓는 것이라면 혹시 보기 흉하지는 않은지 잘 확인한다. 이 작업에는 견습 점원 신타까지 나선다.

"아, 이 금붕어 무늬가 들어간 화로, 우리가 쓰는 거예요."

"너희 것이 아냐. 가게에 내놓는 거지."

"오시마 씨, 이것 좀 보세요. 금 간 거 아닌가요?"

"아, 그 고이마리아리타를 중심으로 한 지역에서 생산된 자기 화로는 작년부터 금이 가 있었어요. 하지만 마님이 아끼는 물건이라."

"나는 이 공 무늬가 들어간 것도 마음에 들어요."

"정말 예쁘다."

"신타, 손님 앞에서는 '나'가 아니라 '저'라고 말하고 있겠지? 너도 이젠 어린애 같은 말투는 버릴 나이 아니니?"

즐겁게 수다를 떠는 사람들 옆에서 오카쓰가 크고 작은 화로들을 세어 보고 뭔가 생각에 잠겨 있었다.

"왜 그래요, 오카쓰 씨?"

"주제넘은 말인지 모르지만, 아가씨. 화로를 한두 개 더 사 두어도 될까요? 작은 거라도 괜찮으니까."

"필요하면 사야겠지만, 어디 두게요?"

측간에 두고 싶다고 오카쓰는 말했다.

"물론 불단속은 제가 단단히 할게요."

오치카와 오시마는 서로 얼굴을 마주 보았다. 오시마가 말했다. "측간을 왜 따뜻하게 해요?"

"그런 곳의 냉기가 의외로 몸에 나빠요."

어느 집이나 측간은 북쪽에 있다. 겨울맞이를 시작한 이 시기에도 발가락부터 얼기 시작하므로, 용변을 마치고 돌아오면 재채기가 나오곤 한다.

"그러고 보니 대행수님도 전에 허리를 다친 뒤로 뒷간 출입을 늘 힘들어 하신다던데" 하고 오치카도 말했다. "특히 쌀쌀한 날에는 많이 쑤신가 봐요."

야소스케는 이 가게의 지배인인 대행수다. 이헤에의 오른팔 같은 사람이다. 몸집이 작고 빼빼 말랐지만 주판알처럼 잽싸게 움직이는 눈동자를 갖고 있다. 그는 작년 섣달에 허리를 다쳤으므로, 오카쓰는 그 사실을 모른다.

"많이 다치셨나요?"

"많이는 아니지만, 아주 보기 좋게 넘어지셨어요."

그때를 떠올리면 지금도 웃음이 비어져 나오는 오치카이지만 야소스케로서는 졸지에 당한 재앙이므로, 너무 웃을 수도 없다.

"우리 어머니는 고뿔은 목덜미나 오금으로 파고든다고 했어요. 뒷간처럼 냉한 곳일수록 아랫도리를 따뜻하게 해 주면 만병을 물리칠 수 있대요."

오시마가 주먹코를 움찔거렸다. "오금이란 어디를 말하는 건가요?"

"무릎 뒤."

하여튼 오카쓰 씨는 모르는 게 없다니까, 하며 오시마와 신타가 동시에 감탄했다. 오카쓰가 미시마야에 하녀로 들어오기 전에 하던 일은 매우 희귀한 것이었다. 덕분에 매사에 해박한 것도 전혀 놀랍지 않은 일이지만, 오카쓰 입에서 '어머니' 이야기가 나온 것은 처음이다.

"그럼 신타, 얼른 작업장에 가서 마님께 물어봐라. 사도 된다고 허락하시면—."

"그 길로 곧장 이마이야에 갔다 올게요."

멀지 않은 곳에 있는 고물상이다.

"부르는 대로 주면 안 돼. 사정없이 깎아!"

"네, 저한테 맡겨 주세요."

신타는 겨울의 도래를 알리는 찬바람 속으로 달려 나갔다.

점심을 먹고 나자 오치카는 이헤에의 방으로 불려갔다. 숙부는 외출하고 돌아와 옷을 막 갈아입은 참인지 하오리^{옷 위에 입는 짧은 겉옷}가 횃대에 걸려 있었다.

"숙부님도! 저를 빨리 부르시지 그러셨어요."

주머니 가게라면 에도에 유명한 곳이 두 군데 있다. 이케노하타나카초의 에치카와, 혼초 2초메의 마루카쿠. 이곳 미시마야는 그 두 가게에 이어 세 번째로 꼽히는 가게이지만, 이헤에에게는 행상 시절의 소탈한 기질이 남아 있어, 옷 갈아입기나 소소한 잡일에 일일이 아랫사람을 부르지 않고 몸소 처리한다.

"됐다. 그보다 오치카, 네가 곧 바빠지게 생겼다."

아까 밖에서 만난 사람이 불쑥 괴담 이야기를 꺼내더라는 것이다.

"이런 일에 서두를 필요가 뭐 있겠냐만, 그쪽은 얘기해 볼 기회를 엿보고 있다가 마침 오늘 나를 만났다고, 뜻밖의 행운이라면서 당장 자리를 마련해 줬으면 좋겠다고 부탁하더구나. 이번에도 여덟 점(오후 두시)에 도착하기로 했으니 흑백의 방을 준비해 두어야겠다."

숙부를 위해 서랍이 달린 큰 화로에 숯불을 보태고 무쇠 주전자를 올려놓는 오치카에게 그는 재촉이라도 하듯 바쁘게 말했다.

"숙부님이 아시는 분이라고요?"

"그래, 신원은 확실한 사람이다. 이번에도 도안 씨 없이 얘기가 되고 말았으니 그 두꺼비 도사가 또 붉으락푸르락하겠지만, 괜찮지 않느냐."

"알겠어요. 바로 준비하겠습니다."

결국 숙부님은 고타쓰에 눈길도 주시지 않았네, 하고 생각하며 어깨를 움츠린 뒤 흑백의 방으로 서둘렀다.

흑백의 방은 손님을 위해 마련한 방이지만, 바둑을 좋아하는 이헤에가 바둑 친구를 초대해 한판 둘 때 사용하므로 이런 이름이 붙었다. 그 방이 미시마야의—지금은 아는 사람은 아는 명물인—변조 괴담의 무대가 된 것은 오치카가 여기서 지내게 된 뒤의 일이다.

오치카가 집을 떠난 것은 작년 봄에 일어난 비극 때문이었다. 혼인을 목전에 두고 약혼자가 소꿉동무에게 죽임을 당한 것이다. 가해자나 죽은 약혼자나 어릴 적부터 오치카와 친하게 지내온 청년들이었다. 그래서 두 청년 사이에 응어리진 감정과 갈등을 더욱 알아차리지 못했던 오치카는 사건이 벌어지자 슬픔보다 자책감에 더 깊이 빠져 영혼이 갈기갈기 헤지고 말았다. 보다 못한 부모가 늘 보는 풍경과 사람들의 얼굴이 달라지면 마음 추스르는 데 보탬이 될지 모른다는 생각으로 오치카를 에도의 숙부 내외에게 맡겼던 것이다.

처음에는 이헤에와 오타미도 상심한 오치카를 어떻게 대해야 할지 몰라서 당황했다. 오치카는 오치카대로 자신의 망가진 영혼을 부여안은 채 낮에도 밤에도 눈앞이 캄캄한 상태로 지냈다. 다만 하루하루 바쁘게 일하는 미시마야 사람들과 활기 넘치는 가게 풍경을 보면서 자기 혼자만 인형처럼 앉아 있을 수 없다고 생각하여 하녀 일을 거들었다.

그러다가 만주사화가 핀 어느 날 이헤에가 급한 일이 생겨 외출을 하게 되었는데, 그 날은 공교롭게도 바둑 친구를 집으로 초대해 둔 날이었다. 이혜에는 오치카에게 자기 대신 손님을 맞아 달라고 일러두고 급히 나갔다. 오치카는 당황했지만 곧 도착한 손님은, 일 년이 지난 지금보다 훨씬 어두웠을 오치카의 눈빛에서 망가진 영혼을 보았는지, 혹은 뭔가를 느꼈는지, 그때까지 아무한테도 말하지 않고 굳게 봉인해 온 자신의 사연을 오치카에게 들려주었다.

그 불가해한 이야기는 오치카를 매혹했다. 손님도 그렇게 털어놓음으로써 보이지 않는 무거운 짐을 부려 놓은 듯 모종의 평온을 얻은 것 같았다. 그 평온의 온기가 오치카의 마음에도 작은 등불을 밝혀 주었다.

이혜에는 거기에서 희망을 발견했다.

영혼이 부서질 정도로 비극적인 일을 겪은 젊은 처녀에게 어지간한 위로나 격려는 별 소용이 없다. 그보다는 차라리 오치카가 이런 식으로 항간의 신기한 이야기, 업보 이야기, 온갖 인생담을 듣고 그런 이야기들에서 실을 자아내 스스로 자신의 영혼을 꿰매어 수선할 수 있도록 도와주는 편이 좋지 않을까 하고 생각한 것이다.

해서 한 번에 손님 한 명만 초대하여 유일한 청자 오치카 앞에서 기이한 이야기를 풀어 놓게 하는 변조 괴담 자리가 마련된 것이다.

이 괴담 자리에 엄격한 규칙은 없다. 화자는 내키는 대로 말하되 감추고 싶은 내용은 감추어도 상관없다. 사람 이름이나 사건이 일어난 장소는 가명으로 바꾸어도 좋다. 그리고 이야기가 끝나면 미시마야를 떠날 뿐. 듣는 역할인 오치카도 오늘은 이런 이야기를 들었노라고 숙부 내외에게 전하고 나면 다시는 거론하지 않는다. 이야기의 진위도 아무렴 상관없다.

화자는 말하고 버린다.

청자는 듣고 버린다.

그것만이 규칙이다.

이런 자리를 시작하면서 이헤에는 평소 가깝게 거래하는 직업소개꾼에게 중개를 부탁했다. 간다 묘진시타에 가게를 둔 도안이라는 직업소개꾼은, 이헤에가 부르는 두꺼비 도사라는 별명이 딱인, 까까머리에 기름기가 줄줄 흐르는 노인이다. 발이 넓은 그에게 부탁해서, '미시마야 주인이 기이한 이야기 백 가지를 모으는 별난 일을 시작했다'는 사실을 알리게 한 것은 좋았지만, 이 변조 괴담 자리가 어떤 것인지에 대해 점점 소문이 나자 오늘처럼 도안 노인을 통하지 않고 직접 말을 꺼내는 사람도 나타났다. 나중에 그 사실이 알려지면 도안 노인에게 한바탕 싫은 소리를 들어야 하고, 내력을 알 수 없는 자를 집 안으로 불러들이는 것은 위험한 일이기도 했지만, 오치카는 그다지 개의치 않았다. 도안 노인도 미시마야로 보낼 화자에 대하여 잘못 판단한 적이 있고, 그 때문에 미시마야가 하마터면 강도를 당할 뻔한 일이 불과 한 달쯤 전에 일어났던 것이다.

다행히 그 일은 말 그대로 '하마터면'으로 끝났다. 괴담을 계기로 오치카와 인연을 맺은 사람들의 도움 덕분이었다. 무슨 일이 있을 경우 의지할 수 있는 오캇피키_{관리로 일하는 무사들의 수하. 범인을 수색하거나 체포할 때 앞잡이 노릇을 했다}와 친분을 맺기도 했다. 노련한 직업소개꾼도 감쪽같이 속는 경우가 있다는 사실은 그 자체로 하나의 흥미로운 괴담이었다.

오치카는 차분하게 가슴속에 괴담을 담아 나갔다. 괴이한 일을 말하는 것은 세상의 어둠을 말하는 것이다. 괴이한 이야기를 듣는 것은 이야기를 통하여 이 세상의 어둠을 접하는 것이다. 어둠 속에 무엇이 숨어 있는지 알 수 없다. 그 알 수 없음까지 함께 귀로 듣고 가슴에 담겠다는 각오가 없으면 청자 노릇을 감당할 수 없다.

화자는 말하고 버리고, 청자는 듣고 버린다. 이 규칙을 액면 그대로 실행할 수 있을 때까지 오치카는 청자로서 수련을 쌓아 나갈 작정이었다.

갑작스러운 일이라 흑백의 방 도코노마_{방 정면에 바닥을 한 층 높여 만들어 놓은 곳}에 꽃꽂이 하나 장식하지 못했다. 어떻게 하나, 하고 고민하는데 오시마가 즐거운 표정으로 콧방울을 움찔거리면서 밤나무 가지 두 개를 들고 왔다.

"그 꾸러기 삼인조가 가져왔어요. 센다이 수로 옆에서 발견했대요."

밤은 지금이 철이다. 소쿠리에 듬뿍 담겨 채소가게 앞에 놓여 있고, 기도반^{마치나 다리맡 등에 설치한 출입구를 지키는 문지기가 사는 집. 낯선 사람들의 출입을 통제하는 역할을 했다}에서도 군밤을 팔고 있다. 벌써 아람이 벌어져 가지에서 떨어져 있는 것이다. 하지만 이 가지에는, 투명한 실로 꿰매어 놓기라도 한 양, 노랗게 영글어 아가리를 벌린 밤송이 세 개가 위태롭게 매달려 있었다.

"그 아이들이 이걸 아가씨한테 선물하겠다고 밤송이 떨어질까 알밤이 빠질까 하며 조심조심 가져왔지 뭐예요."

오시마가 말하는 '꾸러기 삼인조'도 변조 괴담 자리를 통하여 오치카가 알게 된 꼬마들이다. 오카와 강^{스미다가와 강 하류} 건너 혼조와 기쿠카와초에 사는 꼬마들이므로 간다에 오려면 상당히 먼 길을 걸어야 하는데, 미시마야 근처 채소가게에 양자로 들어간 친구를 만나러 종종 놀러와서 그 참에 오치카에게 얼굴을 내밀곤 한다. 꾸러기들은 자신들을 엄하게 대하는 오시마를 도깨비라고 부르며 무서워하는 척하지만, 알고 보면 오시마하고도 사이가 나쁘지 않다.

"고마운 선물이네."

"그 녀석들, '오치카 누님에게 안부 전해 줘요'라고 하기에 '아가씨'라고 똑바로 부르라고 벼락을 내려 주었죠."

후련한 표정으로 말하지만 사실 오시마는 천둥과 벼락을 몹시 싫어한다. 자기가 치는 천둥과 벼락은 아무렇지도 않다는 걸까.

오치카는 곧바로 꼬마들과 마찬가지로 밤송이가 떨어지지 않도록 살금살금 걸어가 밤나무 가지를 꽃병에 꽂아 두었다. 그러자 이번에는 오카쓰가 신타를 데리고 나타났다. 고타쓰를 들고 왔기에 오치카가 놀라서 물었다.

"왜 이 방에 고타쓰를?"

"나리 말씀이 오늘 오시는 손님은 아가씨 또래 처녀분이니, 다정하게 고타쓰에 들어가 이야기하는 것도 재미있겠다고 하셔서요."

지금까지 흑백의 방에 그렇게 젊은 처녀가 온 적은 없었다. 오치카는 호기심을 느꼈다.

"아무리 젊은 아가씨라도, 처음 보는 사이에 고타쓰를 같이 쓰기는 좀 어색해요."

"그럼 살짝 옆으로 밀어 두죠, 뭐."

오카쓰는 이동식 고타쓰의 나무틀에 얼른 이불을 씌웠다. 오타미가 천 조각들을 손수 이어서 만든 보기에도 화사한 이불이었다.

"이건 숙부님 내외가 쓰시는 고타쓰잖아요? 모처럼 꺼내 놓았는데, 눈길도 안 주시는 정도가 아니라 아예 필요 없다는 뜻인 거네요."

"잘됐잖아요."

숯불을 구리 화로로 옮기며 오카쓰가 미소를 지었다.

"화로랑 같이 군밤을 고타쓰 안에 넣어 둘게요. 이렇게 두면 언제든 따끈한 걸 드실 수 있으니까요. 두 분, 마음이 잘 맞는다 싶으면 사이좋게 까서 드세요."

군밤은 신타가 여기서 하나 건너 두 번째로 위치한 기도반까지 달려가서 사 왔다고 한다.

"거기서 파는 게 제일 달다고 나오한테 들었거든요."

나오는 채소가게에 양자로 들어간 아이를 말한다.

"알았어. 신타도 먹어 봐."

"제 몫은 벌써 먹었는걸요."

기대되는 간식이다.

오카쓰는 다기를 준비해 놓은 뒤 무쇠 주전자를 살짝 만져 온도를 확인했다.

"그럼 아가씨, 저는 오늘도 옆방에 있을 테니까 언제든 불러 주세요."

신타는 일로 돌아가지만 오카쓰는 오치카가 흑백의 방에서 변조 괴담을 듣는 동안 옆의 작은 방에서 대기한다. 이것이 오카쓰가 미시마야에서 맡은 또 하나의 소임이기 때문이다.

오카쓰는 피부가 희고 머리카락은 까맣고 풍성하며 몸매도 날씬한 미녀이다. 하지만 안타깝게도 얼굴과 목덜미가 수많은 마맛자국으로 덮여 있다. 혹자는 그것을 두고, '천연두 신의 은혜를 받은 증거'라고 했다.

자고로 천연두 신은 역신 중에서도 유난히 강력한 힘을 가지고 있다고 한다. 이 신의 손길이 스치면 마맛자국이라는 표식이 남는데, 얼굴에 남은 자국이 심하면 심할수록 천연두 신의 힘을 많이 접한 것이니 그 영험도 일부 나눠 받아, 그런 사람에게는 마를 물리치는 힘이 있다고 한다.

오카쓰의 생업은 바로 이런 일을 하는 것이었다. 혼인이나 오시치야_{출생 후 첫 이렛날 밤을 축하하는 의식}, 상량식 등 온갖 경사에 불려가 마가 들어오는 것을 물리쳐 주는 '부적'이었다.

오카쓰도 오치카가 변조 괴담 자리를 통해 알게 된 사람이다. 그 이력을 살려 앞으로 흑백의 방에 숨어드는 마를 물리쳐 달라는 오치카의 부탁을 받고 미시마야에 들어와 주었다. 액막이 부적에서 변조 괴담 자리의 수호자가 된 것이다.

"늘 궁금했는데, 오카쓰 씨는 옆방에 혼자 앉아 있으면 지루하지 않아요?"

"전혀요. 바느질감이 얼마든지 있으니까요."

오카쓰는 오타미에게 주머니 만들기도 배우고 있다.

"저도 이제 이 방이 편해져서 신경이 무뎌졌나 봐요. 가끔 바늘을 잡은 채 졸기도 해요."

둘은 웃고 말았다.

"웃을 일이 아니에요. 제 역할이 정말로 필요한 순간에 졸고 있다면 옆방에 앉아 있을 필요가 없잖아요."

"오카쓰 씨가 옆방에 있어 주는 것 자체가 중요해요. 그런데 장지 너머로 괴담이 들려와 신경이 쓰이거나 하지 않아요?"

오치카가 전부터 궁금해하던 것이었다. 그렇다면 차라리 오카쓰 씨도 이 방에 나란히 앉아서 함께 괴담을 듣는 것이 어떨까.

"그게요, 아가씨."

오카쓰는 소녀처럼 쑥스러워했다.

"손님과 아가씨의 목소리가 띄엄띄엄 들릴 뿐인데 그게 꼭 포근한 자장가 같거든요."

그래서 신경이 무뎌졌다고 했던 거예요, 하고 제 볼을 가볍게 쳤다.

"하긴 오시마 씨도 가끔 부뚜막 앞에 앉아 조는걸요. 물론 대통_{아궁이에 바람을 불어넣을 때 쓰는 대나무 통}을 잡고 안전하게 졸죠. 딱 열을 셀 동안만 졸다가 깨어나요."

"대단한 재주예요. 하긴 신타는 대빗자루에 기대어 졸기도 하더군요."

"그건 대행수님이 직접 전수해 주신 거라죠?"

둘은 다시 웃음을 터뜨렸다.

"우리도 가끔 고타쓰에 쏙 들어가 뒹굴뒹굴 낮잠을 잘까 봐요."

"아가씨가 먼저 시범을 보여 주셔요."

"좋아요. 몸 식지 않도록 조심해요, 오카쓰 씨."

"네, 고마워요."

오카쓰가 방긋 웃고 장지를 닫기 무섭게 오시마가 손님을 대동하고 들어왔다.

과연 한창나이의 아가씨였다. 자리에 앉으니 그곳에 꽃이 활짝 피어난 듯했다.

"오몬이라고 합니다."

처녀는 세 손가락으로 방바닥을 짚고 달콤한 목소리로 이름을 고하며 고개를 숙였다.

"아버지는 지주 오카자키 이치에몬 나리를 모시고 있습니다. 나리의 저택 안에서 아버지, 어머니, 저, 그렇게 세 식구가 살고 있습니다."

오치카도 얌전히 고개를 숙여서 응했다.

"미시마야의 오치카입니다. 말씀을 들어 드리는 일을 맡고 있답니다."

오치카는 급하게 자리를 준비하느라 손님에게 실례가 되지 않을 정도로 차려입는 것이 고작이었지만, 오몬의 옷차림은 화사했다. 기모노의 무늬는 하나카쓰미해초 줄기를 형상화한 선으로 격자무늬를 그리고, 각 칸마다 마름모꼴 꽃송이 하나씩을 그려 넣은 무늬인데, 밝은 **빨간색**과 연지색을 조합하여 본래는 줄풀을 형상화했다는 이 무늬를 예쁘게 염색해 놓았다. 진초록색 오비기모노 띠에 들어간, 은사로 자수한 싸라기눈 무늬가 반짝인다. 모모와레 머리머리채를 좌우로 고리처럼 갈라붙여 뒤통수에서 묶고 살쩍 부분을 부풀린 모양으로 십대 소녀들이 즐기던 귀여운 머리 모양에는 오비와 동일한 옷감의 끈을 달았고 붉은 산호 구슬이 달린 비녀를 꽂았다.

오치카도 젊은 처녀이므로 아름다운 의상에 눈길이 간다. 저도 모르게 넋을 놓고 바라보자 오몬이 부끄러운 듯 목깃을 만지며 고개를 숙였다.

"하나카쓰미 무늬는 가을 무늬지만 이건 제일 좋아하는 기모노라서……."

오치카는 미소를 지었다. "정말 잘 어울리세요."

"고마워요. 오치카 씨도."

말하고 나서 흠칫하며 입을 손으로 가렸다. 가늘고 연약한 손
가락이다.

"오치카 씨라고 불러도 될까요?"

"네, 물론이죠."

"미시마야 아가씨는 간다 근방에서 세 손가락 안에 드는 미녀
라는 소문을 들었는데, 소문보다 훨씬 아름다우세요."

이번에는 오치카가 고맙다고 말했다. 젊은 처녀가 마주 앉아
서로 상대방의 용모와 옷차림을 추어주는 것은 매우 쑥스러운 일
이다. 하지만 오치카는 이런 것도 일종의 절차 같은 것이라 생각
했다.

오몬은 동그란 눈을 크게 뜨고 즐거운 얼굴로 말했다. "이 기모
노는 니혼바시 도리초 1초메에 있는 오노야에서 지었답니다. 원
하시면 언제든 소개해 드릴게요. 눈썰미 있는 종업원이 있는데,
손님이 아무 말 하지 않아도 마음에 쏙 드는 옷감들을 무슨 마술
처럼 끝없이 꺼내 보여 준답니다. 손님 얼굴과 그때 입고 있는 옷
만 보고도 취향을 안다고 하네요."

"부럽네요. 미시마야도 손님들께 마술처럼 잘한다는 칭찬을 받
을 수 있도록 일하고 싶답니다."

오몬은 오치카와 동갑이거나 한두 살 어릴지도 모른다. 달콤한

목소리와 상대방과 격의 없게 느껴지는 순수하고 밝은 성격은 조금은 어린애 같은 느낌도 있지만, 아무 부족함 없이 자란 양갓집 규수라는 인상이었다.

오몬의 아버지는 지주 밑에서 일한다고 했지만, 한낱 고용인이 아니라 저택에서 상당한 위치에 있는 사람이 아닐까? 번藩다이묘가 지배했던 영역이나 그 통치 기구를 말한다으로 비유하자면, 대대로 한집에 살면서 주군의 가문을 모시는 가로家老 같은.

오치카는 에도 토박이가 아니라서 오카자키라는 이름만 들어서는 얼마나 오래된 가문의 지주이고, 얼마나 격이 높으며, 어느 지역에 재산과 세력이 있는지 알 수 없었다. 하지만 오몬이 말해 주기 전에는 먼저 물을 일도 없을 것이다. 오몬은 지주가 오카자키라고 밝힌 것으로 필요한 말은 다 했다고 생각하고 있을 테고, 이제 곧 나올 이야기가 혹시 오카자키 가의 속사정에 얽힌 것일지도 모르므로 오치카도 쓸데없이 캐묻고 싶지 않았다.

다만 한 가지만은 묻지 않을 수 없었다.

"오몬 씨, 같이 오신 분은 말씀이 끝날 때까지 기다리고 계시나요? 뭣하면 이 방으로 모셔도 괜찮습니다만."

귀한 따님이 주머니 가게 안채에 혼자 들어가 있는 것을 오몬과 동행한 사람이 못마땅하게 여길지도 모른다고 생각했다.

하지만 당사자는 냉큼 고개를 저었다.

"아뇨, 괜찮아요. 이야기가 길 것 같지도 않으니까요."

문득 불안한 기색을 드러내면서 흐트러지지도 않은 머리를 만지며 한숨을 지었다. 그 숨결이 떨리고 있다.

그래서 오치카도 알 수 있었다. 오몬은 많이 흥분해 있는 것이다.

오치카는 가만히 차를 준비했다.

"저어, 이제 내가 들려 드릴 이야기는."

자칭을 '저'에서 '나'로 바꾸며 오몬은 다시 불안스레 머리를 만졌다.

"실은 말하면 안 되는 거예요. 말하지 말라고 단단히 다짐을 받았거든요. 그 정도로."

이상한 이야기예요, 하고 이상한 것을 깨문 듯한 말투로 말했다.

"하지만 혼자 속에 품어 두기가 너무 힘들다고 아버지에게 말씀드렸어요."

그러자 오몬의 아버지는, 그렇다면 이 아버지한테 말해 봐라, 라고 했지만,

"그럴 수는 없었어요."

오몬은 입술을 귀엽게 뽀족 내밀었다.

"왜냐하면 이건 여자들의 이야기거든요. 게다가 털어놓는 상대가 아버지라면 아무래도 어머니의 비밀을 일러바치는 것 같잖아요."

부모에게 애지중지 사랑받고 보호받으며 자란 딸이기 때문에 할 수 있는 말이었다.

"그렇겠군요" 하고 온화하게 고개를 끄덕여 보이자 오몬은 마음을 놓는 기색이었다.

"그러자 아빠가, 그럼 미시마야에 가서 말해 보는 것이 좋겠다고 일러 주셨어요. 미시마야에서 이상한—아니, 진기한 이야기를 수집하고 있다면서. 아빠와 미시마야의 주인님은 바둑 친구세요."

과연 그렇게 이어져 있던 건가.

이번에는 '아버지'가 '아빠'로 변했다. 오치카가 또래 아가씨라는 점을 차치해도 빠르게 허물없이 군다. 제법 말괄량이 구석도 있는 듯하다.

—고타쓰의 군밤은 어떡하나.

손가락을 까맣게 더럽히며 군밤을 까먹으면서 수다를 떨 만한 아가씨는 아니라고 짐작했는데, 의외로 좋아할지도 모르겠다. 고타쓰에서 언제 꺼내야 할지 판단이 서지 않았다.

"숙부님은 오몬 씨의 아버님과 바둑 모임에서 친해지신 건가요?"

"아, 그건 아니에요. 두 분은 아타고시타에 위치한, 눈병에 영험이 있다는 신사에서 알게 되셨다고 해요."

벌써 이 년쯤 전이라고 한다.

"눈병에 영험이 있다는 그 신사, 오치카 씨도 아시죠?"

이헤에한테 들은 적은 있었다.

"온갖 눈병을 고쳐 주시는 부동명왕님을 모시는 신사라고 하더군요."

"예. 우리 아빠는 다래끼가 잘 생겨서 그 신사에 열심히 다니며 기도하고 있답니다."

"제 숙부님은 바둑판을 너무 들여다보다가 눈이 나빠져서 그 신사에 다니기 시작했다고 들었어요."

지금은 열기가 조금 진정되었지만, 오치카가 미시마야에 오기 전까지만 해도 이헤에는 그야말로 바둑 사랑이 골수에 닿았다고 할 정도였다고 한다. 낮에는 장사로 바쁘기에 아무래도 한밤에 바둑판을 노려보며, 정석 입문서 따위를 펴놓은 채 바둑 연구에 몰두했다. 안 그래도 꼼꼼한 눈이 필요한 장사인 데다, 원래는 눈을 쉬게 해 줘야 할 한밤중에 촛불이나 달빛에 의지해 책을 보며 바둑돌을 놓았으니 눈이 온전하다면 이상한 일이었다. 오타미에 따르면 당시 이헤에는 너무 열중하느라 밤을 꼬박 샌 적도 있다고 하니 더욱 그렇다.

"눈병에 영험이 있다는 그 신사는 바둑이나 장기에 빠져 사는 사람들이 많이 찾는다고 합니다. 그리고 책벌레 서생들도."

그 신사의 부동명왕님이 많이 바쁘시겠어요, 하며 오몬이 웃었다. 그 웃음은 이내 시들어 사라졌고, 오몬이 다시 떨리는 듯한 한숨을 내뱉었다.

역시 흥분했구나. 오몬이 속에 감춰 둔 이야기는 몹시 먹먹한 이야기이기도 할 듯하다.

오치카는 마음먹고 말했다. "오몬 씨, 괜찮으면 자리를 고타쓰로 옮길까요?"

오몬의 표정이 문득 굳었기에, 내가 성급했나, 하고 생각했다.

그때 응어리져 있던 뭔가가 풀리는 것처럼 오몬의 눈가에서부터 웃음이 번져갔다.

"아, 너무 좋아요! 그래도 괜찮나요? 나, 고타쓰를 너무 좋아하거든요. 쌀쌀할 때는 온종일 고타쓰에서 나올 줄을 몰라서 엄마가 얼마나 꾸중하는지 몰라요."

해서 두 아가씨는 고타쓰를 끼고 마주 앉게 되었다.

"아아, 따뜻해라."

몹시 기뻐하는 낯으로 오몬은 길게 한숨을 지었다.

"아까부터 내내 이 고타쓰 생각을 하고 있었어요. 하지만 무례하게 보일까 봐 말도 못하고 있었답니다."

"미안해요. 좀 더 빨리 권할 걸 그랬군요."

가만 보니 오몬의 어깨에서 힘이 빠져 있었다. 조금 전까지는 어딘지 힘이 들어가 있었다.

"은밀한 이야기를 꺼내는 데는 이런 자리가 좋죠."

오치카가 미소를 지으며 짐짓 비밀이나 되는 양 작은 소리로 속삭이자 오몬도 입에 손가락을 대고 고개를 끄덕였다. 갑자기 친밀해진 분위기였다.

"저어, 오치카 씨."

오몬의 눈이 허공의 한 점에 고정되었다.

드디어 이야기가 시작되는구나.

"네."

"나, 시집가요. 새해가 되면 혼인식을 올리기로 했어요."

"어머, 축하드려요."

당황한 오치카가 고타쓰 이불에서 빠져나와 정중하게 다시 고개를 숙였다. 오몬도 당황한 모습이었다.

"아, 아녜요. 그렇게 인사하실 것까지는 없어요. 부끄럽네요."

볼이 상기되고 눈동자가 반짝인다.

"신랑 되실 분이 어떤 분인지 물어봐도 될까요?"

"어릴 적부터 잘 알고 지내던 사람이에요. 오카자키 나리의 분가 쪽 사람인데, 일찍 어머니를 여의고 한때 오카자키 나리 댁에서 지낸 적이 있어서 나랑은 어렸을 때부터 내내 친했어요."

오치카의 가슴속에 있는, 굳게 봉인된 작은 헛방에서 따끔한 통증이 치달았다.

─나랑 비슷하구나.

하지만 그 헛방 문은 함부로 열 수 없다. 정리해서 넣어 두고 문을 닫을 때 그렇게 작정했다.

"그렇다면 걱정할 게 없겠군요. 잘 아는 사람이 신랑이 되니까요."

오몬은 고개를 끄덕였지만 애써 미소를 참고 정색하려는 인상이었다.

"나도 그렇게 생각했는데, 엄마한테 꾸중을 들었어요. 어릴 적 친구라도 막상 부부가 되고 나면 원래 이런 게 아니었는데 싶은 일들이 생기기 마련이라고. 그렇게 생각 없이 좋아하고 있기만 하면 안 된다고."

맞는 훈계이기는 하지만 아가씨의 설레는 가슴에 먹힐 만한 훈계는 아닐 것이다.

"이치로타라는 사람인데…… 나는 그 이름으로 불러본 적이 한 번도 없어요. 늘 '잇짱'^{'짱'을 붙이면 친근한 호칭이 된다}이었죠. 오카자키 가에는 분가가 많지만, 분가마다 맏이는 모두 이치로타라는 이름을 써요. 그래서 다들 별명으로 부르죠."

그렇다면 '잇짱'이라는 별명을 가진 사람도 한둘이 아닐 듯하지만, 이 대목에서 그런 시시한 말을 던진다면 촌스러운 짓일 것이다.

"잇짱 집안은 분가 중에서도 서열이 한참 아래쪽이라 나 같은 본가 일꾼의 딸도 잇짱과 편하게 어울릴 수 있었지만, 시집을 가게 되면 아랫사람의 딸이 본가의 친척 집안에 들어가는 것이니 선을 딱 그어 놓지 않으면 안 된다고 엄마가 매일처럼 훈계하세요."

결코 지나친 잔소리는 아닐 것이다. 오카자키 가가 엄격한 명문가라면 본가 일꾼의 딸이, 설령 분가 중에서도 말단에 속한 집안이라도 그 집안의 장남과 '편하게 지내는 것'을 허용할 리가 없다. 오몬의 어머니는 이에 대한 분별이 있었다.

"이 혼담이 나에게 과분한 복이라는 것을 명심 또 명심해 두라고 엄마에게 귀에 못이 박히도록 듣고 있답니다."

이제 오몬의 말투는 더 거리낌이 없어졌다. 고타쓰를 사이에 두고 얼굴을 마주하자면 그편이 어울린다. 오치카도 부담을 덜고 살짝 놀리는 듯한 눈빛으로 이렇게 말했다.

"하지만 오몬 씨는 어릴 적부터 이치로타 씨를 좋아했고 이치로타 씨도 오몬 씨를 좋아했겠죠?"

오몬의 얼굴이 바로 빨개졌다. 기어들어 가는 목소리로 "맞아요" 하고 말했다.

"나중에 결혼하자고 한참 전에 기약했던 거 아니에요?"

오몬은 얼굴이 빨갛게 달아오른 채 고개를 끄덕였다. "어떻게 알았어요?"

"얼굴에 그렇게 쓰여 있는걸요. 좋으시겠어요."

그렇게 쓰여 있는 것을 지우려는 듯한 기세로 오몬은 얼굴을 손으로 문질렀다. 눈동자가 반짝반짝 빛나고 있다.

"내가 이렇게 들떠 있으니까 엄마가 살짝 뜸을 놓자고 생각한 모양이에요."

"뜸?"

"예. 게다가 오치카 씨, 나는,"

오몬은 다시 얼굴을 문지르고 눈을 바쁘게 깜빡였다.

"나는, 샘이 많거든요. 질투심이 강해서, 나도 안 좋다는 건 알지만 어쩔 수가 없어요."

오치카는 씽긋 웃었다. "그래도 이치로타 씨는 오몬 씨가 질투를 일으킬 만한 일은 하지 않죠?"

"네, 맞아요. 그런 일은 절대로 하지 않아요."

주저 없이 단언한 뒤 입술이 일그러지도록 입을 꾹 다물고 고개를 푹 숙였다.

"그런 짓은 하지 않는다는 걸 알지만, 그래도 사람 마음이란 변하기 마련이잖아요. 나는 어릴 적부터 잇짱과 제일 친한 여자애였지만, 제일은 언젠가 제이가 되거나 제삼이 되는 거잖아요."

질투가 심한 성격이라기보다는 군걱정을 하는 성격인 게 아닐까.

"나는 언제나 으뜸인 여자로 남고 싶어요."

"오몬 씨가 으뜸이에요. 그러니까 이치로타 씨의 신부가 되는 거지요."

오몬은 퍼뜩 눈을 들고 오치카의 눈동자를 똑바로 바라보았다. "나도 그렇게 생각했어요. 하지만 아내가 되어 늘 붙어서 지내면 잇짱도 나한테 싫증을 내지 않을까요? 흔히들 말하잖아요. 낚은 물고기한테는 먹이를 주지 않는다고. 아내로 들어앉히고 나면 어떤 미녀라도 사흘 만에 질린다고."

오치카는 말문이 막혔다. 걱정을 사서 하는 정도가 아니라 도매로 떼다 한다고 말하고 싶을 정도였다.

소중하게 보살핌을 받고 자라 이렇게 사랑스럽고 예쁘고, 부족한 것이 전혀 없어 보이는 오몬이지만, 의외로 가슴속에 작은 응어리를 품고 있는 듯하다.

—그리고 보니.

전에 무슨 이야기를 하다가 숙모 오타미가 한 말이 생각났다. 남자든 여자든 질투가 심한 사람은 사실 소심한 사람이라고.

오몬은 오치카가 어이없어한다는 것을 눈치채지 못할 만큼 둔한 아가씨는 아니었다. 창피한 듯 어깨를 움츠리고, 턱이 고타쓰 이불에 닿도록 고개를 숙였다.

"이런 얘기를 하는 게 이상하다는 거 알아요. 그래서 나도 이런 생각이 떠오르면 얼른 도리질을 해서 떨쳐 버리거나 꿀꺽 삼켜 버리려고 애쓰고 있어요."

풀이 죽었다.

"혼인이 결정되면 좋은 일도 많겠지만 역시 불안한 점도 생기겠죠. 그 탓일 거예요. 혼인하고 나면 괜찮아질 거예요."

"물론 그렇겠지요……."

이런 대답이 돌아오기는 했지만 수그린 고개는 그대로였다.

"하지만 나, 아무래도 스스로를 자제할 수가 없어서 요즘 가끔 잇짱한테 못되게 굴어요. 혼담을 취소하려면 지금 하라는 둥, 식을 올리게 되었어도 마음이 달라져서, 아내로 삼고 싶은 여자가 생겨서 도저히 나랑 하기가 싫어지면, 혼례상 술잔을 엎어 놓으면 된다는 둥."

이 아가씨, 심하네.

"잇짱이 뭐라고 하던가요?"

오치카도 더욱 허물없는 투로 물었다. 오몬은 당장이라도 울 것 같았다.

"어쩔 줄 몰라 해요."

"그야 그렇겠죠. 잇짱은 오몬 씨밖에 없을 테니까."

눈물이 나는지 오몬은 손가락으로 눈가를 훔치고 겨우 고개를 들었다.

"내가 그런 못된 말로 잇짱의 마음을 시험해 보려고 하니까 엄마도 많이 속상했나 봐요. 이 이야기는 속에만 감춰 두고 절대로 아무한테도 말하지 않으려고 했지만 너한테만은 이야기해 주마, 하며 옛날 일을 들려주시더군요."

서로 좋아하는 사이이니 흔치 않은 행복한 혼인을 하게 되는데도 질투와 군걱정으로 마음고생을 하는 딸에게 어머니가 들려준 지난날의 이야기. 오치카는 그 이야기를 듣게 된다.

"이건 엄마의 엄마 이야기예요. 그러니까 내 할머니죠. 할머니가 직접 겪은 일이랍니다."

오치카는 등을 펴고 무릎 위에 양손을 놓았다. 고타쓰에 들어가 있어서 다른 때하고는 상황이 달랐지만, 이것이 오치카가 괴담을 듣는 자세였다.

"엄마는 에도에서 태어났지만 할머니는 이와쓰키 사람이에요. 이와쓰키 번에는 훌륭한 유학자도 있고, 인형 제작이 활발하여 조카마치城下町ᴰᵃⁱᵐ⁾다이묘가 사는 성 아래에 조성된 마을. 상공업이 발달되어 있는 곳이 많다는 그걸로 유명하대요. 엄마의 집안은 이미 대가 끊겨서 나야 아무것도 모르지만요."

오치카가 고개를 끄덕이며 말했다. "오몬 씨, 흑백의 방에서 이야기할 때 장소나 사람 이름을 감추고 싶으면 얼마든지 다른 이름을 써도 좋아요."

괜찮아요, 하고 오몬은 말했다. "이 이야기는 장소를 자세히 말하는 것이 중요해요. 하지만."

오몬은 말을 끊은 뒤 왠지 입을 꼭 다물고 뭔가를 궁리하다가 다시 입을 열었다. "그곳이 어디인지 자세한 설명은 이야기 말미에 하게 될 거예요."

뭔가 작정한 것이 있는 듯했다.

"알겠어요" 하고 오치카가 대답했다.

오몬의 할머니는 이와쓰키 번의 산촌 태생이라고 한다.

"할머니 집안은 논을 가지고 있어서 소작은 부치지 않았지만, 옛날이고 산골이어서 결코 편한 살림은 아니었대요. 하지만."

오몬의 할머니는 그래도 이목을 끌 만큼 미인이었다고 한다.

"할머니는 어릴 때부터 마음에 둔 남자가 있었어요. 친가 쪽의 육촌오빠로, 소이치라는 이름이었나 봐요. 그쪽 역시 논농사를 하는 집안이라 한쪽이 기우는 것도 아니어서 둘을 혼인시키기로 일찌감치 이야기가 되었고, 적당한 나이가 되자 바로 혼인하게 되었어요."

그때 소이치가 열일곱, 오몬의 할머니가 열여섯 살이었다고 한다.

"엄마는 할머니의 막내딸인데, 할머니에게는 자식이 여덟 명 있었어요. 할머니는 내가 태어나기 전에 돌아가셔서 얼굴은 알지

못해요. 하지만 엄마는 얼굴 생김새나 성격이나 내가 할머니를
쏙 뺐다고 하세요. 그래서 할머니 얘기를 들려주는 거라고 하면
서."

오치카는 오몬의 얼굴에서 눈길을 떼지 않고 가만히 고개만 끄
덕이며 듣고 있었다.

"할머니네 근처에 이노카미라는 집안이 있었어요."

"이노카미?"

낯선 이름에 오치카는 고개를 갸웃했다. 그러자 오몬은 얼른
손가락으로 허공에 글자를 써 보였다. 아마 오몬이 어머니에게
이 이야기를 들었을 때도 어머니는 이렇게 허공에 글자를 써 보
였을 것이다.

"한자로 '井上'이라 쓰고 '이노카미'라고 읽어요. 희귀한 성이
죠?"

"그렇군요. 처음 듣는 성이에요."

"그 지역의 신관 가문으로, 이백 년이나 이어진 집안이라고 해
요. 중이층으로 된 색다른 저택에 마당도 넓었대요."

신관이자 산림 지주이기도 해서 쇼야에도 시대에 마을의 사무를 맡아보던 사람
님 집보다 격이 높은 집안이었다고 한다.

"이노카미 가가 모시는 토지신은 몸에 이끼가 끼어 있을 만큼
오래 산 멧돼지라고 합니다. 멧돼지가 신이 된다는 것이 좀 이상
하긴 하지만요."

오치카가 아는 괴담 중에는 토지신이 얽힌 것도 있었다. 그래

서 놀라지는 않았다. '이노카미'는 아마 한자로 '亥の神돼지신'이라는 뜻으로 '井上'과 마찬가지로 이노카미로 읽는다'일 것이다. 그 신을 받드는 가문이 그 것을 '井上'로 바꾸어 자기 가문의 성으로 삼았을 것이다.

"장수한 멧돼지에게 무슨 영험이 있는지 모르지만 이 신은 몸에 낀 이끼를 위해 해마다 한 번 목욕을 한답니다. 그때는 물고기도 못 살 정도로 깨끗한 물이어야 한대요. 그래서 이노카미 가는 청정한 물을 채운 연못을 보호하고 있었어요."

이노카미 가 저택의 바로 뒤에 그 연못이 있었다고 한다.

"손거울처럼 동그랗고 조그만 연못이에요. 연못 건너편에는 작은 무덤이 있었어요. 이노카미 가 사람이 아니면 무덤에도, 연못가에도 가까이 가서는 안 됐다고 합니다."

"마을 사람들이 자주 참배하지 않아도 된다는 건가요?"

"인간의 기운을 싫어하는 신이래요. 그래서 공손하고 조심스럽게 제사만 드리면 된답니다."

청정을 좋아하는 까다로운 신이다.

"산에 열매를 맺게 하는 신이라고 하므로 농가하고는 관계가 깊지 않았고요."

"결국은 무덤과 못을 깨끗하게 보호하면 되는 거군요?"

"그래요. 특히 연못이 중요해요."

그 작은 연못은 그야말로 물고기는커녕 소금쟁이도 없을 만큼 맑아서 하늘이나 주위 산을 잘 비추므로 '거울 연못'이라는 이름으로 불렸다.

"하지만 지역 사람들은 그 이름으로 부르지 않았어요. 더 중요한 이름이 따로 있었으니까."

'다마토리 연못'이라는 이름이다 다마토리는 넋을 빼앗는다는 뜻으로 해석될 수 있다.

오치카는 윗몸을 조금 내밀었다. "함부로 접근하면 노여움을 사서 넋을 빼앗기기라도 한다는 건가요?"

오몬의 얼굴에 간만에 웃음이 떠올랐다. 조금 즐거운 듯한 얼굴이다.

"괴담을 들어 주는 오치카 씨도 그렇게 생각하나요? 나도 엄마에게 그렇게 물었어요."

"아, 그럼 아니군요?"

"전혀 아니에요." 오몬은 짐짓 으스대며 허리를 살짝 젖혔다. 이 방에 오는 화자는 오치카의 맞장구를 들으며 이야기를 하다 보면 어느새 열중하게 되어 이런 모습을 보일 때가 있다. 자기 이야기가 다른 사람의 괴담보다 신기한 모양이라고 생각하며 득의양양해지는 듯하다.

"멧돼지 신은 시샘이 많아요."

"예?"

"그 신은 여자―그러니까 암 멧돼지인데, 아주 오래전에 남편이 사냥꾼 총에 죽었다고 합니다. 그래서 그 분노와 원한 탓에 그냥 멧돼지가 아니라 원령 같은 것으로 변해서 그 지역에 재앙을 내리게 되었는데, 우연히 지나가던 덕이 높은 스님의 훈계를 들고 참회하여, 앞으로는 이 고장 사람들을 지켜 주겠다고 약속하고 신으로 모셔지게 되었다는 거예요."

흠, 하며 오치카는 고개를 끄덕였다.

"하지만 신이 되고 나서도 죽은 남편을 잊지 못해 내내 과부로 살았대요. 그래서 시샘이 많은 거랍니다."

자신의 언변이 능숙하지 않은 것이 안타까운지 오몬은 고개를 거칠게 저었다.

"음, 그래서, 이 신은 다정하게 붙어 있거나 손을 잡고 있는 이들을 싫어합니다."

그런 인간들이 가까이 오면 불화를 내린다는 것이다.

"특히 부부나 약혼한 남녀, 혹은 사랑하는 남녀를 싫어합니다. 제일 싫어하죠."

거울 연못에 가까이 가는 일은 금기였다. 거울 연못에 제 모습을 비춰 보는 짓은 더 말할 것도 없었다.

그 금기를 깨면 어떻게 될까?

"멧돼지 신의 노여움을 사서 남녀는 반드시 헤어지게 된답니다."

호오—하며 오치카가 입술을 오므렸다.

"변재천님을 모신 신사에도 흔히 그런 금기가 있죠."

시노바즈 연못이라든지 에노시마라든지두 장소 모두에 변재천을 모신 신사가 있는데, 시노바즈 연못에는 남녀가 한배를 타면 헤어지게 된다는 속설이 있고, 에노시마에도 남녀가 다정하게 손잡고 참배하면 신의 질투를 사서 헤어지게 된다는 속설이 있다.

"하지만 이 신은 더 심해요. 더 모질죠. 남녀를 헤어지게 만드는 것으로 그치지 않으니까."

다른 여자가 생기게 한답니다─하고 오몬은 조금 거친 호흡으로 말했다.

"남자에게 어김없이 다른 여자가 생겨요. 그래서 원래 함께하던 여자를 배반하고 차 버리는 거죠."

그러나 남녀가 불화하는 원인의 거의 절반은, 다른 남자 혹은 다른 여자가 생기기 때문이 아닌가. 그렇다면 이 이노카미가 유난히 심술궂다고 할 수는 없다.

오치카가 그렇게 말했다.

"하지만 생각해 보세요, 오치카 씨."

오몬은 오치카에게 얼굴을 기울이고 미간에 주름을 지으며, 짐짓 겁주는 듯한 목소리를 냈다.

"그렇게 등장한 새 여자가 하필, 남자의 배반을 슬퍼하는 여자가 '저 사람만큼은 싫다'라고 생각하던 여자라면 어떨까요?"

오치카는 눈을 휘둥그레 떴다. 오몬은 오치카의 놀라는 모습을 즐기듯이 빙긋 웃었다.

"반드시 그렇게 되나요?"

"반드시 그렇게 돼요."

"잠, 잠깐만요."

오치카는 손을 쳐들어 오몬의 시선을 막았다.

"예를 들면, 이건 어디까지나 예를 들어서 하는 이야기인데, 오몬 씨와 제가 그런 관계라면."

"네, 네."

"오몬 씨가 저를 싫어하고, 저도 오몬 씨를 싫어해서 얼굴을 마주쳐도 말도 건네지 않는 사이라고 해요. 그런 제가 혼인을 앞둔 오몬 씨와 이치로타 씨 사이에 파고들어, 이치로타 씨와 사랑하는 사이가 되어서 함께 달아나 버린다, 가령 그런 일이 일어난다는 거군요."

그렇죠? 하고 물어보니 오몬의 눈초리가 날카로워져 있었다.

"그렇기는 하지만…… 그렇게 꼼꼼하게 예를 들지 않아도 괜찮잖아요."

"아, 미안해요."

이 아가씨, 정말 질투가 대단하구나.

이렇게 생각하는데, 오몬이 불쑥 웃음을 터뜨렸다. 아, 다행이다.

"하지만, 정말 심술궂네요."

"그렇죠? 멧돼지 신은 사냥꾼에게 남편을 잃은 원한을 잊지 못하고 있는 거예요. 참 앙심이 깊죠."

동네 사람 흉이라도 보듯 자연스럽게 신을 타박하는 오몬.

"그래서 별명이 '다마토리 연못'이군요."

"그래요. 남자의 넋을 훔치는 데 그치지 않고 훔친 넋을 다른 여자한테 줘 버리는 거예요. 너무 심하지 않아요?"

성내는 오몬의 모습이 귀여워서 오치카는 그만 웃음을 터뜨리고 말았다. 드러내 놓고 웃는 것도 실례이니 새로 차를 타면서 마음을 가라앉혔다.

"우리 할머니는."

오몬이 오치카의 손을 바라보면서 목소리를 부드럽게 가라앉히고 말했다.

"정말 나랑 꼭 닮았어요. 기가 드세고 질투가 심해서, 그러면 안 되는데도 그 금기를 깨뜨린 거예요."

다기를 쥔 오치카의 손이 뚝 멈췄다. 저도 모르게 숨을 삼키고 오몬의 얼굴을 쳐다보았다.

오몬은 다시 고개를 조금 숙이고 있다.

"소이치 씨가 정말로 자기를 사랑하는지 시험해 보고 싶었던 거라고 엄마에게 말한 적이 있으셨대요. 엄마는 할머니의 그런 점이 너랑 꼭 닮았다고."

과연 그 기질은 지금의 오몬 성격과 꼭 닮았다.

"소이치 씨는 싫어하지 않았나요?"

"순한 사람이었다고 하니까 할머니가 하자는 대로 따라갔겠죠."

둘 다 평소 생활 속에서 고마움을 느낀 적이 없는 토지신을 조금 무시하고 있었는지도 모른다. 어차피 그냥 전해 내려오는 이야기이겠지. 우리는 괜찮을 거야, 하며.

사랑하는 남녀는 다들 그렇게 생각하기 마련이다. 그렇게 생각하고 싶은 것이다. 자기들만큼은 괜찮다, 무슨 일이 있어도 헤어지지 않는다.

"혼인이 결정된 직후, 마침 이맘때의 반달이 뜬 밤에 둘은 몰래 이노카미 가로 숨어들어 가서, 다마토리 연못가에 섰다고 합니다."

둘의 모습이 반달 빛을 받아 연못 수면에 또렷하게 비쳤다고 한다.

"거울 정도가 아니라, 더 또렷하게 비쳤대요. 소이치 씨가 찬바람을 막으려고 목에 두른 수건이 밤바람에 흔들리는 것까지 보였다고 했어요."

둘은 다정하게 붙어 선 자기들 모습에 넋을 잃었다고 한다. 실제로 아름다운 정경이었을 것이다.

"그래서 어떻게 되었나요?"

오몬은 오치카가 새로 타 준 차에 입을 댔다가 가만히 잔을 접시에 내려놓았다.

"그로부터 한 달도 지나기 전에 소이치 씨가 다른 여자와 도망을 쳤어요."

조촐한 혼인식을 사흘 앞두고 있을 때였다.

"그 다른 여자는요?"

"같은 마을에서 농사를 짓는."

"아가씨였나요?"

"아뇨, 농부의 아내였어요."

오치카도 차마 대답을 할 수 없었다.

"소이치 씨보다 열 살이나 많고 자식도 둘이나 딸린 중년 부인이었대요. 한동네 사람이라 서로 왕래는 있었지만 할머니의 부모님과 사이가 나빴고, 게으른 데다 남들 험담이나 좋아하는 형편 없는 부인이었다고 해요."

"물론 오몬 씨의 할머니도."

"네, 싫어하는 사람이었대요."

다마토리 연못의 힘은 대단했다.

"할머니는 꼬박 반년을 눈물로 살았다고 합니다."

부모에게 꾸중을 들었고, 다마토리 연못에 몰래 갔다는 사실을 털어놓았더니 더 심한 꾸중을 들었으며, 이노카미 가에서도 엄하게 비난하니 차마 얼굴을 들 수가 없었다.

"할머니의 아버지가, 이럴 때는 그저 빨리 다른 남자를 찾아 시집보내는 것이 상책이라고 하여 부지불식간에 혼처가 정해졌고, 어어 하는 사이에 양가 식구들만 불러서 혼인을 치렀대요."

하지만 소이치를 잃은 지 겨우 반년밖에 안 되었을 때였다.

"할머니는 여전히 소이치 씨를 잊지 못하고 눈물로 지냈다고 합니다."

소이치의 야반도주가 온 마을에 알려져서 오몬의 할머니의 상심도 숨길 길이 없었다. 그래서 신혼부부의 양가 부모가 상의했다. 부부는 쇼야님의 도움을 얻어서 조카마치로 이사하여 작은 채소가게를 시작했다. 다행히 남편의 집안이 넉넉해서 그만한 밑천을 마련할 수 있었다.

"남편은 어떤 분이셨나요?"

오몬은 눈동자를 굴리며 생각했다.

"사람들이 할머니와 소이치 씨를 보고 장식인형처럼 잘 어울리는 짝이라고 했답니다."

"미남미녀였군요."

"네. 하지만 이번 신랑은."

다시 눈동자가 움직였다. 불쑥 오치카에게 묻는다. "턱이 없는 사람도 있지요?"

"예?"

얼빠진 대답이 나오고 말았다.

"왜, 있잖아요. 정말로 턱이 없어서 밥도 못 먹는 것이 아니라, 뚱뚱하지도 않은데 턱 아래가 축 늘어져서 턱이 없는 것처럼 보이는 사람. 빈상에 소심해 보이는."

오치카는 다시 웃음을 터뜨리고 말았다.

"있죠."

"풍채가 없어도 저렇게 없을 수가 있나 싶은 사람."

말하면서 오몬도 웃기 시작했다.

"그러니 할머니는 더욱 마음을 잡을 수 없었겠죠."

오몬의 할머니는 그 턱 없는 남편 곁에서 참으며 살았다. 하지만 견디고 견디다 더는 견딜 수 없게 되자 한 가지 꾀를 냈다.

"무슨 꾀일 것 같아요?"

장난스럽게 반짝이는 오몬의 눈빛이 오치카에게 답을 암시해 주었다.

"남편과 함께 다시 한 번 다마토리 연못으로 간 게 아닐까요?"

오몬은 짝, 하고 손뼉을 쳤다. "맞아요!"

혼인하고 세 달이 지나 채소가게도 자리를 잡자, 시부모에게 다시 감사의 인사를 하고 싶다는 핑계를 대고,

"할머니는 남편을 채근해서 마을로 돌아갔어요. 그리고 밤중에 남편을 데리고 몰래 잠자리를 빠져나와—."

남편도 색시가 자신을 싫어하고 결혼에 넌더리를 내고 있었을 텐데 대체 무슨 마음으로 아내에게 끌려갔을까. 오치카는 그 점이 더욱 신경 쓰였다.

"그날은 보름달이 떴대요. 자기들 모습을 연못 수면에 충분히 비치게 한 뒤, 할머니는 후련한 기분으로 빠져나왔다고 합니다."

남편은 내내 울고 있었다고 하니 가련하기도 하고 우습기도 하다. 우스운 쪽이 조금 더 강하다.

"그래서 어떻게 되었나요?"

이런 질문은 두 번째다.

오몬은 눈을 바쁘게 깜빡였다. 나오려는 웃음을 막으려고 애쓰는 행동임을 오치카는 알 수 있었다.

"조카마치의 채소가게로 돌아와 이틀째 되는 날 밤에 불이 났어요. 가게고 집이고 다 타 버렸답니다."

세상에, 어떻게 그런 일이.

"어떻게 시작된 불이었는지는 알 수 없었다고 해요."

젊은 부부는 목숨을 건졌지만 맨몸뚱이밖에 남지 않았다. 전부 잿더미가 되었다.

"어째서 또 그런 일이……."

오몬의 눈가가 웃음을 짓고 있다. "불화가 일어난 거였어요. 금기를 어긴 벌이 이번에도 어김없이 떨어진 거죠."

부모가 오몬의 할머니에게 결혼하라고 강권하면서, 다 너를 위한 일이다, 라고 누누이 타일렀다고 한다.

─물론 풍채야 소이치한테는 한참 못 미치는 남자다. 하지만 집안은 넉넉하단다. 네가 아직 젊어서 잘 모르겠지만 남녀가 서로 좋아 죽네 사네 하는 것도 겨우 이삼 년이야. 부부가 즐겁게 해로하려면 돈이 제일이란다.

"할머니는 아직 소이치 씨에게 미련이 있어서 내키지 않았지만, 그래도 부모 말대로 결혼한 것은 그 설득 때문이었대요."

그녀는 상처받은 마음으로 고집스럽게 생각했다.

─나는 이 턱 없는 남자를 보고 사는 게 아니야. 돈 보고 사는 거다.

─실컷 호사를 누려서 나를 배반한 소이치와 그 가증스러운 여편네에게 앙갚음을 해 주자.

"그러니까 다마토리 연못은 할머니로부터 돈을 빼앗아 버린 거예요."

오몬의 할머니의 마음은 돈에 있었으므로 금기를 어긴 벌로 이번에는 돈을 앗아간 것이다. 오몬의 할머니와 그녀가 기대던 재산 사이에 불화를 내린 셈이다.

"어떻게 시작된 불인지도 알 수 없었지만, 할머니의 집만 태우고 꺼졌어요. 하지만 조카마치 사람들은 다마토리 연못을 알지 못하니까요. 성에서도, 다른 집으로 불이 번지지 않은 것은 불 끄기에 힘쓴 사람들의 공이라 하며 큰 상을 내렸다고 합니다."

젊은 부부는 재산을 잃고, 주위 사람들은 부를 얻은 것이다.

참으로 합당한 이야기였다. 멧돼지 신은 빈틈이 없었다.

"아, 세상에······."

이때 오몬은 더 이상 참지 못하고, 놀라서 말을 잇지 못하면서도 감탄하는 오치카를 개의치 않은 채 깔깔 웃기 시작했다. 입을 손으로 막고 몸을 비틀며 웃었다.

"할머니의 남편은 잿더미에 주저앉아 그을음으로 새카매진 얼굴을 하고 이렇게 중얼거렸대요."

—이상하지. 당신 말대로라면 나는 어느 여자랑 죽고 못 사는 사이가 돼서 당신을 버리고 야반도주했어야 하는 거 아냐?

—이제야 나도 여자한테 사랑받을 수 있겠구나 하고 기대했는데.

역시 그렇게 기대했기 때문에, 혹은 그렇게 꼬드기는 말을 넙죽 믿었기 때문에 순순히 다마토리 연못으로 따라갔던 것이다.

"그 말을 듣는 순간 할머니는 멍해졌대요. 그리고 그렇게 넋두리하는 남편이 왠지 조금은, 아주 조금은 얄밉기도 하고 귀엽기도 하더래요."

—이 사람은 한 번도 여자에게 사랑을 받아본 적이 없구나.

그래서 없는 턱을 만지작거리며 버림받은 얼굴을 하고 있구나.

채소가게를 열자마자 불이 났으니 젊은 부부는 조카마치에서 살기도 어려워졌다.

"다시 쇼야님에게 부탁해서 허락을 얻어, 둘이서 에도로 돈을 벌려고 갔습니다. 집에서 돈을 조금 받았지만, 물가가 비싼 에도에서 그 돈으로 놀고먹을 수는 없었어요. 부부가 채소 행상을 시작해서 열심히 일하여 생계를 해결하고."

그러다가 아기가 태어나 부양할 입이 늘어나자,

"좋고 싫고가 어디 있겠어요. 아무튼 부부가 함께 일하고, 일하며 살다 보니 어느새 작으나마 채소가게를 시작하게 되었고 어엿한 부부가 돼 있었다고 합니다."

이 부부가 우리 할머니, 할아버지였어요, 라고 오몬은 말했다.

"오누이처럼 닮았다는 소리를 들을 만큼 늘 함께했답니다. 돌아가신 것도 할아버지가 꼭 일 년 빨랐대요."

그랬구나. 오몬이 할머니를 닮아서 다행이다. 턱이 없는 할아버지를 닮았으면 에도에 꽃 하나가 줄어들 뻔했다.

"할머니는 엄마가 아빠에게 시집갈 때도 이 이야기를 들려주었다고 해요."

오몬의 부모는 맞선으로 만나서 뜨거운 마음을 주고받은 적은 없다고 한다.

"막내딸까지 무사히 시집보냈을 때 할머니도 마음이 놓였겠지요. 그래서 옛날 일도 들려주었을 거예요."

―부부의 인연은 따로 있는 거란다.

"그러니 당장 눈앞의 일에 헤매지 말고 자기와 닿아 있는 인연을 소중히 하라고, 엄마에게 얘기했다고 합니다."

덧붙이자면 아무리 불안해도 사랑하는 이의 마음을 시험하려고 해서는 안 된다고 했다.

그것이 오몬의 어머니가 딸에게 해 주고 싶었던 말이 아닐까.

엄마라는 사람은 딸에게 온갖 훈계를 늘어놓고 많은 것을 가르쳐 준다. 감기 조심하는 것부터 인생의 지침까지.

우리 엄마는 잘 지내고 계실까. 오치카는 문득 엄마가 보고 싶어졌다. 고향집 어머니를 생각하니 가슴이 화로를 피워 놓은 것처럼 따뜻해졌다.

"그냥 이런 이야기였어요."

이야기를 마치자 한숨 돌렸는지 오몬의 목소리도 눈빛도 한결 차분해졌다.

"엄마는 이것을 당신 부모님이 젊은 시절에 겪은 부끄러운 이야기라고 하셨어요. 그래서 아무한테도 말하면 안 된다고 했죠. 하지만 나는 정말 소중한 이야기라고 생각했어요."

그러니까 속에만 담아둘 수 없었다. 누군가에게 들려주고 싶었다.

"그래도 미시마야의 괴담을 들어 주시는 분이 주인 나리나 마님이었다면 나는 여기에 오지 않았을 거예요."

그 심정이라면 오치카도 이해할 수 있었다.

"이것은 여자의 이야기—아니, 한 남자를 좋아하고, 상대방의 마음속을 탐색해 보고 싶어 하는 우리 또래 여자들의 이야기니까요."

오몬은 오치카의 시선을 피하지 않으며 고개를 끄덕였다.

"앞으로 무슨 일이 있어도 잇짱과 다마토리 연못에 가는 일은 없을 거예요. 맹세코 그런 짓은 하지 않아요."

하지만 혼자 그렇게 결심하는 것만으로는 미덥지 못하다고 한다.

"내 또래 아가씨 중 앞으로 누군가를 좋아하게 되거나 시집을 가게 될 사람이 이 이야기를 듣고 함께 가슴속에 묻어 주었으면 좋겠어요. 오치카 씨, 그렇게 해 주시겠어요?"

이미 다 듣고 난 마당에 좋고 싫고가 어디 있을까. 가슴을 치며 호응해야 할 대목이었다.

"네, 지금 이 자리에서 가슴속에 담아 두었습니다. 믿어도 돼요."

오몬의 눈가가 다시 젖기 시작했다. 눈썹이 반짝인다.

"그럼 나, 앞으로 혹시라도 질투심이 꿈틀거려도 스스로 다스릴 수 있을 거예요."

미시마야의 오치카 씨는 다마토리 연못에 가지 않아. 그 사람의 인생에 그런 일은 일어나지 않을 거야. 그렇게 살아서는 안 된다고 노력하고 있어. 그러니까 나도 지지 말고 참아 보자 하고.

정말이지 승부욕이 대단하구나. 하지만 긍정적인 승부욕이 아닌가.

"다마토리 연못은 앞으로 오래도록 여자의 삶을 살아갈 우리가 결코 가서는 안 되는 곳이에요."

오몬은 옷깃 안으로 오른손을 집어넣었다. 손을 꺼냈을 때 손가락 사이에 접힌 쪽지가 꽂혀 있었다.

"이거, 오치카 씨에게 드릴게요. 할머니가 자란 고향의 이름과 다마토리 연못의 위치예요."

포갠 두 손바닥 위에 쪽지를 얹어 오치카에게 내밀었다.

오치카는 오몬의 눈동자를 쳐다보다가 쪽지로 눈길을 내리고, 자기 손바닥과 손가락이 지저분하지 않은 것을 확인한 다음 쪽지를 받았다. 그것을 옷깃 속에 깊이 찔러 두었다.

"앞으로 제가 혹시 이와쓰키 번에 간다면 그건 유명한 인형 장인의 작품을 보러 가는 것이지 다른 일 때문은 아닐 거예요."

오치카가 미소를 지으며 이렇게 말했다.

"나도 그래요."

오몬이 대답했다.

"오치카 씨에게 들려 드릴 수 있어서 좋았어요. 막상 만나서 이 사람에게는 얘기하지 못하겠다 싶어지면 다른 방법을 찾아볼 생각이었어요."

"고마워요."

두 처녀는 꽃이 피어나듯 웃었다.

"그럼 나는 이만 물러갈게요."

그제야 정신이 돌아온 양 오몬이 고타쓰에서 물러나자 오치카는 손뼉을 쳐서 오시마를 불렀다.

이제야 생각이 났다.

"오몬 씨, 군밤 좋아해요?"

오몬은 처음 오치카와 대면했을 때와 마찬가지로 사랑스럽게 눈을 깜빡였다.

"네!"

오치카는 고타쓰에서 군밤 봉지를 꺼내 양손으로 감싸서 내밀었다.

"이 세상 도처에 있을 게 분명한 장소, 하지만 우리는 알 길이 없고 결코 가까이 가서도 안 되는 장소를 하나 알려 준 데 대한 인사예요."

오몬이 손을 뻗어 군밤 봉지를 감싸면서 오치카의 두 손까지 감싸 쥐었다.

"잘 먹을게요."

아, 따뜻해, 하며 아이처럼 환한 웃음을 지었다.

"오몬 씨."

오치카는 앉은 자세를 바로 하고 흑백의 방에서 오몬과 작별했다.

"부디 행복하셔요."

오몬이 떠난 뒤 오치카는 홀로 도코노마의 밤나무 가지를 바라보고 있었다.

이 쪽지를 어디에 둘까.

펼쳐서 내용을 볼 것도 없다. 이대로 보관해 두자. 그리고 평생
꺼내 보지 않고 살아갈 수 있으면 된다.

이것은 속마음을 확인하고 싶은 남자를 더는 만날 수 없다는
의미일까? 아니면 그럴 필요를 느끼지 않을 만큼 누군가와 든든
한 끈으로 엮이게 된다는 의미일까.

―나는 어느 쪽을 바라는 걸까.

자문해 봐도 오치카의 마음은 대답을 주지 않았다. 아주 멀리
서 조그맣게,

―얼마 전까지만 해도 이런 쪽지를 원했지.

하고 속삭이는 소리가 들려올 뿐이다.

오늘 저녁에는 숙부 내외에게 양해를 구해야 한다. 손님과 약
속했고 나도 꼭 그렇게 하고 싶으니 오늘 들은 괴담은 두 분께 말
씀드릴 수 없다고.

이헤에는 아쉬워할 것이다. 오타미는 조카딸의 마음을 헤아리
려고 바느질자리가 비뚤어지지 않았는지 확인하듯 눈을 가늘게
뜨고 바라볼지도 모른다.

―어서 다음 손님을 맞아야지.

오치카가 가만히 미소 지었을 때 도코노마에 장식해 둔 밤나무
가지에서 알밤 하나가 똑 떨어졌다.

치치택 · 기장저

상달의 어느 활짝 갠 아침, 직업소개꾼 도안 노인이 미시마야에 나타났다.

햇볕이 있어도 목 언저리부터 오싹해지는 날씨인데, 묘진시타의 가게에서 여기 미시마초까지 걸어왔다고 땀을 흘리고 있다. 기름기로 번질번질한 외모와 끈적거리는 말투 때문에 미시마야에서는 '두꺼비 도사'라는 별명으로 불리는 사람이지만, 어쩌면 정말로 더위나 추위를 초월하는 도술을 터득했을지도 모른다.

"변조 괴담을 들려줄 새 손님을 소개해 드리려고요."

이혜에의 방에서 큰 화로를 가운데 놓고 마주 앉자, 두꺼비 도사는 옆에 앉은 오치카를 일별하고 나서 용건을 꺼냈다.

"그쪽에서 소소한 조건을 내놓았습니다. 화자에게는 알리지 않고 은밀히 입회하고 싶다는 겁니다."

오치카와 이헤에는 얼굴을 마주 보았다.

"은밀히라니요?"

"그러니까 흑백의 방에서 화자가 이야기하는 것을 몰래 듣고 싶다는 거지요."

오치카는 여전히 모르겠다는 표정을 짓고 있는 이헤에보다 먼저 말했다. "이야기를 몰래 듣고 싶다는 거라면 사양하겠어요."

도안 노인의 흰자위가 커다란 눈의 탁한 눈동자가 뒤룩 움직였다.

"이봐요, 아가씨, 똑 부러지게 말하는 것이 그쪽의 장기인지 모르겠지만 세상 사람들이 원하는 건 그런 게 아니에요."

젊은 아가씨는 고분고분한 것이 으뜸이란다.

"그 점을 잘 새겨 두지 않으면 아가씨 혼자 나이를 먹지 않는 게 아니니, 어 하는 사이에 노처녀로 늙을 거예요."

이번에는 이헤에가 오치카보다 먼저 말했다.

"도안 씨, 이야기가 샛길로 빠졌군요."

"방금 그건 제 말이 아닙니다. 일종의 격언이지요."

허리를 젖히며 시치미를 떼니 더욱 두꺼비처럼 보인다.

"이번 화자와 입회인은 부부 사이입니다."

남편은 화자, 입회를 원하는 사람은 아내라는 것이다.

"부인은 남편이 할 이야기를 잘 알고 있습니다. 수없이 들어왔으니까. 굳이 몰래 들을 필요도 없지요."

그렇다면 처음부터 그렇게 말하면 좋았을 것을. 고약한 두꺼비 같으니.

"남편은 중병에서 막 회복한 참이랍니다. 아직 방심할 수가 없지요. 부인으로서는 낯선 미시마야에 남편을 혼자 두기가 걱정된답니다. 이야기 도중에 상태가 나빠지는 일이 있을지도 모르잖습니까."

그러니 몰래 상황을 지켜보고 싶다는 것이다.

"괜찮겠습니까?"

"그렇다면 할 수 없지요."

"그럼 여덟 점에. 아, 부인은 남편보다 조금 일찍 도착하도록 해 놓겠습니다. 우리 가게의 귀한 손님이니까 불상사가 없도록 잘 부탁드립니다."

그렇게 말하고 도안 노인이 물러가자 이헤에는 고개를 갸우뚱했다.

"저 노인에게는 우리도 손님이 분명할 텐데, 불상사가 없도록 하라니, 무슨 말이야?"

그런 말은 두꺼비 도사가 자리에 있을 때 해야지. 나중에 불평하는 것은 소심한 짓 아닌가.

"어 하는 사이에 노처녀로 늙는다는 말은 또 뭐고요."

숙부와 조카딸은 다시 얼굴을 마주 보았다. 둘 사이로 고약한 냄새를 풍기는 작은 날벌레가 휙 지나간 것만 같았다.

부인은 오리쿠라고 이름을 밝혔다.

"잘 부탁드립니다."

이 변조 괴담 자리에서는 아무래도 내용이 내용인 만큼 화자는 인명이나 지명 등을 감추어도 상관없다. 화자 자신의 신상에 대해서도 마찬가지이다. 하지만 오리쿠는 그런 점에 신경 쓰는 것 같지는 않았다. 도안의 귀한 단골이라는 사실을 내세우려는 기미도 없다. 두꺼비 도사보다 훨씬 온화하고 붙임성 있는 사람이었다.

오리쿠와 남편 조지로는 요코야마초 1초메에 있는 분전화장용 분가루를 파는 가게 '오사카야'의 주인이다. 아니 주인이었다. 이달 초 아들 내외에게 가게를 물려주고 공표도 끝낸 참이라고 한다.

"그러니 그이나 저나 이제는 그냥 할아버지, 할머니일 뿐이죠."

두 살배기 손자가 얼마나 귀여운지를, 꽃이 활짝 핀 듯한 웃는 얼굴로 들려주는 오리쿠는 과연 나이가 들 만큼 든 할머니가 분명했지만, 외모는 젊어 보였다. 하얀 피부도 눈길을 끌 정도이다. 역시 본인이 팔던 분 덕분일까.

오치카와 오카쓰는 흑백의 방과 이어진 작은 옆방에서 오리쿠와 마주 앉아 있었다. 곧 오사카야의 조지로가 찾아와 흑백의 방에서 오치카와 이야기를 나누는 동안, 오리쿠는 이 방에 숨어 있게 될 것이다.

"방이 좁아 답답하진 않으세요?"

본래 손님을 들이는 방이 아니어서 오치카도 오카쓰도 적이 신경이 쓰였지만 오리쿠는 도리어 좋아했다.

"뭐랄까, 이야기책에 나오는 간자라도 된 기분이 드네요."

들떠 이야기하고 나서는 또 송구해한다.

"본래 입회하는 것은 안 되는 일일 텐데, 무리한 부탁을 드려서 미안해요."

입회인을 들이는 것은 오치카도 처음이지만, 무리한 부탁은 아니었다. 구경꾼이 열 명, 스무 명씩 몰려온다면 곤란하겠지만, 지금은 오리쿠뿐이다. 게다가 사정이 사정이었다.

"주인 나리께서 건강이 많이 안 좋으신가요?"

조심스레 묻는 오카쓰에게 오리쿠는 시원하게 대답했다.

"팔월 초_{음력}에 장사 치를 뻔했어요. 아침부터 이상하게 등이 아프네, 가슴이 답답하네, 하더니 낯빛이 순식간에 백짓장처럼 하얘져서 쓰러진 거예요. 심장병이었어요."

"큰일 나실 뻔했군요."

"삼도천을 거반 건넜죠. 용케 강 중간에서 돌아온 거예요."

마침 피안彼岸_{춘분, 추분의 전후 각각 삼 일, 즉 칠 일간을 말하며 일 년에 총 십사 일이 된다. 이때 조상님들이 이승을 다녀간다고 믿었고, 공양을 하며 복을 빈다}이 시작되는 날이었다고 한다.

"저승의 여러분이 돌아오시는 김에 그이를 데려와 주신 건지도 모르죠. 이렇게 서둘러 올 필요 없으니 일단 돌아가라고 하면서."

저승의 여러분. 조상님들이나 먼저 가신 부모님이라 하지 않고 '여러분'이라고 말했다. 그 말에 어딘지 슬픈 울림이 있어서 오치카의 귀에 남았다.

다시 발병하면 이번에는 정말로 삼도천을 건너가 버리고 말 거라고 의원이 경고했다고 한다.

"해서 그 전에 이야기를 다 해 두고 싶은 거겠죠. 지금까지는 저만 들었는데, 그이는 그게 아쉬워졌는지도 몰라요. 남에게 들려줄 만한 이야기는 아닙니다만……."

오치카는 말했다. "그런 이야기를 들어드리는 곳이 이 자리입니다. 어려워하실 것 없어요. 부인께서도 편하게 계시면 됩니다."

"필요하신 게 있으면 제가 뭐든 준비해 드리겠습니다" 하고 오카쓰도 고개를 숙인다.

그때 문득 오리쿠의 눈에서 눈물이 솟아나 그녀가 얼른 옷소매로 눈가를 찍어 눌렀다. 그렇게 하며 고개를 숙이자, 틀어 올린 머리칼의 윗부분에서 흰머리가 눈에 띄었다. 은사가 섞인 하카타 오비하카타에서 생산하는 두꺼운 비단으로 만든 띠에 잘 어울리는 아름다운 백발이었다.

"고마워요."

그렇게 인사를 하고도 오리쿠는 눈물의 이유를 말하지 않았다. 오치카나 오카쓰도 묻지 않았다. 이제 곧 흑백의 방에서 조지로의 입을 통해 알게 될 터였다.

고이노보리천이나 종이로 긴 자루를 만들고 잉어처럼 그린 깃발. 무가에서 아들의 건강과 출세를 기원하며 봄에서 늦봄까지 장대나 줄에 매달아 둔다. 바람이 불면 강물을 거슬러 오르는 잉어처럼 힘차게 꿈틀거린다.

철이 지나도 한참 지났지만 오치카는 그것을 떠올렸다. 오사카야의 조지로. 이 사람의 얼굴이 고이노보리를 닮았던 것이다.

큼지막한 눈동자가 굴러다니는 커다란 눈이다. 입도 크고 입술도 두껍다. 다만 그렇게 생긴 사람에게서 흔히 볼 수 있는 후덥지근한 인상은 없고 어딘지 애교가 느껴진다.

몸은 수척하고 안색도 탁했다. 언제 죽을지 알 수 없는 중병이라는 호구虎口에서 가까스로 살아 돌아왔지만 지금도 호랑이 콧김이 닿는 곳에 있는 것처럼 보였다. 오리쿠가 전해 주지 않았더라도 오치카 또한 그렇게 짐작했을 만큼 온몸에서 병색이 배어났다.

하지만 말투는 온화하고 음색은 따뜻했다. 내외가 많이 닮았다고 할까. 어떤 사람과도 금방 벽을 허물고 즐겁게 대화할 수가 있다. 타고난 상인이란 상재가 있고 없고로 말하는 게 아니라 이런 점을 두고 얘기하는 것이 아닐까.

"도안 씨한테서 이 댁의 변조 괴담 자리에 대해 처음 들었을 때는 이 사람이 또 이야기를 그럴듯하게 지어내는구나 하고 생각했습니다."

두꺼비 도사는 꾸며낸 이야기를 손님에게 들려줄 때가 있는 모양이다. 미시마야의 어느 누구도 그런 대접을 받은 적이 없다.

"아가씨는 참으로 독특한 풍류를 즐기는 숙부님을 두셨군요."

"예. 풍류인지 뭔지는 미심쩍지만 여러모로 재미있고 독특한 분입니다."

조지로도 자기 이름이나 옥호를 감추려고 하지 않았다. 병에 대해서도 거침없이 말했다. 이미 부인에게 들어서 아는 내용을 짐짓 처음 듣는 표정으로 들어 주는 것은 뜻밖에 어렵다고 할까 뒷맛이 개운치 않았다.

"해서, 언제 삼도천을 건널지 알 수 없는 몸이 되고 보니."

그만 옛날 일들을 이야기하고 싶어졌습니다, 하고 조지로는 말했다. 어깨나 복부 주변의 옷 주름으로 보건대 병으로 쓰러지기 전에는 상당히 비만했을 것 같았다. 고이노보리를 꼭 닮은 얼굴이 둥글둥글하게 살찐 몸통 위에 올라 있었다면 더욱 친근한 인상을 풍겼을 것이다.

"지금까지 아내에게만 이 이야기를 들려주었습니다. 그 사람한테는 하도 여러 번 말해서 아마 귀에 못이 박혔을 거예요."

지금 그 아내는 장지 너머에 숨어, 다시 한 번 조용히 듣고 있을 테다.

"생각이 나면 말하지 않고는 견딜 수가 없었어요. 사십 년이나 지난 일인데 간밤에 꾼 꿈처럼 늘 생생합니다."

어제 일처럼—이 아니다. 간밤에 꾼 꿈처럼, 이다.

"다만 꿈이라는 것이 대개 그렇듯이, 이것은 이렇고 저것은 저래서 결국 이렇게 마무리되었다는 식으로 흘러가는 얘기는 아닙니다. 조리가 있지도 않으니, 저한테는 재미있어도 듣는 사람은 재미있을 리가 없죠. 그래서 늘 아내한테만 이야기했습니다."

"오늘은 제가 들어 드립니다" 하고 오치카가 방긋 웃었다. "여기 변조 괴담 자리에는 꿈 이야기든 꿈 같은 이야기든 다 환영한 답니다."

그런데 오사카야 님, 하고 오치카는 짐짓 모르는 척 물어보았다.

"늘 이야기를 들어 주시던 부인께서 오늘 함께하지 않으셔도 괜찮으신지요? 부인께서 곁에 계셔야 말씀하기가 더 편하시다면 저는 괜찮습니다만."

조지로는 두꺼운 눈꺼풀을 천천히 꿈쩍거리다가 고개를 가볍게 저었다.

"아뇨, 오늘은 아내가 없는 편이 좋겠습니다. 그 사람 귀도 쉬게 해 줘야죠."

그렇게 작정하고 왔습니다, 라고 한다.

"아내는 제 이야기를 다 외울 만큼 알고 있지만 제 마음을 생각해서 늘 좋은 말만 해 주었지요. 벌써 수십 년이나 그렇게 저를 대해 주었습니다. 그런 아내에게 응석을 부리며 지내왔습니다."

고이노보리 얼굴에 그늘이 졌다.

"하지만 아가씨, 이건 그리 재미난 이야기는 아닐지 모릅니다. 이제 와서 이런 말은 무책임하지만, 아무래도 그런 것 같군요."

그래서 한번쯤은 다른 사람이 들어봐 주길 원했다고 조지로는 말했다.

"오래전부터 그런 생각을 해 왔지만 그런 기회가 어디 있겠습니까. 실은 몇 번인가 괴담 모임에 참여해 본 적도 있습니다만."

많은 사람이 모여서 각자 돌아가며 괴담을 하되, 백 가지에 다다를 때까지 계속한다는 제대로 된 괴담 모임이었다. 그런 자리에서는 초 백 자루를 켜 놓은 뒤 이야기 하나가 끝나면 촛불 하나를 끈다. 그렇게 백 가지 이야기가 끝나 방 안이 깜깜해지면 뭔가 괴이한 일이 일어난다고 한다.

"막상 참석해 보니 많은 사람 앞이라 주눅이 들어서 입이 떨어지질 않더군요. 제 이야기 따위는 아마 거짓말처럼 들릴 것 같았고요."

괴담을 꺼내기 전에는 대개, 내 이야기가 영 이상하게 들릴 거라는 둥, 앞뒤가 너무 딱딱 맞아서 꾸며낸 이야기 같을 거라는 둥, 앞뒤가 너무 안 맞아 황당하게 들릴 거라는 둥 변명부터 늘어놓는다. 괴담을 얘기하는 사람에게는 드물지 않은 모습이다. 그래도 조지로의 얼굴에 그늘이 짙어져 가는 것은 마음에 걸렸다.

오치카는 짐짓 장난기를 드러내 보였다. "어떤 이야기를 하셔도 저는 놀라지 않습니다. 이래 봬도 백전노장—이라고는 할 수 없지만, 괴이한 이야기라면 많이 들어 왔거든요. 어디 제가 한 번 알아맞혀 봐도 될까요?"

"알아맞힌다?"

"예. 오사카야 님 이야기가 대강 어떤 종류인지를 제대로 알아맞히면 칭찬을 해 주시겠어요?"

"호오, 그야 물론이지요."

고이노보리의 커다란 눈알이 흔들렸다.

"그럼 시작할게요. 그 이야기에 원령이 등장하나요?"

"원령이라면, 그 요괴니 마귀니 하는 거 말인가요?"

"예."

"그건, 아닙니다."

"그럼, '가미카쿠시_{행방불명. 단순한 행방불명이 아니라 비인간계, 신의 영역 등으로 넘어가는 것을 말한다. 가령 신선들의 장기판을 잠깐 구경하고 마을로 돌아가 보니 처자식이 이미 늙어 죽어 있더라는 식의 설화도 이에 속한다}' 종류인가요?"

"아뇨, 전혀 아니에요."

"'우세모노_{물건이 감쪽같이 사라지거나 엉뚱한 곳에 옮겨져 있는 현상}'에 얽힌 이야기인가요?"

"그것도 아닙니다."

두툼한 손바닥을 살살 젓는다.

"오래된 그릇이나 악기, 족자 따위에 얽힌 괴담인가요?"

"아뇨, 아닙니다."

"시골에서 일어난 이야기입니까? 깊은 산속에서 일어나는 괴이한 일이나 바다에 나타난다는 요괴?"

"아가씨는 참 다양한 괴담을 들어온 모양이군요."

고이노보리 얼굴에 희미한 웃음이 돌아왔다.

"물론 제 이야기의 무대는 산속이긴 합니다."

"어머!"

"하지만 아가씨 말은 산천초목과 관련된 괴담이냐는 의미였겠지요? 그렇다면 아닙니다."

"아니었나요?"

오치카가 입술이 일그러지도록 꼭 다물자 조지로가 미소를 지었다.

"만만치 않군요. 제가 더 분발해야겠어요."

오치카는 손가락으로 턱 끝을 쥐고 잠시 생각에 잠겼다.

"그럼 귀신이 나오는 집 이야기는 어때요?"

대답이 없다. 눈길을 들어보니 조지로가 고이노보리의 커다란 눈을 더욱 크게 뜨고 있었다. 놀랐다기보다는 넋을 놓은 표정이었다.

"오사카야 님."

말을 걸자 그제야 묵직해 보이는 눈꺼풀이 움직였다.

"그렇군요" 하며 조지로는 연방 고개를 끄덕였다. "저도 지금까지 그렇게 생각해 본 적은 없지만, 그래요, 제 이야기는 귀신 나오는 집 부류의 얘기이겠지요."

다만, 하며 몸을 앞으로 기울이므로 오치카도 고쳐 앉고, "예" 하고 응했다.

"귀신이 나오는 집은 아닙니다. 집 자체가 휙휙 모습을 바꾼다고 할까, 둔갑을 하는 겁니다."

오늘 차에 곁들인 간식은 긴쓰바_{밀가루 반죽에 팥소를 넣고 동글고 납작하게 빚어서 기름을 두른 철판에 양면과 테두리를 구운 음식}였다. 오사카야 조지로는 작은 옻칠 접시에 보기 좋게 담아낸 긴쓰바로 눈길을 떨어뜨리고 이야기를 시작했다.

"저는 가미가타上方교토와 오사카를 중심으로 한 지역을 가리킨다 쪽에서 태어났습니다. 나니와 미나토에서 서쪽으로 조금 내려간 곳에 위치한 작은 어촌인데, 부모님은 '미쓰메야'라는 건어물 도매상을 하셨습니다."

바다와 가깝고 바로 뒤에는 산맥이 있으며, 꼭 밥공기를 엎어놓은 것처럼 생긴 아름다운 포구를 끼고 있는 마을이었다. 선주 저택의 나마코 벽평기와를 마름모꼴로 규칙적으로 붙인 뒤 회반죽을 그 줄눈에 발라 두툼하게 돌출되도록 한 벽에 햇살이 밝게 비추는 아름다운 고장이었다고 한다.

"친가 쪽 친척들은 지금도 거기서 건어물상을 하고 있고—."

"그럼 마을 이름은 미시마 번의 조카마치 미시마초라고 해둘까요?"

오치카가 그렇게 호응했지만 조지로는 고개를 끄덕이지 않았다. 곤혹스러운 표정이었다.

"신경 써 주시는 것은 고맙지만, 아무리 지난 일을 이야기하는 자리라도 미시마야라는 옥호를 가명으로 쓰는 게 괜찮을지."

미시마야에 실례되는 일이 될까 주저하는 것이다.

"그도 그럴 것이, 제가 열 살이 되던 해 봄, 그때도 마침 피안이 시작되는 날이었는데, 그 마을에 끔찍한 일이 일어났거든요."

닷새 동안이나 쏟아진 폭우로 마을 바로 뒤에 있는 산비탈 몇 군데에서 산사태가 일어나 집들이 부서지고 많은 사람이 죽었다고 한다.

"바다와 산 사이에 있는 마을이라 평지가 별로 없었습니다. 해서 거리의 집들은 모두 처마를 바짝 붙이고 나란히 서 있지요. 그런 곳으로 산이 무너져 내렸으니 꼼짝없이 당할 수밖에."

봄에 당하는 장마야 드문 일도 아니지만 그해 폭우는 유별났다. 먹구름은 밤낮없이 낮게 깔리고 하늘에 구멍이 난 것처럼 비를 퍼붓는데, 몇 날을 쏟아져도 빗줄기는 가늘어질 줄 몰랐다.

"늙은 어부들도 이런 비는 생전 처음이다, 조심하지 않으면 큰일 나겠다면서 걱정을 하던 참에 일어난 재앙이었습니다."

산사태는 동트기 전의 어슴푸레한 시간에 일어났다. 토사가 마을의 삼 할 정도를 쓸어버리고 바다까지 밀려갔다고 하니 보통 산사태가 아니었다. 괴담과는 전혀 차원이 다른 공포에 오치카도 몸이 오그라드는 기분이었다.

"저는 그때 어렸기 때문에 이것은 한참 후에 알게 된 이야기지만, 그 이 년쯤 전부터 번에서 산림 개간을 시작했다고 합니다. 내 고향—."

"예, 미시마초라고 하셔도 괜찮습니다."

재수니 운수니 하는 것보다 조지로가 편하게 이야기하는 것이 오치카에게는 더 중요했다.

"미시마초에도 부역 명령이 내려와 많은 사람이 산에 들어가 나무를 베어 내고 밭을 일구고 있었습니다. 그게 동티가 난 겁니다."

그때까지는 아무리 무서운 폭우가 쏟아져도 산속의 나무들이 물을 잡아 주었다. 그러던 산이 벌거숭이가 되었으니 집중 호우에 견뎌낼 수 없었던 것이다.

"번 재정을 조금이라도 개선해 보자, 영민의 살림에 보탬을 주자, 하고 시작한 개간 사업이어서 더욱 슬픈 재난이었습니다."

사람들은, 물고기나 잡으며 살아야 했다, 산에 손을 대니까 산신이 노여워하신 거라며 두려움에 사로잡혔고, 살아남은 사람들이 다이칸쇼代官所마부의 직할지를 다스리던 관리나 다이묘가 지방 행정을 맡게 한 관리가 사무를 보던 곳로 몰려가는 사태까지 일어났다고 한다.

"안타까운 일이군요……."

"사십 년이나 지난 일인걸요" 하고 조지로는 오치카를 위로하는 눈빛으로 말했다.

"미시마초는 크지 않은 마을이지만 돈야미치라 불리는 상가가 있었어요. 건어물을 취급하는 도매상이 모여 있었지요. 우리 집도 거기 있었습니다. 원래, 항구에서 세 번째로 자리한 건어물 창고를 가진 가게였던 점이 미쓰메야ミツ目屋란 옥호의 뿌리입니다."

도매 상가에 처마를 붙이고 늘어선 상점의 사람들은 그냥 동료 장사꾼 사이가 아니라, 서로 자식을 시집보내고 장가보내는 친인척 사이라서 결속력이 단단했다. 산사태는 마치 원한이라도 있는 것처럼 이 상가를 덮쳐서 모든 것을 뿌리째 앗아가 버렸다.

"산에 무슨 선한 마음이 있고 악한 마음이 있겠습니까. 그저 어쩌다 위치가 나빴던 탓이겠지만……."

어쩌다. 오치카는 속으로 되뇌었다. 그래, 어쩌다. 다. 어쩌다,

라는 것이 사람에게 혹독한 짓을 한다.

"그때 아직 저는 종종 이부자리를 적시는 버릇이 있었어요."

조지로의 목소리가 작아졌다.

"그날 아침도 이불이 축축해서 일찌감치 잠에서 깼습니다. 식구들은 아직 일어나기 전이었죠."

푹 젖은 담요가 발각되면 어머니나 하녀들한테 한바탕 꾸중을 들어야 한다. 담요를 적신 일만 해도 부끄러운데 동네방네 다 들리는 소리로 꾸중을 듣는다면, 아니야, 괜찮다, 애야, 하고 위로를 받더라도 도저히 얼굴을 들고 다닐 수가 없다.

"저는 꼬마다운 잔꾀를 부려서, 일단 숨기고 보자, 어디가 좋을까 하며 담요를 껴안고 복도를 서성이고 있었어요. 그때 심상치 않은 땅울림이 일어났습니다."

그 순간 누군가가, "어, 위험해! 모두 도망쳐, 밖으로 도망쳐!" 하고 고함을 지른 일을 기억한다고 했다.

"어두워서 모습은 보이지 않았지만, 아마 가게에서 가장 일찍 일어나던 고참 하녀였을 겁니다."

조지로는 뜰로 뛰어내려 뒤도 돌아보지 않고 도망쳤다. 일단 넓은 곳으로 도망쳤다. 안고 있던 담요는 어디에서 놔 버렸는지 생각나지 않았다. 나중에 보니 그는 빗물과 흙탕물에 흠뻑 젖은 채 어떤 아저씨 품에 안겨 있었다. 그 아저씨가 조지로를 안고 달려 약 반 정 정도를 더 도망쳐 주었다.

"저 혼자만 살아났습니다. 오줌을 지린 담요 덕분에. 열 살 나이에 고아가 된 겁니다."

조지로의 부모는 모두 사망했다. 둘의 사체는 상가 잔해에 깔려 있었다. 미쓰메야의 일꾼들과 이웃들도 목숨을 잃었다.

오치카는 말없이 고개를 끄덕였다. 어떤 말도 건넬 수 없었다.

"저는 외아들이었지만 상가에는 아기 때부터 함께 자란 사촌들과 동무들이 있었어요."

특히 절친한 여자애 둘과 사내아이 하나가 있었다. 네 아이는 늘 서당과 목욕탕을 함께 다녔고, 서로의 집을 왕래하며 놀았다.

"여자아이는 미짱과 오센짱, 사내아이는 핫짱."

조지로는 살짝 가락을 붙여 노래하듯이 아이들의 이름을 말했다.

"그 세 동무도 모두 행방을 알 수 없었습니다."

부모나 다른 어른들과는 달리 친한 동무들의 사체는 좀처럼 발견되지 않았다. 몸이 작아 잔해 속에 파묻혀 버렸는지도 모른다. 혹은 멀리 밀려가 버렸는지도 모른다.

하지만 어쩌면 어딘가에 살아 있는지도 모른다. 움직일 수 없을 만큼 심하게 다쳐서 어디선가 회복중인지도 모른다. 그래서 당장은 만날 수 없을 뿐인지도 모른다.

조지로는 그런 기대를 붙들고 구호소로 지정된 집에서 강아지처럼 오돌오돌 떨며 지냈다. 하루만 기다리면, 이틀만 기다리면 동무들이 찾아올지도 모른다. 사흘이 지나면 누군가가 조지로의 이름을 불러줄지 모른다. 애오라지 그렇게 바라며 몇 날 밤을 보냈다.

그 소망은 헛되게 무너졌다. 조지로는 내내 외톨이로 지냈다.

"산사태가 난 뒤 마침내 비가 그쳤지만, 마을은 그 마을의 모습이 아니었고 항구와 배도 전혀 쓸 수 없었습니다. 배와 항구를 빨리 복구하지 않으면 살아남은 사람들도 굶주림과 추위로 죽고 맙니다. 특히 아이와 노인 들에게는 다이칸쇼가 관리하는 구호소 생활이 더욱 힘들어지기만 하였지요."

마을에 눈병이 돌기 시작했고 물이 탁한 탓인지 배를 앓는 사람도 늘어났다.

"그래서 선주님이 마을 북쪽 산속에 있는 별택을 개방해 주셨습니다. 우선 나 같은 고아나 노약자 스무 명 정도가 그리로 옮겼습니다."

산속의 별택은 본래 선주 가문의 어른이 은퇴 생활을 하는 저택으로, 마을 사람들은 '오카도 님의 산장'이라 불렀다. '오카도'란 이 지방에서 부자나 자산가를 가리키는 말이지만 미시마초에서는 선주를 뜻하는 말이었다.

"오래된 저택이었지만, 산속인데도 절처럼 훌륭하게 지은 기와집이었어요. 은퇴한 노인이 지내는 집이어도 그런 것이 허락되었던 것이지요. 에도 사람들은 납득하기 힘들겠지만 어촌 마을에서는 선주의 권세가 그 정도로 대단했습니다."

고이노보리의 커다란 눈에 부드러운 빛이 깃든다.

"그 와중에도 우리 선주님은 역시 대단하셔, 라고, 자랑스럽고 믿음직스럽게 생각했습니다.”

이 저택에 가서 기다리자. 누군가 내 소식을 듣고 데리러 와줄지 모른다. 친한 세 동무도 나중에 올지 모른다.

“오카도 님의 산장은 아주 커서 한 번에 다 돌아보기 힘들 정도로 방이 많았습니다. 본채와 별채 사이를 복도로 연결했고 그 복도 밑에, 솟아나온 물이 고인 둥근 연못이 있었어요. 호우 탓인지 많이 탁해져서 한 척은 될 법한 커다란 잉어가 배를 드러낸 채 둥둥 떠 있던 모습이 기억납니다.”

조지로를 비롯한 난민에게 내준 방은 별채에 있었고, 밥 지을 때는 우물물을, 목욕이나 빨래에는 연못물을 사용하도록 허락받았다. 어리지만 부상이나 병으로 쇠약해지지 않았던 조지로는 하루 대부분을 물 긷기와 장작 패기로 보냈다.

“그렇게 일을 하고 있으면 마음이 심란하지 않았거든요. 무릎을 안고 가만히 앉아 있으면 자꾸 슬퍼져서 눈물만 나옵니다. 그러면 눈알이 녹아나고 말 테니까요.”

그래도 겨우 열 살배기 사내아이였다. 이야기를 하는 조지로의 바르르 떨리는 눈꺼풀이, 사실은 눈알이 녹아 없어지더라도 원 없이 울고 싶었다고 말하고 있었다.

“산장에서 마을을 내려다보면 소각장에서 매일 연기가 피어올라 바다 쪽으로 흘러가고 있었습니다.”

쉰 살에 은퇴 생활을 시작한 조지로는 눈꺼풀을 떨면서도 여전히 메마른 눈을 한 채 말하고 있었다.

"같은 방에서 지내던 할머니가 어디서 구해 왔는지 벽에 달력을 붙여 주셨습니다. 저는 그걸 보고 산사태가 일어난 뒤 며칠이 지났는지, 산장으로 옮겨온 뒤 며칠이 지났는지 헤아리고 있었습니다."

그래서 그때가 오카도 님의 산장으로 옮긴 지 닷새째 되는 날 아침이었음을 확실히 기억하고 있다.

"눈을 뜨니 집에 돌아와 있지 뭡니까."

오치카는 소리는 내지 않고 눈만 크게 떠서 묻는 표정을 지었다. 조지로도 오치카의 눈을 보고 천천히 고개를 한 번 끄덕였다.

"눈을 뜨니 상가에 있는 우리 집이었어요. 부모님과 나란히 누워 자던 그 방이었어요."

양쪽에 있어야 할 부모님의 이부자리는 개켜져 있고 조지로만 늦잠을 잔 것 같았다.

"저는 벌떡 일어나 눈을 비볐습니다. 아무리 봐도 우리 집이 분명했습니다. 어머니의 베개도 아버지의 이불도 눈에 익은 것이었어요."

저도 모르게 납작 엎드려 어머니 베개의 냄새를 맡아 보니 친숙한 머릿기름 냄새가 났다.

"더 생각할 것도 없이 방을 뛰어나갔습니다. 복도로 나오니 뒤뜰이 보였어요. 아버지가 작년 여름 축제 때 야간 노점에서 산 두꺼비 토기 장식물이 댓돌 옆에 있었습니다."

복도 모퉁이도, 한 칸 떨어진 방의 장지문의 제일 아래 칸에 나 있는 구멍도, 다 그리운 집 안 풍경이 분명했다.

하지만 아무도 없었다. 인기척이 없었다. 한가롭고 따뜻한 봄 햇살만 아른아른 비껴들 따름이었다.

눈 감고도 다닐 수 있을 만큼 익숙한 집 안을 뛰어다니며 조지로는 생각했다. 이건 꿈이야. 토사에 무너져 버린 집을 꿈꾸고 있는 거야.

"아무도 없었지만 기척은 느껴졌습니다. 방금까지 저곳에 누가 있었던 것 같은."

조지로가 손을 들어 '저기' 하고 가리키는 동작을 하자 오치카도 그쪽으로 눈길을 돌렸다. 우연이겠지만 오사카야의 은퇴한 노인이 가리킨 쪽은 오리쿠가 오카쓰와 나란히 숨어 있는 곳이었다.

"제가 눈길을 돌려 그쪽을 바라볼 때까지만 해도 확실히 누군가 있었어요. 어디야, 어디 있는 거야, 하며 뛰어다니다가 이리저리 둘러보는데 누군가의 그림자가 획 사라지는 모습이 시야 구석에 들어온 듯했습니다."

부엌에도 불기운은 없었지만 된장국 냄새가 감돌고 있었다. 조지로는 부엌 봉당으로 뛰어내려 아궁이 위에 올려놓은 무쇠 솥의 나무 뚜껑을 열었다.

그때.

—조짱.

"어디서 부르는 소리가 들렸어요."

─우리 숨바꼭질하자.

오치카는 그 짧은 말을 꼭꼭 씹듯이 얘기하는 조지로의 눈을 응시했다.

"아는 사람의 목소리였나요?"

고이노보리의 커다란 얼굴이 위아래로 움직였다.

"미짱 목소리였어요."

"친하게 지내던 여자아이 말이군요."

"예, 사촌 오미치였어요. 항구와 제일 가까운 히토쓰메야ー^{ツ目屋}의 딸이었지요. 저보다 두 살 많아서 저를 늘 챙겨 주던 말괄량이 누나였습니다."

미짱─하고 조지로도 소리 내어 대답했다. 어디 있는 거야, 하며 주위를 둘러보며 몇 번이나 불렀다. 미짱, 미짱.

─숨바꼭질이라니까, 조짱.

조지로와 친하게 지내던 세 아이는 골목에서뿐만 아니라 집 안에서도 잘 놀았다. 특히 서로의 집에서 숨바꼭질하며 노는 것을 좋아했다.

그래? 또 숨바꼭질을 하자고? 미짱하고 숨바꼭질하는 거야?

"숨은 가빠지고, 꿈속이었어도 가슴이 두근거렸습니다."

어디 보자, 미짱이 어디 있나.

바로 뒤에서 문 닫히는 소리가 났다. 조지로가 몸이 휘청거릴 정도로 퍼뜩 돌아보니 찬광의 미닫이문이 닫힌 참이었다.

그 미닫이문에 혀를 메롱, 하며 내민 것처럼 붉은 오비의 끄트

머리가 끼어 있었다.

"미짱의 오비임을 바로 알 수 있었습니다."

조지로는 미닫이문으로 뛰어들었다. 팔을 뻗어 손끝이 오비에 닿으려는 순간, 그것은 안쪽에서 세게 당겨져 휙 사라졌다.

그리고 이번에는, 애야, 하고 부르는 소리가 났다.

"그 목소리에 퍼뜩 정신을 차렸습니다."

이야기하는 조지로가 흠칫하며 몸을 움찔했다. 왼손으로 오른쪽 팔꿈치를 만져 보인다.

"저는 오카도 님 산장의 이불 위에 앉아 있었습니다. 달력을 구해준 할머니―오키요라는 분인데, 오키요 할머니가 제 팔꿈치를 이렇게 붙잡고 계시더군요."

잠꼬대를 하더구나.

"정신 차리라고, 흔들어 깨운 겁니다."

분명히 조지로는 선잠에서 깨어날 참에 짧은 꿈을 꾸었다. 하지만 도저히 꿈 같지가 않았다. 어머니의 머릿기름 냄새가 코끝에 여전히 남아 있다.

그렇게 친한 미짱의 목소리도 들었고 기척도 느꼈다. 한순간이지만 반갑고 즐겁고 행복한 날들이 되살아났다.

"꿈은 덧없는 것이지만 당시 제 마음에는 그야말로 오랜 가뭄 끝에 만난 단비 같았어요."

그리움과 함께 새삼 치미는 슬픔을 아침밥과 함께 꼭꼭 씹어 삼키고, 조지로는 그날 하루 일을 시작하였다.

"점심때가 지나자 마을에서 쌀과 된장을 가져온 선주님 댁 일꾼이 저를 찾더니."

쪼그리고 앉아 눈높이를 맞추고 이렇게 고했다.

—네가 미쓰메야네 아이지? 히토쓰메야의 친척이고?

네, 하고 조지로는 고개를 끄덕였다. 그러자 남자는 투박한 손으로 그의 머리를 한 번 쓰다듬어 주고 말했다.

—오늘 아침 항구에서 히토쓰메야의 딸이 발견되었단다.

"다행이지, 하며 다시 제 머리를 쓰다듬어 주었습니다. 너무 세게 쓰다듬는 통에 머리가 아팠어요."

—그동안 히토쓰메야 식구 중 딸만 발견되지 않았으니까.

오미치는 산사태에 묻혀 바다까지 밀려가 있었다. 다시 그 사체가 파도에 밀려 항구 안으로 돌아온 것이다.

"저는 다시 꿈을 꾸는 심정이었습니다."

그 자리에 쪼그려 앉아 머리를 감싼 채 한동안 꼼짝도 할 수 없었다고 한다.

"미짱, 돌아온다고 알려준 거니, 하며."

—너 혼자 외로웠지? 미안해.

조금 전부터 조지로의 말에 가미가타 사투리가 섞였다. 어린 시절로 돌아갔구나, 하고 오치카는 생각했다.

"미짱은 짜증날 정도로 친절하다니까. 건방지게 이런 말을 해서 오키요 할머니한테 야단을 맞았지요."

오키요 할머니는 울면서 꾸중했고, 조지로도 할머니의 울음소리에 기대어 조금 눈물을 흘릴 수 있었다고 한다.

"남들처럼 사람들 앞에서 울어 버리면 간신히 버티고 있던 것이 툭 꺾이고 말 듯해서 참았던 겁니다."

조지로가 찻잔을 집어 들자 오치카도 가만히 손을 움직여 다시 차를 탔다. 차향과 희미한 김 너머에서 조지로가 잠깐 코를 훌쩍거렸다.

"그리고 이틀 뒤 아침에."

또 그런 일이 있었다.

"이번에는 다른 집이었습니다."

아침에 눈을 뜨니—역시 꿈속이었기 때문에 꿈속에서 눈을 뜬 것이지만—산장이 아니라 또 다른 집 안에 있었다.

"우리 집은 아니었지만 낯선 집도 아니었어요. 이웃인 나가타야네, 제 동갑내기 친구 하쓰타로의 집이었어요."

오치카는 핫짱이겠구나, 하고 생각하며 마음속으로 고개를 끄덕였다. 절친한 세 동무 가운데 하나다.

나가타야는 가다랑어포 도매상으로, 영주님께 납품하는 유명한 가게였다. 하쓰타로는 그 집안의 후계자였다. 갓 태어난 여동생도 있었는데, 일가가 모두 행방불명된 상태였다.

"처음 겪는 일도 아니어서 어린아이였지만 나름 침착했습니다."

—여기는 핫짱의 집이야.

역시 아무도 없었지만 방금까지 누군가 있었던 것 같은 편안한 느낌이었다.

"자주 놀러가던 집이고 상가에 있는 집들은 다 구조가 비슷하므로 저도 그 집의 내부를 잘 알고 있었습니다."

늘 핫짱과 놀던 곳에 가면 핫짱의 기척이 느껴질지도 모른다. 핫짱의 목소리가 들릴지 모른다. 꿈속이었어도 설레는 가슴을 달래며 뛰어갔다.

"핫짱과 흙장난을 하며 놀던 우물가, 도르래를 날리러 이층 지붕으로 올라가던 문."

여기저기로 뛰어다니다가 가만히 멈춰 서서 주위를 둘러보니, 인기척 없는 나가타야 안에서 찰싹찰싹 울리는 발소리가 자기 것만이 아니라는 사실을 알았다.

"한 아이가 뛰어다니고 있었던 겁니다. 뛰어가는 저를 앞질러 도망치다가 제가 멈추면 덩달아 멈추고 저를 살펴보는 것처럼……."

그래, 또 숨바꼭질을 하자고?

—오늘은 핫짱하고 숨바꼭질이구나!

꿈속에서 조지로는 큰 소리로 그렇게 말했다. 그러자 어디선가 아이의 웃음소리가 들렸다.

—조지로가 술래야.

"그 목소리를 어찌 잊겠습니까. 핫짱이 신나서 말하는 목소리였어요."

조지로가 술래다. 금방 찾아 줄게, 핫짱. 그는 열심히 찾아다녔다.

"아가씨, 저는 동무들과 실제로 숨바꼭질을 할 때는 늘 숨는 데 서툴렀지만 술래 역할은 잘했어요."

언제나 세 아이를 너무 빨리 찾아내서, 아이들은 이러면 재미없다며 조지로에게 짜증을 낼 때가 있었을 정도였다.

"그러다가 한번은, 그게 그 폭우가 내리기 보름쯤 전이었나, 핫짱이 너무 감쪽같이 숨어 버려서 아무리 애를 써도 찾지 못한 적이 있었습니다."

술래 조지로에게 먼저 잡힌 두 아이까지 가세하여 핫짱을 찾아보았지만 계속 오리무중이었다.

"야무진 미짱도 점점 얼굴이 창백해졌어요. 핫짱이 가미카쿠시를 당한 게 아닐까 하는 말까지 나오자, 미짱의 육촌이자 우리 중에서는 제일 어렸던 오센짱이 훌쩍훌쩍 울기 시작했습니다."

조지로도 불안해서 울음이 나올 것 같았지만 그래도 사내아이였다. 오센을 업은 채 오미치를 격려하면서 나가타야 집 안을 뒤지며 돌아다녔다.

"그러다가 이상한 소리를 들었어요."

조지로의 등에 업힌 오센의 울음소리 외에 또 다른 울음소리를 들은 것이다.

"뒷간이 있는 뒤뜰 쪽에서 들려왔어요."

얼른 셋이서 뒤뜰로 가보니 물확 너머 동백나무 밑에 쓰러져 있는 커다란 항아리가 희미하게 흔들리고 있었다.

"한 아름은 되는 물 항아리였는데, 금이 가서 못 쓰게 되자 나가타야 주인이 그곳에 내다놓은 것입니다."

울음소리는 그 항아리에서 흘러나왔다. 가까이 가자 하쓰타로의 소리임을 알았다.

"핫짱은 항아리 속에 숨었던 겁니다."

몸이 가늘고 유연한 아이여서 아가리가 큰 항아리에 쏙 들어갔던 것이다. 하지만 나오려고 하니 어깨가 끼어서 도저히 나올 수 없었다. 들어갈 때하고는 사정이 달랐던 것이다.

"어쩔 줄 몰라 겁이 나서 울고 있었던 거지요."

아무래도 아이들 힘으로는 안 돼서 어른을 불러왔고, 그 어른이 항아리를 깨 주었다. 하쓰타로만이 아니라 네 아이가 나란히 서서 꾸중을 듣고 말았다.

"도저히 잊을 수 없는 추억이었으니까요."

꿈속의 나가타야에서도 핫짱과 숨바꼭질을 한다면 핫짱은 아마 뒤뜰 항아리에 숨었을 게 분명하다. 조지로는 그렇게 생각하고 주저 없이 뒤뜰로 뛰어갔다.

―그래, 저 동백나무 밑이야.

분명히 그곳에서, 아가리가 커다란 항아리가 희미하게 흔들리고 있었다.

"핫짱, 찾았다!"

조지로의 신나는 목소리가 날아올라 흑백의 방의 란마미닫이 위의 상인방과 천장 사이에 통풍과 채광을 위하여 마련해 놓은 작은 창며 난간에도 울리는 듯했다.

"저는 그렇게 소리치며 항아리로 달려들었습니다."

그 순간 꿈속의 항아리가 소리도 없이 두 쪽으로 깨졌다. 그 안에 하쓰타로는 없었고 인기척만 느껴졌다.

"제 옆구리를 재빨리 간질이고는 쿡쿡 웃으며 도망쳤습니다."

—핫짱, 너 까불지 마!

조지로는 주먹을 휘두르다가 꿈에서 깨어났다. 아침을 맞은 별채에서 오키요 할머니가 이번에는 그를 껴안듯이 하면서 걱정스럽게 들여다보고 있었다.

"조지로, 또 꿈을 꾼 게로구나, 하고 오키요 할머니가 말하시더군요. 저는 꿈속에서 뛰어나온 것처럼 숨을 가쁘게 쉬고 있었습니다."

하쓰타로 꿈을 꾸었다, 나가타야 꿈을 꾸었다고 가쁜 숨을 몰아쉬며 자세히 이야기했다.

"그러니까 할머니, 오늘은 핫짱이 돌아올 거예요, 하고."

과연 그대로 되었다. 하쓰타로뿐만 아니라 부모와 누이의 사체까지. 부모가 자식을 지키려는 듯 몸을 꼭 붙인 모습으로 건물의 잔해 밑에서 발견되었다.

"코흘리개 꼬마였던 저는 철도 없었고 아무것도 몰랐습니다. 그래서 오키요 할머니가 현명하게 저를 타이르셨어요. 조지로, 이런 얘기, 다른 사람들한테 함부로 하면 안 된다."

아닌 게 아니라 사람들이 어떻게 생각할지 알 수 없다.

"오키요 할머니와 둘이서만 아는 비밀로 하기로 했겠군요?"

"그래요. 하지만 그것 때문에 가슴이 너무 답답해서."

조지로로서는 너무나 불가해하고 목구멍에 걸리는 듯한 수수께끼였다.

"그런 꿈을 꾸면 행방불명된 동무가 발견되는데, 산장에 대피한 다른 사람들도 그런 꿈을 꾸는지 궁금해서 견딜 수 없었습니다. 오키요 할머니도 마찬가지였는지, 은근히 주변에 물어보거나 귀를 세우시기도 했지만, 그런 꿈을 꾸는 사람은 없는 것 같았습니다. 저 하나에게만 일어나는 일 같았어요."

이상해서 견딜 수 없었다.

"왜 저한테만 이런 일이 일어나는지. 가족의 행방을 모른 채 고통스러워하는 사람들이 그렇게 많은데."

이 대목에서 조지로는 문득 미소를 지었다. "달리 물어볼 상대도 없어서 오키요 할머니를 붙들고 끈질기게 졸랐어요. 할머니라면 이유를 알 거다, 왜 나한테 이런 일이 일어나는지 가르쳐 달라. 할머니가 말해 주지 않으면 다른 사람들한테 물어보겠다."

오치카도 함께 미소를 지었다. 어린 마음이니 그럴 만하다.

"그래서, 오키요 할머니는 뭐라고 하시던가요?"

"그곳 사람들은 어려울 때면 선주님을 찾아요"라고 조지로는 말했다. "그것이 그 마을의 관례였습니다. 그래서 할머니도."

―선주님의 영험한 능력 때문이란다.

"그냥 아무렇게나 내놓은 대답은 아니었습니다. 미시마초의 선주 가문에는 대대로 천리안을 가진 사람이 나온다는 소문이 있었습니다. 특히 산장을 짓고 은퇴 생활을 한 선대 주인은 삼십여 년을 당주로 있으면서 풍어인지 흉어인지 삼 년 뒤의 상황까지 정확히 예측하고 한 번도 어긋난 적이 없었다는 분이었습니다."

흠, 하며 오치카는 고개를 끄덕였다.

"그런 분의 후손이 생활하는 산장이니 우리는 짐작하지도 못할 신통력이 깃들어 있을 것이다."

―산장 자체가 신 같은 거란다.

"고아가 된 너를 불쌍히 여겨 네 동무가 발견되면 산장이 그 신통한 능력으로 미리 알려주는 거라고 할머니는 말씀하셨습니다."

그러므로 조지로가 본 것은 '꿈'이 아닌지도 모른다. 앞일을 예고하는 환영이며, 이 또한 천리안이 보여 주는 것인지도 모른다.

"저는 '천리안'이 뭔지 '신통력'이 뭔지 몰랐습니다. 다만 그 신기한 일이 마치 무슨 기계장치로 보여 주는 장면 같았어요."

―이 산장에 그런 기계장치와 같은 능력이 있는 게 아닐까.

"그런 기계장치를 어린 조지로 님은 본 적이 있었나요?"

오치카의 물음에 조지로는 사십 년 세월을 단번에 퇴행하여 어린 조지로의 얼굴로 고개를 끄덕였다.

"산사태가 나기 딱 일 년 전에 기계장치로 눈요깃거리를 보여 주는 일행이 미시마초를 찾아와 보름 정도 요란하게 흥행을 해서 큰 인기를 얻은 적이 있어요."

네 아이는 저마다 부모님을 졸라서, 함께 구경을 가게 되었다.

"구로고_{검은} 옷을 입고 인형극 무대에 올라 인형을 조종하는 사람도 없이, 인형이 알아서 움직이는 것처럼 보이는 분라쿠, 춘하추동 각 계절의 꽃이나 경치가 빙빙 돌며 바뀌는 환등 같은 것이었습니다. 지금 생각해 보면 보잘것없는 기계장치였지만, 어촌 아이들은 너무나 신기해서 눈길을 떼지 못하는 구경거리였지요."

당시 제일 어렸던 오센이 '기계장치'라는 말을 엉뚱하게 기억하는 바람에,

"기치장치, 기치장치, 하고 말했지요."

엉뚱하게 '기치장치' 하고 중얼거리는 모습이 귀엽기만 했을 것이다.

"그래, 이 산장은 기치장치 저택이구나, 하고 저는 납득했습니다."

외로운 아이의 순진한 납득이었지만, 그것이 조지로에게 기운을 북돋아 주었다.

"다음은 오센짱이겠지. 그렇게 생각하며 기다렸습니다."

이번에는 제법 날이 걸렸다. 조지로가 오센의 집의 환영을 보고 오센의 사체가 발견된 것은 그로부터 닷새 뒤였다.

"오센네 가게는 여섯 번째 창고를 가진 곳이라서 무쓰메야_{六ツ目}_屋였는데, 그 소리가 변하여 옥호가 무쓰미야가 되었습니다."

오센의 사체는 어부가 바다에 던진 그물에 걸려서 발견되었다. 무쓰미야의 부인은 중상을 입은 채 살아남아 구호소에 누워 있었다. 오센의 사체가 떠오르자 조지로는 부인을 만날 수 있었다.

"꿈에 비친—기치장치 저택이 보여 준 환상 속의 무쓰미야에서도 오센짱과 숨바꼭질을 했나요?"

고이노보리의 눈길이 흔들렸고 이어서 눈꺼풀이 닫혔다. "오센짱은 숨는 데 서툴렀어요. 언제나 금세 잡혔지요."

환영 속에서도, 반침에 숨은 뒤 가끔 문을 열고 조지로 쪽을 살펴보았기 때문에 금방 찾을 수 있었다고 한다. 하지만 이번에도 역시 손을 잡지 못했다.

—찾았다, 오센짱!

하며 반침을 활짝 열어 보니 안은 텅 비어 있었다. 그리고 여자아이의 웃음소리만 들리다가 환영이 사라졌다.

"그때는 다른 때와 달랐습니다. 눈을 떠 보니 여전히 한밤중이었어요."

오키요 할머니도 옆에 없었다. 조지로는 잠든 상태로 환영에 이끌려서, 산장 본채와 별채를 잇는 복도 밑으로 내려가 있었다.

"연못가에 혼자 서 있더군요."

흠칫하며 눈을 깜빡이자 연못 수면에 자기 얼굴이 비치고 있었다. 그 한순간 전에는 다른 얼굴들도 보인 것처럼 느껴졌다.

"미짱과 핫짱과 오센짱이 손을 잡고 나란히 서서 저를 보고 있었어요."

밤바람이 세게 불어와 연못 수면이 흔들리자 조지로는 몸서리를 쳤다. 위를 올려다보니 하늘은 온통 별바다였다.

"이튿날 아침에 일어나 다시 연못으로 가 보니 폭우 이후로 늘

탁했던 물이 맑아져 있었습니다."

어린 마음에도 짚이는 바가 있었다고 한다.

"아아, 끝났구나 하는 느낌, 혹은 재앙이 물러갔구나 하는 느낌이었다고 할까요."

그리고 사라진 사람들은 결코 돌아오지 않았다.

조지로는 불쑥, "잘 먹겠습니다"라고 말하고 긴쓰바로 손을 뻗었다. 아이처럼 손가락으로 집어 들고 입으로 가져가 한 입 깨물었다.

오치카는 차를 새로 탔다.

"미짱이 좋아하던 과자입니다."

오물오물 입을 움직이며 조지로가 말했다.

"긴쓰바를 좋아했나요?"

"예. 경단이나 다이후쿠^{팥소가 든 둥근 찹쌀떡}가 아니라 긴쓰바를 좋아할 만큼 깜찍한 아이였지요."

우연히 그렇게 정한 다과였지만, 뭔가가 그렇게 이끌었나 싶어서 오치카의 가슴도 울렸다.

"맛있군요."

미소를 지으며 조지로는 눈길을 들었다.

"산장에는 그 뒤로 한 달쯤 더 신세를 졌는데."

무쓰미야 부인이 회복하자 재난에서 혼자 살아남은 조지로를 불쌍히 여겨 여기저기 뛰어다니며 의지할 곳을 알아봐 주었다.

"아주머니의 먼 친척 중, 기시와다 번에서 어용 상인으로 일하는 방물 도매상이 있는데, 저는 그 집에 맡겨지게 되었습니다."

그 가게 옥호가 '오사카야'였다.

"아들이 둘, 딸이 셋이나 될 만큼 자식 복이 많은 집안이라 양자가 필요한 것도 아니었습니다."

조지로를 불쌍히 여겨 가족으로 받아들여 준 따뜻한 사람들이었다.

"그 오사카야의 셋째 딸이 지금의 아내입니다. 제가 스무 살, 아내가 열일곱 살 때 혼인해서 분가했습니다. 본가와 똑같은 물건을 파는 것이 싫어서 분가루를 팔게 되었습니다."

젊은 부부, 특히 남편 조지로의 상재를 인정했는지 장인이 젊은 부부에게 에도로 가기를 권한 것은 그로부터 오 년 뒤의 일이었다.

"에도의 분점이 잘되기만 하면 본가의 장사도 규모가 커지는 거라면서 많이 도와주셨으니, 제가 운이 좋은 사람이었지요."

그렇다면 조지로는 에도에 자리 잡은 지 이십오 년이 된다. 그래도 지난 일들을 이야기할 때는 종종 가미가타 사투리가 튀어나온다. 사람은 고향을 벗어나기 힘든 법이다.

고향은 핏속에 잠들어 있다.

"몇 살이 되어도, 몇 년 몇 십 년이 지나도 저는 그 꿈, 기치장치 저택이 보여 준 환영을 잊을 수 없었습니다."

과거 이야기를 들려주던 어린 조지로는 사라지고, 지금 오치카가 마주한 사람은 오사카야의 조지로였다.

"매년 봄 피안이 시작되면 자잘한 것들까지 다 생각납니다. 그때마다 아내에게 들려주었어요. 환영 이야기를 하는 김에 미짱이 얼마나 야무진 아이였는지, 핫짱이 얼마나 손재주가 좋았는지, 오센짱의 오른쪽 볼에 있는 보조개를 미짱이 얼마나 부러워했는지까지 죄 이야기하고 또 이야기하고 또 이야기하고. 아내는 싫은 내색도 없이 잘 들어 주었습니다."

아, 그리워라. 또 만나고 싶구나.

"꿈이든 환영이든 다시 한 번 세 동무를 만나고 싶었습니다. 늘 바랐지만 이루어지지 않았지요. 그저 마음속에 소중히 간직해 두어야 하나 보다 하고, 체념하고 살았는데……."

뜻밖에도 그 바람이 이루어졌다.

"얼마 전 제가 쓰러졌을 때."

팔월 초 삼도천을 반쯤 건넜을 때였다.

"눈앞이 캄캄해지고 영문 모를 암흑 속을 떠돌았는데, 정신을 차려 보니 우리 집에, 미쓰메야에 와 있더군요."

그때와 마찬가지로 부모와 나란히 자던 그 방이었다.

"놀라지는 않았습니다."

하지만 그 집에 와 있다는 사실만으로도 머릿속을 스치는 것이 있었다고 한다.

"이번에는 내 차례로구나, 하고."

이번 숨바꼭질은 조지로가 숨고, 미짱과 핫짱과 오센짱이 술래다.

"세 친구가 저를 찾아낼 차례라는 걸 금방 깨달았습니다."

그래, 이제야 데리러 와 주었구나.

"참 오래도 걸렸지. 사십 년이라니."

조지로는 오치카라는 청자가 아니라 절친한 세 아이가 눈앞에 있는 것처럼 감개에 빠진 표정으로 말했다.

"어서 나를 찾아봐! 저는 집 안을 뛰어다녔습니다."

가는 곳마다 아이들 발소리가 들렸다. 한 명이 아니다. 분명히 셋이었다. 조지로가 가려는 곳으로 앞질러 가고, 다가가면 사라지고, 걸음을 멈추면 다시 다가오고.

─심술부리지 말고 얼른 날 찾아줘!

마침내 안달이 나서 큰 소리로 외쳤을 때 등을 확 떠밀렸다.

미쓰메야는 사라졌고 널찍한 강물이 눈앞에 잔잔하게 펼쳐져 있었다.

─조지로는 아직 아니야.

등 뒤에서 목소리가 들렸다. 하지만 돌아봐도 아무도 없었다. 안개가 밀려와 풍경을 감추고 있었다. 그저 강물만이 소리 없이 흘렀다.

─이렇게 서두르면 부인이 불쌍하잖아.

─일단 돌아가.

무서워서가 아니라 가슴이 떨려서 오치카는 진저리를 쳤다. 너무 빨리 왔으니 다시 돌아가. 오리쿠도 했던 말 아닌가.

"강물을 내려다보니 거기에 미짱과 핫짱과 오센짱이 비치고 있었습니다."

그날의 모습 그대로 세 아이가 비치고 있었다. 미짱의 선홍빛 오비. 핫짱의 장난스럽게 웃는 얼굴. 오센짱의 볼에 팬 보조개.

—조짱, 다음에 만나.

"싫어! 하고 저는 화를 냈어요."

안 갈래, 돌아가지 않을 거야. 나도 같이 데려가 줘.

"주먹을 쥐고 발을 동동 구르며 소리쳤습니다. 돌아가지 않을래, 무슨 일이 있어도 너희랑 갈래, 너희랑 같이 갈 거야!"

왜 자꾸 나한테 못되게 구는 거야.

왜 나만 따돌려.

조지로는 양손으로 얼굴을 감쌌다. 신음 같은 목소리가 손가락 사이로 흘러나왔다.

오리쿠에게는 차마 하지 못한 말.

조지로가 가슴에 감춰 온 이야기.

그것이 지금 흘러나온다.

"나도 알아. 나만 혼자 남아서, 혼자 살아남아서, 너희한테 얼마나 미안한지 몰라."

너희가 원망해도 당연하다고 생각해 왔어.

"내가 빌게, 얼마든지 사죄할 테니까, 이제 장난 그만하고 날 데려가 달라니까."

울면서 소리쳐도 대답은 들리지 않았다. 다만, 다시 한 번 등에 가만히 닿는 작고 보드라운 손바닥 감촉을 느꼈다 싶은 순간, 조지로는 호흡을 재개했다. 눈을 떠 보니 아내와 아들, 며느리들에게 둘러싸인 채 누워 있었다.

오치카를 피하려는 것처럼 양손으로 얼굴을 가린 채 조지로는 계속 말했다. "식구들 얼굴을 보아도, 다행이다, 살아났다, 하고 좋아하는 소리가 들려도 저는 하나도 기쁘지 않았습니다."

아아, 돌아오고 말았구나.

기쁨에 겨워하는 처자식 앞에서 멍하니 눈만 끔뻑이고 있었다.

"다시 살아나고 말았구나. 또 버림받고 말았구나. 아이들이 나를 여전히 용서해 주지 않는구나. 친구로 끼워 주지 않는구나. 그런 생각밖에 안 들었어요."

아내에게 수도 없이 옛날 일들을 들려주었으면서도 조지로가 차마 말하지 못한 이야기가 이것이었다. 혼자만 살아남고 말았다. 왜 나만 남았는지 모르겠다. 혼자만 살아남은 이유를 도무지 모르겠다.

쓸쓸하고 슬프고, 가슴에 뻥 뚫린 구멍이 메워지지 않는다.

그것을 다 털어놓고 싶어서, 못 견디게 털어놓고 싶어서 오사카야의 조지로는 여기를 찾아온 것이다.

"여보!"

그렇게 부르는 소리와 함께 흑백의 방과 옆방을 구획하는 장지문이 드르륵 열렸다. 그리고 오리쿠가 구르듯이 건너왔다.

"어, 당신."

저도 모르게 자세를 무너뜨리며 도망치려고 할 정도로 놀라는 조지로에게 와락 달려들어 매달렸다.

"당신은 역시 그랬구려. 늘 그렇게 생각했구려. 혼자만 살아남아서 미안하다는 생각뿐이었지요."

남편의 소맷자락을 잡아 흔들며 오리쿠는 울었다.

"내 그걸 모를 줄 아셨소? 나도 알고 있었소. 어릴 적 얘기를 할 때마다 당신은 당장이라도 꺼져 버릴 것 같은 얼굴을 하지 않았소. 얼마나 괴로워하는지 나도 다 알고 있었소."

당신은 어쩜 그렇게 모르오.

"한 번이라도 입 밖에 내 주었다면 그게 아니라고 내 얼마든지 얘기해 드렸을 텐데."

"하, 하지만 당신한테."

당신한테 어떻게 그런 말을 할 수 있겠소—하고 조지로는 맥없이 항변했다.

"뭐라? 왜 나한테 말을 못하오! 당신이 괴로워하는 거, 무서워하는 거, 나는 모르니까? 내가 알 리가 없을 것 같아서?"

옆방에서 오카쓰가 무릎을 미끄러뜨리며 건너왔다. 오치카와 눈을 맞추고 사죄하듯이 고개를 숙였다. 오치카는 고개를 가로저었다.

―괜찮아요. 이걸로 괜찮아요.

변조 괴담 자리에 이런 일이 있어도 좋지 않겠는가.

"그래요, 나는 모릅니다, 고아의 두려움, 나는 몰라요. 어릴 적 동무를 잃은 슬픔도 나는 몰라요. 모릅니다!"

거침없이 말하면서 오리쿠는 흐르는 눈물을 훔치려고도 하지 않았다.

"하지만 당신의 동무 미짱이나 핫짱이나 오센짱이라면 나도 압니다. 잘 알아요."

당신이 얘기해 주었으니까.

"미짱의 당찬 누나 같은 모습도, 핫짱이 날리던 도르래도, 오센짱의 보조개도 다 압니다. 당신이 살아남아서 세 친구 얘기를 해 주었으니까. 시시콜콜 다 얘기해 주었으니까."

그 셋이—하다가 오리쿠는 목이 멨다.

"왜 당신을 따돌리겠소. 왜 당신한테 어깃장을 놓겠소. 절친한 동무니까 당신을 걱정해서, 당신을 다시 나한테 돌려보내 준 것이지."

떳떳지 못하다니요. 미안하다니요.

하물며 원망을 받다니요.

"천만에요!"

오리쿠는 몸을 쥐어짜듯 소리친 뒤 엎드려서 큰 소리로 울었다. 오사카야의 조지로도 아내가 소매를 붙잡고 흔드는 대로 맥없이 몸을 숙였다.

마침내 부부는 손을 맞잡았고, 오치카는 오카쓰와 함께 가만히 흑백의 방에서 물러났다.

"기치장치라."

그날 밤 미시마야 이헤에는 오치카의 이야기가 끝나자 천천히 중얼거렸다.

"기치장치 저택은 산장의 신통력인지 뭔지 때문에 가능했던 것은 아닐 거야."

조지로 씨의 여기에 있던 것 때문이지—하며 한 손을 가슴에 댔다.

"오사카야 내외분은 은퇴도 했으니 미시마초로 이사하신다고 합니다."

돌아갈 때 오리쿠가 말했다. 남편이 싫다고 해도 내가 데려갈 거예요. 다정했던 세 사람의 묘를 지키며 여생을 보내고 싶어요, 라고.

그것은 조지로의 마음에도 평안을 주는 일일 것이다.

"오늘 밤은 불단속 단단히 하고 자야겠다."

이헤에의 엉뚱한 말에 오타미가 눈썹을 치켰다.

"무슨 말이에요? 불단속이야 늘 단단히 하고 자는데."

"물론 잘 알아. 하지만 오늘 밤은 더 단단히 하자는 말이지."

이헤에는 조금 쑥스러워하고 있다. 하지만 눈빛은 진지하다.

"천재지변이야 우리 인간이 도저히 어쩔 수 없는 것이니 최소한 불단속이라도 잘해야겠다는 생각이 들어서 말이야."

오늘 밤 이렇게 저녁상을 둘러싼 면면이 내일도 무사히 모일 수 있도록 해 주십사 하는 기도가 절로 나오는 것이다.

"네, 알겠습니다."

"어마, 오치카, 대답 한번 착하게 하는구나. 나만 밀려난 꼴이네."

오타미가 짐짓 토라진 모습을 보이다가 이내 웃었다.

오카쓰도 생각은 같았던 모양이다. 한밤중에 오치카가 잠옷 위에 한텐작업용, 방한용으로 입는 겉옷을 껴입고 가게와 집 안을 둘러보다가, 같은 차림으로 돌아다니는 오카쓰와 마주쳤다.

서로 수줍은 웃음을 나누었다. 불단속을 마치자 누가 먼저 권할 것도 없이 뜰로 나섰다.

달과 별들이 또렷하게 보이는 밤이었다.

"오카쓰 씨, 어디가 서쪽이죠?"

"저쪽이에요. 아가씨."

미시마초가 있는 쪽. 도매 상가가 있는 쪽. 조지로와 다정한 세 동무가 숨바꼭질하며 놀던 곳.

그리고 삼도천이 흐르는 곳.

깜빡이는 별하늘 아래 오치카와 오카쓰는 어깨를 나란히 하고 합장을 했다.

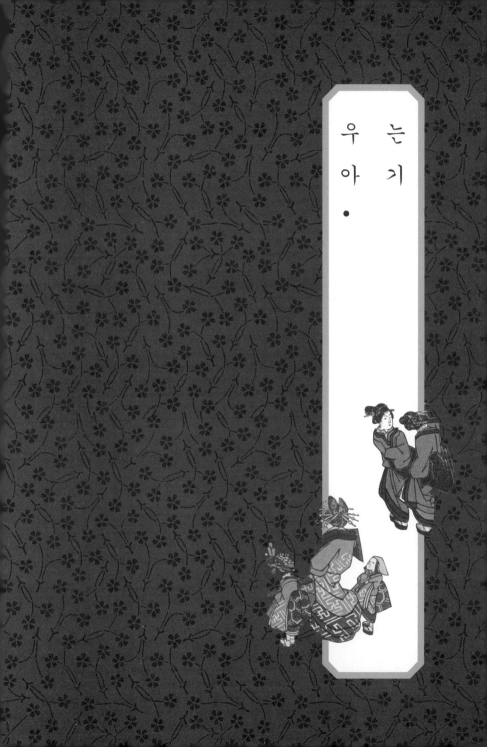

느기
·
우아

찍찍, 찍찍.

계산대 신단 앞에서 신타가 몸을 웅크린 채 머리 위로 두 손을 올려 귀 모양을 흉내 내고 쥐 울음소리를 냈다에도 시대 때 접객업소에서는 예외 없이 출입문 근처 벽면에 작은 신단을 키보다 조금 높은 위치에 설치해 두고, 조석으로 가업의 번영을 빌었다.

동짓달은 쥐子의 달이다. 이달의 첫 자일子日에는 '쥐 고사'를 드리는데, 상가에서는 사업 번영을 기원하는 중요한 행사이다. 대흑천께 고사를 드리고 쥐가 좋아하는 콩이나 팥밥을 공양하며 다 함께 염원을 한다.

미시마야에는 그런 관습에 더해 독자적인 관례가 있다. 가게 식구 일동은 남녀노소 불문하고 모두 양 볼을 백분으로 하얗게 칠하고 콧잔등을 연지로 빨갛게 칠해서 흰쥐처럼 꾸민 다음, 방금 신타가 한 것처럼 대흑천 앞에서 쥐 울음소리를 흉내 내는 것이다.

이것은 이헤에가 행상을 하던 시절에 단골이었던 싸전의 관습이라고 한다. 장사 수완이 좋고 인덕이 있는 싸전 주인을 본받고 싶었던 이헤에가 이 관습을 도입하여 오늘에 이르게 된 것이다. 이헤에와 오타미가 행상을 하던 시절에는 단둘이서 했고 점포를 마련하고 나서는, 일꾼이 늘어나면 늘어난 수만큼 모두가 참가하여 매년 그렇게 해 왔다.

현재 미시마야는 통근하는 직인과 부업으로 일거리를 가져가서 해 오는 여자들까지 합쳐 무려 서른 명가량이나 부양하고 있다. 그만한 인원이 한자리에 모여서 모두 백분과 연지를 칠하고 순서대로 찍찍, 찍찍, 하며 쥐 우는 소리를 흉내 내니 볼만한 구경거리가 되는 것이다. 미시마야의 이름이 알려짐에 따라 이 관습도 근방에 잘 알려져서, 요즘은 구경하러 오는 사람도 있다. 개중에는 거리낌 없이(백분으로 하얘진 누군가의 얼굴을 예의 없게 손가락질하며) 웃는 자들도 있지만 미시마야 사람들은 개의치 않는다. 우선은 이헤에와 오타미가 그만큼 일꾼들의 믿음을 샀기 때문이고, 또 하나는 이 부부가 웬만해서는 한자리에 다 모이는 일이 없는 사람들을 둘러보며 평소 관계가 깊지 않은, 부업하는 여자들 한 사람 한 사람에게 말을 건네며 팥밥 도시락과 술 한 홉씩을 선물로 들려 보내기 때문이다.

기숙하는 일꾼들은 작업을 일찌감치 마치고 저녁 시간에 즐거운 자리를 가진다. 주문 배달 요릿집에서 음식을 조달하여 모두 맛있는 음식을 배불리 먹는다. 미시마야에서 일하는 자들에게는 실은 이날이 새해인사차 몰려드는 손님들을 맞이하는 정월보다 더 즐거운 한때이다.

그렇지만 멀쩡한 어른들이 쥐 흉내를 내는 것은 특히 남정네들에게는 아무래도 쑥스러운 일이다. 연지 때문이 아니라도 얼굴이 빨개지는 사람도 있다. 얼른 끝내려고 "찍찍, 찍찍"이 아니라 "찌찌찍" 하고 물러날라치면 이헤에게 제대로 다시 하라는 핀잔을 듣게 된다.

"흰쥐는 대흑천의 사자인 데다 쌀 창고를 거처로 삼으니 굶주릴 일이 없다는 신통한 생물이야. 정성스럽게 흉내 내지 않으면 대흑천의 가호를 못 받고 말아."

이런 연유로 '찍찍' '찍찍' 소리가 집 안을 가득 채우는 풍경이 벌어진다. 견습 점원 신타가 하는 양이 역시 유쾌하고 귀여워서 가게 일꾼들뿐만 아니라 구경꾼들 쪽에서도 따뜻한 웃음소리가 흘러나왔다. 당사자는 거기에 정신을 흩뜨리지 않은 채 쥐 우는 흉내를 마친 다음 작은 손을 모아 합장하며 고개를 숙여 열심히 기도를 올린다.

차례가 돌아오자 오치카도 대흑천 앞으로 나갔다. 오시마, 오카쓰와 함께 나란히 섰다.

"아가씨 목소리에 맞춰서 할게요."

오카쓰가 내는 소리는 "찌이익찌이익" 하는 느긋한 소리이고 오시마의 그것은 위협적인 느낌이 드는 소리였지만, 셋은 호흡을 잘 맞춰 쥐 우는 소리를 낼 수 있었다. 이제는 야소스케와 주인 내외만이 남았다.

야소스케의 쥐 우는 소리는 참으로 그럴듯했다. 이혜에와 오타미는 마치 염불하듯이 살짝 가락이 붙은 '찍찍'이었다. 뒤에서 아직 신참인 오카쓰가 그 모습을 얌전히 바라보면서 중얼거렸다.

"내년부터는 쥐 수염도 붙이는 게 어떨까요?"

"그건 대행수님만 붙이는 걸로 해 줘요."

오시마가 냉큼 반발하자 오치카가 소리 죽여 쿡쿡 웃었다.

연례행사인 미시마야의 쥐 울음소리 흉내 내기도 끝나고 구경꾼들이 흩어질 때였다. 백분과 연지를 씻어내 원래 얼굴로 돌아간 뒤 가게로 나갔던 야소스케가 무슨 일인지 미간을 찡그리며 금방 돌아왔다.

"아가씨, 잠깐만요."

자신을 부르는 소리에 오치카가 가뿐한 몸짓으로 부엌에서 복도로 나왔다.

"밖에 누가 찾아왔습니다. 아가씨를 만나고 싶다고 하는데요."

어? 하며 오치카가 고개를 갸우뚱한다.

"혹시 오늘 괴담 손님이 오시기로 했습니까?"

"천만에요. 오늘은 저도 일찍 쉬기로 했는걸요."

"도안 씨한테도 부탁하지 않았지요?"

"네. 그분도 우리가 오늘 쥐 고사를 드린다는 걸 잘 아시잖아요."

야소스케는 주판알처럼 재빠른 눈동자를 움직이며 미간을 더욱 찡그렸다.

"그렇다면 전혀 언질도 없이 찾아온 사람이군요."

"그 사람이 분명히 괴담 자리를 갖고 싶다고 하던가요?"

"예. 소문을 듣고 왔으니 꼭 부탁한다고."

"나이는 어느 정도나 되는 분이죠?"

"글쎄요⋯⋯. 일흔은 되지 않았을까요?"

많은 손님을 상대하는 덕분에 사람 보는 눈이 정확한 야소스케치고는 자신이 없는 말투였다.

본인도 아는지 얼른 변명처럼 덧붙였다. "머리가 온통 백발에 머리칼도 아주 가늡니다. 두피가 보일 정도예요. 얼굴에도 주름살이 자글자글합니다. 하지만 체구를 보면 더 젊은 것 같기도 하고요."

병자이거나 이제 막 병을 털고 나온 사람인지도 모른다고 오치카는 생각했다. 더 젊은 사람이지만 급격하게 야위어 나이보다 늙어 버렸는지도 모른다.

"그래도 말본새에 빈틈이 없고 옷차림도 궁하지 않습니다. 하오리를 걸쳤더라고요."

오치카는 야소스케의 얼굴을 빤히 쳐다보았다.

"그렇다면 대행수님, 왜 그렇게 언짢은 표정이세요?"

아가씨—하고 야소스케가 소리를 낮추었다.

"그 사람이 말을 걸었을 때 온몸에 소름이 좍 돋더군요."

가만 보니 그렇게 말하는 대행수의 팔뚝에 정말 소름이 돋아 있었다.

"그 사람 눈을 보니 더욱 섬뜩하더라고요. 뭐랄까, 죽은 채 물 위에 둥둥 떠올라 이틀이고 사흘이고 그대로 썩어 가는 잉어의 눈알을 들여다본 기분이었습니다."

야소스케는 평소 말을 길게 하지 않는다. 말수가 많지 않을 뿐 아니라, 재치나 멋 부린 말로 상대방을 감탄하게 하거나 어리둥절하게 만들려는 욕심이 전혀 없는 사람이다.

그래서 오치카는 놀랐다. 썩어 가는 잉어의 눈알이라는 비유는 야소스케의 마음이 절로 뱉어낸 말이다. 야소스케에게는 정말로 그렇게 보인 것이다.

"대행수님은 제가 그 노인을 만나지 않는 것이 좋겠다고 생각하시는군요?"

고개를 끄덕이는 야소스케였지만 눈빛은 흔들리고 있었다. 망설임이 느껴졌다.

"하지만 무작정 쫓아 버리는 것도 마음에 걸리시는 거죠?"

야소스케의 입가가 울상을 지을 때처럼 일그러졌다.

"제발 부탁합니다—그러더라고요."

제발 부탁합니다. 제 이야기 좀 들어 주십시오.

"어떻게든 아가씨를 만나 말씀드리고 싶습니다, 부탁합니다,

꼭 부탁합니다, 하는데, 제가 말리지 않았으면 그 자리에서 무릎이라도 꿇을 기세였습니다."

알겠습니다, 하고 오치카가 대답하려고 할 때 바깥에서 갑자기 소란이 일어나며 오시마의 큰 목소리가 들렸다.

"에구머니나, 대행수님! 손님이, 여기 손님이!"

가게에서 누가 쓰러졌다는 것이다. 오치카는 순간 야소스케와 얼굴을 마주 본 뒤 단호하게 말했다.

"거절하기에는 이미 늦은 것 같네요. 흑백의 방으로 모시고 와 주세요."

그러고는 자신도 큰 소리로 외쳤다. "오카쓰 씨, 오카쓰 씨, 이 불을 깔아 주세요! 흑백의 방이에요!"

해서 충성스러운 대행수 야소스케를 몸서리치게 만든 새로운 괴담의 화자와 오치카가 마주하게 되었다.

과연 종잡을 수가 없었다. 이 사람은 대체 몇 살이나 되었을까.

야소스케도 곤혹스러웠을 것이다. 이 사람의 외모에 대한 그의 설명은 한참 부족한 것이었다.

우선 이 수척한 체구를 보라. 개구쟁이 꼬마들이 보았다면 '피골상접 씨'라고 놀렸을 공산이 크다. 볼에서 턱까지의 부분은 살점을 발라내 뼈만 남긴 듯하다. 소매로 빠져나온 양손은 요괴 이야기책에 나오는 해골 그 자체이며, 가령 알몸을 본다면 필시 몸 전체가 그 지경일 테다.

안색도 나빴다. 핏기가 없고 피부는 폐가의 부서진 장지살에 너덜너덜 붙어 있는 창호지 같았다.

지금 그는 오카쓰가 서둘러 깔아준 이불에 앉아 있다. 내의 위에 솜옷을 걸치고 아랫도리에는 이불을 덮었다. 방에 놓은 커다란 화로 두 개 중 하나에는 무쇠 주전자, 다른 하나에는 무쇠 냄비를 올렸다. 냄비에는 진하게 끓인 미음이 가득 담겨 있다.

그 기묘한 손님은 이 방으로 실려 들어온 뒤 바로 혼절에서 깨어났다. 죄송합니다, 하며 억지로 일어나려는 그를 모두가 말려서 다시 눕게 했다. 오카쓰도 바지런히 움직이며 이마의 열을 재보고 맥을 짚어 보고 심장 박동이며 몸 여기저기를 살펴보았다. 오카쓰의 그런 행동 하나하나에 작은 소리로 죄송합니다, 죄송합니다, 를 연발하는 손님에게 그녀는 이렇게 물었다.

"손님, 오늘 아침에 무얼 드셨습니까?"

손님은 입을 다문 채 답이 없었다. 그러자 오카쓰가 다시 물었다.

"어제는 뭔가 드셨나요?"

손님은 여전히 대답하지 않았고, 회피하려는 것처럼 눈을 꾹 감았다. 그 얼굴을 향해 오카쓰는 따뜻하게 말했다.

"미음을 드릴 테니 드셔 보세요. 미시마야에서 드리는 것이니 부디 사양치 마시기 바랍니다."

이런 이야기와 오카쓰의 눈짓으로 오치카도 알아들었다. 이 사람은 배 속이 텅 비었다. 굶주려서 약해진 것이다.

일단 둘은 부엌으로 자리를 옮겨 급히 의논했다.

"미음 말고 또 뭐가 좋을까요? 영양가 있는 부드러운 음식? 아니면 단 음식?"

"위장이 잔뜩 오그라들어 있을 테니까 백탕과 미음만 드리는 게 좋을 것 같아요."

"대체 얼마나 굶었을까?"

"제가 보기에는 적어도 사흘은 굶은 것 같아요. 그런데 저 수척해진 모습은 그렇다 치더라도 몸이 저렇게 빼빼 마른 것은 곡기를 이삼일 끊어서가 아니에요. 더 이전부터였을 거예요."

"하지만 그렇게 형편이 어려운 사람처럼 보이진 않는데……."

은회색 그물 무늬 기모노와 하오리는 덧대고 기운 흔적도 없는 고급스러운 것이었다. 쓰러졌을 때 벗겨 놓은 셋타엄지발가락으로 코를 꿰어 신는 조리의 일종으로, 바닥에 가죽을 대고 뒤꿈치 바닥에 쇠붙이를 박아 닳지 않게 한 신발에도 오래 신은 흔적이 없었다.

"열도 없고 경련도 없어요. 어디가 굶거나 부어 있거나, 통증을 느끼는 것 같지도 않으니 병은 아닐 거예요. 저렇게 쓰러질 정도로 아무것도 먹지 않은 이유가―."

오카쓰는 그렇게 말하고 오치카를 쳐다보았다.

"저분이 오늘 흑백의 방에서 아가씨에게 들려주고 싶어 하는 이야기에 나오지 않을까요?"

그렇다면 듣지 않을 수 없다.

"아무튼 따뜻한 음식을 드시게 한 뒤 상태를 봐서, 이야기를 들는 것보다 의원을 먼저 부르는 게 어떨까요?"

"좋아요. 그렇게 해요."

그래서 지금 이렇게 어깨를 떨군 채 이부자리에 앉아 해골 같은 양손으로 소중하게 주발을 감싸 쥐고 미음을 홀짝이는 그를 오치카는 지켜보고 있는 것이다.

두려움이나 슬픔 때문에 칠흑 같던 머리가 하룻밤 새 하얗게 변해 버렸다는 일화라면 오치카도 들어본 적이 있다. 하지만 흑백의 방에서 두려움과 슬픔으로 가득 찬 이야기를 들어 왔어도, 그렇게 백발로 돌변한 화자는 만나본 적이 없었다.

혹시 이 사람이 첫 번째인지도 모른다.

백발 남자가 수척한 얼굴을 들고 오치카를 보았다. 기우뚱, 하고 상체가 기운다. 또 쓰러지나 싶었는데, 아니었다. 남자가 허리를 굽혀 절을 했던 것이다.

빈 주발이 손에서 미끄러져 떨어질 뻔했다. 오치카가 얼른 다가가 주발을 받아들었다. 잠깐 스친 남자의 손은 차갑고 메말랐으며 엄지 손톱이 갈라져 있었다.

오치카는 저도 모르게 숨을 참았다. 야소스케와 마찬가지로 자신도 몸을 떨 거라 생각했기 때문이다. 바로 앞에 남자의 눈이 있었다. 눈을 깜빡인 뒤 시선을 움직이면 어쩔 수 없이 마주쳐 버린다.

백발 남자의 눈은 촉촉했다. 눈물이 고여 있었다.

오치카는 손을 천천히 거두어 주발을 가슴 앞에서 받쳐 들었다. 백발 남자는 허리 아래를 덮은 이불 위에 손을 가지런히 모으고 다시 한 번 천천히 고개 숙여 인사했다.

"잘 먹었습니다."

귀를 기울이지 않으면 잘 알아듣지 못할 만큼 힘없는 음성이다.

"이 몸뚱이가 얼마나 얄궂은지 알게 되었습니다."

남자의 눈가에 눈물이 고여서 흔들리고 있었다.

"이제는 아무것도, 물 한 모금도 넘기지 못할 줄 알았습니다. 그런데 미음 냄새를 맡으니 침이 솟아나더군요. 한 입 먹으니 목구멍이 야단입니다."

왜 이렇게 간사한지―.

주발은 깨끗이 비었다. 냄비에서는 아직 미음이 끓고 있었다.

"손님은 여기 변조 괴담 자리를 찾아오신 것이 맞지요?"

오치카는 그렇게 말하며 웃음을 지어 보였다.

"그렇다면 이야기를 하시기 위해서라도 기운을 내 주셔야 합니다. 조금만 더 드시는 게 어떻습니까?"

남자는 눈을 감고 천천히 고개를 저었다. "벌써 충분히 먹었습니다. 아가씨 말씀대로 이야기를 들려 드릴 만한 기운은 찾았습니다. 고맙습니다."

오치카는 무릎을 꿇고 인사한 뒤 자리에서 비켜나 그릇을 정리하고 냄비를 화로 옆에 내려놓았다. 큰 잔에 백탕을 적당히 따라서 남자에게 가져갔다.

"뜨거우니 조심하셔요."

남자는 백탕을 금방 입에 대지 않고 잔의 온기를 탐하듯 손바닥으로 감싸고 있다가 후우, 후우, 하고 분 뒤 한 모금 마셨다. 그러고 나서 오치카에게 잔을 돌려주었다.

"고맙습니다."

"손님, 혹시 평소 드시는 약이 있습니까?"

"지병이 있느냐는 물음이라면, 없습니다. 아가씨는 참 생각이 깊은 분이군요."

오치카는 방긋 웃고 곁눈으로 이곳과 옆방을 구획한 장지를 바라보았다. 그 너머에서는 오카쓰가 대기하고 있다.

"제가 아니라 방금 손님을 돌봐 드렸던 아가씨가 생각해 낸 거랍니다."

"아, 그렇다면 미시마야에는 좋은 분들이 일하고 있군요."

오치카는 자세를 바로 하며 다시 고개를 숙였다.

"저는 여기 미시마야의 주인 이헤에의 조카 오치카라고 합니다. 이 변조 괴담 자리에서 듣는 역할을 맡고 있습니다."

백발 머리 남자는 깡마른 턱을 끄덕이고 나서 방 안을 둘러보았다.

"그리고 여기가 아가씨가 괴담을 들을 때 사용하는 흑백의 방이군요."

"그렇습니다. 손님은 잘 아시는군요. 괜찮으시다면 가르쳐 주세요. 저희 가게에 대해 어디서 들으셨나요?"

"가와라반에도 시대에 사건이나 자연 재해 등 여러 정보를 전달했던, 현대의 신문과 비슷한 것에서 읽었습니다."

그렇게 말하고 남자는 눈을 가늘게 떴다. 미소를 지으려는 것 같았다.

"아, 그걸 보셨군요."

오치카는 부끄러워서 목을 움츠렸다.

작년 가을, 이 별난 괴담 자리를 시작하기로 했을 때, 이헤에는 도안 노인을 비롯하여 여러 곳에 괴담을 들려줄 사람을 모아 달라고 부탁했다. 그중에는 요미우리, 즉 가와라반 업자도 섞여 있었다. 그러나 진기한 이야기라면 물불을 안 가리는 가와라반 업자이지만, 이들이 굳이 다룰 만한 이야깃거리가 있는 것도 아니어서 잠잠했다.

그러다가 이번에 처음으로 실렸다. 주머니 가게로는 에도에서 세 번째로 유명한 가게로 성장한 간다 미시마초의 미시마야에는 취급 품목 외에 명물이 두 가지 더 있다고 하더라. 하나는 쥐 고사의 찍찍, 찍찍, 하는 쥐 울음소리 흉내 내기요, 또 하나는 변조 괴담이라. 특히 후자는 주인의 조카딸인 아리따운 처자가 청자로 앉으니, 이 규중처녀와 항간의 사내가 직접 대면할 수 있는 곳은 오직 이 괴담 자리뿐이라더라 등등. 가와라반 업자가 오치카의 미인도를 곁들이고 싶다고 했지만 그것만은 곤란하다고 완강하게 거부하자, 보기에 따라서는 오치카와 닮지 않은 것도 아닌, 누구라고는 꼭 집어 말하기 힘든 처녀 그림이 들어간 가와라반이 만

들어졌다.

그것이 꼭 십이 일 전, 바로 지난번 자일ㅋㅂ에 배포된 가와라반이었다. 그 때문에 올해 쥐 고사에 구경꾼이 늘었는지도 모른다. 하지만 배포된 지역은 간다 일대로 한정되었고 아사쿠사 문 근처까지는 배포되지 않았다. 고만고만한 부수였기에 오치카도 (그리고 오타미도) 마지못해 승낙했던 것이다.

"가와라반의 미인도보다 더 젊으시군요."

아니, 더 천진해 보인다고 할까요, 하고 백발 남자는 고쳐 말했다.

"괴담 자리를 맡기는 것은 가혹해 보일 정도입니다."

"저는 여기 미시마야의 군식구랍니다. 숙부님 부부만 믿고 올라온 시골 출신이거든요."

"아니, 그렇게 말하면 안 되지요."

여전히 맥없는 목소리이기는 했지만 문득 말투에 훈계조가 섞였다. 남자 자신은 이를 알아차리지 못한 듯했다.

"그 가와라반을 보았을 때, 뭐랄까요, 눈앞의 안개가 가신다고 할까 가슴속 응어리가 풀린다고 할까."

언젠가 미시마야에 찾아가 내 이야기를 들려줘야겠다고 마음먹었단다.

"그럴 수 있는 때가 오면 꼭 그렇게 하자고 마음먹었습니다. 그런 내 마음은 스스로 생각해도 이상한 것이었습니다. 평소에는 오히려—."

말을 멈추고 백발 남자는 목이 멘 듯 기침을 했다. 오치카가 다가가려고 하자 빼빼 마른 손을 들어 사양하는 시늉을 했다.

"오히려, 내 가슴에 담아 둔 이야기는 계속 단단히 봉해 놓아야겠다, 누구 귀에도 들어가면 안 된다, 그러다 보면 언젠가는 나에게 그런 일이 있었다는 사실이 믿기지 않을 날이 올 거다, 잊어버릴 수 있을지도 모른다, 그렇게 기대하고 있었거든요."

하지만 지금은 아닙니다. 힘은 없지만 망설임 없는 말투로 말한 뒤 남자는 이불 위에서 자세를 바로 했다.

"반송장 같은 몸으로 기어들어 와 이렇게 폐를 끼친 몸이지만, 이대로 계속 말씀드릴 수 있도록 허락해 주시겠습니까. 아니, 이렇게 간청합니다. 아가씨, 미시마야의 변조 괴담 자리의 청자로서 제발 내 이야기 좀 들어 주십시오."

휘청거리는 몸을 가까스로 추스르며 엎드려 절하는 백발 남자의 모습이 오치카의 가슴을 쳤다.

"네, 알겠습니다. 들어 드리겠습니다."

그렇게 대답하자 남자의 뼈가 불거진 어깨가 흔들렸다. 눈가에 고여 있던 눈물이 한 방울 떨어졌다.

"하지만 손님, 이야기하시는 도중에라도 몸 상태가 위급하다 싶으면 자리를 접겠습니다."

"아, 그것은 상관없습니다."

눈물에 젖은 남자의 눈에는 결코 그런 일은 일어나지 않는다, 죽어도 다 말하고야 말겠다는 결의가 비쳤다.

"그리고 또 하나, 이야기가 끝난 후에 여기로 의원을 부르겠으니 진찰을 받으시기 바랍니다. 그러겠다고 약속해 주시겠습니까."

"예, 약속하지요."

고개를 끄덕이는 남자의 입가에 웃음이 떠올랐다. 오치카는 그의 눈동자를 똑바로 쳐다보았다.

수면에 뜬 채 썩어 가는 잉어의 눈알. 야소스케는 온몸에 소름이 좍 돋았다고 말했다. 아직 오치카는 그런 눈을 보지 못했고 소름이 돋지도 않았다. 그저 상대방의 눈물이 안쓰러울 따름이었다.

"그보다, 아가씨."

"예."

"이 이야기가 끝나면 오히려 내가 사람을 불러 달라고 부탁드릴 생각이었습니다. 거듭 폐가 되겠지만, 그렇게 하지 않으면 내 이야기가 마무리되질 않습니다."

다만—하고 백발 남자는 시선을 내렸다.

"내가 불러야 하는 사람은 의원이 아닙니다. 그 이유는 이야기가 끝나면 아가씨도 알게 될 줄 압니다."

남자의 눈동자가 움직임을 멈추더니 초점을 잃고 멍하니 풀어졌다. 마치 잠깐 죽은 자가 된 것처럼.

그제야 오치카의 등줄기로 실처럼 가늘지만 차디찬 무언가가 획 스쳤다.

"나는—."

막상 입을 열었지만 남자는 이내 말문이 막혔다.

오치카가 눈치를 챘다. "인명이나 지명을 감추는 것은 이 흑백의 방에서는 드문 일도 아닙니다. 아무 상관없으니 뜻대로 숨기셔도."

아뇨, 아닙니다, 하고 남자가 고개를 저었다.

"감추고자 하는 게 아닙니다. 다만 잠시만 밝히고 싶지 않을 뿐입니다."

"알겠습니다."

어떻게 시작할지를 망설이는지 남자는 다시 입을 다물고 있었다. 초점 없는 흐리멍덩한 눈길은 잠깐뿐이었고 지금은 눈동자 속에 작은 빛이 깃들어, 곰곰이 궁리하는 중임을 알 수 있었다.

오치카는 이쯤에서 도와주어야겠다고 생각했다. "어떤 일을 하시는지 여쭤도 좋을는지요?"

"아" 하며 남자는 고민이 풀렸다는 표정이 되었다. "내가 하는 일은 '이에모리'입니다. '오야'라고도 하지만, 세입자들은 그렇게 부르지 않고 다들 관리인님, 관리인님, 하고 부르지요."

오치카는 고개를 크게 끄덕였다.

오치카가 태어나고 자란 가와사키 역참 마을에서는, 여관 주인들의 모임이 마을 자치의 중추였다. 에도 시중에서는 사정이 다르다. '마치도시요리'나 '마치나누시'라 불리는 사람들이 상공업에 종사하는 평민들의 구역인 '마치町'의 자치를 담당하는데, 이들을

통틀어 '조야쿠닌'이라고도 한다. 이들은 대개 오래전부터 이어져
온 지주 가문 출신이다.

'이에모리', '오야', 혹은 '관리인'이란 지주에게 고용되어 토지나
셋집을 실제로 관리하고, 집세를 거두는 일부터 세입자들 간의
분쟁을 중재하는 일까지, 온갖 잡일을 담당하는 사람이다. 이들
이 관리하는 셋집은 그 수준이 다양하다. 정원이 딸린 커다란 저
택부터 아홉 척 두 칸의 쪽방 나가야_{폭이 9척(약 2.7m), 안길이 2칸(3.6m)인 비}
_{좁은 방이 옆으로 나란히 붙어 있는 집합주택}에 이르기까지, 사람이 살고 있고 집
세를 내고 받는 곳은 어디든 관리인이라는 사람이 있어야 운영이
된다.

"힘든 일을 하시는군요."

"지금은 물러나 쉬는 몸입니다. 부친에게 관리인 권리를 물려
받아 오랫동안 일해 왔습니다만."

공교롭게도─하다가 다시 말을 멈췄다. 목에 뭔가가 걸린 것처
럼.

"공교롭게도, 자리를 물려줄 자식이 없습니다. 관리인 권리는
지주님께 반납하고 은퇴금을 받았습니다."

관리인이 되는 데 권리가 필요하다니, 오치카는 모르던 일이었
다. 저도 모르게 어? 하는 표정을 짓고 말았을 것이다. 남자는 그
런 오치카의 모습에 웃음을 지었다.

"관리인 권리란 무가의 오카치_{기마권이 없는 하급 무사} 권리와 마찬가지
여서, 돈이 있다고 누구나 사들일 수 있는 것은 아닙니다. 출신이

좋지 않은 자에게 넘어가면 곤란하니까요. 부자지간이나 친족 사이에 양도될 때도 지주의 허락이 필요합니다."

말투에 생기가 조금 살아났다. 자랑스러워하는 모습도 엿보인다. 이 사람도, 이 사람의 부친도 아마 성실한 관리인이었을 것이다. 하루하루 근근이 살아가는 나가야 세입자들에게, "하여간 잔소리가 심하다니까" 하는 흉도 들었을 테다. 또 그렇게 하지 않으면 '관리인은 부모, 세입자는 자식이나 마찬가지'라는 관계를 단단히 유지해 나갈 수 없다고 굳게 믿는 사람이기도 했을 것이다.

아까 살짝 드러난 훈계조 말투도 이제야 납득이 되었다.

"그럼 지금은 여유롭게 은퇴 생활을 하시는군요."

남자는 고개를 끄덕인 뒤 눈길을 떨어뜨렸다.

"내 나이 쉰다섯입니다."

남자가 왜 눈길을 피했는지 오치카도 짐작했다. 오치카가 놀랄 게 분명하기에, 그 얼굴을 보고 싶지 않았을 것이다.

이 백발은 역시 심상치 않다. 물론 머리가 빨리 세는 사람도 있다. 하지만 이 노쇠한 몸을 보면 이야기는 달라진다.

"십칠 년 전, 그러니까 서른여덟 살이었을 때 아버지가 병으로 돌아가셔서 뒤를 이었습니다. 그전부터 아버지 일을 도왔으므로 관리인 일이 무엇인지 안다고 생각했지만 막상 맡고 보니, 역시 보람은 있지만 참 힘들구나, 어려운 직업이구나, 라고 뼈저리게 알게 되었습니다."

남자가 모신 지주 가문은 에도의 유서 깊은 가문 가운데 하나,

즉 명문가였다고 한다.

"그렇게 많은 땅과 집이 있으니 아버지와 내가 둘이서 달려들어도 매일 바빴습니다. 그런데 혼자서 일하게 되었으니 더욱 바빠질 수밖에."

먼 산을 보는 눈길이 되었다. 아까와 같은 멍한 눈이 아니라 과거를 회상하는 눈이었다.

"서른여덟이면 관리인치고는 젊은 축입니다. 닳고 닳은 세입자한테 못 당하지요. 특히 쪽방 나가야에 똬리를 틀고 있는 자들한테는—."

오치카가 쿡, 하고 웃자 남자가 고개를 들었다.

"고생이 많으셨군요. 얼굴에 그렇게 쓰여 있습니다."

"이거 부끄럽군요."

남자는 뼈가 불거진 손으로 얼굴을 문질렀다.

"하지만 아주 따뜻한 눈을 가지고 계세요. 세입자들과 지내면서 즐거운 일, 좋은 일도 많으셨겠지요."

예, 하고 남자는 고개를 끄덕였다. 오치카가 '따뜻한 눈'이라고 말한 것은 빈말이 아니었다.

"이 가게도 셋집입니다. 관리인에게 신세를 지고 있지요. 저는 아직 새해 인사만 한 번 했을 뿐이지만, 손님과 꼭 닮은 눈을 가진 분입니다."

"연세가 어떻게 되시는 분입니까?"

"나이가 꽤 드신 분인 줄 압니다. 아주 드물기는 하지만 숙부님도 가끔 꾸중을 듣는 모양으로, 나중에 웃으며 불평하곤 합니다."

―이건 뭐 돌아가신 아버님이 돌아오신 것 같더구나.

"미시마야 주인님도 꾸중을 듣습니까."

"예. 내 가게 키우는 데만 몰두하면 못쓴다, 세상을 위해 남들을 위해 일할 줄도 알아야지, 하시면서."

남자가 미소를 지었고, 오치카도 웃었다.

"숙부님의 바둑 친구이시기도 한데, 서로 상대방이 고수라고 추어올리지만, 아무래도 관리인님이 더 고수 같아요."

미시마야 주인님은 바둑을 좋아하십니까, 하고 남자가 나지막이 물었다. 그러고는 도코노마에 걸린 족자를 올려다보았다.

"이제야 이해가 갑니다. 저 족자는 특별히 주문한 것이겠군요."

오늘은 흑백의 방에 손님을 맞을 계획이 없어서 꽃꽂이는 해 놓지 않았다. 다만 쥐 고사를 드리는 날이라 흰쥐 그림을 걸어 놓았다. 그런데 그림의 묘사가 특이했다. 흰쥐를 그린 그림에는 쌀가마니 금화처럼 행운을 부르는 물건들을 함께 그려 넣는 것이 일반적인데, 이 그림 속 흰쥐는 바둑판 위에서 놀고 있다.

"이걸 그려준 화가도 숙부님의 바둑 친구이십니다. 이 방을 흑백의 방이라 부르게 된 것도 숙부님이 늘 손님을 불러 바둑을 즐기시기 때문이고요."

남자는 "호오" 하는 소리를 내며 놀랐다.

"가와라반에는 그 유래까지 나오진 않았습니다. 나는 세상사의 흑백을 가린다, 즉 선악을 분별한다는 뜻인 줄 알았습니다만."

"저희 변조 괴담 자리에서는 화자는 말하고 버리고, 청자는 듣고 버리는 것이 규칙입니다. 선악을 판단하는 것은 주제넘은 일이고, 저 같은 어린 사람에게는 무리입니다."

오치카는 차분하게 말했다. 그러니 안심하세요, 하는 생각을 전하고 싶었다.

다행히 그 의도가 전해진 듯했다. 아까부터 종종 굳어지던 남자의 눈빛이 그제야 풀어졌다.

그리고 다시 촉촉해졌다. 가슴에 응어리지고 머릿속에 눌러앉은 무언가가, 이제 곧 시작될 이야기가, 이 남자를 한탄하게 만드는 근원일 것이다.

오치카는 가만히 마음의 준비를 했다.

"나는 스무 살에 아내를 맞아 이듬해에 딸을 얻었습니다."

남자의 이야기가 본줄기로 들어갔다.

"아버지가 나중에 당신 자리를 물려받을 아들이 관리인 일을 하려면 일찌감치 가정을 갖는 게 낫다면서 성사시킨 혼인이었습니다. 그런데 얄궂게도 아내는 산욕기에 세상을 뜨고 딸과 나만이 남았습니다."

스물한 살 아버지와 갓난아기 딸.

"그 뒤 내내 혼자 따님을 키워 오셨나요?"

"재혼할 마음이 생기지 않더군요."

남자는 눈을 깜빡이다가, 스스로도 깨달았는지 손끝으로 눈물을 훔쳤다.

"짧은 시간을 함께했지만, 아내는 마음이 넓고 일할 때는 몸을 아끼지 않는 성실한 여자였습니다. 나보다 두 살 많았으니 그야말로 쇠로 만든 신을 신고 찾아낸 듯한 아내였습니다_{연상의 여자는 눈치}가 빨라 집안을 흥하게 하는 귀한 신붓감이니, 아무리 돌아다녀도 닳지 않는 쇠 신을 신고서라도 찾아다닐 만하다는 격언이 있다."

아내를 자랑하는 것이 아니다. 그리워하고 아쉬워하는 것이다.

"핏덩이를 두고 젊은 나이에 이승을 떴으니 얼마나 원통했을까요. 그걸 생각하면 너무나 가엾어서."

겨우 일 년 동안이었지만 마음이 잘 맞는 부부였구나, 하고 오치카는 생각했다.

"그때는 어머니가 살아 계셨을 때라 갓난아기를 키워 주셨습니다. 아버지가 관리하는 셋집이나 나가야에서 젖동냥하기도 어렵지 않았고요."

며느님이 불쌍해서 어떡해요. 아기 젖이라면 저기 오카쓰 씨가 얼마 전에 해산을 했어요. 건너편 댁의 오시마 씨는, 아이가 젖을 뗐지만 여전히 젖몸살로 힘들어하니까 마침 잘됐네요ㅡ.

"내가 아버지 일을 물려받았을 때 딸은 열여덟 살이었습니다. 다 컸지요."

지금의 오치카 또래인 것이다.

"데릴사위를 들여서 나중에 관리인 자리를 물려줘야겠다는 생각으로 지주 어른께 상의를 드렸더니 고맙게도 혼처를 알아봐 주시겠다고 하셨습니다."

지주로서도 믿음직한 관리인의 데릴사위로 마음에 드는 인물을 들이고 싶은 것이 당연했다.

"그런데 딸이 마다했습니다. 아예 이야기를 꺼내는 것조차 싫어해서 내 말을 들으려고 하지도 않았습니다."

남자의 어깨가 더욱 처졌다. 아까 말이 막혔다가, "자리를 물려줄 자식이 없습니다"라고 얘기한 까닭이 이것이었다.

"마음에 둔 남자가 있다. 장래를 이야기하는 중이다. 그러니 다른 남자와 살 수가 없다. 절대로 그럴 수 없다고."

오치카는 잠자코 고개를 끄덕였다.

"딸에게 좋아하는 남자가 있다는 건 나로서는 금시초문이었습니다. 아닌 밤중에 홍두깨였지요. 이럴 때 엄마가 없으면 힘들다는 것, 아비만으로는 부족하다는 것을 알게 되었습니다."

다행히 세상 물정에 밝은 지주는 너그러웠다.

"젊은 처자가 연애로 마음이 달뜨는 거야 드문 일도 아니지. 이 혼담은 서두르지 않아도 되니까 일 년이고 이 년이고 기다리다 보면 딸의 마음도 가라앉고 차분해질 거라고 위로해 주셨습니다."

이 대목에서 남자는 한숨을 한 번 지었다. 잠시 쉰 것이 아니라, 이야기를 계속하기 위해서 다시 기력을 쥐어짜내는 듯이 보였다.

"딸의 이름은 오몬입니다."

"오몬짱이군요" 하고 오치카는 말했다. 친근감을 전하고 싶었는데 남자의 표정은 굳어 있었다.

"할머니, 할아버지 품에서 자란 아이는 서푼 싸다고 하지요. 들어 보셨나요?"

오치카는 처음 듣는 말이다.

"할머니, 할아버지는 아무래도 손주의 응석을 다 받아 주니까요. 응석받이로 자란 아이는 세상의 일반 시세보다 서푼 싸게 친다는 겁니다. 우리 오몬이 바로 그러했습니다."

딱 잘라 말하니 오치카로서는 어떻게 반응해야 할지 곤혹스러웠다.

"엄마 얼굴도 모르는 딸이 불쌍해서 나도 엄하게 키우지는 않았습니다."

그것도 잘못이었어요, 하고 남자는 중얼거렸다.

"오몬이 매사에 고집이 세고 한번 주장하면 물러설 줄 모르는 아이라는 사실은 알고 있었습니다. 그래도 이 혼담이 나왔을 때는 유난했습니다. 연애하는 게 아니라 뭔가에 홀린 것은 아닌가 싶을 만큼 흥분해서는 요만큼도 물러서지 않더군요."

"만난다는 남자는 어떤 사람이었나요?"

오치카의 물음에 남자는 지친 듯이 고개를 저었다.

"오몬이 말을 하지 않았어요."

장래를 약속한 남자가 어디 사는 누구인지, 이름도 내력도 말하려 하지 않았다.

"그렇다면 그 남자를 집으로 데려와 봐라, 어떤 인물인지 아비가 궁금해하는 것은 당연한 일이라고 타일러도 오몬은 싫다는 말 뿐이었어요. 아빠와 만나게 할 수 없다, 싫어할 게 뻔하니까, 하면서."

남자에게 빠져도 보통 빠진 게 아니었나 보다, 생각하며 오치카는 크게 뜬 눈을 깜빡였다.

"그래도 딸이 밉지는 않았어요. 그게 오몬의 행복이라면 그놈과 맺어 주는 수밖에 없지 않을까 생각했습니다. 하지만 아무튼 딸은 완고해서."

이번에는 긴 한숨을 토했다.

"딸이 왜 그렇게 완강했는지는 나중에 알았습니다. 하지만 이 얘기는 잠시 신경 쓰지 말아 주십시오. 아무튼 오몬의 혼담은 보류하고, 상대 남자에 대해서도 언급하지 않기로 하고, 지주님이 중재해 주신 대로 나도 잠시 물러나서 상황을 지켜보기로 했지요."

"잘 알겠습니다."

오치카는 그렇게 대답하고 화로로 손을 뻗어 주전자의 백탕을 잔에 따랐다. 물은 미지근해져서 마시기에 알맞았다.

남자는 목을 축이고 눈길을 들었다.

"그러던 어느 날, 한 세입자가 무슨 일로 상담을 청했습니다."

시중에 있는 간판점 주인 내외가 어두운 얼굴로 찾아왔다고 한다.

"커다란 간판점의 주인으로, 직인을 다섯이나 부리는 가게였습니다. 직접 제작까지 지휘하는 주인은 당시 나이 마흔이 넘은 남자였습니다."

이 부부에게는 자식이 많았고, 본래 아이를 좋아하는 사람들이었다.

"아버지가 도와준 일이라 나도 잘 기억했는데, 그 이 년 전 초봄에 간판점 주인 내외가 가게 앞에 버려져 있던 아기를 거두어들인 일이 있었습니다."

갓 태어난 아기가 탯줄을 단 채 포대기에 싸여 있었다. 달을 못 채우고 나왔는지 몸집이 작고 울음소리도 모깃소리만 한 사내아이였다.

에도 시중에서는 버려진 아기나 미아를 처리하는 것도 조야쿠닌의 소임이다. 그래서 그런 일이 생기면 관리인은 바쁘게 이리저리 알아본다. 대개는 양부모를 찾아서 맡기지만, 좋은 양부모가 나타나지 않으면 절에 맡기기도 하고 관리인이 직접 키울 때도 있다고 한다.

이 아기는 운이 좋았다.

"간판점은 장사가 잘돼서 살림이 넉넉했습니다. 생모도 그 점을 감안하고 간판점 앞에 버렸겠지요. 간판점 부인은 이 아이는 그냥 버려진 것이 아니라 우리에게 맡겨진 거다, 그러니 우리가 맡아서 키우겠다고 했습니다."

"마음이 따뜻한 부인이셨군요."

"예, 정말 좋은 부부였습니다."

꼭꼭 씹듯이 말한다. 마음 따뜻한 부부의 이야기를 하고 있는데, 얼굴은 쓰디쓴 뭔가를 씹는 듯하다.

"간판점 주인이 상담을 청한 내용은 다름 아닌 그 갓난아기에 대해서였습니다. 아, 갓난아기가 아니었지요. 세 살이 되었으니까."

아기는 양부모의 알뜰한 보살핌으로 통통하게 살이 오르고 손발도 여물고 있었다.

—다름이 아니라, 관리인님.

불안감으로 흐려진 표정을 한 채 간판점 부부가 이야기를 꺼냈다.

"아이가 통 말을 안 한다는 겁니다."

오치카는 눈을 동그랗게 떴다. "전혀, 한 마디도요?"

"예, 한 마디도."

갓난아기였을 때는 곧잘 울었다. 어르면 웃고, 어브어브, 하는 소리를 내기도 했다.

"그런데 두 살이 되고 세 살이 되도록 제대로 된 말을 전혀 하지 않는 겁니다. 익히질 않은 것 같습니다. 어브어브 하는 소리를 내는 시절이 지나자 전혀 목소리를 내지 않게 되었습니다. 울지도 않는 겁니다. 아니, 울지도 않았다고 합니다."

말을 고친 남자의 얼굴이 일그러졌다.

"바로 그 한 달 전까지는 울지도 않았다고 합니다."

그런데 한 달 전 아침, 가게 사람들이 모두 아침밥을 먹고 있을 때, 갑자기 불에 덴 것처럼 소스라치며 울기 시작했다.

"아무리 달래고 야단을 쳐도 울음을 그치지 않았다고 합니다. 당황한 부인이 어디가 아픈 건 아닌가 싶어 아이를 안고 옆방으로 건너가자."

울음을 뚝 그쳤다.

"맥이 빠진 부인이 밥을 먹던 방으로 돌아가자 다시 울기 시작했습니다."

당장 숨이 넘어갈 것처럼 몸부림을 치며 얼굴이 새빨개지도록 울어댔다. 그 방에 있던 사람들의 귀가 얼얼해질 지경이었다.

"하는 수 없이 그날 하루는 부인이 곁을 지키며 아이를 돌봐 주었습니다. 그러자 그렇게 얌전할 수가 없더랍니다. 다만, 울지도 않지만 말도 하지 않는 아이로 돌아가 버렸습니다."

"간판점 부부는 그때까지 아이가 말을 하지 않는 것을 크게 걱정하지 않았나요?"

"나도 제일 먼저 그걸 물었습니다." 남자는 상체를 조금 앞으로 내밀었다. "원래 사내아이들은 말이 늦지만, 아무리 그래도 세 살이 되도록 '맘마' 한 마디 하지 않은 것은 이상한 일이지요."

부친의 일을 물려받은 지 얼마 안 된, 나이 어린 관리인의 질책이었지만, 간판점 부부는 목을 움츠리며 어쩔 줄 몰라 했다.

"말을 잘 듣는 순한 아이였고 젖먹이 때는 다른 아이들처럼 어브어브 하는 소리도 냈으니까 귀가 먼 것도 아니고 목소리를 못 내는 것도 아니다, 아이들 중에도 말수 적은 아이가 있지 않은가,

태어날 때 주둥이부터 나온 양 수다스러운 아이보다는 훨씬 얌전하고 귀여운 아이이니, 조만간 다른 아이들처럼 입을 떼게 되겠지, 하고 크게 걱정하지는 않았다고 합니다."

어찌 그리 느긋하냐고 부부를 꾸짖었습니다, 하고 그는 말했다.

"여러 자식을 잘 키운 사람들이니 아이가 좀 이상하다는 점은 금방 알아차렸을 텐데, 왜 그냥 놔두었단 말인가, 하고."

열심히 이야기하는 백발 남자에게, 아마 예전에 가지고 있었을 위엄과 생기가 희미하게나마 돌아왔다.

"여하튼 지난 한 달 동안 내내 같은 상태였다고 했습니다."

말을 하지 않는 순하고 착한 아이지만 가끔 난데없이 울기 시작한다. 울음이 시작되면 쉬지도 않고 내내 울어대며, 아무리 어르고 달래도 그칠 줄 모른다.

"너무 울다가 호흡이 엉켜서 기진맥진해 버린 적도 있다고 합니다."

역시 기이한 일이다. 오치카도 차마 대답을 하지 못했다.

"이야기 순서가 바뀌었습니다만, 아이 이름은 스에키치末吉라고 합니다. 아들딸 많이 낳아 키웠으니 자식은 더 이상 없을 거라 이미 오래전부터 믿고 있다가 맡게 된 반가운 업둥이이므로, '마지막 행운'이라는 뜻으로 지은 이름이지요."

장난스러운 느낌도 있지만 애정이 담긴 이름이었다.

"간판점에는 스에키치 외에 아들딸이 일곱이나 있었습니다. 위로 딸 셋은 벌써 시집을 갔고 차남과 삼남은 다른 가게에 맡겨졌고, 집에는 장남이 남아 있었습니다."

단란한 가족이라고 한다.

"그리고 막내딸 오시치가 있었는데, 이 열두 살 난 넷째 딸은 스에키치를 귀여워하고 잘 보살펴 주었습니다. 스에키치도 오시치를 따랐다고 합니다만."

그 기이한 울음이 시작되자 오시치마저 방법이 없었다. 스에키치의 이상한 울음에 오시치가 겁을 먹고 덩달아 울기도 했다고 한다.

─아빠, 엄마, 스에보아이 이름에 '보'를 붙이면 친근감 있는 호칭이 된다가 어디 아픈가 봐.

의원에게 보이자, 무당을 불러 보자, 액막이를 해 달라고 하자, 하고 오시치는 부모에게 간절하게 부탁했다. 하지만 부부는 선선히 들어줄 순 없었다.

"물론 스에키치의 울음은 이상하지요. 하지만 냉정하게 생각해 보면 세 살배기 아이가 우는 것일 뿐입니다."

게다가 그 기이한 울음을 그치지 않는 것도 아니었다. 처음에 그랬던 것처럼 스에키치를 그 방에서 데리고 나가거나, 주위 사람들이 시끄러워 못 견디겠다면서 가 버리면 금방 울음을 그쳤다.

"한번은 하도 짜증이 난 간판점 주인이 스에키치를 받침 속에 가두었는데 문을 닫은 순간 울음을 뚝 그쳤다고 합니다."

스에키치는 그렇게 울기 시작하고 난 뒤에도 밥을 잘 먹고 행동도 얌전하고 밤에는 잠도 잘 잤다. 기저귀는 일찍 뗐지만 밤에 이불을 적시는 일도 없었다.

다만 가끔 불에 덴 것처럼 울기 시작하면 이유도 없이 쭉 울다가 별안간 뚝 그쳤다. 이런 일이 계속 반복되었다.

"이럴 때 대부분의 부모는 간질을 일으키는 벌레가 아이에게 생겼다고 생각합니다."

간판점에서도 그랬다. 스에키치에게 약을 먹이고 잠시 상태를 지켜보기로 했다.

"잠깐만요" 하며 오치카가 끼어들었다. "말씀을 끊어서 죄송합니다만, 손님, 스에보는 밤에 잘 잤다고 하셨지요."

"예, 그랬지요."

"그럼 밤에 일어나서 우는 일은 전혀 없었겠군요."

오치카도 예전에 몹시 무서웠던 적이 있다. 돌이킬 수 없는 참담한 사건을 목격했는데, 그 광경이 머릿속으로 스며들어 눈만 감으면 되살아났다. 그때는 밤에 거의 잠을 이루지 못했다. 눈을 감기가 무서워 잠을 이루지 못하고, 선잠에 들었다 싶으면 악몽을 꾸어 울면서 깨어났다.

스에키치가 뭔가에 겁을 먹고 공포심에 우는 거라면 필시 밤에도 울 것이다. 뭔가를 슬퍼하는 거라고 해도 마찬가지다. 아무것도 모르는 세 살배기 아이다. 아직은 오치카처럼 자기 마음을 스스로 위로할 줄 아는 이성도 없고, 견뎌낼 만한 기력도 없다. 밤의 어둠이 다른 무엇보다 무섭고 불안할 것이다.

"간질을 일으키는 벌레 때문이라면 밤에도 울겠죠" 하고 오치
카가 말했다. "뭔가를 무서워하는 거라면 더욱 그렇고요."

수척한 백발 남자는 오치카를 바라보며 크고 깊게 고개를 끄덕
였다.

"실은 아가씨의 말과 똑같은 말을 오시치도 했다고 합니다."

─벌레 때문이 아니야, 엄마. 스에보가 우는 데는 분명히 이유
가 있어. 다른 아이는 이런 식으로 울지 않아.

"똑똑한 아이로군요⋯⋯."

오시치라는, 열두 살 소녀의 어른 뺨치는 지혜와 애정에 오치
카는 감탄했다.

"지금쯤이면 좋은 아내, 좋은 어머니가 되었겠지요."

자신도 모르게 그렇게 중얼거리자, 남자의 눈가에 짙은 그늘이
드리웠다. 다시 쓰디쓴 뭔가를 깨문 듯한 말투가 되었다.

"정말로 간판점 아이들은 다들 야무졌지만, 특히 오시치는."

말을 맺지 못하고 고개를 숙이고 만다.

불길한 예감에 오치카는 몸서리를 쳤다.

"그래서 오시치는."

고개를 숙인 채 남자는 말을 이었다.

"무엇이 스에키치를 울리는지 자기가 알아내겠다고 했습니다."

그 뒤로 자나 깨나 스에키치 곁에 꼭 붙어서 떨어질 줄 몰랐다.

"습자소에 갈 때도 스에키치의 손을 잡고 데려 갔습니다. 다행

히 얌전한 아이라서 습자소 선생님도 너그럽게 봐 주셨습니다."

오시치가 읽기, 쓰기, 산수를 배우는 동안 스에키치는 옆에 조용히 앉아 있었다. 여전히 말이 없었고, 다른 아이들과는 전혀 친해지지 않았지만 주변을 애먹이는 일도 없었다.

"뒷간에 갈 때나 목욕탕에 갈 때도 오시치와 함께 갔습니다. 잘 때도 한 이불에서 손을 잡고 잤다고 합니다."

오시치는 그렇게 신경을 곤두세우고 지냈다. 스에키치가 무엇 때문에 그렇게 우는지. 울기 시작하면 어떻게 해야 그치는지. 일단 그쳤다가 다시 울기 시작할 때와 그냥 얌전히 있을 때 사이에는 차이점이 있는지.

오시치는 정말 총명한 아이였다. 스에키치를 관찰하여 단서를 찾아내려고 했던 것이다.

"나중에 안 일이지만, 오시치는 기록을 하고 있었어요."

날짜. 스에키치가 울기 시작한 장소. 곁에 있던 사람의 이름. 아침인지 점심인지 저녁인지.

"히라가나_{일본의 문자}만으로는 부족하자 스스로 기호까지 궁리해서 표기했습니다."

정말이지 감탄하지 않을 수 없다.

"그렇게 애쓴 덕분에 차차 상황을 파악할 수 있게 된 겁니다."

스에키치는 간판점 밖에서는 울지 않는다. 습자소나 목욕탕에서도 울지 않는다. 오시치와 단둘이 있을 때는 울지 않는다. 아빠와 있을 때도 울지 않고 엄마와 있을 때도 울지 않는다.

모르는 사람 앞에서도 울지 않는다. 의외의 결과였지만, 낯을 가려서 우는 것은 전혀 아니었다.

—그리고 어제 저녁을 먹은 뒤 오시치가 우리 방에 왔습니다.

"심각한 표정으로 드디어 알아낸 점이 있다고 털어놓았다고 합니다."

스에키치는 간판점에서 일하는 다섯 직인 가운데 유독 한 사람이 곁에 있을 때만 운다고.

"간판점 직인 중 세 명은 통근하고 두 명은 기숙했습니다. 기숙했던 두 사람에게는 가족이 없었지요."

오시치가 지명한 사람은 그 둘 중 젊은 쪽, 나이는 열여덟 살이고, 직인이라지만 아직 수습으로 일하던 미노스케라는 청년이었다. 간판점에 기숙한 지 겨우 반년 되었다.

"다른 사람과 함께 있을 때는 괜찮다가도 미노 씨가 오면 울기 시작해요. 미노 씨가 방에서 나가면 울음을 그치고요. 어김없이 그래요, 하고 오시치는 주장했습니다."

—나랑 스에보가 뒤뜰에서 기분 좋게 놀고 있을 때, 뒷간에서 나온 미노 씨가 지나가다가 말을 걸자 갑자기 울음을 터뜨린 적도 있어요.

더욱 놀랍게도, 오시치는 지혜를 짜내서 자신의 주장의 근거를 마련해 놓았다.

"스에키치를 안거나 손을 잡고서 자연스럽게 집 안을 돌아다녔어요. 그러면서 간판점 사람들과 마주치게 한 겁니다. 끈기를 가지고, 한 번에 한 사람씩 만나도록."

그러자 더욱 분명해졌다. 스에키치는 분명히 미노스케 얼굴만 보면 울기 시작했다. 다른 사람에게는 전혀 그런 일이 없었다. 오로지 미노스케뿐이었다.

—미노 씨예요, 아빠.

영문은 알 수 없지만 스에키치는 그 사람을 무서워하고 있다.

—나도 왠지 미노 씨가 싫어요. 전부터 마음에 들지 않았어요.

"이건 필시 나중에 생긴 감정이겠지요. 스에키치가 무서워하며 우는 상대가 미노스케임을 알자 오시치도 그 사람이 싫어진 것일 터입니다만."

이야기를 하면서도 백발 남자는 자신의 말을 거부하기라도 하듯이 도리질을 했다. 왜 그렇게 고개를 저을까. 오치카의 가슴이 뛰었다.

—이게 대체 어떻게 된 일일까요, 관리인님.

간판점 부부는 당혹감에 빠져 있었다.

—열두 살 아이의 주장과 세 살배기 아이의 울음을 곧이곧대로 받아들여서 젊은 일꾼을 나무랄 수는 없습니다.

미노스케는 말수가 적고 성격도 결코 밝지는 않지만 성실하게 일하고 있다. 아이들이 좋아할 만한 인상은 아니겠지만, 아이를 괴롭히거나 놀리는 일은 없다.

—싹싹하지는 않지만 참을성이 강합니다. 스에키치가 그렇게 요란하게 울어대기 시작하면 우리도 귀가 따가울 정도인데 미노

스케는 개의치 않아요. 싫은 표정 한 번 짓지 않습니다.

만약 오시치 말대로 스에키치가 미노스케를 무서워해서 우는 거라고 해도 그것은 미노스케 탓이 아니라, 스에키치의 사정일 뿐이다.

─물론 미노스케는 인상이 어둡고 아직 신참이지요. 하지만 그렇다고 함부로 대할 수는 없습니다. 사람을 부리는 일, 가르치는 일이 어떤 것인지 관리인님도 잘 아시지 않습니까.

잘 아니까 더욱 당혹스러웠다.

"오시치도 안간힘을 썼나 봅니다. 그 전날 저녁에 부부에게 이야기를 한 뒤 고열을 내며 드러누워 버렸다고 합니다."

당신들, 그럼 누워 있는 딸을 놔두고 나를 만나러 왔단 말인가, 하고 관리인은 다시 부부를 꾸짖었다.

"그래서 어떻게 하셨나요?"

숨을 죽인 남자의 이마에 땀이 나고 있음을 깨닫고 오치카가 말했다.

"간판점 부부의 이야기에 어떻게 대응하셨습니까?"

남자는 손으로 이마의 땀을 훔치고 말했다. "일단 내가 잠시 스에키치를 맡겠다고 했습니다. 당장 데려오라고 했지요."

─당신들은 오시치 곁에 있어야지. 그리고 앞으로 어떻게 할지는 오시치가 일어나고 난 다음에 찬찬히 생각해야 하지 않겠나.

"우리 집에는 허리가 굽은 노파이긴 해도 일 잘하는 하녀가 있어서 아이 하나 보살피는 것은 어렵지 않았습니다."

간판점 부부는 집으로 돌아갔고, 얼마 지나지 않아 이번에는 부인이 혼자 스에키치를 데리고 왔다. 세 살배기 아이는 등에 작은 보자기를 지고 무심하게 손가락을 빨고 있었다. 부인이 자기를 남겨 두고 돌아가는데도 쫓아가려고 하지 않았다고 한다.

"스에키치는 간판점 밖에서는 울지 않는다고 했던 오시치의 판단은 정확했습니다."

관리인 집에서 스에키치는 빌려다 놓은 고양이 새끼처럼 얌전했고 유령처럼 조용했다.

"역시 말을 하지 않더군요. 한 마디도 하지 않았습니다. 그러면서도 내가 하는 말은 잘 알아들으니, 보살피기 쉬운 아이였습니다."

오몬은 마뜩잖아 했다고 한다.

"딸아이는 애지중지 사랑받으며, 심부름 한번 해 보지 않고 자랐으니까요. 무슨 강습을 받으러 가네, 뭔가를 사러 가네, 명승지 유람을 가네 하며 밖으로 나다니는 것만 좋아하던 아이였어요."

그날 밤은 늙은 하녀가 스에키치를 데리고 잤고, 아무 일도 없이 날이 밝았다.

하지만.

"이튿날 아침에 놀라운 소식이 날아들어 왔습니다."

떼강도가 간판점을 습격했다는 것이었다.

"평범한 초보의 짓이 아니었습니다. 잘 조직된 떼강도가 주도면밀하게 준비하고 습격한 것이었어요."

장사가 잘돼서 돈을 잘 벌던 간판점에.

오치카는 경악했다. 등줄기가 얼어붙고, 남자와 마찬가지로 이마에 땀이 배어났다.

"간판점 사람들은?"

물었지만 말을 맺지 못했다.

백발 남자의 목소리가 약해졌다.

"몰살당했습니다."

갈라진 목소리로 오열하는 소리가 잠시 새어 나왔다.

"대부분 잠을 자다가 당했는데, 부인만은 오시치의 고열 때문에 밤을 새고 있었던 것 같습니다. 위험을 눈치채고 도망치려 한 흔적이 있었다고 하니까요."

하지만 미처 피하지 못했다.

"오시치도……."

남자는 말없이 연방 고개를 끄덕였다.

"아무도 살아남지 못했나요?"

남자는 맥없이 손을 떨어뜨리고 대답했다. "그날 밤 간판점에 있던 사람은 한 명도 남김없이."

강도 사건을 조사할 때 관리인인 그도 입회했다.

"여러 놈이 집 안을 마구 뒤지고 다닌 흔적이 도처에 남아 있었습니다."

흙발자국만이 아니었다. 피 웅덩이를 밟아 생긴 핏자국도 있었다. 장지는 찢어지고 기둥에는 칼날 자국도 남아 있었다고 한다.

오치카는 손으로 가슴을 누르고 크게 심호흡을 했다. 스스로도 볼이 차갑게 식은 것을 느낄 수 있었다.

"끔찍한 이야기라 미안하군요."

남자의 힘없는 목소리에 오치카는 호흡을 가다듬고 고쳐 앉았다. "아뇨, 이야기가 무서워서가 아닙니다. 실은 저희도 올해 하마터면 떼강도에게 당할 뻔했기 때문입니다."

남자는 퍼뜩 오치카의 눈을 쳐다본 뒤 두려운 듯이 깜빡거렸다. "오, 미시마야도."

"예. 하지만 정말 다행스럽게도 무사히 지날 수 있었습니다."

흉조를 눈치챈 믿음직한 사람들 덕분에 미시마야는 무사할 수 있었다. 그때 알게 된 것이 있다.

"손님, 그런 짓은 즉흥적으로 저지를 수 있는 일이 아닐 거예요. 반드시 사전 조사를 하고, 종종 표적으로 정한 가게 내부에 앞잡이를 심어 놓거나."

남자가 냉큼 반응했다. "혹은 가게 사람 중 하나를 포섭하지요."

몰살당한 간판점에서는 견습 직인인 미노스케만이 연기처럼 사라지고 없었다.

"미노스케가 앞잡이였던 겁니다."

은밀히 강도 일당과 연락하며 시키는 대로 하고 있었던 것이다.

"인상이 어두웠던 사람으로, 다들 본인이 말한 대로 천애고아라 믿고 있었지만 나중에 조사해 보니 미노스케에게는 유곽에 팔려간 누이가 있었습니다."

그 누이를 빼낼 돈을 마련하려고 악의 길로 들어선 것으로 짐작되었다. 그 길은 예사로운 길이 아니라 미노스케를 통째로 삼켜서 짐승으로 바꿔 버리는 바닥 없는 수렁이었다. 그렇지 않고서야 주인 일가가 몰살당하는 장면을, 이제 겨우 열두 살인 오시치마저 죽임을 당하는 참상을 지켜볼 수는 없었을 것이다.

"스에키치가 그 얼굴을 볼 때마다 불에 덴 것처럼 울어댈 만큼 무서워하던 남자는 사람 가죽을 쓴 악마였습니다."

스에키치는 그 정체를 간파하고 울었던 것이다.

이야기는 이제 칠 할 정도 했습니다―.

백발 남자의 목소리에 오치카는 정신을 가다듬었다. 잠깐이지만 넋을 놓았던 모양이다. 남자는 위로하는 듯한 눈길로 오치카를 바라보았다.

"괴담 자리에서 청자 역할을 하는 아가씨라도 이런 이야기는 힘겨운 모양이군요. 내가 품고 있던 암흑의 깊이를 새삼 실감했습니다."

그 암흑도 이제 삼 할쯤 남았다. 무엇이 또 숨어 있을까.

"나는 스에키치를 계속 맡기로 했습니다."

다만 곁에 두고 키우겠다고 생각한 것은 아니었다고 한다.

"그 아이의 힘을 뭐라고 표현해야 좋을지 모르겠군요. 사람이 감추고 있는 악행을 꿰뚫어 볼 수 있어요. 하지만 그것을 말로 드러내지는 못하고 오로지 울기만 할 뿐입니다. 신통력치고는 어중간하다고 해야겠지요."

오치카는 고개를 끄덕이며 이렇게 말해 보았다. "신통력이라고 할 만한 능력은 아닌지도 모르지요."

천리안도 아니다. 말하자면, 아이기 때문에 가질 수 있는 힘이다.

"세 살쯤 되는 아기는 뭐든 한 가지 면에서는 어른보다 훨씬 예민할 수 있습니다. 미노스케라는 직인도 은밀히 떼강도의 앞잡이 노릇을 하면서 괴로워하고 고민하기도 하고 범행 직전에 그만둘까 망설였을지도 모릅니다. 그런 갈등을 아이의 직감으로 느꼈던 것이 아닐까요?"

백발 남자의 눈의 초점이 다시 살짝 흐려졌다. 입가에서 힘이 빠져나간다.

"나도 비슷한 생각을 했습니다."

스에키치가 성장하면 그 기이한 능력도 사라지지 않을까.

"그렇다 해도 여기 에도는 이 아이에게 소란하고 불편한 곳이 아닐까 생각했습니다. 내가 하는 일도 그렇고요. 관리인으로 일하자면 아무래도 여기저기 발이 넓어집니다. 그만큼 많은 사람과 엮이면 나쁜 일, 흉한 일도 많이 접하게 됩니다."

물론 그렇다.

"그래서 아이를 어디든 시골로 보낼 생각을 했습니다. 근교 농가에 양자로 보내면, 적어도 에도에 있는 것보다는 평온하게 지낼 수 있지 않을까 해서."

그러니까 이 아이를 곁에 두는 것은 잠깐 동안이다. 좋은 양부모를 찾으면 바로 보내 주자. 낯선 아이, 더구나 전혀 말을 하지 않는 귀염성 없는 사내아이에게 노골적으로 싫은 얼굴을 하는 오몬을 그렇게 설득했다.

"나도 양부모를 찾으려고 열심히 뛰어다녔지만 아무래도 일가가 몰살되는 참사에서 살아남은 아이고, 간판점이 스에키치를 맡은 뒤 그런 흉사를 당했다는 점 때문에 기피되어, 좀처럼 마땅한 양부모를 찾을 수가 없었습니다."

"재앙을 피해간 운이 강한 아이라고 받아들이지는 않았군요."

"그게 세상 인식이지요."

그러는 사이에 스에키치는 남자의 집에서 두 달을 지냈다. 변함없이 말은 없었지만, 얌전하고 행실이 바르고 때로는 웃기도 했으므로 남자와 늙은 하녀도 나름대로 아이에게 정이 붙고 있을 즈음이었다.

"이때도 동짓달 초로, 몹시 춥고 잔뜩 흐린 밤이었습니다."

점심 지나서 외출한 오몬이 주변 상가가 문을 닫을 시각이 되어도 돌아오지 않았다. 스에키치에게 정신이 팔려 오몬을 전보다 더 풀어 주며 지내던 남자도 마침내 마음을 졸이기 시작했다.

"등롱에 불을 켜고 딸이 있을 만한 곳으로 가 보려고 나갈 준비를 하는데 딸이 돌아왔습니다."

그러나 거동이 이상했다. 뒷문으로 들어온 오몬은 도둑처럼 까치걸음을 하며 사람의 눈을 피해 도망치듯이 안으로 들어가려고 했다. 남자는 도둑고양이 낚아채듯 딸을 붙들었다. 이 시간까지 대체 어디를 싸돌아다닌 거냐!

호통을 치던 목소리가 중간에 뚝 끊겼다.

"오몬은 핏기 없는 얼굴로 학질에 걸린 것처럼 덜덜 떨고 있었습니다. 너무 떨어서 딸을 붙든 내 몸까지 덩달아 떨릴 지경이었습니다."

평소 아버지가 호통을 칠 때면 오몬은 고집스러운 얼굴에 차가운 눈빛을 하기 마련이었다. 그런데 그날 밤은 '평소'보다 백 배는 더 날카롭고 어두운 눈빛을 하고 있었다. 그 어두운 눈동자 속에서 작은 촛불처럼 뭔가가 타고 있었다. 활활 타오르고 있었다.

주변 소리와 남자의 호통에 놀랐는지 늙은 하녀가 방에서 얼굴을 내밀었다. 같이 자던 스에키치도 깬 모양인지 하녀 팔에 안겨 있었다.

그때.

"스에키치가 불에 덴 것처럼 울기 시작했습니다."

간판점 부부에게서 들은 바로 그 울음이었다. 몸을 버둥거리고 팔을 휘젓고 발을 구르고 얼굴을 일그러뜨리며 숨이 넘어갈 것처럼 꺽꺽거리며 울어댔다.

—왜 이렇게 시끄럽니!

오몬이 발끈해서 소리치고, 스에키치에게 다가가 손을 번쩍 쳐들어 때리려 하자 남자가 얼른 말렸다. 팔을 붙든 아버지의 안색이 변했음을 오몬도 알아차렸다.

—왜 그래요, 아빠.

너, 무슨 짓을 저지른 거냐.

숨죽이고 있는 오치카를 남자는 무표정한 얼굴로 바라보았다.

"처음부터 그렇게 추궁한 것은 아닙니다. 딸을 방으로 끌고 들어가 바닥에 앉히고 얼굴을 똑바로 보며 이렇게 물었습니다. 너, 무슨 좋지 않은 일을 꾸미고 있는 거 아니냐? 스에키치는 어른의 흉악한 속을 훤히 들여다보는 아이다. 그걸 알고 저 아이가 저렇게 우는 거다."

그렇게 말하는 동안에도, 오몬이 시야에서 사라지자 스에키치가 이내 울음을 그쳤음을 알 수 있었다.

"간판점의 미노스케와 관련해서도 스에키치는 흉악한 사건이 일어난 당일에 울었던 것은 아닙니다."

"그렇지요. 한 달쯤 전부터 울기 시작했다고—."

"즉 미노스케가 강도 일당에 가담하려고 작심했을 때였겠지요. 언제 어떻게 저지를까 궁리하기 시작한 것이 그즈음이었는지도 모릅니다."

그래서 남자는 오몬에게도 그렇게 물었던 것이다. 뭔가 나쁜 일을 저지르려고 생각하는 것 아니냐?

그러자 오몬은 거침없이 웃어 젖혔다. 눈을 부라리면서 침까지 튀기며 말했다.

―뭐야, 아빠, 그런 바보 같은 소리가 어디 있어! 저 꼬맹이가 뭘 안다고.

오몬의 커다란 웃음은 이윽고 비명 같은 울음소리로 변했다.

―뭘 해도 이미 늦었어!

그날 밤 딸의 입에서 튀어나온 말을 전하다가 남자는 잠시 입을 다물었다. 굳게 닫힌 입술은 남자 역시 비명을 참고 있는 것처럼, 이어질 다음 말을 악물어 없애려는 것처럼 일그러져 있었다.

"아까 오몬에게 남자가 있다고 했지만."

예―하고 오치카는 말했다.

"연애하는 사이는 아니었습니다. 그냥 짝사랑, 저 혼자 열을 올리고 있던 거지요. 상대는 어느 오래된 지물포의 젊은 주인이었습니다."

말을 하다가 남자는 멈칫했다.

"그 가게는 이미 없어졌습니다. 그러니 말씀드려도 괜찮겠지요. 실은 여기 미시마초에 있던 가게입니다."

그 점에서도 기이한 인연을 느꼈습니다―하고 신음하듯 말하는 남자의 백발이 흐트러져 이마로 흘러내렸다.

오치카는 냉큼 말했다. "그렇다면 저는 당연히 모릅니다. 숙부도 이곳에 정착한 지 십 년 남짓 되었으니까 아마 모르실 겁니다."

남자는 잠시 가쁘게 숨을 몰아쉬었다.

"오몬은 그해 봄, 스미다가와 강둑 벚꽃놀이에서 그 젊은 주인

하고 처음 만났다고 했지만, 둘러댄 말일 겁니다. 단적으로 말하면, 주색잡기 좋아하는 젊은 주인에게 잠시 노리개가 되었던 겁니다."

그래서 떳떳하게 아버지에게 인사시킬 수가 없었다. 아빠가 싫어할 게 분명하다고 말한 까닭도 젊은 주인의 바람기와 냉혹함을 어렴풋이 느끼고 있었기 때문일 것이다.

사랑에 들떠 있던 딸은 갑자기 냉수를 뒤집어쓰고 아연해졌다.

—이제 와서 부모가 정한 혼처가 있다고 하는 거예요.

그 말이 참인지 거짓인지는 알 수 없다. 하지만 아무튼 젊은 주인은 오몬에게 절교를 선언했다.

"그것이 저녁때의 일이었다고 했습니다."

둘이 밀회할 때 자주 이용하던 이케노바타의 요정 방 안에서, '너하고는 오늘로 마지막이야.'

남자가 매정하게 등을 돌렸다.

—내가 왜 이런 일을 당해야 하지?

사랑스럽다고 했잖아? 너밖에 없다고 했잖아? 애정이 깊은 만큼 증오도 깊어, 오몬은 순간적으로 피가 거꾸로 솟았다.

"그래서, 무슨 짓을 한 거냐."

남자는 그 자리에 맥없이 주저앉은 채 딸을 추궁했다.

"그 젊은 주인에게 대체 어떻게 앙갚음을 한 거냐."

오몬은 대답했다고 한다. 피가 많이 나올 줄 알았는데, 아니더군요.

백발 남자의 안색은, 혼절한 채 이 방으로 실려 들어왔을 때로 돌아가고 말았다. 목소리는 갈라졌고 떨리는 손은 허공을 허우적거렸다.

"동짓달이었으니까 요정에는 화로가 있었습니다."

화로에는 부젓가락이 꽂혀 있다.

—순간 그 부젓가락을 집어 들어 뒤에서 목을 찔렀어요.

불의의 일격에 정통으로 찔린 바람둥이 사내는 막대기처럼 쓰러졌다. 제정신이 아닐 때나 나온다는 괴력 때문인지, 아니면 분노의 힘 때문인지, 부젓가락은 젊은 주인의 목에 단단히 박혀서 이제는 오몬의 힘으로도 뺄 수 없었다.

"오몬은 도망쳤습니다."

그래도 곧장 집으로 도망쳐 돌아올 생각은 들지 않았다. 젊은 주인이 정말 죽었는지 확인하고 싶은 마음도 있었다. 하지만 요정으로 돌아가기는 무서워 발길 가는 대로 거리를 돌아다니며 시간을 보내다가 결국 아버지가 기다리는 집으로 돌아온 것이다.

—아빠, 나, 어지러워요.

문득 기운이 빠지고, 새삼 담력도 체력도 다 떨어져 있음을 자각했는지, 오몬은 그 말을 남기고 혼절하고 말았다.

"딸을 부축하다가 그제야 오몬의 기모노 소맷자락에 피가 묻어 있음을 알았습니다."

백발 남자는 어깨를 움직이며 심호흡을 했다. 눈에 눈물은 없었다. 메말랐다. 손의 경련도 멎었다.

"그 살인 사건의 범인은 결국 밝혀지지 않았습니다."

오몬을 농락한 젊은 주인은 정말로 죽었다. 하지만 그 죽음은 수수께끼에 싸인 채 남았다.

"오몬 씨는 관의 조사를 피한 거군요."

"그런 요정에는 이목을 꺼리는 남녀가 많이 출입합니다. 가게도 손님들의 신원을 일일이 확인하지 않아요. 돈만 내면 방을 빌려 주고 내버려 둡니다. 게다가 그 젊은 주인은,"

남자가 말을 머뭇거리자 오치카가 대신 말했다. "여자관계로 말썽이 많았던 호색한이었습니다. 딱하긴 하지만 요정에서 그렇게 죽었어도, 납득되지 않을 만한 사태는 아니었다는―."

백발 남자는 천천히 고개를 끄덕였다.

"그게 오몬한테는 다행이었어요."

하지만 죄는 남는다. 오몬은 사람을 죽였다.

"그날부터 스에키치가 계속 울었습니다."

오몬만 보면 울었다. 오몬의 손에 묻은 피를 스에키치의 눈은 꿰뚫어 보고 있었다.

저기에 악행이 있다. 악행이 사람 꼴을 하고 저기서 숨 쉬고 있다. 보인다. 보인다. 스에키치는 무서워서 목 놓아 울었다.

스에키치가 우는 이유를 아는 오몬으로서는 그냥 귀염성 없고 말 없는 아이였던 스에키치가 자신의 죄를 질타하는 옥졸로 보이기까지 했을 것이다.

"물론 오몬도 아이의 울음소리를 얌전히 듣고만 있지는 않았습니다.”

큰 소리로 윽박지르거나 겁을 주기도 하고, 어르고 달래도 보는 등 이런저런 수를 써 보았지만 어느 방법도 소용이 없었다. 마침내 스에키치에게 얼굴을 보이지 않는 것이 상책이라며 피하기도 했다.

“하지만 기분紀文17세기에 목재를 취급하던 막부의 어용상인으로 수많은 관급공사를 청부하여 막대한 부를 축적한 부자. 핫초보리에 있는 거대한 저택과, 유곽 요시와라에서 돈을 물 쓰듯이 쓴 일화로 유명했다 씨 저택이 아니라, 작은 상가 주택의 한 지붕 아래에서 같이 사는 것이다 보니까요. 매번 다 피하지는 못해서 스에키치는 하루에도 몇 번이나 울고 말았습니다.”

나도 어찌해야 좋을지 모르겠더군요, 라고 했다.

“사정을 모르는 할멈한테도 미안했습니다.”

며칠 만에 지치고 말았다. 열흘 만에 넌더리를 내고 말았다.

“내일은 스에키치를 어디로든 보내 버리자, 딸에게서 멀리 떼어 놓자. 이제 양부모를 찾지 못해도 어쩔 수 없다, 어디로든 내다 버리자, 아예 강물에 던져 버리든지. 그렇게 될 대로 되라는 심정이었습니다. 그러면서도 묘한 것은,”

한편으로는 이것이 오몬에게 알맞은 징벌이라는 생각도 들었다고 한다.

“그래, 차라리 이참에 진저리가 나도록 당해 봐라, 그래서 앞으로는 착한 사람이 되어 봐라. 네 욕심만 앞세우면 못쓴다. 철부지 응석은 이제 그만해라 하면서.”

나도 이상해지고 있었는지도 모릅니다, 하고 백발 남자는 말했다.

"나도 스에키치의 울음소리에 홀려 있었는지 모릅니다."

그것이 다음 참사를 부르고 말았다.

"지물포 주인이 죽고 보름 뒤, 외출했다 돌아와 보니 이웃 주민들이 모여 있고 집 안이 소란했습니다."

무슨 일인가 싶어 겁이 덜컥 났다. 그 순간 오몬이 죽었나, 하는 생각이 스쳤다.

"스에키치의 울음소리에 견디다 못해 자기 죄를 후회하며 목을 맸거나 우물에 뛰어든 것은 아닐까."

아니었다. 오몬은 무사했다. 죽은 것은 스에키치였다.

"계단에서 굴러 떨어졌다고 했습니다."

할멈이 식어 가는 스에키치를 안고 울고 있었다. 멍하니 뜨인 아이의 눈은 젖어 있었다. 볼에 눈물 자국이 남아 있었다. 방금까지 울었던 것이다. 살아 있을 때 울고 있었던 것이다.

울면서 죽은 것이다.

아이의 목이 조금 틀어져 있었다. 굴러 떨어질 때 이빨에 찍혔는지 입술 가장자리가 찢어져 피가 나 있었다.

"나도 모르게 딸의 얼굴을 찾았습니다."

오몬은 노멘일본의 전통극에 쓰이는 가면. 대개 무표정한 모습을 보여 준다과 같은 얼굴로 아버지를 내려다보고 있었다. 스에키치가 굴러 떨어졌다는 계단 위에 서 있었다.

"딸과 눈이 마주친 순간 나는 알았습니다."

오몬이 스에키치를 밀어 버린 것이다. 오몬만 보면 시끄럽게 우는 스에키치를 조용하게 만들려면 그 방법밖에 없었다.

내 잘못이다. 내 오판이다. 한 번 터진 둑은 다음에는 더 쉽게 터진다. 악행을 저지르고도 발뺌하는 데 성공하면 두 번째 악행은 더욱 쉬워진다.

"오몬은 죽은 물고기 같은 눈을 하고 있었습니다."

이 사람도 그런 비유를, 하며 오치카는 남자의 주름투성이 얼굴을 쳐다보았다. 세월 탓이 아니라 공포에 시달린 탓에 늙어 버린 얼굴을 바라보았다.

"죽은 스에키치와 꼭 닮은, 생명 없는 눈이었습니다."

그리고 아버지에게 이렇게 짤막히 말했다고 한다.

─불쌍해서 어쩌나.

"그로부터 육 년 하고 이십사 일이 지났습니다."

오몬은 혼담이 들어와 시집을 가게 되었다.

백발 남자는 지칠 대로 지쳐 있었다. 남은 기력을 쥐어짜며 이야기를 한다.

"아가씨가 당황해하는 것도 당연합니다. 예, 사람을 둘이나 죽인 딸이지만 나는 오몬과 같이 살고 있었습니다. 멀쩡한 얼굴로 관리인 일도 계속했고요. 그리고 세상의 다른 아비들처럼 나도 딸을 시집보내고 싶었습니다."

오치카는 무릎으로 눈길을 떨어뜨렸다. "제가 그런 얼굴을 했나요? 실례했습니다."

아닌 게 아니라 놀라기는 했다. 하지만 살인죄를 감추고 살아가려면 달리 어떤 방법이 있을까. 남자 말대로 시치미를 떼는 수밖에 없지 않은가. 먹고 자고 하면서 계절의 변화에 몸을 맡기고 사는 수밖에.

"딸을 지켜 주겠다고 작심하셨다면 그렇게 하는 것이 맞겠지요."

그 말은 남자의 귀에 들어가지 않은 것 같았다. 그는 이제 남은 이야기를 마무리하는 데 집중하고 있었다.

"변명처럼 들리겠지만 지난 육 년 동안 오몬은 많이 나아졌습니다. 게으르던 아이가 부지런해졌습니다. 집안일도 거들고 이런저런 강습이나 바깥놀이도 다 끊었습니다. 철부지 오몬이 이제 철들었다고 말하는 사람도 있었습니다."

오치카에게는 푸념 같기도 하고 필사적인 변명 같기도 했다.

"딸에게도 사람의 마음이 없는 것은 아닙니다. 자기 죄, 숨기고 살아야 하는 비밀에 밤마다 번민하기도 했습니다."

육 년 후 들어온 혼담도 본인은 거절하려 했다고 한다.

"그전에도 몇 번인가 혼담이 있었지만 딸아이는 단호하게 거절해 왔습니다. 마음을 주었던 젊은 주인에게 배반당하면서 남자를 두려워하게 되었는지도 모릅니다."

백발 남자는 어깨를 떨어뜨렸다.

"그런 딸이 내 눈에는 점점 불쌍해 보이기도 했습니다. 잘못을 뉘우치며 꼬박 육 년을 착실하게 지내 왔으니 이제는 남들처럼 행복해져도 괜찮지 않을까, 하고 생각하고 만 겁니다. 천박한 아비라고 비웃어도 좋습니다."

아버지의 설득에 오몬도 마지못해 응낙한 그 혼담은 탈 없이 성사되었다.

"신랑 쪽은—시중에 가게를 가진 상인 집안입니다."

남자의 말이 끊겼다. 목울대가 격하게 움직였다.

"좋은 혼처로군요."

오치카는 그렇게 말하며 자신도 모르게 빌었다. 여기서 끝났으면. 더 듣고 싶지가 않았다. 이런 느낌은 처음이었다. 네, 좋은 혼처였지요, 그래서 오몬은 행복해졌습니다. 이렇게 이야기가 끝났으면.

"예, 반가운 일이었지요."

이야기는 계속되는 것이다. 오치카는 끝까지 들을 수밖에 없다.

작은 마님이 된 오몬은 남편과 금실도 좋아서 잇달아 아이를 낳았다고 한다.

그 이야기를 듣고 오치카는 그만 공연한 생각을 하고 말았다. 간판점 부부와 마찬가지로 자식 복이 있었구나. 머릿속을 스친 그런 생각을 얼른 털어 버렸다.

"스물네 살이라면 상가의 며느리로는 나이가 찰 만큼 찬 겁니

다. 시댁 사람들은 며느리가 하루라도 빨리 아이를 가지기를 고
대하던 차여서 이처럼 경사스러운 일도 없었지만."

잇달아 태어나는 아이들이 내리 딸이었다. 대를 이을 아들이
필요한 상인 집안으로서는 곤란한 일이었다.

"그러다가 오몬이 서른 넘어 어렵게 낳은 아이가 아들이었습니
다."

그전에 낳은 딸들은 미처 자라지 못하고 죽고, 놀랍게도 오몬
과 남편 사이에는 이 아들만 남고 말았다. 일가친척이 모두 가슴
을 쓸어내린 것은 말할 것도 없었다.

"마지막 행운."

남자가 낮게 중얼거리는 소리에 오치카는 몸서리를 쳤다. 마지
막 행운, 스에키치다.

"손자에게 그 이름을 붙이셨나요?"

아니요, 하고 남자는 고개를 저었다. 아닙니다, 아니에요. 오몬
의 아들 이름은 그게 아닙니다. 내 손자 이름은 따로 있습니다.

"불길한 예감이라는 것을 아가씨는 믿으십니까?"

오치카는 말없이 고개를 끄덕였다. 남자도 오치카에게 고개를
끄덕여서 응했다.

"어렵게 태어난 아기가 무심히 자는 얼굴에서 느껴지는 불길한
예감에 가슴이 떨렸습니다. 그것은 나뿐만 아니라 오몬도 마찬가
지였던 모양입니다. 직접 말한 적은 없지만."

—아빠, 나 무서워요.

"나도 두려웠습니다."

그해 남자는 지주에게 관리인 권리를 반납하고 은퇴했다. 오몬의 아들이 태어난 직후였다.

"솔직하게 말하지요, 아가씨."

나는 도망치고 싶었습니다. 숨고 싶었어요. 가슴을 얼어붙게 만드는 그 무서운 예감으로부터. 딸의 눈 속에, 희미하지만 똑똑히 드러나는 공포로부터.

"만약 앞으로 또 무슨 일이 벌어진다면 나는 더 이상 제정신으로 살 수 없다는 생각도 들었습니다. 그래서 생업을 버리고 이사까지 했습니다."

하녀 할멈은 이미 세상을 떠났다. 남자는 혼자 떠나, 인가가 드문 궁벽한 곳을 골라서 이사했다.

"무슨 일이 일어날 거라고 생각하신 건가요?"

용기를 내서 오치카가 물었다. 어떤 예감이 당신을 괴롭혔는가.

대답 대신 남자는 내처 말했다. "오몬의 아들은 건강하게 컸습니다. 어르면 웃고, 맘마, 부우부우, 하는 소리도 곧잘 냈습니다."

마침내 몸을 뒤집고 기어 다니고 벽을 잡고 일어섰다. 이도 나기 시작했다. 병도 없고 다치지도 않고 두 살이 되었다. 세 살이 되었다.

몸은 커 갔지만 아이는 말을 하지 않았다.

불길한 예감은 적중했다. 예고는 예고로 끝나지 않았다.

"목소리는 낼 줄 압니다. 소리도 듣습니다. 그런데 그 아이는, 내 손자는 통 말을 하지 않았습니다. 오몬의 남편이나 시부모는 사내아이란 원래 말이 늦게 마련이다, 걱정하지 마라, 하고 대수롭지 않게 여겼습니다."

하지만 남자는 알고 있었다. 오몬도 알고 있었다. 이 아이는 말을 하지 않을 것이다. 내내 하지 않을 것이다. 그 시기가 될 때까지는.

그 시기란 어떤 '시기'인가.

"손님!"

오치카는 불쑥 소리쳤다. 그녀도 자신이 왜 이러는지 알 수 없었다. 백발 남자는 오치카가 무슨 생각을 하든 작정한 대로 진행하려고 했다. 몸이 흔들리고 턱이 들리고 눈이 흔들렸다. 오치카에게 질세라 내지른 목소리가 흉하게 갈라졌다.

"그끄저께, 동짓달 그날은 십칠 년 전 오몬이 자기를 버린 지물포의 젊은 주인을 찔러 죽인 날입니다!"

그날 아침, 잠에서 깬 아이가 엄마의 얼굴을 쳐다보았다. 오몬의 얼굴을 보았다.

별안간 불에 덴 것처럼 울기 시작했다. 울고 또 울고, 숨이 넘어갈 것처럼 계속 울었다. 낯이 파랗게 질려서 고통스러운 듯 팔을 휘두르고 발을 구르며 울고 또 울어댔다.

"오몬은 미쳐 버렸습니다."

자기 아들의 울음소리에 그 아이가 누구인지를 깨달은 순간,

오몬의 마음은 산산이 부서졌다.

아아, 역시 그랬구나. 이 아이는 내 아들이 아니야. 내 죄 덩어리로구나.

"곁에 있던 사람들이 말릴 새도 없이 오몬은 계단을 뛰어올라가 이층 창을 부수며 뛰어내렸습니다."

땅바닥으로 추락한 오몬은 목뼈가 부러져 있었다. 죽은 얼굴의 입술 가장자리로 한 줄기 피가 흘러내렸다.

마침내 백발 남자는 양손으로 얼굴을 가렸다. 손가락 사이로 이야기를 마무리하는 목소리가 흘러나왔다.

"그 소식을 들은 나는 자세히 물을 것도 없이 오몬이 죽은 이유를 알 수 있었습니다."

남자는 작은 마님의 급작스러운 자살로 인해 일대 혼란에 빠진 가게로 찾아가, 이제는 말짱하게 울음을 그치고 무심히 손가락을 빨고 있는 세 살배기 아기를 안고 나왔다.

"곧장 집으로 돌아와 덧문을 전부 닫고 문에는 버팀목을 받쳐 놓았습니다."

저녁이 되자 오몬의 시댁에서 사람들이 찾아와 문을 요란하게 두드리며 남자와 아기의 이름을 불렀지만,

"나는 아이를 꼭 안고 숨을 죽이고 있었습니다."

아무도 없나 보다, 하고 체념했는지 마침내 바깥이 조용해졌다.

"나는 스에키치와 단둘이 마주하고 있었습니다."

스에키치가 아니다. 이름이 따로 있다고 하지 않았던가.

"손님, 그 아이는 스에보가 아니잖아요. 손님의 손자입니다!"

"정체는 같아요, 아가씨."

남자의 목소리에는 억양이 없었고 얼굴에서는 핏기가 가셨으며 눈에는 거뭇거뭇한 것이 깃들어 있었다.

"스에키치는 이제 울지 않았습니다. 아우성치지도 않았어요. 나를 무서워하는 기색도 없더군요."

밤이 찾아와 깊어 갔다. 할아버지와 손자는 어둠 속에서, 상대방의 콧잔등도 보이지 않는 어둠 속에서 마냥 마주하고 있었다. 아무것도 모르는 아이의 작은 숨결이 남자의 귓가를 간질였다.

딸을 잃은 쉰다섯 살 남자와 엄마를 여읜 세 살배기 사내아이는 둘 다 꼼짝도 하지 않았다.

"문득문득 정신이 아뜩해지고 내가 이미 죽은 것 같은 느낌이 들었습니다."

시간의 흐름을 느낄 수 없었다. 좌우도, 상하도 알 수 없었다. 바닥 없는 어둠 속에서 어린아이의 숨소리를 내는, 그러나 어린아이가 아닌 어떤 존재와 한없이 가라앉고 있었다―.

마침내 희뿌연 여명이 덧문 틈새로 들어왔다.

"나는 보았습니다. 스에키치의 얼굴을. 그 아이도 나를 보고 있었습니다. 둥글둥글하고 잘록한 다리를 아무렇게나 뻗은 채 손가락을 빨며 내 바로 옆에 앉아 있었습니다."

아침이 온다. 이 아이와 한 하늘을 지고 살아야 하는 하루가 또 시작되는가. 이 아이와, 이 무서운, 인간의 형상을 했지만 인간이 아닌 아이와.

"어쩌면 인간을 초월한 무언가일지도 모르는 이 아이와."

더 살아가는 건가. 계속 살아가는 것이 내가 감당해야 할 벌인가. 남자가 그렇게 생각할 때였다.

아이가 문득 입에서 손가락을 빼고 그를 쳐다보며 말했다.

―할아버지, 내가 무서워?

사람 목소리로는 들리지 않았다.

"아가씨, 나는."

얼굴을 가리던 손을 내리고, 남자는 그 손으로 보이지 않는 것을 움켜쥐는 시늉을 했다.

"그 말을 듣는 순간 분별심이 날아가 버리고 말았습니다. 아니, 마음 자체가 사라져 버렸습니다. 나는 인간이 아니라 짐승이 되었어요. 이 손으로, 내 손으로 그 아이의 목을 조른 겁니다."

조르고 또 조르고, 숨이 멎을 때까지 계속 졸랐다. 아이는 싱거울 정도로 깨끗하게 숨을 거두었고 손발은 축 늘어졌으며 피부의 온기도 식어 갔다.

"그 뒤 꼬박 이틀을, 그러니까 오늘 아침까지, 나는 사체 옆에 있었습니다."

이대로 나도 죽을 수 있지 않을까. 가만히 있으면 필시 죽을 수 있겠지. 이 아이가 나도 데려가 주겠지.

하지만 죽지 못했다. 죽지 못했다고 반복하면서 백발 남자는 허공을 움켜쥐듯 손가락을 구부린 채 손을 덜덜 떨며 울기 시작했다.

"그래서, 여기로 왔습니다."

누구한테든 이 이야기를 해야 한다. 전부 털어놓아 반드시 믿게 해야 한다.

"미시마야 아가씨."

헝클어진 백발을 개의치 않고 남자가 오치카를 불렀다. 몸을 웅크린 오치카는 그 목소리에 포박당한 것처럼 꼼짝하지도 못한 채 생각했다. 이 사람은 지난 이틀 밤 새 노인이 된 것이다. 이틀 밤 만에 이런 꼴이 되고 말았다―.

"똑똑히 들어 주셨는지요?"

허연 배를 드러낸 채 떠올라 썩어 가는 잉어의 눈알. 그것이 오치카를 응시하고 있었다. 썩은 내마저 풍겨오는 듯했다.

야소스케가 옳았다.

"내 이름은 진베에라고 합니다. 전에 다치바나 지주님의 관리인으로 일했습니다. 은퇴해서 사는 집은 센다가야의 호라가모리에 있습니다."

풀썩 무너지면서 다다미에 양손을 짚었다.

"이 손으로 손자를 죽였습니다. 순순히 오라를 받겠습니다. 미안하지만 반야_{경비나 소방 활동을 하는 지신반 사람들이 머무는 곳}에 사람을 보내 당번을 불러 주시겠습니까."

남자가 쓰러져 엎드린 순간 오카쓰가 흑백의 방으로 뛰어 들어

왔다. 오카쓰의 부축을 받으며 오치카는 힘껏 소리를 지르고 있었다. 누구 없어요! 누가 좀 와 봐요! 어서요!

오시마와 야소스케가 쿵쿵쿵 다급한 발소리를 울리며 달려왔다. 오시마가 내지르는 비명에, 바둑판 위에서 노는 흰쥐 한 쌍을 그린 족자가 벌벌 떠는 것처럼 흔들렸다.

눈의 담임 ·

가랑눈 날리는 날

괴모

1

'첫눈이로다 이제부터 에도로 돈 벌러 가네.'

소한이 되면 근교 농촌 주민들이 일자리를 찾아 에도의 마치로 모여든다. 가을걷이도 끝나고 농한기가 되면 살림에 조금이나마 보태려고 겨울 한철 일할 자리를 찾는 것이다.

매년 이즈음이 되면 간다 미시마초 한쪽에 있는 주머니 가게 미시마야도 그렇게 찾아오는 한 부인을 맞는다. 오코치라는 드문 이름을 가진 그녀는 남편 겐키치와 함께 히타치와 시모쓰케 경계에 위치한 깊은 산골 마을에서 내려온다. 겐키치는 겨우내 부두에서 하역 일로 돈을 벌고, 오코치는 미시마야 작업장에서 기숙하며 허드렛일을 하는 한편 주머니 만드는 방법도 배운다.

"그래서 말인데, 오치카. 올해부터는 오코치의 딸도 같이 올 거야."

미시마야 안주인 오타미의 말에 오치카가 "어머" 하며 대답했다.

"모녀가 다정하게 손잡고 일하러 오는군요."

오치카는 미시마야의 주인 이헤에의 조카딸이다. 태어나고 자란 곳은 가와사키 역참 마을의 여관 '마루센'이지만, 작년 여름부터 예절 견습을 위해 미시마야에 몸을 의지하고 있다. 지금은 완전히 에도의 물에 익숙해져, 미시마야의 수수께끼 같은 간판 아가씨라는 소리까지 듣고 있다. 그냥 간판 아가씨가 아니라 '수수께끼 같은'이라는 말이 붙은 이유는, 오치카가 가게 매장에 나오는 것을 마다하고 오로지 안채 일만 돕고 있기 때문이며, 그래도 꽃들조차 고개를 숙일 만큼 예쁘게 생긴 열일곱 살 미녀라는 사실은 숨길 도리가 없기 때문이다.

"장하기도 하지. 오코치 씨 따님이면 아직 어릴 텐데요."

"열한 살이래. 여덟 남매의 맏이라지."

딸의 이름은 오에이라고 한다.

"오코치는 훨씬 전부터 오에이를 데려오고 싶어 했지만, 어린 동생들이 쓸쓸해해서 그러지 못했다는구나."

오에이는 아마 좋은 누나인 모양이다.

"괜찮은 아이다 싶으면 겨울 한철 동안만이 아니라 여기에 계속 기숙하며 일해도 좋겠지" 하고 오타미는 속내를 비쳤다. "쇼야 님만 허락해 주시면 겐키치도 오코치도 그러기를 바란다고 하니까."

소작을 부쳐서 생활하는 겐키치와 오코치에게 여덟 자식의 끼니를 대기란 보통 일이 아닐 것이다. 오코치가 허드렛일을 하는 사이사이에라도 좋으니 주머니 만드는 방법을 배우고 싶다고 한 것도, 마을로 돌아간 뒤 그 일을 해서 다만 얼마라도 벌기를 바랐기 때문이다.

"숙모님도 벌써 그렇게 생각하고 계시는군요."

오치카가 방긋 웃으며 말했다. 작업장의 침녀와 직인 들에 관한 일은 전부 오타미의 재량 하에 놓여 있다. 또 작업장에서 기숙하는 직인과 침녀 들은 식사 준비를 비롯한 자잘한 일들을 스스로 하니, 수습 한둘이 늘어나도 서로 도와 가며 어떻게든 해 나갈 수 있다.

"혹시라도 오에이가 생각보다 재주가 부족해서 침녀에 어울리지 않는다면 안채 일을 맡기면 되겠지."

"그때는 제가 고참 하녀로서 오에이를 맡을게요."

오치카는 그렇게 말하다가 머릿속에 좋은 생각이 떠올랐다.

"오에이가 바느질을 기초부터 배운다면 저도 같이 배울까 봐요."

주머니 만드는 일에도 흥미가 끌린다.

"뭐, 가르치기야 하겠지만."

오타미는 한숨을 쉬고 고민하는 표정이 된다.

"그렇다면 오치카, 괴담 듣는 일은 잠시 쉬는 게 어떠니? 애초에 네 숙부의 별난 취미에서 시작된 자리니까 내키지 않으면 언제든 그만둬도 돼."

오치카는 미시마야에서 지내게 되고 얼마 지나지 않았을 때부터, 백 가지 이야기, 즉 괴담을 들어왔다. 전형적인 괴담 모임과는 달리, 화자를 한 사람만 초대하고 청자도 오치카 한 사람뿐이라는 색다른 방식을 취하고 있다.

오타미는 이헤에의 별난 취미에서 시작된 일이라고 말했지만, 이헤에가 그런 자리를 마련한 것은 오치카를 위해서였다. 이를 잘 아는 오타미가 새삼 다른 말을 하는 까닭은 최근 맞이한 화자의 이야기가 얼마간 마음을 무겁게 했을 뿐 아니라, 이야기가 끝난 뒤 반야에 사람을 보내야 했을 만큼 심각한 내용이었기 때문일 것이다.

물론 그 탓에 오치카도 조금 우울해져서 다음 손님을 초대하지 못하고 있다. 이래서는 안 되겠다고 본인도 생각하던 참이었다.

겨울 한철 임시직으로 일하는 오코치는 작년에 처음 만났는데, 아무리 일해도 닳지 않을 것처럼 묵직하고 듬직한 체구의 사람이었다. 그런 부인의 딸이라면 오에이도 괜찮은 아이일 것이다. 나란히 바느질을 배운다면 내 기분도 나아지겠지. 그럼 다시 변조 괴담 자리에 앉을 수 있을 것 같다.

"뭔가 기분전환이 될 만한 일이 있으면 괜찮을 거예요, 숙모님."

오치카는 다시 웃으며 오타미에게 말했다. 그런데 얼마 안 지나 그 '기분전환이 될 만한 일'이 뜻밖의 모습으로 날아들었다.

오에이는 좋은 아이였다.

산골에서 자란 아이가 갑자기 에도로 나왔으니 사람 대하는 것이 서툴고 말투도 어눌한 것이야 어쩔 수 없는 일이다. 그래도 오에이는 엄마에게서 주변머리를 물려받았고 눈빛이 차분했다. 고향에서 어렵게 살았음을 보여 주는 점들이 곳곳에 있었는데, 그 중에서도 살갗이 튼 빨간 볼이 미시마야 사람들을 놀라게 했다.

견습 일꾼 신타도 한겨울만 되면 보드라운 볼살이 까칠하게 터서 주위 어른들의 걱정과 동정을 사기도 했지만, 오에이의 그것은 관록이 다르다고나 할까, 튼 자리의 깊이와 폭도 신타의 그것과는 비교할 수 없을 정도로 심했다. 그래도 신경 쓰는 기색이 전혀 없으니 기특하다.

"오에이도 참. 쌀밥이 아깝다고 젓가락을 대려고 하질 않더라고요."

작업장에서의 모습을 전해준 것은 하녀 오시마였다.

"고향에서는 흰쌀밥을 일 년에 잘해야 한 번이나 구경해 봤을 거예요."

또 다른 하녀이자, 오치카가 변조 괴담 자리에서 이야기를 들을 때 옆방에서 수호해 주는 역할을 맡고 있는 오카쓰도 오에이가 첫눈에 마음에 든 모양이다.

"일도 빠릿빠릿하게 하고 대답도 잘하고, 대단한 아이예요" 하고 칭찬해 준다. "아가씨, 오에이와 함께 바느질을 배우게 된다면 웬만큼 열심히 하지 않으면 뒤질지도 모르겠는걸요."

"배우게 된다면 언제 시작할까."

"섣달에는 허드렛일 익히는 것만으로도 벅찰 거예요."

"그럼 새해에 시작하면 되겠네요."

어차피 연말에는 가게 쪽도 경황이 없다. 새해 초에 새로운 것을 배우게 된다면 마음가짐도 새로워서 좋을 것 같다. 자못 기대가 되었다.

그러는 사이에 한 손님이 찾아왔다. 정작 본인은 손님이라고 할 만한 사람은 아니라고 손을 내두르는 손님이었다. 하긴 세간에는 이런 사람을 덮어놓고 두려워하며 쩔쩔매거나, 겉으로는 반가워하지만 뒤에서는 눈살을 찌푸리거나, 둘 중에 하나인 경우가 많을 것이다.

"바쁜 연말도 됐고 해서 잠깐 인사나 드리러 왔습니다. 다들 별고 없으시죠?"

싱글벙글 웃는 얼굴의 코 옆에 난 커다란 검정 사마귀가 눈에 띈다. 그 때문에 미시마야에서는 늘 '검정 사마귀 행수'라고 불리는 이 사람은, 시중에서는 '붉은 한텐의 한키치'라 불리는 오캇피키이다. 마흔 줄에 들어섰고 체구가 작으며 싱글벙글 사람 좋게 웃지만, 공무에 임할 때는 산초보다 매우며 그 눈초리가 날카롭게 번뜩일 때가 있다는 것은 오치카도 알고 있다. 이 오캇피키 행수 덕분에 미시마야는 떼강도에게 당할 위기를 면한 적이 있다.

"아가씨 안색이 환한 걸 보니 일단 마음이 놓입니다."

요전번 괴담의 화자가 반야에 출두할 때도 이 행수의 신세를

졌다. 그 후로 오치카를 걱정하고 있었을 것이다.

"걱정을 끼쳐 드려서……. 일전에는 고마웠습니다."

"천만에요, 그게 제 소임인걸요."

검정 사마귀 행수는 겨울 햇살이 드는 툇마루에 모로 걸터앉아서 가볍게 손을 들었다.

"그보다 오늘은 아가씨에게 기분전환을 시켜 드릴까 해서 왔습니다."

"기분전환?"

"예. 물론 괜찮다면 아가씨뿐만 아니라 미시마야 내외분도 같이 가면 좋겠지요."

"어디를요?"

처음부터 사양할 작정으로 오치카가 상냥하게 물었다.

한키치는 즐거운 듯이 말했다. "아가씨라면 낯설어하지 않을 괴담 모임입니다."

이 말에 허를 찔렸다.

"이맘때에 괴담 모임 같은 것을."

무심코 말하다가 저도 모르게 웃었다. 남의 말을 할 처지가 아니지 않은가. 미시마야의 변조 괴담 자리는 작년 가을, 만주사화가 필 즈음에 시작되어, 화자와 사정이 맞는다면 세쓰분입춘 전날. 이 날 콩을 뿌려 잡귀를 쫓아내는 행사를 한다이든 그믐날이든 때를 가리지 않고 열렸다.

"죄송해요. 그런 별난 데는 여기밖에 없을 줄 알았거든요."

"세상이 넓어서요." 한키치도 웃는 낯으로 대답한다. "그 모임은 매년 섣달마다 딱 한 번 열리는 괴담 모임입니다. 주선하는 나리의 말씀에 따르면 이것은 마음속의 연말 대청소라더군요."

"마음의 연말 대청소—."

"그 나리 말씀이, 괴담을 얘기하면 누구나 마음이 차분해진다는 겁니다."

몸이 깨끗해진다는 것이다.

"멋지게 말하시네요."

아니, 그냥 세련된 표현인 것만은 아니리라. 오치카의 가슴에 곧장 스며드는 말이었다.

괴이한 일을 이야기하거나 들으면 일상생활에서는 움직일 일이 없는 마음속 깊은 곳이 소리도 없이 움직인다. 무엇인가가 웅성거린다. 그 때문에 무거운 생각에 짓눌릴 때도 있지만 한편으로는 문득 정화된 듯한, 혹은 각성한 것처럼 느껴질 때도 있다.

그것을 가리켜 '연말 대청소'라고 한다면, 그 주선자는 그냥 재미 삼아서 괴담 모임을 열고 싶어 하는 호인은 아닌 듯하다.

"오래된 모임인가요?"

"십오 년째라고 합니다."

제법 연륜이 있는 모임이다. 검정 사마귀 행수는 감탄하는 오치카의 눈을 쳐다보고 문득 소리를 낮춰 말했다.

"주선하는 나리는 후다사시인데, 다이쓰 가운데 한 분이지요."

오치카가 지금 눈을 깜빡이는 것은 당황한 탓이다. "저어, 잠깐만요, 행수님. 제가 에도 사람이 아니라서."

한키치는 아차, 하며 웃었다. "아, 미안해요. 어떤 말이 이해되지 않던가요?"

"막부를 모시는 무가가 봉록으로 받은 쌀을 사들이는 장사를 하는 사람이 후다사시란 건 알아요. 그러면서 돈도 빌려 주는 일도 하는데, 오히려 이쪽으로 더 많이 번다는 것도."

"예, 그렇죠. 그냥 고리대금업자라고 해도 좋겠지요."

"그 다이쓰라는 것은 뭔가요?"

"아사쿠사 구라마에<small>에도 막부의 쌀 저장고. 약 삼만 평 대지에 예순일곱 개 창고가 있었으며, 그 주변에는 쌀 도매상이나 '후다사시'라 불리는 중개인들이 자리를 잡고 있었다</small>에 있는 후다사시의 수는 현재 약 백여덟 명인데, 그중에서도 특히 재산이 많고 힘 있는 사람을 말합니다."

온갖 유흥과 예능을 섭렵하는 건 물론이고, 유곽에서도 돈을 물 쓰듯이 하는 등 호사스러운 씀씀이를 미덕으로 아는 사람들이라고 한다.

"후다사시의 협기를 에도의 꽃이라고 하지만 한편으로는 외양이 화려하고 씀씀이가 요란한 것이 너무 괴상하고 별나다며 싫어하는 사람도 있습니다. 하지만 이 모임을 주선하는 나리는 진정한 풍류인이시라, 함부로 과시하고 싶어 하는 사람들과는 다릅니다. 시를 즐기고 서화에도 능한 분이지요. 문인이십니다. 그렇지 않고서는 이런 괴담 모임을 십오 년이나 계속해 올 수 없겠지요."

그것도 '마음의 대청소'로서.

"매번 만반의 준비를 갖추고 이야기를 들어 줄 손님들에게 연락을 합니다. 화자는 이미 정해져 있으니 아가씨는 그냥 가서 편하게 들어 주면 됩니다. 나리의 위치가 위치인 만큼 이상한 사람은 초대하지 않습니다. 아가씨도 안심할 수 있을 만한 점이지요."

모이는 사람은 많아야 스무 명 정도라고 한다.

"다른 괴담 모임처럼 방이 미어지도록 많은 사람이 몰려드는 일은 없습니다."

오치카는 쿡쿡 웃었다. "저도 여기서 변조 괴담 자리를 마련하고 있지만, 괴담 모임에는 가본 적이 없어요."

한키치는 호오, 하고 놀라는 얼굴이 되었다.

"그렇다면 좋은 기회로군요. 가끔은 손님 기분으로 다른 모임의 방식을 구경해 보는 겁니다. 그죠?"

대답을 재촉한다.

"미시마야에도 '철새'가 날아든 모양이니 아가씨가 하루쯤 나들이를 해도 지장이 없겠지요."

"철새요?"

"에도 토박이들은 겨울 한철 일하러 에도로 나오는 사람들을 철새라고 부릅니다."

조금 얕보는 말이라고 한다.

"그러니 아가씨는 그런 말을 삼가야겠지만, 저야 하는 일이 일이니까요. 저도 모르게 경박한 말이 툭툭 튀어나오니, 그 점 용서해 주십시오."

검정 사마귀 행수는 오코치에 대해서도 이미 알고 있는 것이다.

—그런데, 어떻게 한다?

오치카도 원래부터 낯을 가리거나 내성적인 성격은 아니다. '수수께끼의 아가씨'라 불릴 정도로 미시마야 안에서만 지내는 데는 그만한 경위와 사정이 있다. 그 원인이 해소되기 전에는 사람들과 어울리고 싶지 않았다.

"주관하는 나리는 이즈쓰야 시치로에몬이라는 분인데요. 저하고는 인연이 오래된 분입니다. 이 괴담 모임에도 몇 번 초대받아 가 본 적이 있어요."

그래서 한키치는 그 모임에 대해서 잘 아는 것이다. 혹은 사전 준비를 돕고 있는지도 모른다.

"다만 이번에는."

한키치는 코 옆의 사마귀를 만지작거리며 말했다.

"나리께서 제게, 한 번쯤 화자가 돼 달라고 부탁하셔서 처음으로 화자로 초청을 받았습니다. 지금까지는 듣기만 해서 편했는데, 제가 직접 이야기를 해야 한다니."

벌써부터 전전긍긍하고 있다는 것이다.

"제 말본새가 원래 이렇게 거칠잖아요. 이즈쓰야 나리에게 폐가 되면 어떡합니까. 보름쯤 전부터 아오노의 작은 선생님을 청자로 삼아 몇 번 연습을 하긴 했지만."

"진코 학원深考塾의 아오노 선생님 말인가요?"

오치카는 냉큼 물었다가 부끄러워졌다. 검정 사마귀 행수의 얼굴은 말짱하지만 그 눈가가 웃고 있는 듯해서 더욱 부끄러웠다.

'진코 학원'은 혼조 기쿠카와초에 있는 습자소이다. 거기서 아이들을 가르치는 젊은 훈장이자, '작은 선생'이라 불리는 아오노 리이치로라는 낭인모시는 주군이 없는 무사은 미시마야 오치카하고도 인연이 있다. 검정 사마귀 한키치 행수도 실은 이 아오노 선생을 통해서 알게 되었다.

성격은 좋지만 입이 매서운 오시마에 의하면 아오노 리이치로는 생긴 것은 '덜 익은 호리병박'이다. 하지만 아이들이 잘 따르며 오치카도 친근감을 느끼고 있다. 조금 더 솔직하게 말하면 살짝 마음이 기울기도 한다. 간다와 혼조는 그리 멀지 않지만, 볼일도 없는데 우연히 마주칠 만큼 가까운 거리도 아니다. 간만에 그 이름을 듣고 그만 반색을 하고만 오치카였다.

"그날도 작은 선생님이 같이 가 주기로 했습니다. 선생님도 원래 에도 토박이가 아닌지라 이런 귀한 모임에 참가해 보고 싶다고 하고, 저도 그 편이 든든하니까요."

한키치는 막힘없이 말하면서도 자못 곤혹스러운 듯이 팔짱을 끼고 고개를 갸우뚱해 보였다.

"하지만 천하의 다이쓰 이즈쓰야 나리의 모임에 두 남정네가 시커먼 얼굴로 들어서면 좌흥이 깨지고 말겠지요. 그럴 때는 역시 꽃이 필요할 것 같아서 이렇게 아가씨에게 부탁드리게 된 겁니다. 아, 이건 저 혼자만의 바람이지 작은 선생님은 아무것도 모릅니다. 그러니 아가씨가 오신다면 작은 선생님도 아마 기뻐하겠지요."

'하겠지요' 하며 치켜뜬 눈초리로 오치카의 안색을 힐끔 살핀다.

─왠지 속을 빤히 들여다보고 있는 것 같아. 뭔가 짬짜미가 되어 있는 것도 같고.

거기에 넘어가는 느낌이 들었다.

오치카가 깊이 상심하게 된 계기는 이 년쯤 전에 뜻밖의 일로 약혼자가 죽은 사건이었다. 그 슬픔과 고통은 여전히 치유되지 않았다. 앞으로도 상심이 깨끗하게 가시지는 않을 거라고 생각한다.

하지만 주변의 생각은 조금 다르다. 오치카가 새로운 행복을 붙잡기를 바라고 있고, 기회다 싶으면 오치카가 발을 내디딜 수 있도록 부추기기도 한다. 오타미와 오시마는 오치카가 아오노 리이치로에게 살짝 마음이 동한 것을 눈치채고 흥분했다. 당황한 오치카는 움직인 마음을 원래 자리로 밀어 넣고 문을 닫아걸기로 했다.

─앞으로도 계속 닫아걸어 놓자.

그러면 되는 걸까. 자기 마음이 망설이는 작은 소리가 오치카의 귓속에서 울리고 있었다. 한편 그렇게 망설이는 것 자체가 죄라고 매섭게 질책하는 목소리도 들린다.

"그 모임은 모레 혼조 이시와라초에 있는 미카와야란 대실貸室

업소에서 열립니다. 저녁 일곱 점(오후 네시)에 시작해서, 글쎄요, 예년의 사례를 보면 여섯 점(오후 여섯시)까지는 끝날 겁니다. 물론 갈 때는 제가 모시고, 돌아올 때도 제가 댁까지 모시겠습니다."

오카와 강 너머에서 열리는 모임입니다, 하고 검정 사마귀 행수는 빙긋 웃음을 지어 보였다.

"아가씨가 여기 간다에서 짊어지고 있는 짐일랑 훌훌 던져 버리고 가벼운 마음으로 료고쿠바시 다리를 건너는 것도 좋지 않겠습니까."

주제넘게 말해서 미안합니다만, 하고 덧붙이며 머리를 긁적인다. 이 노련한 오캇피키의 알뜰한 배려에 넘어가 주지 않는다면 너무 꽉 막힌 걸까.

오치카는 작은 목소리로 말했다. "오카쓰 씨와 함께 가도 좋을까요?"

오카쓰는 나긋나긋한 체구에 풍성한 흑발이 아름다운 미녀인데, 천연두 신의 가호를 받은 표시인 마맛자국이 많아, 그 덕분에 천연두 신의 가호로 마를 물리칠 수 있다는 신비한 아가씨였다.

한키치는 손뼉을 치며 좋아했다. "아, 오카쓰 씨가 같이 간다면 저도 한결 마음이 놓이죠."

이리하여 오치카는 섣달에 열리는 괴담 모임에 참가하게 되었다.

2

"어머, 예뻐라."

오카쓰가 가슴 앞에 가볍게 손을 모으고 한숨을 흘리며 말했다.

"정말 잘 어울리세요, 아가씨."

이즈쓰야 시치로에몬의 괴담 모임이 열리는 날. 공교롭게도 날이 잔뜩 흐려서 해님은 아침부터 얼굴을 숨기고 있었다. 공기도 몹시 차다.

미시마야 안에서 오치카는 나들이 준비로 바빴다. 같이 가기로 한 오카쓰가 거드는 것은 좋지만, 오시마뿐만 아니라 오타미까지 작업장을 방치하고 나와 야단스럽게 달라붙어 있다.

"봐라, 내 판단이 정확하잖니."

오타미가 콧방울을 부풀리며 말했다. 에도즈마정장용 기모노로서, 소매가 조금 짧고 무늬가 옷 아래에만 들어간다면 충분하다는 오치카에게 모처럼 하는 나들이인데 후리소데미혼 여성이 입은, 소매가 긴 기모노를 입어 줘야 한다고 우겨서 결국 오치카가 양보한 것이다.

바탕은 차분한 분위기의 진초록색이고 옷단에 벚꽃과 단풍을 흩뿌린 무늬가 들어간 후리소데는 찬바람 부는 겨울에 더 돋보인다고 오타미는 말했다. 안에 받쳐 입은 옷에는 가노코시보리홀치기 염색의 일종으로 사슴의 반점 무늬를 닮았다로 염색한 삼 잎 무늬가 들어가 있다. 이 옷을 후리소데 소매 사이로 살짝살짝 엿보이게 하려고 아까부

터 오타미는 고개를 갸웃거리며 열심히 궁리하는 중이었다. 옆에
딱 달라 붙은 오시마도, "마님, 그건 너무 많이 나오네요", "그렇
게 집어넣으면 보이질 않아요" 하고 열심히 훈수한다. 그리고 안
에 하나를 더 받쳐 입었는데, 이쪽은 연한 쑥색이었다. 오카쓰가
오치카의 하얀 피부에 잘 어울린다고 칭찬했다.

"역시 이렇게 차분한 색을 받쳐 입는 것이 멋지네요. 가미가타
하고는 달라요."

"어머, 오카쓰 씨는 가미가타에 머물렀던 적이 있어요?"

오시마가 눈을 동그랗게 뜨자 오카쓰가 빙긋 웃었다. "네, 조
금."

"그쪽은 뭐든 큼지막하고 화려하니까."

가미가타에 가본 적은 없지만 주머니 가게라는 장사 덕분에 온
갖 이야기를 듣고 있는 오타미가 고개를 끄덕였다.

"몇 번이나 위에서 단속을 해도 신경조차 쓰지 않는다죠."

"하지만 그런 기풍 차이가 있기 때문에 멋내기가 재미있는 거
지. 우리가 하는 장사도 세상에서 멋 내려는 욕심이 사라지면 그
날로 망하는 거야. 남들과는 다른 모습을 하고 싶다, 눈에 띄고
싶다는 욕심이 너무 지나쳐도 곤란하지만 아예 없으면 이 세상이
가레산스이돌과 모래 등을 사용해 자연을 나타낸 정원. 물을 쓰지 않는다처럼 재미가 없
을 거야."

훈계하듯 말하면서도 오타미의 눈은 오치카의 옷에서 떠나지
않는다.

"자, 오치카. 다라리 매듭은 길게 늘어뜨려야 맛이야. 이건 어중간하구나."

"아뇨, 숙모님. 너무 길면 걸을 때 밟힐 거예요."

히가노코진홍색 바둑무늬 홀치기염색와 검은 공단 주야오비겉과 안을 다른 천으로 만든 기모노의 띠에는 아가씨다운 화사함이 있었다. 오치카에게는 그것만으로도 충분했다. 다라리 매듭은 '나는 집안일은 전혀 안 하고 살아요' 하는 규방 아가씨의 표식 같은 것이라, 오치카로서는 못내 억울한 것이다.

"너도 참 고집이다. 괜찮지 않니, 모처럼 하는 나들이인데."

"익숙하지 않아서 넘어지면 어떡해요. 창피하잖아요."

쉴 새 없이 오가는 대화를 들으며 오카쓰는 혼자 방글방글 웃고 있다. 오늘 모임에 같이 가자고 말해 준 사람은 검정 사마귀 행수이지만, 아오노 리이치로도 온다는 사실을 알고 있는 사람은 오카쓰뿐이다. 오타미나 오시마의 귀에 들어가면 한바탕 소동이 벌어질 터이므로 절대로 말하지 말아 달라고 부탁해 두었다.

"그런데 모처럼 기분전환하러 나가겠다고 해서 좋아라 했는데, 내나 괴담 모임이라니, 원."

살짝 한탄하는 오타미.

"가는 사람도 가는 사람이지만, 초청하는 사람은 또 뭐냐. 검정 사마귀 행수도 사람이 별나네."

"하지만 숙모님, 흔치 않은 괴담 모임인걸요."

"그래요, 마님. 주관하는 분이 대단한 사람이잖아요."

호기심이 강한 오시마는 이즈쓰야 시치로에몬이 주관하는 모임이라는 말을 듣고 뛸 듯이 좋아했다.

"그게 아니라니까요. 한키치 행수님의 괴담을 들을 수 있다니까 가는 거라고 했잖아요."

"그래 봐야 무슨 범인 체포담 아니겠어요? 그보다 아가씨, 오늘 거기에 어떤 분이 올지 몰라요. 혹시 좋은 인연을 만나면 꽃가마 타고 엄청난 부잣집에 들어가게 될지 누가 알아요."

"그럴 일 없어요. 괴담 모임에서 인연을 만났다는 이야기는 들어본 적도 없네요."

"그거야 모르는 일이죠. 인연이란 모르는 거라고 하잖아요."

시끌벅적한 방의 장지 너머에서 "실례합니다" 하는 소리가 들렸다. 어린 목소리다. 오카쓰가 여전히 방글방글 웃으면서 얼른 장지를 열어 주었다.

"오, 오에이구나."

오에이가 바닥에 양손을 짚고 납작 엎드려 고개를 숙이고 있었다. 옆에는 커다란 쟁반이 있고, 그 위에 밥상보를 살짝 씌워 놓았다.

고개를 든 오에이는 새빨간 볼 위로 눈을 동그랗게 뜨고 오타미를 보았다.

"마님, 아가씨 드실 것을 가져왔습니다."

볼이 빨간 것은 살이 튼 탓이 아니라 잔뜩 긴장한 탓이다. 목소리도 위태로울 만큼 높았다.

"고맙다. 이리 다오."

커다란 쟁반을 오카쓰가 받아 들었다. 밥상보를 치우자 인형의 밥상인가 싶을 정도로 작은 주먹밥 몇 개와 다기가 놓여 있었다. 오에이에게는 무거웠을 것이다.

"오치카, 이걸 먹어 두렴. 저쪽에서도 대접하겠지만 빈속으로 가는 것도 예의가 아니니까."

오타미는 이런 것에 엄하다.

"예, 잘 먹겠습니다. 오에이, 오늘은 네가 안채 일을 거들고 있구나."

오치카는 어린 수습 하녀에게 말을 건넸다. 방 안의 화사한 풍경에 눈을 휘둥그레 뜨고 있던 오에이가 흠칫 놀랐다.

"아, 예!"

"어떠냐, 오에이. 오늘 아가씨가 참 이쁘지?"

오타미의 말에 다시 흠칫 놀란다.

"예. 예."

용수철 장치 인형처럼 고개를 끄덕이고 동그란 눈을 또릿또릿 움직이며 높게 갈라진 목소리로 대답했다.

"선녀님처럼 예쁩니다."

그 말에 여자들이 소리내어 웃자 양손을 볼에 대고 몸을 움츠렸다.

"죄송해요, 저는."

"괜찮아, 오에이. 제 눈에도 오늘 아가씨가 하늘에서 내려온 분처럼 예쁩니다."

오카쓰가 한마디 거들었고 오시마는 자리에서 일어섰다.

"자, 오에이, 우리는 일하러 가자. 이렇게 아가씨에게 넋 놓고 있다가는 저녁밥 늦어서 대행수님께 야단 들을라."

민첩한 흰쥐처럼 오시마를 뒤따르는 오에이에게 다시 오치카가 말을 건넸다.

"잠깐 나갔다 올 테니 집 잘 부탁해."

오에이는 무엇에 떠밀린 것처럼 뒤돌아서서 얼른 자세를 바로 하고 또 새된 목소리로 말했다.

"예! 안녕히 다녀오세요, 아가씨!"

둘이 나가자 오타미가 오치카를 돌아다보았다. "네가 오에이를 잘 보살펴 주고 있구나."

"천만에요, 보살펴 주는 거 전혀 없어요."

오치카가 작업장에 출입하거나 오에이가 무슨 볼일로 안채로 나올 때마다 말을 걸거나 상태를 살피는 정도였다. 나란히 앉아 바느질을 배우기 시작할 때까지는 조금 친해지고 싶었다.

"아직 어린데도 열심히 일하네요."

"그렇구나. 하지만 신타는 더 어릴 때 엄마도 없이 혼자서 여기로 왔단다."

"예, 신타도 기특하죠."

오치카는 올해 매화 꽃놀이에 신타를 데려갔다. 일만 시키지 않고 종종 그렇게 일꾼들의 견문을 넓혀 주는 것이 이헤에와 오타미의 방침이었다. 돌아올 때는 요릿집에서 도시락을 사 주었기에, 신타는 첫 나들이와 진수성찬에 구름을 밟고 다니는 표정이었고 오치카도 즐거웠다.

오에이가 미시마야에 자리를 잡게 되면 언젠가 이 아이에게도 나들이옷을 입혀서 밖으로 데려 가고 싶다. 이렇게 차려입으면 쑥스럽지만 역시 멋 내기는 즐거운 일이라고 오치카는 생각했다.

"착한 아이들은 모두 세상의 보물이죠."

엉뚱한 쪽으로 흘러가고 있는 자리를 오카쓰가 그런 말로 다잡았다.

오치카는 걸어갈 생각이었지만, 검정 사마귀 한키치 행수가 이 즈쓰야에서 준비해 주었다면서 가마 두 대를 대동하고 왔다. 오치카가 앞 가마를 타고 오카쓰는 뒤따르는 가마를 탔다. 한키치는 가마꾼에게 뭐라고 꼼꼼하게 이르고 나서 말했다.

"그럼 저는 한 발 먼저 가서 미카와야 앞에서 기다리겠습니다."

정작 오늘의 화자는 걸어가겠다고 한다. 그는 말릴 새도 없이 바람처럼 떠났다.

"시중이라 길도 좋고 천천히 모실 테니까 많이 흔들리지는 않겠지만, 턱을 이렇게 살짝 당기듯이 하고 앉아 계십시오."

가마꾼 청년이 공손하게 말했다. 오치카가 가마에 익숙지 않은 것도 한키치는 알고 있었던 모양이다.

"고맙습니다."

오카쓰가 오치카의 후리소데 자락을 살며시 들어 주었고, 가마에 앉자 발이 내려졌다. 겨울이라 발 안쪽에 비색 천이 하나 더 늘어뜨려져 있었다. 얇은 천이 두 겹으로 포렴처럼 드리워져서, 틈이 전혀 없지는 않았지만 날도 흐리고 해서 오치카의 주변은 어두워졌다.

"그럼 출발합니다!"

"잘 부탁합니다."

가마꾼과 배웅하는 사람들의 인사 소리가 들리더니 오치카의 몸이 번쩍 들렸다.

한낮에 어두운 가마 안에 앉아 흔들리면서 괴담 모임에 간다.

간만에 만나게 될 아오노 리이치로 얼굴이 눈에 선하다. 세간에서 에도의 협기라고 떠들어대는 거물 후다사시, 이즈쓰야 시치로에몬은 어떤 사람일까. 십오 년이나 계속해 왔다는 괴담 모임에서 오늘은 어떤 이야기가 나올까. 오치카는 이런저런 두서없는 생각으로 가슴이 설레고, 설렌 만큼 마음이 가라앉기도 했다.

"곧 료고쿠바시 다리를 건넙니다. 오늘은 바람이 강해서 다리 위가 춥습니다만, 잠깐만 참아 주세요."

그런 안내에 오치카는 손잡이를 고쳐 잡았다. 오가는 사람들로 늘 북적거린다는 료고쿠바시 다리는 오늘도 인파가 굉장할 것이다. 길이 막히는지 가마가 잠시 멈췄다.

그때였다.

"미시마야 아가씨."

작은 목소리가 들려왔다.

오치카는 흠칫 놀라 좌우를 살펴보았다. 오치카가 탄 가마는 흔히 볼 수 있는 요쓰데 가마네 개의 대를 세워 만든 소박한 가마라서 양쪽으로는 발이 내려져 있을 뿐이다. 몸을 크게 움직이면 굴러 떨어진다. 옆을 지나가는 사람들의 기척 또한 똑똑히 느껴진다.

작은 목소리가 다시 들려왔다. "저기, 미시마야 아가씨."

발을 조금 들어 보았지만 사람의 다리가 보이지 않았다. 그런데도 목소리는 바로 옆에서 들려온다.

그 목소리가 이어졌다. "오에이가 무사히 미시마야에 들어갔군요."

오치카는 손잡이를 꼭 쥔 채 몸이 굳어 버렸다.

"아무것도 모르는 아이지만 아마 부지런하게 일할 테니 부디 예뻐해 주세요."

오치카는 눈을 휘둥그레 뜬 채 숨을 죽이고 있었다. 곧, 자! 가보세! 하는 구호가 들리고 가마가 다시 움직이기 시작했다.

방금 그것은 누구 목소리지?

"저기요."

몸을 잔뜩 긴장시킨 오치카도 작은 목소리를 내 보았다.

"누구세요?"

가마는 기분 좋게 흔들리고 있었다. 다리 위로 접어들었는지 살짝 기울면서 발 자락이 바람에 펄럭였다.

대답이 없다.

오치카는 조금 더 큰 소리로 다시 한 번 불러보려고 입을 벌리며 숨을 들이마셨다가 단념했다.

—너무 이상하잖아.

그 목소리는 거의 귓가에서 들렸다. 목소리의 주인이 바로 옆에 있는 듯했다. 이 가마 안에서 오치카와 얼굴을 나란히 하고 있는 것처럼.

다리를 건너가는 가마 안에서는 양 옆을 스쳐 지나가는 사람들의 기척을 똑똑히 알 수 있었다. 서두르는 사람, 한가롭게 걷는 사람. 남자의 발, 여자의 발, 방금 뛰어간 것은 심부름 가는 꼬마일까?

하지만 아까 그것은 그런 기척이 아니었다. 사람은 보이지 않는데 목소리만 살며시 흘러들어 온 것이다.

오에이를 예뻐해 주세요.

오치카에게 그렇게 말하는 사람은, 상식적으로 생각하면 오에이의 가족 가운데 누구일 것이다. 하지만 어머니 오코치일 리는 없다. 오코치는 지금도 미시마야 작업장에서 일하고 있다. 오에이의 아버지 겐키치가 외출하는 오치카를 아주 우연히 발견하고 인사하러 다가온 거라면 그런 상황에 걸맞은 인사를 했을 것이다. 무엇보다 가마꾼이 알아차리지 못할 리가 없다.

그래, 그 목소리의 주인이 누구든, 앞뒤에 있는 가마꾼들도 모르게 오치카에게 다가와 말을 건네는 마술 같은 행동을 할 수는 없었을 것이다.

—그렇다면 그건 누구였지?

오치카의 가마가 잠시 멈추기를 기다리고 있었던 것처럼 어느새 다가와 인사를 건네고 사라졌다.

오치카는 한 손을 가만히 입가에 대고 부드럽게 미소지었다.

이럴 때는 무서워서 벌벌 떨어야 마땅하다. 하지만 유감스럽게도 이 오치카는 괴담을 들어 주는 일을 맡을 만큼 별종이며, 가마에는 익숙지 않지만 이상한 일에는 제법 익숙했다.

게다가 그 목소리는 상냥했다. 말투에 온기가 있었다. 그것이 누구든, 오에이를 상냥하고 따뜻하게 대하던 누군가 혹은 '무엇'인 것이 분명하다.

게다가 또 하나, 그 목소리는 어른의 목소리는 아니었다. 오에이보다는 나이가 많겠지만 아직 어린 구석이 남아 있는 음성이었다. 사랑스러운 목소리였다.

그래서 전혀 무섭게 느껴지지 않았다.

예, 오에이라면 걱정 마세요, 잘 보살피겠습니다, 하고 대답을 해 주었으면 좋았을 것을.

괴담 모임에 도착하기도 전에 괴이한 일을 겪고 말았다. 오치카는 홀로 미소를 지은 채 오카와 강을 건넜다.

3

네 평짜리 방 두 칸을 터놓은 곳에 대략 스무 명쯤 되는 남녀가 앉아 있었다.

미카와야는 이층짜리 커다란 가게로, 단순하지만 중후하게 지어졌다. 기둥도 들보도 굵고, 복도는 반질반질하게 닦여 있어서 걸으면 시로타비일본식 흰 버선으로, 주로 정장이나 예복에 갖춰 입는다의 색깔이 다 비친다. 이런 업소들은 그 수준이 천양지차로 다양한데, 미카와야는 일단 고급스러운 축에 속한다.

방 안의 장식기둥은 둥근 기둥이었고 윤기가 흐르는 엿 빛깔로 빛났다. 난간에는 사계절의 꽃들이며 볏과 꼬리가 길게 뻗은 특이한 새가 조각되어 있다. 그리고 선명하게 색칠해 놓았다. 본 적도 없는 새라서 오치카가 잠시 올려다보고 있자,

"멀리 바다 건너 남국에 사는 새인데, 아마 극락조일 겁니다."

하고 아오노 리이치로가 가르쳐 주었다. 스승님의 장서에서 그림을 본 적이 있다고 했다.

오치카는 떠올렸다. 그 스승님은 은퇴 생활을 하는 고케닌쇼군 직속의 녹봉 만 석 이하 무사 중, 쇼군을 직접 알현할 권리가 없는 하급 무사인데, 책을 좋아하고 박식한 노인이다. 학자 기질이신 분이지만 진기한 풍물이나 전설, 옛날이야기 따위에도 해박하다고 한다.

그 방에 모인 남녀는 서로 넉넉한 거리를 두고 앉아 있었다. 오치카 일행과 마찬가지로 여럿이 함께 온 사람도 있고 혼자 온 손

님도 있는 듯했다. 동반자가 있는 사람들은 일행과 귀엣말을 나누었고, 혼자 온 손님들은 방 분위기를 음미하듯이 주위를 둘러보거나 조용히 차를 마시기도 했다.

손님들은 서로 눈길이 마주치면 눈인사를 나누었으며, 다들 밝고 즐거워 보였다. 다만 아무도 다른 사람에게 다가가 인사를 청하지는 않았다. 이 모임에서는 필시 처음부터 서로 신상을 밝히며 통성명을 하지 않을 것이다. 미시마야의 변조 괴담 자리에서도 화자는 자기 신상을 밝히지 않아도 되고 이야기에 등장하는 장소나 인명은 감추거나 가명을 써도 좋다. 괴담을 나누는 자리에서는 그것이 피차 마음 편하기 때문이다.

—오카쓰 씨의 마맛자국을 눈여겨보는 사람도 없는 것 같네.

당사자 오카쓰는 아무렇지도 않은 얼굴을 하고 있다. 오치카는 혹시라도 빤히 쳐다보는 자가 있으면 몹시 언짢을 텐데, 하고 내심 걱정하고 있었다. 하지만 그런 걱정은 필요 없을 듯했다.

손님들은 모두 오치카보다 연상이었고 아주 젊은 사람은 없어 보였다. 남녀 비율은 비슷하고 전체적으로 평민이 많지만, 리이치로를 제외하면, 한바카마^{무사가 입는 하의로서 밑단이 발목까지 내려오는 것}를 입은 무사가 두 사람 정도 있었다. 둘 다 연배가 있어 보이고 혼자 온 듯했다. 종자는 다른 방에 대기시켜 놓았는지도 모른다.

화로는 충분히 들여놓았고, 손을 쬐는 작은 화로도 손님 수만큼 준비되어 있었다. 밖은 추웠지만, 방은 사람들의 온기도 있어서 충분히 따뜻했다.

도코노마와 지가이다나아래위로 어긋나게 설치한 두 선반 앞쪽 상좌에는 연갈색 비단 방석이 놓여 있었다. 거기 앉아야 할 주관자의 모습은 아직 보이지 않았다.

오치카 일행 네 사람은 맨 뒤에 있었다. 한키치와 아오노 리이치로가 앞에 앉고, 두 남자의 어깨 사이로 내다볼 수 있는 위치에 오치카와 오카쓰가 앉았다.

오치카와 오카쓰가 도착했을 때 한키치와 리이치로는 미카와야 앞에서 기다리고 있었다. 일동은 여주인의 인사를 받으며 이층으로 안내되어 여기에 자리를 잡은 것이다. 왔을 때는 손님이 방의 절반 정도밖에 차 있지 않았다.

"어디든 마음에 드는 곳에 앉으면 됩니다."

한키치가 그렇게 말해 주었지만, 오치카는 맨 뒤쪽을 택했다.

오치카가 가마에서 내려 얼굴을 마주하자 아오노 리이치로는 눈이 부신 듯 눈을 깜빡이며 바라보았다. 후리소데 차림에 놀랐을 것이다. 한키치는 연방 감탄을 하며, 그림 같네요, 그림 같아요, 하고 칭찬해 주었지만 리이치로는 특별한 말 없이 그저 일반적인 인사만 건넸을 뿐이다.

그리고 그의 옷차림도 평소와 전혀 다르지 않았다.

―저 닳은 소매는 언젠가 어떻게든 해야지원.

평소처럼 오치카는 그런 생각을 했고, 그 생각에 또 마음이 즐거워졌다.

한키치는 은회색 유키쓰무기이바라키 유키 지방에서 나는, 작은 점무늬나 줄무늬가 있는 질긴 명주 기모노와 한 벌을 이루는 하오리를 걸쳤고, 허리띠에 꽂은 짓테에도 시대에 포리가 소지하던 짧은 막대로, 흔히 경찰 권력의 상징물이었다의 붉은 술이 눈에 잘 띄었다. 오카쓰의 솔잎 무늬 에도즈마도 마침 은회색이었고, 안에 받쳐 입은 옷의 연주황색 가노코 무늬가 소매 사이로 들여다보였다. 앞뒤로 앉은 남녀는 나이로 봐도 잘 어울리는 부부처럼 보였다.

그렇다면 또 다른 조합인 리이치로와 오치카는 어떨까. 방에 들어가기 전에 허리에 꽂은 칼 두 자루를 빼내어 맡긴 리이치로는 왠지 더 궁상맞게 보이지 않는 것도 아니었다.

"방석 색깔이 다 다르네요."

방을 찬찬히 둘러보던 오카쓰가 작은 소리로 감탄하며 말했다.

"병아리색, 정향나무색, 적갈색, 녹회색에 연두색. 화로 색깔도 방석에 어울리게 되어 있네요. 무늬도 가지가지고."

오치카 옆에 놓인 작은 난로에는 통통한 새끼 참새들 그림이 들어가 있었다.

"저쪽에는 비도로유리로 만든 피리 비슷한 장난감를 부는 여자 그림이 있습니다. 저 여자의 타보틀어 올린 머리 모양의 뒤로 튀어나온 부분는 겐로쿠시마다라고 하는데, 아주 옛날에 유행한 거예요. 저런 그림이 있는 걸 보니 아마 골동품 화로 같습니다."

"오카쓰 씨는 참 해박하세요" 하고 한키치가 칭찬한다.

"미카와야 여주인도 좋아할 겁니다. 저는 보는 눈이 없어서 아까부터 도코노마에 걸린 족자만 눈에 들어오네요. 저 족자도 볼

만하지만, 좀 무섭네요."

도코노마에 걸린 한 폭짜리 족자에는 사나운 형상의 비사문천이 그려져 있었다. 굵은 붓으로 그린 수묵화로, 당장이라도 족자를 박차고 방으로 뛰쳐나올 것 같은 박력이 있었다.

족자 밑에 놓인 옹기 항아리에는 열매가 풍성하게 달린 남천촉이 꽂혀 있었다. 가지를 꺾어다가 그냥 던져 넣어둔 듯이 보이기도 했지만 그 자연스러운 모습이 사납게 버티고 선 비사문천의 모습과 썩 어울렸다. 한키치가 말한 것처럼 만약 그림 속의 비사문천이 움직이면 남천촉의 빨간 열매들도 부르르 떨면서 떨어지리라. 그 모습이 선하게 떠올랐다.

미카와야의 일꾼들이 들어와 손님 사이를 돌아다니며 찻물을 갈아 주거나 이런저런 요구를 들어주고 있었다. 살창 옆에 앉은 한 무사가 팔걸이의자를 부탁한 듯했다. 곧 남자 일꾼들이 가져다주었다.

그때 새로운 손님이 안내를 받으며 들어왔다. 사십대로 보이는 여자와 매우 젊은 처녀였다. 처녀는 줄무늬 후리소데 기모노에 검은 공단 한에리여성의 겉옷 위에 덧대는 장식용 깃를 댄 차림이었고, 화사한 머리장식을 꽂았다. 부인의 안감 무늬 기모노는 세련되었다. 얼핏 유복한 상인 집안의 모녀처럼 보였다.

주변 사람들에게 눈인사를 하며 앞쪽의 빈자리를 차지했는데, 자리에 앉던 처녀가 문득 뒤쪽으로 고개를 돌렸다가 오카쓰를 본 모양이다. 하얗게 분을 바른 얼굴에 놀라는 기색이 떠오른다 싶더니 도망치듯이 눈길을 돌렸다. 앉자마자 어머니의 소매를 당기고 얼굴을 가까이 대면서 속닥거리기 시작했다. 둘은 어깨너머로 이쪽을 슬쩍 훔쳐본 뒤 엷은 웃음을 지으며 다시 속닥거렸다. 빨간 연지를 바른 입술이 '꼭 도깨비 같잖아' 하고 움직인 것을 분명히 알 수 있었다. 오카쓰를 조롱하는 것이다.

─저렇게 무례할 수가.

다행히 오카쓰는 한키치 행수와 이야기하느라 눈치채지 못했다.

"괴담을 좋아하는 또래 아가씨가 있군요."

아오노 리이치로가 한가롭게 말했다. 그로서는 전혀 악의 없이, 젊은 처녀가 또 한 사람 왔다는 말을 하고 싶었을 뿐이리라.

하지만 오치카는 약간 비위가 상했다.

─저런 아이와 한 묶음?

입을 꼭 다문 오치카를 보고 리이치로도 공연한 소리를 했음을 깨달은 듯했다.

"아, 오치카 님도 좋아서 괴담을 듣고 있는 것은 아니었죠."

"아뇨, 좋아서 듣고 있어요."

오치카는 짐짓 쌀쌀맞게 말했다.

"그래서 오늘도 공부하러 온 거고요."

후리소데 같은 것은 괜히 입고 왔다. 저런 아이랑 한 묶음으로 비치지 않는가.

"공부입니까."

"예, 후학을 위해 다른 괴담 모임을 견학하려고요."

"그렇군요. 하지만 공부를 위해서라니, 아깝군요. 오늘 기모노가 정말 잘 어울리거든요. 그 개구쟁이 아이들도 아마 몰라볼 겁니다."

개구쟁이 아이들이란 '진코 학원'에 다니는 학동들로, 오치카하고도 친한 삼인조이다. 미시마야 근처에 친구가 살고 있다는 사정도 있어서 종종 오카와 강을 건너 '오치카 누님'에게 놀러 온다.

"아, 아뇨, 그 아이들이야 절대 오치카 님을 몰라볼 리 없지요. 그러니까 제 말은 그게 아니고, 으음."

오치카는 웃음이 비어져 나왔다. 겨우 칭찬을 해 준다 싶더니 면학에는 아까운 옷차림이라니.

"아뇨, 오늘은 좀 몰라봐 주었으면 좋겠네요. 이렇게 차려입는 거, 보통 일이 아니거든요."

아오노 리이치로는 더욱 갈팡질팡했다. "아아, 그렇다면 실은 저도 아까 몰라봤어요. 저야말로 몰라봤습니다. 전혀 몰라봤다니까요."

그렇게까지 열심히 몰라보지 않아도 좋으련만. 이쪽도 퉁박을 주고 싶어지지 않는가.

"어마, 그건 죄송하네요. 평소에는 너무 수수했지요."

"아, 아뇨, 아뇨, 그런 뜻이 아니라."

점점 즐거워진다. 하지만 역시 이런 짓은 좋지 않다.

"미안해요. 익숙지 않은 차림을 하니까 너무 거북해서 그만 말투가 뾰족해지고 말았어요. 미안합니다."

"아닙니다, 저야말로."

오치카가 웃으며 고개를 숙이자 그제야 리이치로의 얼굴도 풀어졌다. 그는 검정 사마귀 행수가 흔히 그러는 것처럼 콧잔등을 긁적였다.

한키치와 오카쓰는 허물없이 이야기에 열중하고 있었다. 오치카도 둘을 흉내 내 리이치로 쪽으로 머리를 살짝 기울이며 말했다.

"무가에서도 오셨군요."

"네. 이 모임을 주관하시는 분의 신망이 그만큼 크신 거겠죠. 가문이나 직책과 관련이 있는 이야기라면 아무 자리에서나 공개할 수 없을 테니까요."

"미시마야에 찾아오신 분들 중에 무사님은 아직 작은 선생님 한 분뿐이세요."

"조만간 또 오겠지요. 오치카 님의 변조 괴담 자리도 많이 알려졌으니까요. 저도 가와라반에서 보았습니다."

미시마야 주인이 마련한 별난 변조 괴담 자리와 거기에서 청자역할을 하는 오치카의 이야기가 얼마 전에 가와라반의 소재가 되었던 것이다.

오치카는 당황했다. "작은 선생님도 보셨어요?"

간다 근방에만 배포되는 줄 알고 승낙했는데.

"개구쟁이 녀석들이 가져다주더군요."

그럴 수도 있다는 점을 고려해야 했다. 이번에는 오치카가 당황했고, 리이치로는 웃고 있었다.

"그런 건 얼른 잊어 주세요. 가게를 알리는 데 보탬이 될 거라고 해서 숙부님의 뜻에 맡겼던 거예요."

빠른 말투로 변명하는데 미카와야의 여주인이 들어와 상좌 옆에 위치한 장지 앞에 앉아 공손하게 절을 했다.

"오늘 이렇게 저희 가게에 왕림해 주셔서 참으로 감사드립니다. 이제 곧 모임이 시작됩니다만, 필요한 게 있으시면 언제라도 저희를 불러 주십시오."

여주인은 옆으로 물러나 복도를 향해 고개를 숙였다. 그 앞을 유난히 키가 큰 남자 하나가 유유히 지나쳐 상좌로 걸어갔다. 방에 모인 손님들 사이에서 짝짝짝, 박수 소리가 일어났다.

남자는 상좌에 놓인 방석에 무릎을 꿇고 앉았다. 그러고 나서 가볍게 고개 숙였다.

"오래 기다리셨습니다. 이즈쓰야 시치로에몬입니다."

손님들도 일제히 눈인사를 한다.

"정기적으로 열리는 모임이기는 하지만, 바쁜 섣달인데다 하필 오늘은 날씨가 그러더니 조금 전부터 가랑눈까지 날리기 시작했습니다. 그럼에도 불구하고 이렇게 왕림해 주신 여러분께 감사의 말씀을 올립니다."

손님들이 어? 하는 표정으로 창문을 돌아보았다.

"아시다시피 이 모임은 매년 연말에 한 번 모여서 진기한 이야기들을 듣자는 취지로 열리고 있습니다. 복잡한 규칙은 하나도 없습니다. 부디 잠시나마 이 세상에서 벗어난 기분을 느끼시길 바랍니다."

탄력이 있는 목소리였다.

이즈쓰야 시치로에몬은 오치카의 예상보다 젊어 보였다. 삼십 대 중반 정도로 보인다.

오치카는 한키치로부터 참가 권유를 받은 뒤 미시마야 안에서 다양한 이야기를 전해 듣고, '구라마에풍'이라 불리는 후다사시들의 화려한 풍속이나 행실에 대해 조금 알게 되었다고 믿었다. 하지만 눈앞에 있는 이즈쓰야 시치로에몬은 듣던 바와 많이 달랐다. 큼지막한 점박이 무늬 고소데소매통이 좁은 기모노를 입고 약롱을 하나 매달고 있지만, 칼은 차지 않았고 머리 모양도 흔히 보는 혼다마게머리 중앙을 크게 밀고 상투를 높게 틀어올린 머리 모양였다.

—후다사시의 멋은 '땅에 끌리는 하오리'에 있죠. 놀라울 정도로 기장이 긴 하오리인데, 정말 별난 차림이에요.

오시마는 그렇게 말했다.

물론 이즈쓰야 시치로에몬의 하오리는 기장이 길지만, 키 또한 크기 때문에 이상하지 않았다.

오히려 눈길을 끄는 것은 그의 얼굴이었다. 기묘하게 생겼다고 해도 좋을 정도였다. 눈과 코가 컸고 콧방울은 튀어나왔으며 입술은 두툼하다. 눈가와 입가의 주름이 깊어 표정이 움직일 때마다 그 주름도 활기차게 움직인다. 특히 눈가의 주름이 치켜 올라

간 눈초리를 따라 관자놀이까지 닿아서,

─닮았네.

상좌 뒤 도코노마에 걸린 비사문천을 닮은 것이다.

"아가씨."

오카쓰가 오치카의 귓가에 속삭였다.

"이즈쓰야 씨는 서화에도 능한 분이라고 행수님께 들었는데요."

오치카도 속삭였다. "네, 그래요."

"저기 비사문천은 이즈쓰야 씨가 그린 그림이 아닐까요?"

"자기 얼굴과 비슷하게."

둘은 눈길을 맞추고 고개를 끄덕였다.

"매번 같은 설명이라 그만 싫증 난다는 분도 계시겠지만."

좌중의 얼굴을 둘러보며 이즈쓰야 시치로에몬은 낭랑한 목소리로 계속했다.

"애초에 이 모임은 제 아버지, 선대 시치로에몬이 시작한 겁니다. 아버지는 종종 말씀하셨어요. 이 가업을 해 나가다 보면, 한 해를 보내는 동안 자신도 모르게 세상의 때가 묻고 금전에 더러워져서 얼굴도 마음도 칙칙해진다. 그렇다면 연말에 집을 대청소하듯이 마음도 대청소를 해야 하지 않겠는가. 그러자면 괴담을 듣는 모임이 좋겠다, 효과가 있을 것이다."

그렇게 말하며 커다란 눈을 가늘게 뜨면서 웃는다.

"사실 이것도 억지로 갖다 붙인 핑계이고, 실은 아버지가 괴담을 좋아하셨습니다."

좌중에서도 잔잔한 웃음소리가 일어났다.

"허나 괴담 모임을 마련해서 여러 괴담을 듣고 보니 신선의 영
험함이나 요괴의 무서움과 신기함에 온몸이 절로 오그라들더군
요. 사람의 지혜나 이치가 닿지 않는 일들에 대해 알고 사람의 분
수를 헤아리게 됩니다. 혼백이 덜덜 떨리면 때가 떨어지고 욕심
이 사라지고 마음이 맑아집니다. 그 고마운 효험에 선대의 뒤를
이은 저도 괴담 모임에 빠지게 되었습니다."

그는 앉은 채 손님들을 향해 양손을 벌렸다.

"일단 모임이 시작되면 파하는 시간까지 여러분은 신분도 없
고, 빈부도 없어집니다. 부디 편한 마음으로 즐기시길 바랍니다."

이 자리에서는 이름은 필요 없다. 그저 말하는 입과 듣는 귀만
필요할 뿐.

"오늘은 다섯 분에게 이야기를 듣겠습니다. 자, 그럼 기대해 주
십시오."

인사를 마치자 자리에서 일어나 방석을 뒤집어 놓은 다음 상좌
옆으로 물러났다_{만담과 같은 전통 예능 석상에서 화자가 교체될 때 방석을 뒤집는 관행이 있}
다.

이어서 가장 앞 열에 앉아 있던 초로의 남자가 가만히 움직여
빈 방석 위에 앉았다. 아무래도 이 모임에서는 화자가 거기에 앉
게 되어 있는 듯하다.

"오늘의 첫 이야기를 제가 하게 되었습니다."

자, 시작되었다. 오치카는 저도 모르게 무릎 위에서 손가락을 꼭 쥐고 가만히 숨을 토했다.

4

첫 번째 남자가 말한다.

저는 환갑이 넘었는데, 이건 제가 열 살 때 겪은 일입니다. 그만큼 오래된 이야기라는 점을 염두에 두고 들어 주십시오.

저는 북쪽 지방에서 태어났습니다. 뒤에 산이 있고 앞에 바다가 있어서 물산이 풍족한 곳인데, 저희 집안은 그곳에서 건어물 도매상을 운영했지요. 증조부 대에 한 재산 이루고, 조부와 아버지로 가업이 이어지면서 아버지 대에 재산이 두 배가 되었지만, 그걸 마지막으로 가게는 사라지고 말았습니다. 지금은 옥호도 남아 있지 않습니다. 그 내력이 오늘 제가 들려 드릴 이야기가 되겠습니다.

제 이야기는 증조부가 짓고 조부가 손질해서 살던 집을 아버지가 증축하겠다는 말을 꺼내는 데서 시작됩니다. 아버지는 건축을 좋아하셨습니다. 그전에도 조부가 은퇴하여 살 집을 짓기도 하고, 친척이 집을 신축할 때도 이런저런 참견을 하기도 하셨는데, 마침내 당신 집을 증축하기로 하고 얼마나 의욕이 넘치셨는지 모릅니다.

실은 아버지는 증축이 아니라 살던 집을 다 철거하고 다시 짓고 싶어 하셨습니다. 하지만 낡은 집이라 해도 대대로 내려온 재산이고 아직 충분히 살 만한 집을 함부로 허무는 것은 세상 사람들도 좋게 보지 않는다고 일가친척이 만류한 덕분에 증축하기로 결론이 났습니다.

집 짓기 취미는 남자가 빠지는 취미 중에 가장 탈이 많은 것이라고 합니다. 안 그래도 아버지는 많은 재산을 믿고 당신 뜻대로 하는 데 익숙한 분이었고, 호기 있게 돈을 쓰고 싶어 하시는 구석이 있었습니다. 그것 때문에 온순한 어머니도 가끔 힘들어 하셨던 것 같습니다. 시부모는 이미 돌아가셨고 가게는 완전히 아버지 차지가 되었으므로 어머니는 집안을 지켜야 하는 안주인으로서, 엄격했던 시어머니를 본받아 남편을 자제하게 하는 것이 당신 소임이라고 작정하신 듯도 합니다. 그래서 어머니는 내심 증축조차 기분에 휩쓸린 사치라고 생각했던 것 같고, 일가친척들의 만류도 어머니에게 힘이 되었을 겁니다.

그래도 집의 주인은 아버지여서 증축 작업은 빠르게 진전되었습니다. 신축을 양보한 만큼 더욱 열을 올리는 점도 있었습니다. 집 뒤에 있는 목재 적치장에, 근방의 산에서 벌목한 좋은 목재와 고목이 차곡차곡 쌓여 나가는 모습을, 그 향긋한 나무 냄새와 나무들을 바라보시는 아버지의 뿌듯해하는 표정을, 저는 지금도 또렷이 기억하고 있습니다.

그런데 그렇게 공사가 진행되고 증축되는 부분의 상량까지 끝나 이제 상량식을 올리는 단계까지 왔을 때 엉뚱한 사태가 벌어지고 말았습니다. 아버지는 평소 믿고 의지하던 목수에게 공사를 일임했는데, 그 사람이 동트기를 기다렸다는 듯이 달려와 가쁜 숨을 몰아쉬며 이렇게 말하는 것이었습니다.

—나리, 정말 죄송한 말씀이지만, 공사를 일단 중지하게 해 주십시오.

놀라서 이유를 물으니, 증축한 부분의 기둥 중에 거꾸로 선 기둥이 하나 들어간 것 같다고 하는 것이었습니다.

아는 분도 계시겠지만, 거꾸로 선 기둥이란 나무의 뿌리 쪽을 위로, 우듬지 쪽을 아래로 가도록 세운 것을 말합니다. 자고로 거꾸로 선 기둥은 집주인이 병을 얻거나 흉사가 일어나거나 불이 난다고 해서 금기시했습니다.

그는 노련한 대목으로, 아버지하고도 인연이 오래된 사람이었습니다. 아버지는 문외한이지만 취미가 그쪽이라 이것저것 참견하거나 자기주장을 관철하고 싶어 하셨는데, 그런 건축주의 기분을 맞춰 가며 노련하게 공사를 진행해 주었습니다. 어제오늘로 대목이 된 얼치기가 아니었습니다. 그런 노련한 목수가 아차 실수로 기둥을 거꾸로 세웠다는 것도 이상했지만, 분명히 '세웠다'는 것이 아니라 '세워 버린 것 같다'는 말이 더욱 이상했습니다.

목수 본인도 자기 말이 이상하다는 것을 잘 알고 있는 듯했습니다. 그가 진땀을 흘리며 말했습니다.

—지난 네댓새 꿈자리가 뒤숭숭합니다. 매일 밤 어딘지 알 수 없는 어둠 속에서 뭔가 커다랗고 정체를 알 수 없는 귀신에게 쫓기는 꿈을 꿉니다.

하루 이틀은 기분 탓인가 생각했지만 악몽이 계속되니 아무래도 예감이 좋지 않다, 지금 맡고 있는 공사는 이 증축 공사뿐이고,

—저는 변변찮은 목수이지만, 그런 흉몽을 꿀 만큼 켕기는 짓은 결코 저지른 적이 없습니다. 그렇다면 역시 이번 공사에 뭔가 큰 실수가 있어서, 그것이 동티가 나서 흉몽에 시달리는 거라고 생각할 수밖에 없습니다.

그리고 이번 공사에 실수가 있었다면 기둥을 거꾸로 세우는 것 말고는 생각할 수 없다고 했습니다. 물론 그때까지 공사는 사고도 없고 다친 사람도 없이 착착 진행되었으므로 목수 말에도 나름대로 일리가 있어 보였습니다.

목수는 혹시 모르는 일이니까 이미 세운 기둥을 일단 전부 해체하고 목재도 교체해서 처음부터 다시 짓고 싶다고 했습니다.

—참으로 부끄럽기 짝이 없습니다만, 지금 이렇게 공사장을 둘러봐도 어느 기둥이 거꾸로 섰는지 찾아낼 수가 없습니다.

아버지는 기분이 몹시 상했지만 일단 목수의 말을 따르기로 했습니다. 증축이라 해도 호사를 부린 것이라, 이층 건물의 아래층에만 방이 일곱 칸이나 있을 만큼 규모가 큰 공사였습니다. 하지만 목수가 추가로 드는 비용은 전부 자기가 부담하겠다, 나리가 돈을 쓰시는 일은 전혀 없도록 하겠다고까지 말하니, 아버지도 굳이 마다하실 이유가 없었던 겁니다.

그런데 그때 어머니가 나섰습니다.

―원숭이도 나무에서 떨어진다고 하지만, 대목이 깜빡하고 기둥을 거꾸로 세운다니, 저는 전혀 납득이 가질 않아요.

애초에 이 증축 공사가 잘못이었던 것 아닌가. 시기가 나빴는지도 모르고, 증축하는 건물의 방위가 잘못되었는지도 모른다.

―차라리 없었던 일로 합시다. 저도 영 꺼림칙해요. 목수가 흉몽을 꾸는 것은 공사를 그만두라는 조상님들의 계시인지도 몰라요.

평소 아버지의 말이나 행동에 불만이 있어도 직접 말하는 일이 없었던 어머니가 난생처음으로 아버지에게 당신 주장을 펴신 겁니다.

이것이 아버지의 비위를 건드렸습니다.

지금까지 한 번도 남편 뜻을 거스른 적이 없던 얌전한 아내가 정면으로 반대 의견을 드러냈으니 놀라셨겠지요. 게다가 이의를 제기하는 어머니의 얼굴에는, 본인은 그럴 마음이 없으셨는지 몰라도 역시 '증축은 낭비다', '이런 사치는 잘못이다'라는, 전부터 감추어 온 생각이 드러나 있었습니다. 아버지는 그것을 느끼고 더욱 노하신 겁니다.

더욱 오기가 난 아버지는 목수의 제안을 거절하셨습니다.

―물론 집사람 말대로 당신 같은 노련한 목수가 기둥을 거꾸로 세우는 실수를 저질렀다는 것은 이상하다. 그런 실수는 없었을 것이다.

어머니의 의견을 그대로 이용해서 반격하신 겁니다.

─만약 조상님이 이 공사는 잘못된 일이니 하지 말라는 계시를 내려 주신다면 애초에 목수가 아니라 내가 악몽을 꾸는 것이 맞지 않겠냐. 목수가 악몽에 시달리는 것은 목수의 사정이지 내 공사와는 무관한 일이다.

고압적으로 호통을 치며 증축 공사를 계속하기로 결정하신 겁니다.

오기를 부리는 아버지에게 누구의 의견도 통하지 않았습니다. 대목과 목수들은 서로 얼굴만 쳐다보았고 어머니는 상심해서 입을 닫아 버리고 말았습니다.

해서 공사는 속행되었습니다. 이상한 일은 아버지가 그렇게 결정한 순간 목수가 악몽을 꾸지 않게 되었다는 것입니다. 당사자가 가장 신기해했지만,

─그것 보라니까.

심술궂게 말하며 의기양양해진 아버지 앞에서 목을 움츠리는 수밖에 없었다고 합니다. 그리고 네 달 뒤 증축 공사가 끝났습니다. 아무 탈도 없이, 다친 사람도 없이.

낡은 집과 증축한 부분은 복도로 연결되었습니다. 낡은 집에는 가게도 있고 고용살이 일꾼들이 기숙하고 있었습니다. 그래서 그쪽을 본채, 증축한 쪽을 새집이라 부르게 되었습니다.

아직 어렸던 저는 아버지가 지혜를 짜내고 갖은 치장을 하여 지은 새집이 좋게만 보였습니다. 한때의 언쟁 따위는 깨끗하게 잊히고 말았습니다. 내심 불만을 품어 오던 어머니도 그것은 마

찬가지였을 겁니다. 어머니로서는 기쁨보다는 안도가 절실했을 것으로 짐작됩니다만.

목수도 안도의 한숨을 지었습니다. 일가친척과 거래처뿐만 아니라 이웃 주민들까지 초대하여 치른 성대한 낙성식에서 목수는 아버지에게 슬쩍 사과했고, 아버지도 기분 좋게 받아들이셨습니다.

그러나―.

상황은 그렇게 좋게만 끝나지 않았습니다. 저희가 새집으로 옮기고 얼마 지나지 않아 이상한 일이 일어나기 시작했습니다.

새집에서 사람들이 자꾸 길을 잃는 것이었습니다.

자기 집에서 길을 잃다니, 농담처럼 들릴 겁니다. 새로 지은 집이고 넓은 집이므로 구조를 익히지 못한 처음 얼마 동안은 방을 착각하거나 뒷간에 갔다 오다가 방향을 잃을 수도 있습니다. 그렇게 서로 웃고 넘길 만한 소소한 일들이 있어도 이상할 것은 없습니다.

그러나 그 집에서 겪는 미로 현상은 그렇게 웃고 넘길 만한 일이 아니었습니다.

처음 그런 일을 겪은 사람은 오코라는 최고참 하녀였습니다. 새집에 있는 뭔가를 가져오려고 복도를 지나 증축한 부분으로 이어지는 문을 열어 보니 묘한 방이 나왔습니다. 무엇이 묘하냐면, 일단 가구 따위가 아무것도 없는 방이었던 것입니다.

세 평짜리 방에 반침도 벽장도 도코노마도 없었습니다. 그저 다음 방으로 가는 장지문이 닫혀 있을 뿐이었지요. 게다가 그 장지가 방금 종이를 갈아 붙인 것처럼 새하얗고 말끔했습니다. 란마도 없고 벽은 온통 회반죽으로 칠해져 있고 창도 없었습니다.

몇 번이나 말씀드렸다시피 아버지는 집 짓기를 좋아해서, 새집의 구조에 많은 궁리를 하고 세세한 부분에도 온갖 정성을 들이셨습니다. 하얀 바탕에 무늬 없는 종이는 한 장도 쓰지 않았습니다.

오코는 이상하다고 생각하면서도 그 장지를 열고 다음 방으로 건너갔습니다. 그러자 다음 방도 똑같은 풍경이었습니다. 그다음 방도, 그다음 방도. 복도가 나오지 않았습니다.

자꾸 장지를 열고 건너가다가 오코도 무릎이 후들거리게 되었습니다. 이상하네, 무엇에 홀렸나? 걸음을 멈추고 숨을 고르고 나서 이번에는 왔던 쪽으로 돌아가 보기로 했습니다.

그러나 역시 같은 풍경이 이어졌습니다. 오코는 용케 지나온 방의 수를 헤아리고 있었는데, 그 수가 금세 열 칸에 달했습니다. 참으로 기이한 일이었습니다. 새집에는 방이 일곱 개밖에 없었기 때문입니다. 계단을 올라가 이층으로 간 것도 아닌데 방이 늘어나 있다니. 앞으로 똑바로 가도 뒤로 돌아가도 똑같이 생긴 방들만 이어지고 있는 겁니다.

마침내 공포에 빠진 오코는 방에서 방으로 달려갔습니다. 다리가 엉켜 넘어지면 얼른 일어나 다시 달렸습니다.

이내 숨이 턱까지 차올라 더는 달릴 수 없었습니다. 덜덜 떨면서 웅크리고 있자 건너편 방에서 누가 부르는 소리가 들렸습니다.

—오코, 이쪽이야, 이쪽이라니까.

남자 목소리였다고 나중에 말하더군요. 낮고 갈라진 목소리, 그러면서도 똑똑히 들리는 목소리였다고 합니다.

오코는 그 목소리에 힘을 얻어, 매달리다시피 하며 눈앞의 장지를 열었습니다. 그러자 역시 똑같은 방이 나왔습니다. 다만 방 건너편에는 장지가 아니라 판자문이 있었습니다. 양쪽으로 여닫는 판자문이라 마침 연결 복도에서 새집으로 이어지는 문과 비슷해 보였습니다.

아, 이제 살았다, 하며 오코는 판자문으로 다가갔습니다. 그때 판자문에 달린 무쇠 손잡이의 모양이 복도에 있는 것과 다르게 생겼음을 알았습니다. 둥근 고리여야 맞는데, 네모난 모양인데다 아주 오래되었는지 붉은 녹이 슬어 있었습니다.

—오코, 이리로 와. 어서 와.

자신을 부르는 소리를 들으며 오코는 그 자리에 얼어붙어 있었습니다. 심장이 날뛰고 몸이 덜덜 떨렸습니다.

—오코야.

판자문 너머의 목소리가 위협적인 울림을 띠기 시작했습니다. 몹시 화난 듯 거친 숨소리도 섞여 있었습니다.

—네가 오지 않으면 내가 가마.

오코는 머릿속이 하얘졌습니다. 몸을 돌려 도망치기 시작했습니다. 달리고 달려서 새하얀 방을 다시 몇 칸이나 지나자 숨이 턱에 차고 눈앞이 캄캄해졌습니다. 이제 쓰러지겠구나 싶은 순간에 다음 장지를 부서져라 열어젖혔는데, 어느새 복도로 뛰어나와 있었습니다.

오코는 그 자리에 주저앉았습니다. 겨우 정신을 가다듬고 복도를 기다시피 해서 본채로 돌아가 안주인, 그러니까 제 어머니에게 방금 당한 일을 있는 힘을 다해 고하고 아이처럼 울상을 지었던 것입니다.

한 가지 더 말씀드리면, 오코가 그 요상한 곳을 헤맨 것은 아주 짧은 시간 동안 벌어진 일이었습니다. 집의 어느 누구도 오코의 모습이 보이지 않는다는 점을 몰랐습니다. 이상하게 생각할 만큼 오랫동안 자취를 감추었던 것이 아니지요. 그러므로 이 일은 길을 잃었던 거라고 할 수밖에 없고, 가미카쿠시 같은 것이 아닙니다.

처음 이 이야기를 들었을 때 사람들의 반응은 다양했습니다. 건어물 도매상의 남자 점원들은 다들 기가 드세고 거칠지요. 그러니, 오코가 꿈이라도 꾼 모양이지, 하고 비웃는 사람도 있었습니다. 주인인 아버지도 당연히 그렇게 말하셨지만, 어머니는 심각한 얼굴을 하셨습니다. 안주인이 그러고 있자 하녀들에게도 걱정이 옮았습니다.

그러나 사람들이 이 일을 놓고 오랫동안 의아해하거나 걱정할 겨를이 없었습니다. 그날을 시작으로 다른 사람들도 잇달아 똑같은 일을 겪기 시작했기 때문입니다.

먼저 집안일을 하는 하녀들이 똑같은 일을 겪었습니다. 제 어린 남동생과 누이동생은 유모와 함께 그런 일을 겪었습니다. 그때 다섯 살이었던 동생은 미로에서 빠져나온 뒤 사흘이나 고열을 내며 누워 있어야 했습니다.

이 괴이한 일은 때를 가리지 않고 일어났습니다. 아침이든 대낮이든 아무 때나 일어나는 겁니다. 피할 방법이 없다는 점이 더욱 무서워서 하녀들이 소란을 피우자 평소 안채에 볼일이 없던 남자들도 한 사람씩 새집에 들어가 보게 되었습니다. 그리고 잇달아 길을 잃은 경험을 한 뒤, 죽다 살아난 모습으로 돌아왔습니다. 남자들은 담력을 자랑하듯 새집으로 걸음을 옮겨 보았지만, 돌아올 때는 모두 안색이 파랗게 질려 있었습니다.

돌아온 사람들이 하는 이야기도 다르지 않았습니다. 새하얀 방을 수십 칸이나 통과하고, 네모난 녹슨 손잡이가 달린 판자문을 만나고, 위협하는 목소리를 듣습니다. 그 목소리가 거칠게 숨을 내쉬며 거기 있는 사람의 이름을 정확하게 부르며 말합니다.

—네가 오지 않으면 내가 가마.

그 말이 거짓이 아님이 온몸으로 느껴지는 무서운 기미가 판자문 너머에 가득했다고 하더군요.

한편 이렇게 사람들이 잇달아 이상한 일을 겪는 동안, 아버지와 어머니와 저만은 아직 아무 일도 없었습니다. 사태가 시작될 때부터 심각하게 받아들이던 어머니는 제 남동생과 누이동생마저 그 기이한 일을 겪게 되자 새집을 버리고 본채로 돌아가셨습니다. 제가 변을 당하지 않은 것도 그 덕분이었지요.

이야기의 흐름으로 짐작하시리라 믿지만, 어머니가 처음부터 이 사건을 심각하게 받아들인 까닭은 대목의 흉몽과 연결해서 생각하셨기 때문입니다. 한편 그것을 마뜩잖아 하던 아버지는 아랫사람들이 자꾸 그런 일을 겪어도, 기분 탓이다, 착각이다, 라고 강변하며 전혀 물러서시지 않았습니다. 아버지의 그런 고집스러운 면은 앞에서 한 이야기로도 알 수 있을 것입니다.

아버지의 만류를 뿌리치고 어머니가 목수에게 이 사실을 알리셨을 때는 노발대발하여 우리 자식들이 보는 앞에서 어머니를 마구 때리셨습니다.

집으로 달려온 목수는 이야기를 전해 듣고 몸을 벌벌 떨었지만,

―그렇다면 제가 시험해 보지요.

하고 단호히 말한 뒤 혼자서 새집으로 발을 들였는데, 아버지를 제외한 모두가 걱정하던 대로 얼굴이 흙빛이 되어 돌아왔을 뿐 아니라, 돌아오기 무섭게 머리를 감싸 쥐었습니다.

―제가 정말로 큰 실수를 저지른 것 같습니다.

역시 거꾸로 선 기둥이 있었을 것입니다. 왜 그런 실수를 저질렀는지, 왜 찾아내지 못했는지, 그저 사죄하는 수밖에 없었습니다.

─제가 악몽을 꾸게 되었을 때 어떻게든 나리를 설득해서 공사를 중지해야 했습니다.

아버지가 그 말을 듣고 후회할 만한 사람이었다면 그다음 일은 일어나지 않았겠지요.

아버지는 도리어 더욱 오기를 부리셨습니다.

─다들 분위기에 휩쓸려 겁을 집어먹었구나. 있지도 않은 것을 보고 들리지도 않는 소리를 들었다고 착각하는 것뿐이야!

고집스레 소리치는 아버지를 목수와 어머니가 열심히 말렸지만 아버지는 더욱 듣지 않으셨습니다. 그리고 급기야 엉뚱한 말을 하셨습니다. 사람들을 모두 새집에서 멀리 물러나게 한 다음 뒤를 이을 맏아들인 저를 데리고 새집으로 들어가 보겠다는 것입니다.

─다들 들어가 보았다니 이제 나와 이 아이가 들어갈 차례겠지.

아버지는 남들처럼 길을 잃어 그 판자문 앞에 다다르면, 네모난 손잡이를 잡아 활짝 열어 보이겠다고 하셨습니다.

─판자문 너머에 뭐가 있는지 이 눈으로 똑똑히 봐 주마.

옆에서 말리자 거꾸로 울컥하여 오기가 생긴 아버지는, 제가 봐도 그냥 분노로 이성을 잃으신 것이 아니라, 아무래도 심상치 않아 보였습니다. 평소에는 드러나지 않지만 어떤 상황에 닥치면 겉으로 드러나는 아버지의 이런 기질. 그것은 유복한 상인 집안에서 자라서 어릴 때부터 사람 부리는 데 익숙하고, 스스로도 상재를 타고나서 돈을 잘 벌었으며, 그 탓에 평소 생활 속에서 스스로를 돌아볼 기회가 없던 남자의 '뜻대로 안 되면 못 견디는' 성마르고 오만한 기질이겠지요. 어쩌면 그것이 이 괴이한 사태의 뿌리에 있지 않을까. 어린 나이였지만 그렇게 생각했던 기억이 납니다.

그런 저를 어머니가 지켜 주셨습니다. 아버지가 저를 억지로 끌다시피 해서 새집으로 데려가려고 하자 얼른 끌어당겨 꼭 안아 말려 주셨습니다. 아버지는 그런 어머니를 욕하며 주먹으로 때리고, 저에게도 지금 자신을 따라오지 않으면 인연을 끊어 버리겠다고 하셨습니다. 어머니 품에 안겨 울기만 하던 저는 아버지가 눈초리를 치켜뜬 귀신 같은 얼굴로 어깨를 들썩이며 새집으로 들어가시는 모습을 바라보았습니다.

그것이 제가 본 아버지의 마지막 모습이었습니다.

아버지가 새집에 발을 들여놓으신 뒤 곧 어디선가 혼비백산한 듯한 비명 소리가 들렸습니다.

대행수가 남자 점원들을 이끌고 주뼛거리며 새집으로 들어가 구석구석 살피다가 마침내 아버지를 찾아냈습니다. 북쪽에 있는 뒷간 앞에 팔다리를 맥없이 뻗은 채 쓰러져 계셨던 겁니다.

달려간 사람들은 처음에는 아버지가 바로 누워 있는 줄 알았다고 합니다. 부릅뜬 두 눈과 비명을 지르다 그대로 굳은 것처럼 보이는 크게 벌어진 입을, 아버지의 얼굴을 보았기 때문입니다. 그러나 아버지의 등은 하늘을 보고 있었습니다. 즉, 엎드려 있었지요. 그런데 얼굴이 보였습니다.

목이 비틀려 있던 것입니다. 마치 강력한 손아귀에 머리를 붙들려 억지로 뒤틀린 것처럼. 아버지는 입가에 피를 한 줄기 흘린 채 숨이 멎어 있었습니다. 좌우 손가락에는 붉은 녹 가루가 조금 묻어 있었습니다.

아버지가 타계하고 한 달 뒤, 참변 이후로 모두가 출입하는 것은 고사하고 가까이 가는 것조차 저어하여 무인 상태로 방치되어 있던 새집에서 갑자기 불길이 일어났습니다. 불은 순식간에 번져서, 주인을 잃은 우리 집의 본채와 가게까지 다 불타 버렸습니다. 저녁 무렵이면 바닷바람이 거세지는 철이었다고 하지만, 증조부, 조부, 아버지, 이렇게 삼대에 걸쳐 재산을 지켜준 창고에까지 불길이 옮겨붙어서 우리 집안은 모든 것을 잃었지요.

마침내 어머니는 재혼을 하셨고 제 신상에도 많은 일이 일어났습니다. 그래도 이렇게 아버지보다 오래 살면서도 특별한 사고 없이 평온하게 살아 왔지만, 아버지의 죽음은 지금까지도 이 가슴속에 수수께끼로 남아 있습니다.

아버지에게 왜 그런 재앙이 떨어졌는지, 녹슨 네모난 손잡이가 달린 판자문 너머에는 무엇이 숨어 있었는지, 제게는 짐작할 만한 단서도 없습니다. 다만 아버지 장례식에서 띄엄띄엄 들려온 이야기이지만 생전의 아버지에 대한 악담을 몇 가지 들었습니다. 망자를 험담하는 것은 옳지 않은 일이니 삼가는 것이 예의겠지만, 당사자가 죽은 뒤가 아니면 입에 올릴 수 없는 울분과 비난도 분명히 있다는 것을, 이 나이가 되고 보니 알 것 같습니다.

아버지는 가게를 키우는 과정에서 사람들의 원한을 산 적도 있고 피눈물을 흘리게 한 적도 있었습니다. 그중에는 어머니가 아는 내용도 있고 처음 듣는 내용도 있었다고 하지만, 어머니는 자세히 말해 주시지 않았고, 들을 기회도 영영 사라지고 말았습니다.

5

남자가 이야기를 마치고 상좌에서 물러나자 손님들이 저마다 부스럭거리며 몸을 움직이고 조심스럽게 기침도 했다.

"고맙습니다."

이즈쓰야 시치로에몬은 무릎을 꿇고 앉은 채 허벅지에 양 주먹을 올려놓고, 이야기를 끝낸 남자에게 가볍게 목례했다. 그러고 나서 바로 다음 화자에게 눈짓을 보냈다.

두 번째 화자가 일어섰다. 방 중간쯤에 앉아 있던, 회색 기모노를 입고 검은 공단 주야오비를 '가도다시' 방식_{주로 평상복에 하는 허리 매듭} _{방식으로, 조금 아래로 내려서 묶는 차분한 인상의 방식}으로 매듭지은 여자였다. 시중 상가의 부인일 것이다. 상좌에 앉아 이쪽으로 고개를 드는데, 오타미보다 조금 젊게 보였다.

"오늘의 두 번째 이야기를 듣겠습니다."

이즈쓰야의 목소리에 여자는 눈인사로 응했다. 첫 번째 남자 화자와 마찬가지로 시선을 조금 내리고 입을 열었다.

두 번째 화자가 말한다.

앞의 첫 이야기는 매우 무섭고 인상 깊은 것이었습니다.

이제부터 여러분의 귀를 어지럽히게 될 제 이야기는 제가 직접 겪은 일은 아닙니다. 제가 열일곱 살 때, 한해가 끝나가는 이맘때였는데, 저희 집 하녀가 들려준 이야기입니다.

하녀의 이름은 오세키라고 합니다. 본래 제 유모였습니다. 제게는 오빠 하나뿐 다른 형제자매가 없어서, 오세키는 제가 적당히 자라자 그대로 시중드는 하녀로 일해 준 것이지요.

그해 동짓달에 저도 혼처가 정해져서 새해를 맞으면 식을 올리기로 되어 있었습니다. 안 그래도 바쁜 철에 혼인 준비까지 겹쳐서, 그때를 생각하면 지금도 머리가 어지러울 정도로 경황이 없던 기억만 납니다.

제가 결혼하면 오세키도 고향으로 돌아가기로 되어 있었습니다. 야슈 지방의 작은 마을입니다. 오세키의 신상에 대해서는 다시 이야기할 터이니 지금은 그 정도만 밝혀 두겠습니다.

오세키는 매사 몸을 아끼지 않고 부지런히 일하고, 제 시중도 알뜰하게 들어 주었습니다. 저는 생모보다 오세키를 더 따르며 컸던 것 같습니다. 혼인을 끝으로 오세키와 헤어지는 것이 너무 섭섭하고 불안했습니다. 그 심정은 오세키도 잘 알고 있었는지, 평소 공연한 이야기를 하는 사람이 아니었지만 그때는 딱 한 번, 마치 막힌 입이 터진 것처럼 지난 일들을 들려주었습니다.

오세키는 소작농의 딸이었습니다. 파밭을 강아지처럼 굴러다니며 자랐다고 했으니 아마 말괄량이 계집아이였겠지요. 그래도 나이가 차자 혼담이 들어와 그 마을에서는 제법 살림이 넉넉한 자작농 집안의 며느리가 되었습니다. 시댁에서도 일 잘하는 모습을 높이 샀겠지요.

시집을 가고 얼마 지나지 않아 오세키는 임신을 했습니다. 산달이 코앞에 닥쳤을 무렵, 한여름을 맞았습니다.

오세키가 살던 그 마을 변두리에는 폭이 세 칸쯤 되는 작은 강이 있고, 엉성한 나무다리가 걸려 있었습니다. 이 강은, 얕은 여울이 많은데다 여기저기에 바위가 튀어나와 있어서 나룻배도 띄우지 못했지요. 걸어서 건너려고 하면 종종 발이 걸려서 제법 깊은 곳에 빠져 물살에 휩쓸려 가게 되기도 하는 고약한 강이었습니다. 그래도 이 마을에서 다른 마을로 갈 때나 조카마치로 나갈 때는 꼭 이곳을 건너야 했다니까 마을 사람들도 많이 힘들었겠지요. 그 지역의 쇼야님과 촌장이 다이칸쇼에 여러 차례 탄원하여 마침내 다리를 놓아도 좋다는 허락이 떨어져서, 오세키가 철들 무렵에는 이미 이 다리가 놓여 있었다고 합니다.

이 나무다리에는 특이한 금기가 있었습니다. 혼자서 이 다리를 건널 때만 통하는 금기인데, 결코 무시하지 말고 꼭 지켜야 한다고 전해져 왔습니다.

그 금기는 다리 위에서 넘어지면 안 된다, 아차 실수로 넘어지더라도 반드시 스스로 일어서야 한다는 것입니다.

아무래도 이상한 금기지요. 어차피 혼자 건널 테니까 넘어져도 스스로 일어설 수밖에 없으니까요.

그런데 이 나무다리 위에서 넘어지면 분명히 혼자인데도 불구하고 종종 누군가가 손을 내밀어 일으켜 준다는 겁니다.

하지만 그 손에 의지하면 안 됩니다. 짐을 졌다고 해도, 혹은 넘어져서 다쳤다고 해도, 그 손에 눈길을 주지 말고 오로지 제 힘으로 일어서지 않으면 안 됩니다. 그렇지 않으면 부축해 준 그 손에 붙들려 어디론가 끌려간다는 것이었습니다.

대체 언제부터 시작된 금기인지, 거기에 어떤 유래가 있는지는 오세키도 몰랐습니다. 다만 마을 사람들은 이 금기를 굳게 지켜서, 다리를 건널 때는 가능하면 여럿이 함께 가려고 하고, 금기에 대하여 함부로 말하는 자는 어린아이라도 호되게 꾸중을 들었다고 합니다.

이렇게 말하면 오세키에게 무슨 일이 일어났는지 여러분도 이미 짐작하셨겠지요―.

그해 여름, 자기 발치도 보이지 않을 만큼 커진 배를 부여안고 그 나무다리를 건너던 오세키는 중간쯤에서 발이 걸려 넘어지고 말았습니다.

오세키는 시어머니의 심부름으로 아는 사람 집에 뭔가를 전하려고 혼자서 가던 중이었습니다. 산달이 다가온 며느리에게, 그것도 한여름에 그런 심부름을 시킨 것만 봐도 그 시어머니의 됨됨이를 짐작할 수 있지만, 그래도 기가 죽거나 무서워하지 않고 혼자 길을 나선 오세키도 여간내기가 아니었지요. 대담하기도 했고요.

―넘어지지 않으면 되지.

그 정도로 생각하고 길을 나섰던 겁니다.

―하지만 아가씨, 언젠가는 아가씨도 느끼시게 되겠지만, 배가 이렇게 튀어나오면 홑몸이었을 때하고는 전혀 사정이 달라집니다. 몸도 많이 무겁고요.

오세키는 요란하게 손짓을 해가며 가르쳐 주었는데, 배 때문에 발치가 보이지 않아서 넘어지고 말았다는 것입니다.

엉덩방아를 찧었을 때 오세키가 얼른 아기가 든 배를 감싼 것은 말할 필요도 없습니다. 잠시 그대로 가만히 있다가 아기가 힘차게 발길질을 하는 것을 느끼고 나서야 안심하며 몸을 일으키려고 했습니다.

그때 오세키의 뒤에서 가만히 손이 뻗어 왔습니다.

등 뒤에서 안아 올려줄 듯이 두 손을 내밀어 준 겁니다. 그러니 얼굴은 보이지 않았지요. 나중에 떠올리려고 했지만, 남자의 손이었는지 여자의 손이었는지도 분명치 않았습니다. 다만 그 손의 작업복 소매에 깨끗하게 수선한 자리가 있던 것만은 묘하게 또렷이 기억난다고 했습니다.

―아, 미안해요. 고맙습니다.

오세키는 그 손을 향해 인사하고 저도 모르게, 네, 정말 저도 모르게 한 행동이었겠지요. 머릿속이 배 속의 태아 걱정으로 가득 차 있었을지도 모릅니다. 그 손을 붙들고 말았습니다. 덕분에 편하게 윗몸을 일으켜 배를 안고 일어나는 순간, 앗, 하고 비명을 질렀습니다.

―안 돼!

오세키는 식은땀을 흘리며 다리 위에서 전후좌우를 살펴보았습니다. 강아지 한 마리 보이지 않았습니다. 인기척이 없었습니다. 아무도 없었지요. 다리 앞쪽에도 뒤쪽에도.

오세키를 부축해 일으켜 준 손은 사라지고 없었습니다. 다만 발치에 시어머니가 맡긴 보퉁이가 떨어져 있을 뿐이었습니다.

오세키는 천천히 숨을 고르고 보퉁이를 주워들었습니다. 그것을 품에 안고서 한 발, 또 한 발 옮기다가 종종걸음으로 변하여 다리를 마저 건넜습니다. 강폭이 세 칸밖에 안 되므로 짧은 다리였지요. 전혀 힘든 일이 아니었습니다.

될수록 빨리 다리에서 멀어지자. 오세키는 걸음을 서둘렀습니다. 그곳은 어릴 때부터 자주 다니던 좁은 길입니다. 여름 햇살에 메마른 흙먼지가 피어오르고 저 멀리서 아지랑이가 아른거렸습니다.

잠시 걷던 오세키는 기묘한 사실을 알아차렸습니다. 주위가 너무나 고요했던 것입니다.

좁은 길을 따라 강가에서부터 잡목림이 우거져 있었습니다. 바로 직전까지 그 숲에서 새가 지저귀고 매미가 시끄럽게 울어대고 있었는데, 지금은 아무 소리도 나지 않았습니다. 그러고 보니 졸졸거리는 강물 소리조차 들리지 않았습니다. 돌아보니 오세키 뒤에서는 아지랑이만 아른아른 피어오를 뿐이었습니다.

좁은 길은 거기서부터 완만한 오르막길이 되었습니다. 오세키는 떨리는 마음을 다잡으며 걸어갔습니다. 산달을 앞둔 몸이라

언덕을 오르는 것이 더욱 힘들었습니다. 목에 감은 수건으로 턱에서 똑똑 떨어지는 땀을 훔쳐내며 언덕 위에 다다랐는데, 오르고 보니 더욱 기이한 풍경과 맞닥뜨리고 말았습니다.

거기서부터 내리막이 시작되는데, 언덕 앞쪽으로 좁은 길이 나 있고 오두막집 몇 채가 옹기종기 모여 있었습니다.

—여기가 대체 어디지?

처음 보는 곳이었습니다. 이런 곳에 오두막집이 있을 리 없는데, 저기 앞쪽으로 좁은 길이 계속 이어져 있어야 하는데.

멀리서 살펴봐도 옹색한 오두막집이었습니다. 발을 억지로 밀어내듯 조금씩 걸어가 보니, 기분이 더욱 답답해지는 빈궁한 풍경이 시야에 들어왔습니다. 뒤틀린 기둥에는 거스러미가 일어선 나무껍질도 그대로 붙어 있고, 띠를 얹은 지붕에는 돌이 듬성듬성 놓여 있었습니다. 벽은 부서졌고, 거적을 걸어서 그 부서진 자리를 막아 두었습니다. 길가에는 어디서 흘러들었는지 여기저기 흐린 물이 고여 있었습니다. 오세키의 마을도 풍족한 곳은 아니었지만 이토록 비참한 풍경은 아니었습니다.

이게 어떻게 된 일일까. 발길을 돌려, 지나온 길을 뛰어서 돌아갈까. 이대로 계속 가면 돌이킬 수 없을 것 같은 기분이 들었습니다. 오세키는 막막한 가슴으로 어느새 숨을 죽이고, 한 손으로 커다란 배를 받치고 다른 한 손으로는 보퉁이를 가슴에 꼭 끌어안은 채 얼어붙은 듯 서 있었습니다.

그때 갈라진 목소리가 들렸습니다.

—어이, 거기 부인.

오세키는 소스라치게 놀랐습니다. 바로 앞에 보이는 오두막집 뒤에서 뼈와 가죽만 남은 것처럼 깡마른 노인이 이쪽으로 몸을 내밀고 있었습니다. 색 바랜 작업복 차림인데, 한쪽 어깨를 드러내고 아랫자락은 허리띠에 끼워서 도깨비 그림의 아귀처럼 빼빼 말랐다는 사실을 한눈에 알 수 있었습니다. 허리는 굽고 머리카락은 거의 다 빠져 귀 주변에만 백발이 앙상하게 남아 있었습니다. 두피가 드러난 머리도, 좌우로 튀어나온 귀도 기묘하게 일그러져 있었습니다.

하지만 그보다 더 오세키의 숨과 땀을 얼어붙게 만든 것이 있었습니다. 이쪽을 향한 노인의 얼굴이 보이지 않는 것이었습니다.

이 이야기를 들을 때, 저도 이 대목이 이상해서 오세키에게 몇 번이나 물었습니다. 얼굴이 보이지 않는다니, 그게 무슨 뜻이지? 얼굴 없는 노인이었다는 거야? 눈코 입도 없는 민둥민둥한 도깨비 같은 얼굴이라는 거야?

그러자 오세키는 곤혹스러운 눈빛을 띠고 고개를 갸웃하며 이렇게 말했습니다.

—저도 제대로 말하기가 힘든데, 민둥민둥하지는 않았습니다.

이목구비는 있는 것 같았습니다. 말을 하면 입가가 움직이는 것 같았습니다.

—하지만 아무리 뚫어지게 보아도 얼굴이 또렷하게 보이지 않

는 거예요.

보면 볼수록 이목구비가 모호해지고 핏기 없는 새하얀 피부만 떠오르는 겁니다. 얼굴 부분에만 하얀 안개가 자욱하게 낀 것처럼.

꼼짝 못하고 얼어붙은 오세키를 향해 노인이 두 발, 세 발 다가왔습니다. 한 손에는 소쿠리를 들고 있었습니다.

—그 나무다리에서 넘어졌더군.

노인은 천천히 고개를 가로저었습니다.

—금기를 잊었나? 이거 일이 골치 아프게 되었어.

두려움에 숨이 막히는 것을 참고 오세키는 벌벌 떨면서 물었습니다.

—죄송해요, 여기가 어디죠?

노인은 일그러진 머리를 갸웃하고 웃은 듯했습니다. 적어도 목소리에는 웃음이 배어 있었습니다.

—글쎄, 어디일까. 그건 여기 있는 자들도 몰라.

그 말에 오세키는 주위를 둘러보았습니다. 그러자 쓰러질 듯 지붕을 맞대고 늘어선 오두막집 여기저기에서 사람들이 얼굴을 보이고 몸을 내밀고 있었습니다.

남녀노소가 고루 보였습니다. 작업복 차림이 많은데, 훈도시 하나만 두른 남자도 있고 여자 중에는 형편없이 무너진 요코효고 _{고급 창부가 흔히 하던 화려한 머리 모양} 머리에 붉은색 속옷을 여미고 있는 자도 있었습니다. 창부의 영락한 몰골이겠지요. 누구 할 것 없이 비쩍 말랐고, 아무리 눈여겨보아도 얼굴 생김새가 모호하게만 보이는 것도 노인과 마찬가지였습니다.

—여기가 어디든 목숨이 붙어 있을 때 오는 곳은 아니야.

노인의 말에 오세키는 울음을 터뜨릴 뻔했습니다. 배를 꼭 안아 보니 아기가 다시 발길질을 하는 것이 느껴졌습니다.

—안 돼요. 나는 곧 아기를 낳아요. 아기 얼굴을 무사히 보고 싶어요.

부탁합니다, 제발 부탁합니다, 하고 오세키는 몸을 숙이듯이 하며 노인에게 연방 절을 했습니다. 눈물이 뚝뚝 떨어졌습니다.

—어떻게든 여기서 돌려보내 주세요. 뭐든 하겠습니다.

노인은 입을 꾹 다물고 잠시 고개를 기울인 채 생각하다가 마침내 작은 목소리로 말했습니다.

—잉태한 여자에게 너무 가혹한 짓을 할 수는 없지. 이쪽으로 오시오.

오두막집 뒤쪽으로 오라고 오세키에게 손짓했습니다. 오세키는 여전히 자신을 지그시 쳐다보는 것 같은, 얼굴 없는 섬뜩한 사람들로부터 도망치려는 듯이 얼른 노인을 따라갔습니다.

오두막집 뒤에는 뿌리를 꼬불꼬불 뻗은 그루터기가 여럿 늘어서 있었습니다. 노인은 그 가운데 하나에 앉고 오세키에게도 적당한 그루터기를 골라서 앉으라고 손짓했습니다. 노인 옆에는 멍석이 깔려 있고, 하얗게 마른 콩이 수북이 쌓여 있었습니다. 콩한 알 한 알은 오세키 새끼손가락의 손톱보다 못할 만큼 작았고,

묘하게 오래되어 보였고 지금까지 본 적이 없는 종류의 콩 같았습니다. 노인은 이것을 성긴 소쿠리로 체질하고 있던 모양이었습니다.

—이걸 먹고 사는 걸까?

아주 약간이기는 하지만 오세키의 공포심이 누그러졌습니다. 콩처럼 흔한 것을 먹는다면 이곳 사람들은 최소한 귀신이나 짐승보다는 사람에 가깝다는 것이 되겠지요.

—뭘 하누. 어서 앉지 않고.

재촉을 받고서야 오세키도 그루터기에 앉아 노인과 마주했습니다.

노인은 질타하듯이 강하게 말했습니다.

—그 다리에서 넘어져 여기로 왔으니 당신은 다리를 다 건너지 못한 거야. 여기서 돌아가 원래 있던 곳으로 가려면 통행세를 내야 해.

돈을 내야 한다면 어떻게든 마련해서 내겠습니다, 하고 오세키가 황망히 말하려고 하는데 노인이 말을 막았습니다.

—그 다리의 통행세는 돈으로 받지 않아.

—그럼 무엇으로 받나요? 쌀이 좋을까요?

오세키가 냉큼 그렇게 대답한 까닭은 노인을 비롯한 다른 사람들이 너무나 수척했고, 옆의 멍석에 쌓여 있는 작은 콩이 맛없어 보였기 때문입니다.

—아니, 아니야.

하얗게 흐릿한 노인의 얼굴이 그때는 문득 재미있어하는 것처럼 보였습니다.

—여기에서 나가는 다리 통행세는 '수명'이야.

가성처럼 변한 그 목소리에는 오세키를 희롱하는 기미가 역력했습니다.

—당신이든 그 배 속의 아기든, 어느 쪽이든 좋아. 수명을 내놓아야 해.

당황해하는 오세키를 보며 노인은 쿡쿡 웃었습니다.

—당황했나? 목숨이 아깝겠지? 하지만 여기 있으면 목숨은 있으나 없으나 마찬가지야. 그러느니 차라리 수명을 얼마쯤 떼어주고 원래 있던 곳으로 돌아가는 게 좋을 거야.

오세키도 노인의 말을 이해할 수 있었습니다.

—얼마만큼 내놓으면 되나요?

그러자 노인은 마소라도 가늠하는 양 오세키를 뜯어보았습니다.

—그래, 당신이라면 십 년, 배 속의 아기라면 일 년이면 되겠어.

여기서 목숨을 내놓으면, 오세키의 천수가 몇 년인지는 모르지만 그 천수보다 십 년이 짧아질 것이고, 곧 태어날 아기의 경우 일 년이 줄어든다는 말입니다.

오세키는 잠시도 망설이지 않았습니다.

—알겠어요. 내 수명을 십 년 내놓겠습니다. 그걸 다리 통행세

로 받아 주세요.

노인의 하얗게 흐릿한 얼굴이 빙긋 웃은 듯했습니다.

—대답이 성급하군. 나중에 후회해도 나는 몰라.

—아뇨, 후회 같은 거 하지 않아요.

—수명을 십 년씩이나 내놓으면 당신은 금방 죽을지도 몰라. 아기가 자라는 것도 못 보게 되면 어쩌려고?

—알아요. 하지만 괜찮아요. 이 아이 수명을 내놓을 수는 없으니까.

—배 속의 아기라면 일 년이면 된다니까 그러네. 그게 낫다는 생각은 안 해?

—안 됩니다. 아이의 수명을 줄이다니, 그렇게는 못합니다.

—잘 생각해. 십 년을 내놓으면 당신은 당장 내일로 수명이 다할지도 몰라.

오세키는 지지 않고 대꾸했습니다.

—그럴 리가 있나요. 여기서 십 년을 내놓았다가 아기를 낳기도 전에 수명이 끝나 버린다면, 영감님은 이 아기의 수명까지 거둬 가게 되잖아요. 그건 나를 속이는 거나 마찬가지예요. 아니면 영감님은 그렇게 해서 나를 속이려는 건가요? 아니겠죠. 몸 무거운 여자에게 가혹한 짓은 할 수 없다고 하지 않았나요?

오세키 나름대로 필사적으로 머리를 쓰며 항변했던 것입니다.

—내 수명이 앞으로 얼마나 남았든 지금 십 년을 제하더라도 무사히 출산할 때까지는 살 수 있을 거예요. 그러니까 영감님도

그런 제안을 하셨겠죠? 아까 나를 위아래로 뜯어본 것은, 그게 어떻게 가능한지는 모르지만 영감님이 사람의 수명을 알아보는 눈을 갖고 있기 때문이겠죠?

나는 그걸 믿어요, 하고 오세키는 간절하게 말했습니다.

—영감님을 믿고 이 제안을 받아들인 겁니다. 나는 아기 얼굴을 볼 수만 있다면 그날 죽어도 좋아요. 그러니 내 수명에서 십 년을 떼어 가세요.

조금도 물러나지 않는 오세키의 모습에 노인이 다시 웃은 것처럼 보였습니다.

—이보시오, 부인. 당신도 어지간히 기가 세구먼. 시어머니한테 미움받을 거야.

그때는 놀리는 투가 아니라 조금 감탄한 듯한 목소리였습니다.

노인은 그루터기에서 일어섰습니다.

—그럼 그렇게 거래한 것으로 하지. 시끄럽게 난동 피우면 안 돼.

무슨 일이 벌어질까 긴장하고 있는 오세키 앞에서, 노인은 그때까지 늘어뜨리고 있던 오른손을 쳐들어 오세키의 이마 위를 가렸습니다.

그때 오세키는 분명히 보았습니다. 노인의 오른손 손바닥 한가운데에 커다란 아가리가 있었습니다. 그 입술은 연지를 바른 것처럼 빨갛고 피를 핥은 것처럼 번들번들 빛났고, 입 속에는 새하얀 이가 가지런히 나 있었습니다.

―움직이지 말고 가만히 있어야 해.

노인은 그 손바닥의 아가리를 오세키 이마에 대고 꾹 눌렀습니다. 오세키는 저도 모르게 눈을 질끈 감았다고 합니다.

―많이 아픈 것은 아니었어요, 아가씨.

깨물렸다기보다는 뜯기는 듯한 느낌이었다고 합니다.

―하나, 두이, 서이.

노인은 수를 헤아리며 손바닥의 아가리로 오세키의 이마를 물었습니다. 열 까지 헤아리자,

―자, 다리 통행세는 다 받았네. 당장 돌아가서 남은 수명을 소중히 누리게.

오세키의 이마를 강하게 떠밀듯이 하면서 밀어 주었습니다. 오세키는 또다시 몸이 휘청하자 얼른 배를 감싸 안으며 몸을 웅크렸습니다.

퍼뜩 눈을 뜨니 그 나무다리 위에 돌아와 있었습니다.

새소리와 매미 소리가 사방에서 쏟아져 오세키를 감쌌습니다.

오세키는 여전히 배를 조심스레 감싸고 있었습니다. 보퉁이도 꼭 끌어안고 있었습니다. 조심조심 발을 내디뎌 나무다리를 지나 낯익은 좁은 길로 내려섰습니다. 흙먼지가 날아오르고 아지랑이가 아른거리는 저편을 향해 길이 하얗게 뻗어 있었습니다.

구름을 밟는 기분이지만 오세키는 무사히 심부름을 가는 집에 도착했습니다. 그 집에 보퉁이를 건네주고 냉수를 한 잔 얻어 마시니 그제야 살 것 같았는데, 그때 문득 꿈에서 깨어난 듯이 깨달

았습니다.

―그건 콩이 아니었어요.

멍석 위에 쌓여 있던 것 말입니다.

―쭈그러진 콩처럼 보였지만, 실은 아니었어요. 그제야 깨달은
겁니다, 아가씨.

콩알처럼 작은 해골들이라는 것을.

그 뒤 오세키는 건강한 아들을 낳았습니다. 부부 사이에 자식
은 그 아이 하나뿐이었고 이후에는 아무리 애를 써도 아기가 들
어서지 않았습니다. 자식이 많은 것을 좋아하는 농가에서는 이
점 또한 오세키의 허물이고 약점이 되었습니다. 이외에도 오세키
는 시어머니와 사사건건 충돌하다가 결국 시집 간 지 육 년 만에
쫓겨나게 되었습니다. 시어머니한테 미움받을 거야, 라고 했던
노인의 말이 맞아떨어진 셈이지만, 그것이 애초에 오세키의 운명
이었는지 아니면 노인이 그렇게 말해서 그렇게 되어 버렸는지,
어느 쪽이 맞을까요. 판단은 여러분 각자에게 맡기겠습니다.

―아들은 대를 이어야 하므로 데려올 수 없었습니다.

오세키는 아들과 눈물로 헤어지고 친정으로 돌아왔지만 계속
친정에 신세를 질 수 없어서 마침내 일자리를 찾아 에도로 오게
되었습니다. 그렇게 저희 집에 와서 유모가 된 것이지요.

저에게 그 이야기를 들려줄 때 오세키의 나이는 마흔이었습니
다.

—제가 태어날 때 받은 수명은, 십 년을 제해도 아직 끝나지 않은 거죠.

그래도 이 나이가 되었으니 언제 죽어도 상관없다고 오세키는 웃으며 말했습니다.

그런데 오세키가 수명을 지켜 준 외아들은 어려서 헤어진 어머니를 결코 잊지 않고 원망도 하지 않았습니다. 원망은커녕 자기가 집안의 가장이 되고 매사 잔소리가 심했던 조부모도 잇달아 타계하자 어머니를 고향으로 모시기로 결심했습니다. 제 혼인을 계기로 오세키가 고향에 돌아가게 된 데는 그런 사정이 있었습니다.

—이제 앞으로 아가씨를 뵐 일이 없겠지요. 섭섭하기 짝이 없지만 늘 아가씨의 행복을 기원하며 살겠습니다.

제가 그때 오세키에게 물을까 말까 망설이다가 못하고 접은 물음이 있습니다.

그런 위급한 자리에서 자신의 수명 십 년과 곧 태어날 아기의 수명 일 년, 둘 중에 하나를 내놓으라는 요구를 받았을 때, 한순간의 망설임도 없이 자신의 십 년을 내놓는 것이 어머니라는 존재인지.

그것은 훗날 제가 직접 자식을 낳고 키우다 보니 뼈저리게 알 수 있었습니다. 네, 제가 오세키였다고 해도 제 수명 십 년을 내놓는 데 한 치의 망설임도 없었을 겁니다. 설사 자식의 수명이 백 살까지라고 들어도, 거기에서 일 년을 덜어내는 짓은 결코 할 수 없습니다. 내 자식이 그 백 년을 하루도 모자라지 않게 살기를 바라는 것이 어미의 바람이지요.

　오세키는 이미 이승에 없습니다. 그로부터 삼 년 뒤, 나이 마흔 셋에 죽었습니다. 그 나무다리에서 십 년을 내놓지 않았다면 쉰 세 살까지 살 수 있었겠지만, 본인이 그것을 후회하지는 않았을 겁니다.

　저도 그때의 오세키와 같은 나이가 되었습니다. 조만간 오세키가 있는 곳으로 건너가 다시 다정하게 마주 앉아 온갖 이야기를 나눌 날이 오리라 기대하고 있습니다.

6

"이쯤에서 잠시 쉬었다 가겠습니다."

두 번째 화자가 물러나고 이즈쓰야 시치로에몬이 손뼉을 치자 하녀들이 방으로 들어왔다. 화로에 숯을 보태거나 차를 다시 타 주거나 담배합을 돌리며 바지런하게 움직였다. 손님들도 각자 뒷간에 다녀오거나 편안한 자세로 대화를 나누고 있었다.

"어디 보자, 날씨가 어떤가?"

한키치가 자리에서 일어나 가까운 창문의 장지를 밀었다. 그러자 흘러드는 찬 기운에 가랑눈이 조금 섞여 들어왔다.

"어, 이런, 계속 더 내릴 듯하군."

축축한 솜을 포개 놓은 듯한 두꺼운 회색 구름에 붉은 기운이 섞이고 있었다. 구름이 이런 색을 띨 때 눈이 제법 내린다고 한다.

오치카 일행의 자리에도 하녀가 다가와 뜨거운 차를 타 주고 과자 접시를 권했다. 양갱과 작은 떡이었다.

"이야기가 끝나면 그 내용을 놓고 대화를 나누지는 않나 봐요."

오카쓰가 대체로 차분한 방 안 분위기를 둘러보며 말했다. 아오노 리이치로도 고개를 끄덕였다.

"괴담 자리라기보다는 법문을 듣는 자리 같군요. 그것이 주관하시는 분의 취향이겠지요."

이즈쓰야 시치로에몬은 맨 앞에 앉은 손님들과 친밀하게 이야기하고 있었다. 온화한 표정을 짓고 있지만 눈에 깃든 빛에는 박력이 있었다.

"이즈쓰야 씨는 여기가 아닌 곳에서 상대하자면 필시 무서운 분이겠지요. 행수님은 잘 아시겠지만."

오카쓰가 그렇게 말하자 검정 사마귀 행수는 미소를 지었다.

"글쎄, 어떨까요. 아, 여기요, 여기도 담배합 좀 주세요."

"어머, 이렇게 피하시네요. 야박하셔라."

그런 대화가 오가는 가운데 오치카는 홀로 생각하고 있었다. 두 번째 이야기에 나온 나무다리의 금기에 대하여.

―다리라는 곳은 괴이한 일이 쉽게 일어나는 곳일까.

지금까지 미시마야에서 다리에 얽힌 괴담을 들어본 적은 없다.

하지만 오늘 여기 올 때 가마 속에서 겪은 일이 있다. 그 일도 료고쿠바시 다리를 건너려던 참에 일어났다.

"오치카 님. 왜요?"

리이치로의 목소리에 오치카는 눈길을 들었다.

"방금 들은 괴담을 생각하고 있었어요. 그 나무다리는 과연 어디로 통했던 걸까요? 다리란 신비한 사건을 불러들이는 장소일까요?"

"그렇습니다, 아가씨."

네 사람은 깜짝 놀랐다. 어느새 옆에 이즈쓰야 시치로에몬이 다가와 허리를 구부리고 웃는 얼굴을 하고 있었다. 그가 옷자락을 헤치자 듣기 좋은 소리가 났다.

"여기 일행 분들도 편안하게 즐기고 계십니까? 행수, 오늘 새 손님을 모시고 와 주어 고맙네."

한키치는 자리를 고쳐 앉았다. "천만의 말씀입니다요."

"어허, 됐네, 여기서는 그렇게 딱딱하게 굴 것 없네."

이즈쓰야 시치로에몬은 너그럽게 손을 내두르고 나서 오치카 쪽으로 몸을 돌렸다.

"아가씨, 다리란, 본래 길이 없는 곳에 걸쳐 놓는 것이지요. 그런 의미에서는 사다리나 계단도 마찬가지입니다만."

예, 하고 오치카가 고개를 끄덕였다.

"그러니까 뜻밖의 존재를 불러들이거나 이승이 아닌 장소로 통해 버리는 일도 일어나는 것이지요. 저도 이 모임에서 주워들은 이야기일 뿐입니다만."

바로 눈앞에 묘하게 생긴 얼굴과 안광이 있다. 오치카는 그곳에 대고 물었다. "불러들인다는 '뜻밖의 존재'는 반드시 무서운 것인가요?"

이즈쓰야 시치로에몬은 고개를 갸웃했다. "글쎄요, 그건—아가씨는 짐작 가는 바가 있습니까?"

오치카는 웃음으로 응했다. "아뇨, 그냥 신기하기만 할 뿐이에요."

이 자리에서, 여기로 올 때 가마에서 겪은 일을 말하면 경솔한 짓일 것 같았다. 묘한 비유이지만 여물지도 않은 떫은 감을 딴 것처럼 아깝다는 기분도 든다.

"호오. 그런데 제가 주관하는 이 모임이 장례식처럼 칙칙해서 싫다는 사람도 있습니다."

이즈쓰야 시치로에몬은 빙긋 웃고 나서 가뿐하게 일어섰다.

"하지만 아가씨 같은 분은 이 모임의 맛을 제대로 만끽하실 것 같군요. 맛난 다과를 들면서 끝나는 시간까지 편안히 귀 기울여 주세요."

다른 손님에게도 인사를 던지고 누가 부르면 가서 잠시 이야기를 나누고 하면서 주관자는 상좌 쪽으로 돌아갔다. 그가 오치카 일행의 곁을 떠나기를 기다리고 있었던 듯이, 그 모녀 손님이 또 이쪽을 힐끔거리며 귀엣말을 나누기 시작했다. 그 곁눈질에는 가시가 있고 바쁘게 움직이는 입술에는 독이 있었다. 목소리는 들리지 않지만 얼굴이나 몸짓만 보고 있어도 화를 내고 싶어진다.

이런, 지금 또 '도깨비가 어쩌고저쩌고'라고 말한 것 같다. '도깨비 얼굴 주제에'라고 했나?

"아가씨, 신경 쓰지 마세요."

오카쓰가 대범하게 말하며 오치카의 소매를 가볍게 잡아당겼다.

"저런 사람들이라면 이미 익숙해요."

"하지만 이렇게 초대를 받고 온 자리에서 저렇게 대놓고 언짢은 눈초리로 힐끔거리면 주관하는 분에게도 실례되는 일이에요."

"시샘입니다."

한키치가 담배 연기로 동그란 고리를 뻐끔뻐끔 만들어 내며 말했다.

"시샘?"

"이즈쓰야 나리가 일부러 미시마야 아가씨에게 인사를 하시니까 분해서 저러는 거라고요. 그래서 더 열심히 일행인 오카쓰 님을 홍보하는 겁니다."

행수의 말에 아오노 리이치로가 미소를 지었다.

"안 그래도 오늘 예쁘게 차려입어서 이목을 끄셨고, 괴담을 듣는 아가씨의 진지한 얼굴에 나리도 아마 감탄하셨을 겁니다. 저도 우쭐해지는군요."

"그런 건가요?" 하고 오치카가 리이치로에게 물었다.

"그런 건가요? 저보다 오카쓰 님에게 물어보시는 게 좋겠군요."

"어머, 작은 선생님도 이렇게 피하시네요. 아가씨, 오늘 재미없네요."

"재미없다고요? 이거 면목이 없습니다."

함께 웃고 있는 동안 하녀들이 방을 나가고 장지가 닫히자 자리가 조용해졌다.

"그러면 세 번째 이야기를 시작할까요."

이즈쓰야 시치로에몬의 목소리에 세 번째 화자가 상좌에 올랐다.

팔걸이의자에 기대어 창가에 앉아 있던 무사 신분의 노인이었다. 체구가 작은데다 주름진 얼굴이었고, 옹색한 상투도 거반 백발이었다. 가문의 문장이 박힌 검은 지리멘조글조글하게 가공한 비단 하오 리는 광택이 있어서 무게감이 느껴진다.

노인이 좌중을 둘러보자 움찔하는 손님들이 있었다. 그 모녀는 크게 놀랐다.

노인의 오른쪽 눈은 하얀색이었고, 눈꺼풀은 처져 반쯤 감겨 있었다. 병일까? 아니면 다쳤을까. 어쨌거나 오른쪽 눈은 보이지 않을 것으로 짐작되었다.

노인은 입가에 엷은 미소를 띠고, 앞의 두 화자처럼 시선을 내리지 않고 좌중을 향해 얼굴을 똑바로 든 채 이야기를 시작했다.

세 번째 화자가 말한다.

이 몸은 올해로 쉰여덟을 헤아리는데, 이렇게 오른쪽 눈이 빛을 잃은 것은 육 년 전 초봄의 일입니다. 백내장이라는 눈병입니다. 통증은 전혀 없고, 이제는 왼쪽 눈 하나로 생활하는 데 이골이 났지요. 여기 온 여러분께는 미안하지만, 이 눈은 지금부터 할 이야기하고도 조금은 관계가 있으니 보기 흉한 눈이지만 잠시 참아 주길 부탁합니다.

보시는 대로 이 몸은 칼 두 자루를 꽂고 다니는 무사 나부랭이입니다만, 이미 은퇴한 몸. 이 자리를 주관한 분과 오랫동안 친하게 지낸 사이인데, 오늘 초대해 주어 노구를 이끌고 찾아온 참입니다.

늙은이의 아주 오래된 옛날 이야기 정도로 가볍게 흘려들어도 무방한 내 이야기는 내 어머니의 이야기입니다. 어머니의 이야기이니 자연히 아버지의 이야기이기도 하지요.

우리 집안은 고즈케 지방_{현재 군마 현}의 산속에 있는 번의 팔십 석 평사_{무사는 대체로 상사, 평사, 하사로 그 계급이 나뉘며, 상사는 번의 고위관료, 평사는 실무관료, 하사는 봉토 없이 쌀이나 현금으로 봉록을 받던 하급관료로 일했다} 가문으로, 고리부교_{郡奉行} 각 번에서 농촌 지역의 관리를 담당하던 부처의 게미야쿠_{檢見役}로 일하고 있었습니다. 게미_{檢見}란 일반적으로 영내 쌀농사 작황을 조사하는 일을 말하는데, 우리 번에서는 이 일을 맡는 직책을 두어, 작황을 조사하는 한편 연공 징수도 담당하게 했습니다.

아버지는 성실하고 근면하여 게미야쿠로 영내를 자주 순시했는데, 사리를 분별하고 인정도 깊어서 지역 사람들에게 존경받는 분이었습니다. 어머니도 역시 고리부교 밑의 최하급 무사 집안에서 태어나 열다섯 나이에 시집을 오셨습니다. 어머니는 아버지를 잘 모신 현처였고, 내외간의 금실이 좋고 나에게도 자상한 분이었지만, 다만 한 가지 심상치 않은 비밀이 있으셨습니다.

어머니는 일종의 '천리안'을 가지고 계셨던 것입니다.

다만 타고난 능력은 아니었습니다. 어머니가 천리안을 얻은 것은 여섯 살이던 해 여름, 천연두를 심하게 앓다가 어렵게 목숨은 건졌지만 오른쪽 눈의 시력을 잃으셨을 때라고 합니다. 그래요, 이렇게 이야기하고 있는 나와 똑같이 어머니도 오른쪽 눈이 머셨던 겁니다.

어머니는 그 오른쪽 눈으로 종종 사람들의 질병을 꿰뚫어 보셨습니다.

어릴 때는 당신도 빛을 잃은 오른쪽 눈에 자꾸 어른거리는 것들이 무엇인지 알 수 없어서 두려워하신 적도 있는 모양입니다. 그러나 어머니는 마음이 강한 분이었고, 하나에 둘을 보태 셋을 이끌어내는 지혜를 타고난 분이어서, 공연히 무서워만 한 것이 아니라 곧 그 특이한 능력과 함께 생활하실 수 있게 되었습니다.

어머니 말씀에 따르면, 가령 눈앞에 있는 사람에게 병이 있을 경우 그 부위에 안개 같은 것이 소용돌이치는 모습이 오른쪽 눈에 보입니다. 그러니까 왼쪽 눈에 비치는 사람 모습에 오른쪽 눈에 비친 안개의 소용돌이가 겹쳐 보이는 것이지요. 오른쪽 눈을 감으면 그 안개 같은 무언가가 사라지므로, 오른쪽 눈에만 보이는 것임을 알 수 있었다고 하십니다.

병을 보여 주는 안개는 색과 크기가 다양했습니다. 자꾸 경험하다 보니 어머니는 그 색과 크기로 대강 어떤 병인지 분간하실 수 있게 되었습니다. 몇 가지 예를 들면, 먼저 졸중일 경우 머리의 그 부분에 검은 안개가 낍니다. 몸 어딘가에, 진한 핏빛이 맥동하는 듯한 안개가 끼었을 때는 그 부분의 장기에 종양이 생긴 겁니다. 수종은 싸늘한 흰색, 학질이나 감기는 피 섞인 가래 같은 색이고 대부분의 경우 목에서 보인다고 합니다.

참고로 말하면 어머니에게 그 특이한 능력을 준 원천인 천연두는 칙칙한 붉은빛이고, 색이 조금 연하면 홍역이어서, 어머니도 양자를 구별하기가 꽤 어려웠다고 하시더군요.

어머니가 가진 이 능력의 뛰어난 점, 혹은 무서운 점은 정작 병에 걸린 사람에게는 아무런 자각 증상이 없을 때에도, 그러니까 증세가 드러나기 전에도 어머니의 눈에는 보인다는 점입니다. 말하자면 어머니는 나중에 그 사람의 몸에 드러날 병을 미리 보신 거지요. 그 덕분에 장남인 나를 비롯한 다섯 자식들은 여러 번 돌림병을 면했습니다. 주위에 병의 전조인 안개가 보이는 자가 있으면 어머니가 정확히 알아보고 자식들을 멀리 떼어놓은 덕분이지요. 내가 어머니의 능력을 '천리안'이라 부르는 것도 그 때문입니다.

어머니가 열다섯 살 때 아버지에게 시집왔다고 했는데, 그때는 이미 그 능력을 자유자재로 쓰실 수 있었다고 합니다. 다만 굳이 사람들에게 밝히시지는 않았지요. 말을 해도 쉽게 믿어줄 이야기도 아니고, 도리어 말썽만 생길 수 있음을 아셨기 때문입니다. 물론 아버지와 시부모에게도 단단히 숨긴 채 시집오셨습니다.

그런데 아버지와 살게 되고 세 달쯤 지났을 때, 어머니는 아버지의 왼쪽 눈꺼풀 위에서 꿈틀거리고 있는 적갈색 안개를 보셨습니다. 어머니의 경험상, 흔히 말하는 다래끼의 안개였습니다. 평범한 다래끼라면 그리 걱정할 일도 없지만, 아버지의 그 안개는 묘하게 색이 짙고 봄철에 진흙 속에서 꿈틀대는 미꾸라지처럼 기분 나쁘게 똬리를 틀고 있었습니다. 가만 두면 큰일 날지도 모릅니다. 어머니는 스스로가 오른쪽 눈을 잃어버린 사람인 만큼, 몇 날을 깊이 고민한 끝에 작심하고 아버지에게 사실대로 말하셨습니다.

아버지는 당연히 크게 놀랐지만 이내 웃어 버리셨습니다. 어머니의 태도가 진지하지 않았으면, 또 평소 사이가 돈독한 부부가 아니었다면 크게 화를 내셨겠지요. 하지만 아버지는 성실한 사람이 그렇듯이 한편으로는 소심한 분이고 바꿔 말하면 매사 신중한 사람이어서, 어머니 말에 일단 웃기는 했지만 몰래 조카마치의 눈병 전문 의원을 찾아가 진찰을 청하셨습니다. 그러자 겉으로는 아직 알 수 없지만 눈꺼풀 속에서 뜻밖에 뿌리 깊은 종양이 발견되어, 반년간 섭생에 힘써서 어렵게 근치할 수 있었습니다. 만약 보름만 늦게 왔어도 눈을 잃었을 거라는 의원의 말을 듣고 아버지는 어머니의 예지를, 눈이 가진 힘을 몸으로 깨닫게 되었습니다.

그 뒤로 어머니의 능력은 부부의 비밀이 되었습니다.

참고로 어머니의 시아버지는 위장에, 시어머니는 폐에 병을 앓다 돌아가셨는데, 어머니는 두 분이 병을 얻기 일 년 이상 전부터 알고 속을 끓이셨다고 합니다.

자, 이야기는 이제야 본 줄거리로 들어갑니다.

앞서 말했다시피 아버지는 번의 고리부교 밑에서 일했습니다. 우리 번에는 고리부교 나리가 두 분 계셨는데, 양쪽 다 십 년 이상 그 직무에 충실히 임하셨지만, 그 때문이라고 할까, 그럼에도 불구하고, 랄까 서로 간에 감정이 쌓이고 증오가 깊어져서 급기야 권력을 다투느라 불구대천의 사이가 되었습니다. 견원지간이었지요. 대개 번에서 일어나는 내부 갈등이라면 보통 어느 일족이나 중신이 일으키는 것인데, 우리 번의 갈등은 반드시 두 고리부교 나리의 가문 사이에서 일어났기에 아주 볼썽사나웠습니다. 또, 산림이 대부분인 우리 번에서는 농지 관리권을 장악한 고리부교 자리가 그만큼 높은 자리였다고도 할 수 있겠지요.

가령 두 가문 중 한쪽을 다바타 가, 다른 한쪽을 이노우에 가라고 합시다. 게미야쿠는 당시 스무 명 남짓 있었는데, 앙숙인 두 고리부교 아래에서 스무 명 남짓밖에 안 되는 게미야쿠들까지 좌우 파벌로 갈라져서, 다바타 가에 줄을 서느냐 이노우에 가에 줄을 서느냐에 따라 출세는 물론 당장의 직위까지 걸려 있었습니다. 아버지는 이런 파벌 싸움이 싫어 중립을 지켰지만 그러자니 고생이 이만저만이 아니어서, 나를 시작으로 다섯 자식을 부양하게 되고 나서부터는 차라리 어느 편인지를 분명히 하는 것이 업무를 매끄럽게 해나가는 데도 도움이 되지 않을까 하고 고민하시게 되었습니다.

마침 두 고리부교 나리는 서로 나이도 비슷하여 두 분 다 오십대였는데, 아직 건장하고 기력도 여전했지만 역시 노경의 초입에 계셨습니다. 두 가문 다 적자가 있어 어떤 형태로든 부친이 은퇴하게 되면 순리대로 그 적자가 가문을 물려받습니다. 그러나 가문을 물려받아도 고리부교 자리까지 그대로 물려받는 것은 아닙니다. 부교 자리는 젊은 사람이 언제든 감당할 수 있을 만큼 쉬운 자리가 아닙니다. 또 당시 다바타 가의 적자는 우마조로에반사전적인 뜻은 열병식을 담당하는 부서이나 각 번에 따라 업무 내용은 다를 수 있다의 수장이었고, 이노우에 가의 적자는 사지카타건축과 수리를 담당하는 부서의 조장으로 일하고 있었습니다. 이 두 직책은 양가의 적자에 걸맞은 자리였고, 우리 번의 관례로 보자면 이 위치에서부터 경력을 쌓아 마침내 중진으로 승진하는 출세 길이었습니다. 하지만 역시 아직은 어중간한 위치였지요.

그러니까 두 고리부교 나리 신상에 갑자기 무슨 일이 생기면 그 가문은 고리부교 자리를 내주게 되는 겁니다.

아버지는 이때 고민하셨습니다.

다바타 나리나 이노우에 나리에게 혹시 무슨 병이라도 있지는 않을까?

어머니의 능력이라면 알아낼 수 있습니다. 그리고 만약 두 나리 가운데 한 사람에게 병을 나타내는 안개가 끼어 있다면 아버지는 과감하게 그쪽 파벌을 버리고 병이 없는 부교 쪽에 줄을 서자는 생각이었습니다.

―권세도 건강해야 누리는 것.

아버지는 어머니를 그렇게 설득했습니다.

게미야쿠로 일하는 하급 무사의 아내가 앞에 나가 고리부교 나리를 관찰할 기회란 그리 흔하게 있지 않습니다. 다만 아버지에게는 가능성이 있었습니다. 번주님이 에도로 갔다가 돌아오셔서 영내를 순시할 시기가 마침 코앞에 닥쳤기 때문입니다.

이 순시는 요리키중급 무사. 마치의 치안을 담당하며 도신을 지휘한다와 메쓰케무사를 감찰하던 직책가 앞뒤를 호위하는 삼엄한 행렬인데, 고리부교 나리들이 선도를 맡습니다. 그리고 순시하는 번주님을 위해 여러 곳에 휴식 장소를 마련하는데, 장소는 다이칸쇼나 쇼야의 저택이 쓰입니다. 그 위치를 정하고 준비를 해 두는 것도 고리부교의 소임으로, 이때는 부교 소속의 평사나 하사도 모두 나서서 번주님을 모시는 일을 하게 됩니다.

아버지는 그 자리에 어머니를 들여보낼 작정이었습니다. 멀리서라도 두 고리부교의 모습을 본다면 어머니가 능력을 발휘할 수 있다고 생각하셨지요.

지금 이렇게 얘기하는데도 이 주름투성이 얼굴에 웃음이 지어지는데, 당시 부모님의 안간힘과 분투에는 눈물겨운 바가 있었습니다. 고지식한 탓에 파벌을 멀리하다가 끝내 상사나 동료들의 견제에 지쳐 버린 아버지는 아무리 소소한 질병이라도 그것으로 어느 한쪽을 정할 수 있었으면, 하고 간절히 바라셨겠지요. 어머니 역시 그런 아버지의 고심을 잘 아셨을 겁니다.

이렇게 아버지가 획책—이라고 하면 거창하지만, 미리 손을 쓴 결과, 어머니는 번주님의 순시처 가운데 하나인 하오 장원이라는 곳에서 물 당번이 되었습니다. 물 당번이 하는 일은, 말 그대로 번주님을 비롯한 순시중인 고위 무사들이 손발을 닦고 땀을 씻을 물을 대야에 담아 나르는 허드렛일입니다. 대개 그 장원이나 촌장 댁 처자가 맡지만, 아버지는 하급 무사 가문에서 자란 아내를 가르치기 위해서라고 둘러대며 상관에게 부탁하셨다고 합니다.

해서 어머니는 내심 기대했던 것보다 더 가까운 자리에서 순시 일행을 볼 수 있었습니다. 참고로 이 순시에는 우마조로에반—우리 번에서는 성의 경비를 맡는 중요한 직무인데, 그곳의 수장인 다바타 가의 적자도 동행했으므로 어머니는 뜻하지 않게 그 적자도 잠깐 보게 되었습니다. 고리부교인 부친이 선도를 맡고 그 아들이 경호를 맡는 상황이니 다바타 가로서는 한없이 자랑스러운 한때였겠지요. 또 이 적자는 영내에서도 세 손가락 안에 꼽힐 만한 기마술의 명수로 칭송이 자자한 인물이기도 했습니다.

어머니는 먼저 집에 돌아와 아버지를 기다리셨습니다. 아무 탈 없이 순시가 끝난 뒤 아버지가 돌아오셨지요.

—이노우에 나리의 간 주위에 연초록빛 안개가 끼어 있었어요.

고리부교 이노우에 나리는 간에 병이 있는 모양이었습니다. 번에서도 잘 알려진 주당이며, 술버릇이 고약하기로도 잘 알려진 분이었습니다.

—낚인 물고기가 어롱 속에서 펄떡이듯이 움찔움찔 움직이는 안개였어요.

—그러면 다바타 나리는?

—아무것도 보이지 않았어요. 아주 깨끗한 몸입디다.

말이 나온 김에 얘기하자면 그 적자도 매우 건강했다고 어머니는 덧붙였지만, 아버지는 거의 듣고 있지 않았습니다.

―됐다!

아버지는 손뼉을 치며 좋아했습니다. 이런 상황에서 기뻐하는 것은 무사답지 못한 모습이지만, 이것은 어디까지나 내외간의 일이었다는 점을 양해해 주십시오.

―이제 내가 줄을 설 쪽이 정해졌다.

그날을 경계로 아버지는 다바타 가에 줄을 서기로 결심하신 것입니다.

그렇게 해서―.

어머니가 천리안으로 간파한 대로 얼마 후 이노우에 나리가 간에 병을 앓다가 고리부교 자리에서 물러나게 되었다면 내 이야기도 그저 부모님을 그리워하는 이야기로 끝나 버리겠지요. 이 뒷이야기는 조금 다르게 흘러갑니다.

번주님의 순시에서 한 달도 지나지 않았을 때 다바타 가의 적자가 사냥을 나갔다가 사망하는 사고가 일어납니다. 들판에 있던 토끼 굴에 말발굽이 빠지는 바람에 낙마하여 목이 부러진 것입니다. 방금 말했다시피 그는 기마술의 달인이었기에, 누구나 할 말을 잊게 되는 사고였습니다.

더욱 불행한 일은, 다바타 가에는 아들이 하나뿐이라 대가 끊기고 만 것입니다.

이에 경악하고 깊이 절망했는지 다바타 나리는 곧 관직을 반납하고 처자식과 함께 불문에 귀의해 버렸습니다.

아버지는 그저 아연실색할 따름이었습니다.

당시 한참 어렸던 나는 어느 날 밤 아버지가 어머니를 불러 거친 목소리로 꾸짖으시는 것을 가슴 졸이며 들었던 기억이 납니다.

그때 아버지가 너무 심하게 나무라자 어머니는 견디지 못한 듯 이렇게 항변하셨습니다.

—내 오른쪽 눈은 사람들의 병밖에 보지 못해요. 운명이나 마음은 보이지 않아요. 그렇게 매몰차게 몰아세우면 날 보고 어쩌란 말이오.

그런데 참으로 얄궂게도, 당시 그렇게 서럽게 울던 어머니도 만년에 당신의 심장에서 싸늘한 하얀 안개를 발견하셨고, 가장이 된 나를 불러 놓고, 그 일은 사실 여차저차해서 그렇게 되었던 거라고 다 설명해 주셨을 때는 조금 겸연쩍어하며 아버지를 그리워하는 미소를 지으셨습니다. 아버지는 이미 이승을 떠나셨고, 어머니도 그로부터 얼마 지나지 않아 편안하게 가셨습니다.

임종을 앞두고 어머니는 한 가지 더 말씀하셨습니다.

—너는 나중에 오른쪽 눈을 백내장으로 잃게 될 거다. 어미 눈에 보이는 것이 아직은 희미한 그림자이니 아주 먼 훗날의 일이 되겠지만, 각오는 해 두어라.

정말로 한참 나중의 일이었지만 어머니의 예견은 분명히 이렇게 적중했습니다. 빛을 잃은 이 오른쪽 눈에는, 그때 위로하듯 자애롭게 웃어 주신 어머니의 웃음이 지금도 또렷이 남아 있습니다.

여기까지 이야기하고 나서 노인은 건강한 왼쪽 눈도 조용히 감고 숨을 깊이 들이마셨다.

마침내 그 눈을 뜨고 좌중의 손님들을 둘러보며 온화하게 입을 열었다.

"이야기 말미에 할 말이 있습니다. 백내장으로 오른쪽 눈을 잃고 일 년쯤 지났을 무렵 나에게도 어머니의 능력과 비슷한 능력이―천리안이 있다는 사실을 알았습니다. 내 오른쪽 눈에도, 사람 몸에 숨어서 나중에 드러나게 될 병이 보입니다."

손님들이 웅성거렸다. 오치카도 저도 모르게 몸을 움찔했다.

"저쪽에 있는 처녀."

그때 노인이 그 후리소데를 입은 아가씨를 척 가리켰다. 뼈가 불거진 손끝은 힘없이 떨렸지만 그 몸짓에 망설임은 없었다.

"그대는 머지않아 천연두에 걸릴 거요. 내 눈에는 또렷하구먼. 지금부터라도 마음자리 바르게 하고 선행을 쌓고 덕을 쌓아나가지 않으면, 그 하얀 볼이 역신이 남기신 표식인 곰보로 뒤덮이게 될 거요."

후리소데 처녀는 흠칫하며 손으로 입을 막았다가 곧 꺄악, 하고 비명을 지르며 얼굴을 홱 돌렸다. 호사스러운 꽃 비녀가 머리에서 떨어졌다. 옆에 있던 어머니도 소스라치게 놀라 몸을 던져 딸을 감쌌다.

"무사 나리, 무슨 말씀을 그리 하시오!"

어머니의 새된 고함에도 노인은 동요하지 않았다. 모녀를 노려

보며 다시 무겁게 입을 열었다.

"내 이야기를 다 듣지 않았소? 그렇다면 말뜻을 알 거요. 어미라면 자식의 비열한 심보를 고쳐 주는 것이 옳지. 자신의 천박한 행실을 돌아보고 이참에 둘 다 마음을 고쳐먹는 게 어떻겠소."

결연하고 냉정한 목소리에 모녀의 얼굴이 파리해졌다. 딸은 긴 소매로 얼굴을 가리고 울기 시작했다.

"이즈쓰야 씨도 너무하시오!"

어머니는 후리소데를 입은 딸을 끌어안고 비틀비틀 일어섰다. 딸은 소리 내어 흐느꼈다.

"이따위 괴담 모임에 오는 게 아니었는데! 우린 물러가겠소!"

작은 난로를 걷어찰 기세로 거칠고 볼썽사납게, 모녀는 방에서 부리나케 빠져나갔다.

남은 손님들은 일진광풍에 휩쓸린 듯 넋을 놓고 있었다.

마침내 이즈쓰야 시치로에몬이 낮은 소리로 느릿느릿 웃기 시작했다. 그러자 노인의 주름투성이 얼굴에도 웃음이 번졌다.

"호코쿠 선생님, 이거 골치 아프게 생겼습니다그려."

이즈쓰야 시치로에몬은 노인을 그렇게 불렀다. 호코쿠는 노인의 호일 것이다. 둘은 서화나 시 따위를 함께 즐기는 동호인이었다.

"선생이야 에도에 훌쩍 오셨다 고향으로 돌아가시면 그만이지만 저는 에도에 뿌리를 내린 장사치 아닙니까. 단골 하나를 놓쳐 버리지 않았습니까."

후다사시는 따지듯이 말하면서도 유쾌하게 웃고 있었다.

"미안하게 됐소. 내가 지나쳤나."

호코쿠라 불린 노인은 손님들에게 웃는 얼굴을 향했다.

"나이가 들면 도량이 넓어진다고 하지만, 이 늙은이만은 오히려 성마르게 변하는 것 같소. 저 모녀의 무례한 언동이 아까부터 내내 비위에 거슬려서 견디기 힘듭니다. 한번 따끔한 맛을 보여 주려고 잠깐 허풍을 떨어 봤소."

용서해 주시기를, 하며 웃는 얼굴을 한 채 사과했다.

"한데 저 처녀는 이미 마마를 가볍게 겪었는지도 모르지 않습니까?"

주관자의 물음에 노인은 손으로 얼굴을 쓱 문지르고 대답했다. "역신을 만난 사람을 저렇게 불손하게 비웃는 행실을 보면 마마의 무서움을 잘 모르는 거라고 짐작했소."

아마 틀리지 않았을 거요, 하고 말했다.

"아이고, 잘 알겠습니다요."

이즈쓰야 시치로에몬은 짐짓 익살맞게 대답했고, 노인은 좌중을 향해 말했다. "나는 어머니와 같은 능력을 가지고 있지 않습니다. 오늘 여기 오신 여러분과 마찬가지로 내 병도 수명도 알지 못하고, 오늘이 있으니 내일도 있겠지 하고 믿으며 그저 평온을 빌면서 지내는 늙은이입니다. 방금 보신 것은 분위기를 위해 한 장난일 뿐이니 안심하시기를."

그 말에 얼어붙어 있던 방 분위기가 풀어졌다. 작은 웃음소리도 피어난다.

  오치카 옆에서 오카쓰가 자세를 바로 하고 상좌에서 물러나는 노인 쪽으로 고개를 들었다. 노인도 그걸 알아챘는지 둘의 눈이 마주쳤다.

  오카쓰는 깊이 고개를 숙였다. 노인도 눈인사로 응했다. 잘 보이는 눈도, 빛을 잃은 눈도 눈빛만은 따뜻했다.

7

미카와야 여주인이 많이 쌀쌀해졌습니다, 라고 하며 다시 하녀들을 대동하고 들어와 화로에 숯불을 더 넣어 주었다. 어둑해진 방 안의 상좌에는 촛대도 준비되었다.

"괴담 모임다운 분위기네요."

깜빡깜빡 흔들리는 촛불을 보며 한키치가 미소를 지었다.

오치카는 창문을 조금 열고 오카쓰와 나란히 바깥을 내다보았다. 가랑눈은 여전히 하늘하늘 떨어졌고 창 밑으로 펼쳐진 미카와야의 중정에 있는 소나무도 솜을 뒤집어쓴 것처럼 변했다. 땅바닥에 살짝 눈이 쌓였고, 재미나게 생긴 바위들을 빙 둘러 놓은 작은 연못에는 살얼음이 끼었다.

"여기 미카와야의 주인은 거북을 좋아하나 봐요. 정원 여기저기에 보여요."

오카쓰의 하얀 손가락이 가리키는 곳에는 정말 크고 작은 거북 조형물이 보였다. 그것들도 눈으로 하얗게 치장되어 있었다.

"아주 고급스러운 업소군요."

중정을 에워싼 이층 건물에 창문이 나란히 나 있다. 건너편의 모든 창문에서는 불빛이 비치고 있는데, 건물 이쪽 부분은 전부 괴담 모임이 빌린 듯하다.

"자, 여러분."

상좌에는 이즈쓰야 시치로에몬이 앉아 있었다.

"한 가지 곤란한 일이 생겼습니다. 오늘 네 번째 화자는 아까 화를 내며 돌아간 그 부인이었습니다."

전혀 곤란해하지 않는 얼굴로 웃고 있다.

"해서 네 번째 이야기가 빠지게 되었는데…… 실은, 호코쿠 선생님."

다시 노인을 불렀다.

"오늘 아침 저는 잠에서 깨기 직전에 묘한 꿈을 꾸었습니다. 아침에 꾸는 꿈은 현실을 예고하는 꿈이라는데, 과연 오늘의 상황을 예고하는 듯한 꿈이었습니다."

"호오, 어떤 꿈이기에?" 하고 노인이 물었다.

"뭐, 자리 잡고 들려 드릴 만한 내용은 아닙니다만."

주관자는 손님들에게 그 묘하게 생긴 얼굴을 돌렸다.

"이 괴담 모임을 제 아버지, 선대가 처음 시작했다고 말씀드렸습니다만, 아버지는 길흉을 따진다고 할까 미신을 믿는다고 할까. 그래서 넉 사 자를 싫어했습니다. 물론 사 자가 죽을 사와 통하기 때문이지요. 그럼 아홉 구는 어떻습니까? 그것은 괴로울 고 일본어에서 九와 苦는 발음이 같다 와 통하니까요. 하지만 아버지는 세상살이에 '고'가 있는 것이 당연하니, 너무 '고'를 모르면 사람이 알차게 성장하지 못한다, 그러니 그건 나쁘지 않다고 하셨습니다. 다만 죽을 사 자는 최대한 피하고 싶다고, 아무도 피할 수 없는 것이 죽음이지만 조금이라도 늦출 수 있도록 신변에서 멀리 떼어 두는 것이 좋다고 하시더군요."

그런 연유로, 하고 웃으며,

"아버지 대에는 이즈쓰야에 사 번 창고가 없었습니다. 삼 번에서 바로 오 번으로 건너뛰었지요. 하지만 저는 이런 것을 싫어해서요. 뭐든 그렇게 건너뛰는 것은 좋지 않아요. 삼 다음에 사가 없다면 세상의 이치가 통하겠습니까. 당장 주판 놓기도 힘들지 않겠습니까?"

좌중이 밝게 웃었다.

"해서 제가 당주가 되면서 사 번 창고를 만들었습니다. 물론 전부터 있는 건물에 번호만 바꾸어 붙였을 뿐이지만요. 고참 점원들 중에는 헷갈린다고 싫어하는 사람도 있었지만, 과감하게 그렇게 했습니다."

그런데 말입니다, 하며 살짝 윗몸을 앞으로 기울였다.

"오늘 아침에 꾼 꿈에서는 그 사 번 창고가 연기처럼 사라지고 없더군요. 저는 열쇠 다발을 들고 이렇게 좌우를 살펴보며 고개를 갸웃거렸지요. 우리 사 번 창고는 대체 어떻게 된 거지, 하면서."

이때 손님 가운데 하나가 손을 들었다. 중년 남녀를 따라온 젊은 남성이었다.

"창고가 사라졌다면 삼 번 창고 다음에 오 번 창고가 있었던 건가요? 아니면 사 번 창고가 있던 자리가 텅 비어 있었다는 말씀인가요?"

이즈쓰야 시치로에몬은 눈을 크게 떴다.

"좋은 질문입니다. 후자입니다. 사 번 창고가 있던 자리가 공터가 되어 있었습니다. 기둥 흔적만 남아 있고요. 창고가 어디 산책이라도 나가 버린 것 같더군요."

세 번째 화자였던 노인은 주름투성이 얼굴을 더욱 꼬깃꼬깃하게 만들며 웃고 있다.

"이게 어찌된 일인가, 하고 꿈속에서 쩔쩔매고 있는데, 집사람이 나오더군요. 우리 마누라 말입니다. 그리고 이렇게 말하더군요. 여보, 경사스러운 일이잖아요. 사가 없어져서 죽을 사死가 멀어졌으니. 당신이 오래오래 살 거라는 계시예요. 오호, 그렇게 풀이할 수도 있나, 하고 감탄하다가 잠에서 깨어났습니다."

저는 잠자리에서 일어나 얼른 사 번 창고를 보러 나갔습니다, 하고 계속한다.

"아무 탈 없이 있더군요. 창고에 다리가 생겨서 산책하러 나갈 리는 없으니까요."

좌중의 웃음소리가 높아지자 촛불이 너울거렸고, 비사문천의 사나운 얼굴에 드리운 그림자도 부드럽게 흔들렸다.

"그러니까 그 꿈은 오늘의 모임에 대해 예고해 주었다는 겁니다. 네 번째가 연기처럼 사라졌어요. 연기치고는 조금 소란스럽게 사라지긴 했습니다만."

주관자는 그 모녀의 퇴장에도 전혀 주눅 들지 않은 모습이다.

"괴담 모임을 열다 보면 아무래도 죽음이나 저승 이야기가 나오게 마련입니다. 특히 오늘은 수명에 관한 이야기가 계속되었군요. 해서 우리 마누라 말을 빌리는 것은 아니지만, 여기서 네 번째가 사라진 것은 좋은 일일 겁니다. 오늘 와 주신 여러분 곁에서 사死가 사라졌습니다. 여기 계신 분 모두 장수하시게 되었습니다."

자연히 박수가 터지고 촛불이 흔들리는 방 안에는 따뜻한 공기가 흘렀다.

"마치 미리 짜놓은 것 같군요."

아오노 리이치로가 이쪽을 향해 속삭이므로 오치카는 귀를 기울였다. "예?"

"네 번째 화자가 없어진 이 상황 말입니다. 이로써 죽음이 사라졌습니다, 라는 말은 임기응변치고는 너무 근사한 말이군요. 처음부터 각본이 쓰여 있었다는 생각이 듭니다."

"하지만 그 모녀는 정말로 화를 내는 것처럼 보이던데요?"

"예, 그 모녀는 진심으로 화를 냈을 겁니다. 하지만 이즈쓰야 씨는 상황이 그렇게 진행되면 모녀가 화를 내리라는 사실을 알고 있었겠죠. 화가 나서 뛰쳐나가리라는 것도."

그럴까? 하며 오치카는 상좌에 있는 주관자를 쳐다보았다. 그는 가까이 앉은 손님들과 이야기를 나누고 있었다.

"그 탓에 단골 하나를 잃었다고 했지만, 글쎄 어떨까요. 오히려 이즈쓰야 씨가 교제를 끊고 싶은 손님을 일부러 정중하게 초청해 놓고 만장한 손님들 앞에서 그렇게 쫓아 버렸을지도 모르지요."

"그럼 그 무사 노인분도 이즈쓰야 씨와 호흡을 맞춰 연극을 하셨다는?"

"두 분이 서로를 정말 잘 아는 것 같으니까요. 어려운 일도 아닐 겁니다."

그렇다 해도, 하며 작은 선생은 고개를 갸웃거린다.

"노인의 집안은 팔십 석의 평사라고 했죠."

"예, 게미야쿠는 그만큼 중요한 직책 같습니다."

"고즈케에 위치한 작은 번의 그 정도 집안과 봉록으로는, 저렇게 여유롭게 에도에 와서 이즈쓰야 같은 인물과 친교를 맺기는 어려울 겁니다."

"은퇴하셨기 때문이 아닐까요?"

리이치로는 쓴웃음을 지었다. "은퇴한 몸이라면 더욱 그렇지요."

이럴 때 오치카는 작은 선생에게 살짝 벽을 느낀다.

"저분 대나 아드님 대에서 큰 영달이 있었던 걸까."

지금은 미카와야 여주인을 상대로 차를 마시고 있는 노인을 리이치로는 헤아려 보듯이 쳐다보고 있다.

오치카는 작은 소리로 말했다. "그런 것을 신경 쓰시는군요."

"예?"

리이치로의 목소리에 희미하게나마 당혹스러워하는 듯한 울림이 느껴져서 오치카는 자기가 한 말을 금방 후회했다. 학동들에게 존경받고 주변 사람들의 신망을 얻고 있는 아오노 리이치로는 마치에서 평민들과 섞여 사는 생활에 익숙한 것처럼 보였지만,

집과 녹봉을 잃은 낭인 처지로서는 역시 부족한 것이 있는지도 모른다. 이는 오치카가 애초에 이해하기 힘든 것이었다.

"아무것도 아닙니다. 이즈쓰야 씨와 저 노인분은 어떤 사이일지를 생각하고 있었을 뿐이에요."

둘의 귀엣말 대화에 오카쓰는 모르는 척 시치미를 떼고 있다. 한편 한키치는 조금 전부터 갑자기 불안해진 얼굴로 검정 사마귀를 만지작거리고 있었다.

"큰일 났네. 벌써 제 차례예요."

안절부절못한다. 오치카는 미소를 지으며 리이치로에게 속삭였다. "미리 각본이 짜여 있었다 해도, 한키치 행수님은 몰랐던 모양이네요."

리이치로도 고개를 끄덕였다. "연습을 많이 했으니 잘할 겁니다."

"그럼 다섯 번째 화자를 모셔 볼까요. 한키치, 이리 오시게."

이즈쓰야 시치로에몬이 그를 불렀다.

"이 모임에서 화자는 이름을 밝힐 필요도 없고 신분이나 지위를 자랑하는 것은 촌스러운 짓이라고 되어 있지만, 이 사람이라면 아시는 분도 많을 줄 압니다. 무엇보다 저 붉은 술오캇피키가 허리춤에 꽂고 다니는 짓테에는 붉은 술이 달려 있었다은 감출 도리가 없고요. 그러니 이름을 밝혀도 되겠네, 행수."

검정 사마귀 행수는 허리를 숙이고 손님들 곁을 지나 상좌로 갔다.

"그럼 주관하시는 나리의 명을 받자와 변변찮은 이야기 하나를 말씀드리겠습니다."

콧잔등이 빨갛게 변했다. 오치카는 저렇게 주눅이 들어 앉아 있는 한키치를 처음 보았다.

붉은 한텐 한키치가 말한다.

저는 혼조 후카가와 일대에서 공무를 돕고 있는 한키치라고 합니다. 사람들은 '붉은 한텐 한키치'라는 별명으로 부르기도 하는데, 제 고향—서쪽으로 멀리 떨어진 지방입니다만, 거기에서는 범법자 단속을 맡은 평민은 붉은 한텐을 입는 관례가 있어, 거기에서 나온 별명입니다. 사실 코 옆에 난 이 커다란 검정 사마귀가 눈에 잘 띄어서 요즘은 검정 사마귀 행수라고 부르는 사람이 많아졌습니다.

저의 신상이라고 해 봐야 대체로 꼴사나운 일뿐이라, 이 어수룩한 자가 고향에서 쫓겨나 에도로 흘러들기까지의 반생에는 말씀드릴 만한 것이 하나도 없습니다. 그러니 대략 이십 년 정도는 생략해 두겠습니다. 제가 말씀드릴 것은 혼조 한구석에 정착했다가 그곳을 담당하던 오캇피키 행수님의 눈에 띄어 신출내기 부하로 일을 시작했을 때의 이야기입니다.

당시 저는 아이오이초에 위치한 목욕탕에서 가마 담당으로 일하면서 행수님이 소소한 심부름을 시키면 얼른 달려가, 꼬맹이나 길이 잘 든 강아지라도 할 수 있을 만한 일을 하는 것이 고작이었습니다. 그런 시기가 한참 이어졌기 때문에 가마 일꾼으로는 제법 이력이 나서 지금 짓테를 반납하더라도 목욕탕 관리 일이라면 잘해낼 수 있을 것 같습니다.

그 일은 초봄, 매화가 피기 시작할 무렵에 일어났습니다. 제가 장작을 수레에 싣고 목욕탕으로 돌아와 보니 행수님 댁에서 꼬마가 전갈을 가지고 달려와 있었습니다.

―한키치 형님, 행수님이 부르세요. 앞으로 당분간 기숙하며 일을 해야 할 것 같으니 갈아입을 속옷을 챙겨서 오라고 하십니다.

저는 깜짝 놀랐지만 조금 의기양양해지기도 했습니다. 드디어 잔심부름에서 벗어나 범인 체포를 하게 되려나 싶었던 것입니다.

―기숙하게 될 거라니, 노름판에 잠복하는 건가? 아니면 어느 주겐 방에라도?무사를 수행하는 자를 '주겐'이라 하며, 이들이 기거하는 무사 저택의 방에서는 종종 노름판이 벌어지곤 했다.

성급하게 기대하는 저를 보고 심부름꾼 꼬마는 콧물을 흘리며 눈을 동그랗게 뜨고 말했습니다.

―그건 행수님께 직접 물어보세요.

저는 얼른 달려갔습니다. 행수님은 공무를 보는 한편 부인을 시켜 등롱 가게를 운영했는데, 그날도 많은 일꾼이 일하고 있었습니다. 마음이 들떠 있던 저는 한가롭게 등롱을 만드는 직인들보다 한 단계 격상된 기분이었습니다. 그러한 만큼 혼자 의기양양했지요. 워낙 젊었을 때 일이라 이렇게 얘기하자니 낯이 뜨겁군요.

그런데 행수님에게 용건을 듣고 보니 맥이 탁 풀리는 것이었습니다.

一후카가와 주만쓰보 너머 고하라무라라는 마을에, 요 근처 요릿집의 별장이 있는데, 거기 별채에 병자가 누워 있다.

중병에 걸린 사람이라 언제까지 버틸지 알 수 없으니 네가 곁에서 지켜보라는 것입니다.

一간병 일은 계집아이 하나가 하고 있다. 네 끼니도 그 아이가 지어 주기로 되어 있으니, 일단 지루하기는 하겠지만 어렵지 않은 일이다.

저는 실망했습니다. 방금 등롱 만드는 사람들을 보면서 으스댄 참이었으니까요.

一간병은 하지 말고 그냥 곁에 있으면 되는 건가요?

一네 놈이 죽어 가는 병자를 간병할 줄이나 아느냐.

그야 행수님 말씀이 맞지요. 저는 그렇게 야무진 놈이 아니었습니다.

一그럼 뭘 하면 되죠?

一병자 곁에 이상한 자가 접근하면, 그자가 못된 짓을 하지 못하게 감시하는 거다.

듣고 보니 참 이상한 이야기이더군요. 위독한 병자 머리맡에 어떤 이상한 자가 접근해 무슨 나쁜 짓을 한다는 걸까요.

—행수님, 그 병자는 어떤 분인가요?

행수님은 원래 떫은 감을 씹은 듯한 인상을 가지신 분이지만, 졸때기인 제가 제법 의젓하게 대꾸를 하니 떫은 감을 깨문 '진'일본 산 애완견의 한 종류처럼 되었습니다.

—가 보면 알아, 이놈아!

그 한마디에 쫓겨난 저는 주만쓰보 너머에 있는 고하라무라인지 뭔지 하는 마을로 가게 되었습니다.

지금도 주만쓰보는 그냥 탁 트인 벌판이지만, 그래도 저택들이 꽤 많이 들어서 있지요. 하지만 이십 년 전에는 논 말고는 아무것도 없었습니다. 천지가 뒤집혀 하늘이 땅으로 내려오고 논이 하늘로 올라간다 해도 아무 지장이 없을 만큼 정말 아무것도 없었습니다. 겨울철이라 논이나 밭에는 사람이 한 명도 없었으니 더욱 그랬습니다.

그 별장은 이케노바타에 위치한 스즈초라는 요릿집의 소유로, 당시에는 은퇴한 노부부가 살고 있었습니다. 해로하고 있는 기품 있는 부부였지요. 어떻게 이런 곳에 별장이 있는지 물었더니, 할머니가 그쪽 지주의 딸이었다더군요. 별장이 있는 자리는, 개간 사업으로 주변 일대가 논밭이 되기 전에는 할머니의 생가가 있던 곳이라고 합니다. 산울타리와 소나무 방풍림을 빙 둘러 심은, 아담했지만 예쁘장한 집이었습니다. 한편 별채는 방 두 칸과 가마가 놓인 봉당이 있을 뿐인 간단한 구조였습니다. 뒷간은 별장 바깥에 있는 것을 이용했습니다.

별장에는 하녀와 머슴이 한 명씩 있었습니다. 저는 그 두 사람과 제대로 이야기도 나눠 보지 못했습니다. 행수님이 말씀하신 대로 병자 간병과 제 시중은 별채의 소녀가 도맡아 했습니다.

이 소녀도 남자냐 여자냐 하고 묻는다면 그야 물론 여자가 맞습니다만, 뼈가 굵고 살갗이 가무잡잡하고 붙임성이라고는 요만큼도 없는 아이였습니다. 근처 농가의 딸을 스즈야에서 고용했는데, 아마 여기 병자한테도, 병자를 찾아오는 사람에게도 일언반구하지 말라는 지시를 받은 모양입니다. 사실 저도 무뚝뚝하게 대했고, 만일을 위해 품에 비수를 품고 있는 만큼 얌전한 남자처럼 보이지는 않았을 테니까 그 소녀도 더욱 무서웠을 겁니다. 바지런하게 일해 주기는 했지만 저와 눈 마주치는 것도 저어했습니다.

그런데 그 병자라는 사람은―.

다다미를 치운 별채의 방 마룻바닥에는 거적이 깔려 있었습니다. 무슨 까닭인지 칸막이 장지도 치워져 있어서 별채 안은 썰렁하기만 했습니다.

병자는 그런 방에 깔린 얄팍한 담요 위에 똑바로 누워 있었습니다.

첫눈에 알 수 있었던 점은 남자라는 사실뿐이었습니다. 훈도시를 차고 탈색된 듯한 유카타를 입고 있었는데, 처음에는 허수아비를 뉘어 놓은 줄 알았습니다. 머리는 쑥대머리인데다 뾰족한

코는 반자를 향해 서 있고 눈과 입은 멍하니 벌어져 있었습니다. 입가에서는 시큼한 냄새가 났습니다.

입가에 손가락을 대 보니 간신히 숨을 쉬고 있었습니다. 종종 경련하듯이 눈을 깜빡이기도 했습니다. 하지만 말을 건네도 대답이 없고 몸을 움직이지도 못했습니다.

이 남자가 무슨 병으로 죽어 가고 있는지 저는 짐작도 가지 않았습니다. 다만 예사로운 병이 아니라는 사실은 알 수 있었습니다. 병자의 피부가 연기에 그을린 것처럼 새카맣게 변해 있었기 때문입니다.

제가 처음 보았을 때는 발끝에서부터 양다리를 거쳐 배꼽 바로 아래까지 까맣게 변해 있었습니다. 그 위로는 개구리 배처럼 파리한 색깔이었고 핏기가 보이지 않았습니다.

순간 전염되는 병은 아닐까, 하고 생각했습니다. 그런 위험한 병이라면 행수님이 저를 보냈을 리가 없지만, 그때는 병자의 몰골에 질겁해서 그렇게 판단할 만한 분별이 날아가 있었습니다.

아까 말한 이유로 소녀는 도움이 되지 않았고, 이런 곳에서 용감한 척하고 있어 봐야 좋을 것이 없다고 생각했습니다. 저는 주눅이 든 채 별장으로 건너가 스즈초의 노부부에게 고개를 숙이고 설명을 듣기로 했습니다.

혼조의 행수 명으로 온 제가 꼬맹이 심부름꾼보다 믿음직스럽지 못한데다 아무것도 모르고 왔다는 사실을 알고, 은퇴한 노부부는 할 말을 잊은 표정이었습니다. 제가 새파랗게 어린 것을 보고 딱하게 생각하기도 했겠지요.

　—앞으로 열흘을 버틸지 보름을 버틸지는 알 수 없지만, 그 사람은 머리 꼭대기까지 까맣게 변하면 죽게 될 거야.

　그것은 병은 아니야, 라고 했습니다.

　—저런 병은 세상에 없어. 그러니 자네나 우리에게 전염되진 않으니까 안심해도 좋아.

　—그럼 저건 뭡니까?

　은퇴한 노부부는 서로 얼굴을 바라보았습니다.

　—원한이라고 하면 될까.

　—글쎄요, 저주 같은 거겠지요.

　저자의 자업자득이지, 하고 말했습니다.

　—그렇게 무서운 원한을 사다니, 이 병자는 어디 사는 누구인지요?

　—자넨 그것도 모르고 여길 왔나? 혼조 행수님도 사람이 얄궂지.

　—저 사람의 이름은 요노스케라고 하는데, 본시 오캇피키였네. 하지만 자네 행수님 같은 사람하고는 바탕이 다르지.

　—공무를 본다는 명목으로 힘없는 사람들을 함부로 핍박한 사람이야. 한때 혼조 후카가와에서 료고쿠바시 다리 부근까지 저자의 악명을 모르는 사람이 없었지.

　—그러다가 결국 빚을 청산할 때가 된 거겠죠. 나이 쉰도 안 되었는데. 그러게 사람은 죄 짓고 사는 게 아니지요.

나무아미타불, 나무아미타불, 하고 내외가 함께 합장을 하더군요. 이번에는 제가 할 말을 잊고 말았습니다.

여러분도 잘 아시겠지만 오캇피키라는 자들은 어깨를 펴고 하늘 아래를 걸어 다닐 만한 처지가 아닙니다. 범죄로 몸을 더럽힌 자들이, 뱀의 길은 뱀이 안다고 악당들의 소식에 정통해 체포를 도운 데서 시작된 직책이기 때문에, 짓테를 받으면 그 권세를 믿고 공갈과 협박을 일삼는 자도 있습니다.

요노스케가 그런 자였습니다. 남의 약점을 잡고 욕심을 채우고 특히 젊은 여자에게 몹쓸 짓을 했다고 하며, 이놈 때문에 좋은 가문의 상가가 몇 군데나 망했다고 합니다.

저도 이에 대해서는 여러 이야기를 들었지만, 자세히 설명하면 괴담이 아니게 되고 그저 기분이 나빠질 뿐이니까요. 탐욕스러운 악당이 짓테를 가지더니 떠올릴 수 있을 만한 모든 나쁜 짓을 저질렀다는 정도로 생각해 주세요. 한 가지 분명한 것은 그 요노스케라는 오캇피키 나부랭이는, 지옥의 옥졸이 가마를 메고 데리러 와도 이상하지 않은 작자였다는 것입니다.

저는 주만쓰보 구석에 있는 작은 별채에서 그런 인간 같지 않은 자의 최후를 지켜보려고 했던 것입니다.

—병자 곁으로 이상한 자가 접근하면.

행수님은 그렇게 말하셨습니다. 그게 무슨 말인지는 별채에서 맞은 첫날밤에 알았습니다.

소녀는 집에서 다니므로 밤에 귀가했고, 저는 병자가 누운 방

옆에 있는 한 평 반짜리 방에 이불을 깔아 두었습니다. 은퇴한 노부부가 고맙게도 주안상을 차려 주어서 술을 홀짝홀짝 마시다가 졸리기 시작했습니다.

그렇게 밤이 깊었는데, 저는 이상하게 비릿한 냄새가 나는 바람이 틈새로 불어와 잠에서 깨어났습니다.

주위에 썩은 생선 내장이라도 뿌려 놓은 것처럼, 코를 찌르는 지독한 냄새였습니다. 저는 속이 울렁거려서 구역질을 하고 말았습니다.

반달이 뜬 밤이었습니다. 별채에는 덧문이 있었지만 봉당이 가까워서 환기창과 문으로 달빛이 비껴들었습니다. 눈이 금방 어둠에 익숙해져 주변을 살펴볼 수 있었습니다.

그러다가 알아차렸습니다. 옆방에 누워 있는 병자의 이불 건너편 한가운데쯤에 그림자가 있었습니다.

등을 이렇게 구부리고 고개를 숙여 웅크리고 있더군요. 그리고 흔들흔들 움직이고 있었습니다.

—뭘 하는 거지?

순서대로라면 언제 어디서 어떻게 들어왔는지를 의심하는 것이 먼저였지만, 아무튼 저는 가만히 일어나 앉은 다음 양손으로 바닥을 짚고 기어가 목을 길게 뽑아서 옆방을 들여다보았습니다.

그 검은 그림자는 병자의 오른팔을 문지르고 있었습니다. 그래서 흔들흔들 움직였던 것이지요. 손놀림을 보면 아픈 곳을 쓰다듬어 주는 듯했지만, 저는 온몸에 소름이 돋을 만큼 오싹해지고 말았습니다. 검은 그림자의 소매로 나와 있는 팔은 산 사람의 팔이 아니었습니다. 해골의 팔이었습니다. 앙상하고 바싹 마른데다 색이 변했으며, 살갖이 벗겨진 부분도 있었습니다. 그 모습이 봄밤의 반달의 희미한 빛에 뚜렷하게 떠올랐습니다.

한심한 이야기지만 저는 소리도 내지 못했습니다. 바닥에 두 손을 짚은 채 그 무서운 광경을 쳐다보고만 있었습니다.

잠시 후 뭔가 휘익휘익 하고 우는 듯한 소리가 들렸습니다. 뭐지? 하고 귀를 기울이다가 이번에는 심장이 얼어붙는 줄 알았습니다.

병자의 목소리였습니다. 요노스케의 목구멍에서 망가진 피리 소리 같은 목소리가 흘러나오고 있었습니다. 말이 되지 못한 목소리. 그저 우는 소리 같기도 하고 신음하는 소리 같기도 했습니다.

몸이 덜덜 떨리기 시작했습니다. 엎드린 자세 그대로 뒤로 물러나다가 이부자리 옆에 아무렇게나 놓아둔 술병을 발로 건드렸습니다. 커다란 소리가 났습니다. 그러자 병자의 팔을 쓸고 있던 검은 그림자가 몸을 부르르 떤 것처럼 보였습니다.

저도 모르게 비명을 질렀습니다. 일단 도망치려고 봉당으로 굴러 떨어져 이마를 호되게 부딪쳤습니다. 눈에서 불똥이 튀었지만 덕분에 간신히 오기가 슬쩍 고개를 쳐들었습니다. 이대로 도망치면 행수님은 물론이고 친절한 노부부에게도 면목이 없게 됩니다. 에잇, 하고 벌떡 일어났지만, 품에 있던 비수도 어디론가 빠졌는지 보이지 않아서, 하는 수 없다, 하며 맨손으로 이렇게 자세를 잡고 몸을 도사렸지요.

―네 이놈, 순순히 오라를 받아라!

네, 부디 웃어 주십시오. 저는 그때 정말로 그렇게 소리쳤습니다. 그런 말밖에는 떠오르지 않았거든요.

사람처럼 보이는 그림자는 사라지고 없었습니다. 요노스케는 낮에 보았을 때와 마찬가지로 허수아비처럼 누워 있었습니다.

저는 손을 더듬어 등불을 밝혔습니다. 아까 그림자가 몸을 흔들거리며 쓰다듬던 요노스케의 오른팔이 손목에서 팔꿈치 부근까지가 검게 변한 모습이 희미한 불빛 아래 드러났습니다.

병자의 두 눈과 입은 변함없이 멍하니 벌어져 있었습니다. 휘익휘익 하고 우는 목소리는 이제 들리지 않았습니다.

그 뒤로 매일 밤 똑같은 일이 일어났습니다. 하루하루 반달이 가늘어져 가는 가운데, 별채에는 매일 밤 그 그림자가 나타났습니다. 그리고 요노스케의 몸을 쓰다듬고 사라지는 겁니다. 아침에 살펴보면 밤새 그림자가 쓰다듬던 자리가 연기에 그을린 것처럼 검게 변해 있었습니다.

하루에 세 번, 소녀가 기저귀를 갈아 주고 아침마다 유카타도 갈아입혔지만 소녀 역시 손발이 달린 허수아비나 대빗자루라도 다루듯이 그를 다루었습니다.

저는 소녀에게,

—병자의 몸에서 검게 변한 자리가 점점 넓어지고 있다. 그쪽도 알고 있겠지?

물어봐도 소녀는 얼굴을 돌리고 내빼기만 할 뿐이었습니다.

요노스케의 등에는 꽤 볼만한 문신이 있었습니다. 저는 그 방에 있을 때는 몰랐지만, 나중에 행수님께 들으니 보타락 도해^{普陀}^{落渡海}일본에서 중세에 행해졌던, 자신의 몸을 바치는 사신행(捨身行)의 한 종류. 남방에 면한 바닷가 사람들이 극락정토로 알려진 보타락 산을 향해 여행을 떠난다면서 작은 배를 타고 먼 바다로 나가서 돌아오지 않는 것인지 뭔지 하는 진기한 풍경을 그린 드문 그림으로, 한창 기세가 등등하던 시절에 요노스케가 자랑하던 문신이라고 합니다. 병으로 피부가 새카맣게 변하면서 문신도 날이 갈수록 사라지고 있었습니다.

밤에 나타나는 그림자는 그날그날 달랐습니다. 남자, 여자, 노인, 젊은이. 어떤 날은 부부인지 남매인지 모르겠지만, 남녀가 병자를 사이에 두고 나타난 적도 있습니다.

—저래서 병이 깊어지는 거군.

언젠가 그림자가 이부자리 위쪽에 앉아 요노스케의 머리를 쓰다듬으면 그때가 병자의 최후가 되리라는 것도 짐작할 수 있었습니다.

그리고 물고기 내장이 썩는 듯한 악취 말인데, 그 냄새는 그림자가 나타나면 나는 게 아니라 그림자가 요노스케를 쓰다듬어 그 자리가 검게 변하면서 풍겨나는 것이었습니다. 그러니까 살갗이 검게 되는 점은 말하자면 썩는 것과 비슷했지요. 그자의 목청이 애처롭게 휘익휘익 하는 소리를 내는 이유 또한, 병이 번져갈 때는 그만큼 몸이 약해져 있는데도 그런 소리를 쥐어짜낼 만큼 아프기 때문이지 않을까요.

첫날부터 데었기에 저는 그림자를 봐도 움직이거나 소리를 내지 않고 죽은 듯이 숨죽이고 있었습니다. 제가 그렇게 가만히 있어도 반 각_{한 시간} 정도만 지나면 그림자가 알아서 사라진다는 사실을 알았기 때문이지요. 나타나는 때는 늘 한밤중이었습니다.

—망자들이니 그럴 만도 하지.

저는 생각을 정리했습니다. 지옥의 옥졸이 아니라 그에게 고통받고 목숨마저 빼앗긴 가련한 자들이 망자로 화하여 요노스케를 데리러 오는 거라고.

하지만 밤마다 그 무서운 광경을 보고 있자니 잠이 오질 않았습니다. 해가 중천에 떴을 때야 마음 놓고 푹 잤고, 기분이 울적해 밥맛도 없어지고 주량은 느니 얼굴이 거칠어졌겠지요. 칠 일째 되는 날이었나, 별장의 은퇴한 노부부가 저를 불렀습니다. 부부는 역시 저를 걱정해 주었습니다.

—한키치 씨, 병자보다 그쪽이 먼저 가 버리고 말겠소.

—아뇨, 괜찮습니다.

은거한 노부부가 그때 들려준 이야기에 따르면, 요노스케는 그곳에 오기 전에 시타야의 쪽방 나가야로 이주해서 지내고 있었다고 합니다. 그때도 병을 앓았는데, 그것은 술 때문이었습니다. 손을 떨고 발음도 엉성하고 대낮부터 헛소리를 했답니다. 해서 짓테도 회수당하고 말았지요. 그런 자들은 공무를 내세워 돈을 갈취하지 못하게 되면 그날로 끝납니다. 한때의 기세는 어디로 갔는지, 돈은 없고 사람들의 시선은 두렵고 하니 웅크리듯이 숨어 살았다고 합니다.

그러던 어느 날 갑자기 오한이 든다면서 드러눕더니 발끝부터 점점 검게 변하기 시작했는데,

—그 뒤로 그 나가야 근방에서는 한밤중만 되면 개가 짖고 밤인데도 까마귀가 까악까악 울고 갓난아기는 발작을 일으키는 등 참으로 심상치 않은 일들이 있었다고 하더군.

그게 다 그 그림자 탓입니다. 그들이 요노스케를 찾아오니까 개나 갓난아기가 무서워할 수밖에요.

—그때도 누가 그자 곁에서 밤을 밝히며 확인한 건가요?

—관리인이 확인했다고 하더군. 그 뒤 관리인도 사흘이나 꼼짝도 못하고 누워 있었다고 했지.

스즈초는 예전에 요노스케에게 돈을 찔러 주어서 골치 아픈 조사를 면한 적이 있다고 합니다. 그자는 그렇게 못된 놈이지만, 돈이 나온다 싶으면 선량한 사람에게 은혜를 베풀기도 했던 것이죠.

—그래서 그 사람을 이곳 별채로 옮기기로 한 거야. 어쨌든 은혜는 은혜니까.

—두 분도 참 대범하시군요.

그 이야기를 들으니 저도 납득이 되었는데, 우리 행수님이 '공

연히 못된 짓을 하지 못하게 감시하라'고 하신 말씀은 그 그림자들이 요노스케를 데려가는 것만으로는 부족하여, 놈에게 온정을 베푸는 스즈초의 은퇴한 노부부한테 해코지하지 않도록 감시하라는 뜻이었겠지요.

그러나 그런 일이 벌어진다고 해도 제가 어떻게 해야 하는지 알 수 없었습니다. 그저 당장은 매일 밤 눈을 뜨고 그림자가 요노스케의 머리 쪽으로 점점 다가가는 것을 지켜보는 수밖에 없었습니다.

―한키치 씨도 조심해.

―예, 염려하지 마십시오.

그날 저녁부터 밥상에는 꼭 계란이 오르게 되었습니다. 아, 네, 이것도 그냥 웃어넘겨 주세요. 덕분에 기운은 났지만 그 뒤로 계란이라면 질색하게 되었습니다.

반달이 초승달이 되고 다시 반달로 부풀어가는 동안 저는 이렇게 그림자와 요노스케를 지켜보고 있었습니다. 제가 망자와, 그 망자 때문에 죽어 가는 남자를 바라보는 동안 매화 철이 지났습니다.

매화가 필 만큼 핀 뒤 벚꽃이 피기 시작하는 동안 꽃샘추위가 몰려와 차디찬 진눈깨비가 내렸습니다. 별채 처마 끝에서 떨어지는 빗소리를 들으며, 그날 저는 마침내 요노스케가 정수리에 아이 손바닥만 한 부위만 남기고 나머지는 전부 까맣게 변해 버린 것을 확인했습니다.

―그럼, 마침내 오늘 밤인가?

저는 두툼한 잠옷으로 몸을 감싸고 그자의 이부자리 아래쪽에 앉아 한밤중이 되기를 기다렸습니다. 진눈깨비는 밤중에 그쳤지만 드넓은 주만쓰보를 휩쓸고 지나가는 바람 소리가 영 불길하고 쓸쓸하게만 들렸습니다.

그날 밤 나타난 그림자는 열두세 살쯤 돼 보이는 아이의 모습이었습니다. 아이가 나타난 것은 처음이었습니다. 요노스케의 얼굴 옆에 앉아 뼈만 남은 팔을 뻗어 작은 손으로 그자의 정수리를 쓰다듬기 시작했습니다.

그림자의 모양은 어둠에 흐릿하게 배어 있어서 남자아이인지 여자아이인지 분간하기가 힘들었습니다. 어느 쪽이든 요노스케는 이런 아이까지 해치는 자였단 말인가 하는 생각에 새삼 화가 났습니다.

이걸로 끝이라는 생각이 들었고 불쌍하기도 하고 화가 나기도 해서, 제 마음을 저도 알 수 없었지만, 처음으로 그림자에게 말을 걸어 보았습니다.

―애야, 큰 소리로 원망하지 그러니?

아이 그림자는 손을 멈추고 저를 향해 얼굴을 돌린 것 같았습니다.

머리칼을 묶고 한쪽으로 꼬아서 고정해 둔 머리 모양이었습니다. 가만 보니 다스키로 소맷자락을 매어 놓은 것도 알 수 있었습니다. 어깨가 깡마르고 가냘팠습니다. 아, 여자아이였구나, 하고 생각하니 가슴이 더욱 미어졌습니다.

　一죄송해요.

　그림자가 저에게 다소곳이 절을 한 듯했습니다.

　역시 어린아이, 여자아이의 목소리였습니다. 목소리가 작았다
는 것이 아닙니다. 이부자리를 사이에 두고 마주하고 있는데도
아주 먼 어디선가 들려오는 듯한 목소리였습니다.

　一원한은 많지만 적어도 삼도천 나루터까지 아빠 손을 잡아 주
려고 왔습니다.

　一오, 아빠였구나.

　가슴을 치는 무엇이 있었습니다.

　一너는, 요노스케의 딸이구나.

　예, 하고 그림자가 고개를 끄덕였습니다.

　一몇 살에 죽었니? 왜 죽은 거야? 이름은 뭐지?

　그림자는 대답 없이 고개를 숙이고 다시 요노스케의 머리를 쓸
어 주기 시작했습니다. 저도 말문이 막혀 여자아이가 요노스케의
머리를 쓰다듬는 것을 잠자코 바라보고 있었습니다.

　그러다가 작은 그림자의 손길이 멈추었습니다. 요노스케의 목
에서 울리는 휘익휘익 하는 소리도 그쳤습니다. 별채 처마 밑을
지나가는 바람 소리가 별안간 제 귀를 때렸습니다.

　여자아이는 손을 들어 요노스케의 얼굴을 살며시 손바닥으로
덮었습니다.

　끝났구나. 그렇게 생각하니 문득 견딜 수 없이 애처로워져서,

─너희 부녀를 위해 내가 뭐든 공양할 수 있는 것은 없을까?

제가 무릎걸음으로 조금 앞으로 나서자 그림자가 이쪽으로 얼굴을 돌린 듯했습니다.

─지켜보아 주셨으니 이제 충분합니다, 한키치 씨.

가만히 웃은 것처럼 보이던 그림자는 어느새 사라졌습니다. 눈을 깜빡이자 벌써 사라지고 없었습니다.

등불을 켜고 보니 요노스케는 머리끝까지 빈틈없이 까맣게 변해 있었습니다. 눈도 입도 닫혀 있었습니다. 딸이 해 놓은 것이지요. 요노스케는 잠든 듯한 얼굴로 숨을 거두었습니다.

제 이야기는 여기까지입니다만, 요노스케의 시신은 스즈초가 화장하여 제대로 장사 지내 주었습니다. 그 후 별채에나 은퇴한 노부부의 신변에나 이상한 일은 일어나지 않았습니다. 다만 이듬해 봄에 닥친 돌풍으로 그 별장은 허망하게 무너져 결국 철거되고 말았습니다.

제가 행수님의 등롱 가게로 돌아오자 점원들의 눈이 모두 휘둥그레지더군요. 그 이십일 동안 제가 몰라보게 수척해진 것입니다.

행수님만은 제 얼굴을 보고도 태연하셨습니다. 제가 요노스케의 최후를 알려 드리고 그자에 대하여 이것저것 묻자, 귀찮다는 듯이 묻는 말에만 대답해 주셨습니다.

─좋은 구경했구나. 그자는 우리 오캇피키의 나쁜 본보기다!

그러니 너는 앞으로 똑바로 해! 하는 호통을 듣고 저는 얌전히 목욕탕 가마 앞으로 돌아갔습니다.

아, 그리고 그 뒤 한동안, 이야기가 어떻게 새어 나갔는지 모르지만,

—망자가 이름을 부른 자.

라는 소문이 돌게 되었습니다.

모든 이야기가 끝나자 술이 준비되었다. 술자리를 벌이려는 것이 아니라 헌배를 하려는 것이다. 이즈쓰야 시치로에몬이 건배를 선창하자 좌중은 조용히 청주 잔을 입에 댔다. 윤기가 흐르는 고운 흑칠 술병과 술잔이었고, 청주에는 금박이 떠 있었다.

헌배가 끝나자 주관자는 자리에서 일어났다.

"그럼 부정을 씻겠습니다."

손님들을 향해 접시에 담긴 소금을 뿌렸다. 그러고 나서 자세를 바로 하고 상좌에 앉았다.

"덕분에 올해도 무탈하게 마음의 대청소를 마칠 수 있었습니다. 깊이 감사 드리는 바입니다. 다들 조심해서 돌아가시기 바랍니다."

하녀들이 손님 한 사람 한 사람에게 무늬도 화려한 보자기 꾸러미를 나누어 주기 시작했다. 묵직한 꾸러미였다.

한키치가 즐거운 표정으로 일러 주었다. "후카가와의 명물 가게 히라세이의 찬합이에요. 뚜껑을 열면 깜짝 놀랄 진수성찬이 삼단으로 쌓여 있죠. 저는 이게 낙이에요."

괴담 모임에 주안상을 내놓지 않는 까닭은 자리가 어수선해지는 것을 꺼리기 때문이리라. 차분하게 괴담 모임을 마치고 손님들에게는 호사스러운 선물 꾸러미를 안겨서 돌려보낸다.

"소란스럽게 술자리를 마련하는 것보다 세련된 취향이네요."

오카쓰의 말이 맞다고 오치카도 생각했다.

"이 모임이 끝나면 나리는 마음 맞는 동료들과 요시와라로 몰려가긴 합니다만."

그쪽은 또 그쪽에서 금화를 물 쓰듯이 해서 마음의 대청소를 하는 거죠, 하며 한키치는 웃었다.

이즈쓰야 시치로에몬은 방에 딸린 곁방에서 돌아가는 손님들을 배웅하고 있었다. 오치카도 오카쓰와 함께 공손하게 고맙다는 인사를 하며 고개를 숙였다.

"미시마야 아가씨, 이번만이 아니라 부디 다음번에도 와 주십시오."

묵직하게 빛나는 커다란 눈으로 오치카의 눈동자를 지그시 바라보며 주관자는 말했다.

"예, 고맙습니다."

"아가씨는 언젠가 한번 화자로 모시고 싶습니다. 괴담은 듣는 것도 좋지만 말하는 것도 좋거든요."

이 사람은 나에 대하여 어디까지 알고 있는 걸까. 어디까지 꿰뚫어 보고 있는 걸까. 그런 생각을 하지 않을 수 없었다. 오치카는 끌려들어가듯 대답했다.

"언젠가 좋은 이야깃거리를 찾으면 초청에 응하겠습니다."

"꼭입니다, 약속한 거죠?"

그제야 비로소 오치카는 이즈쓰야 시치로에몬이 걸친 긴 하오리의 소매 쪽에서 은은히 풍겨오는 백단 향을 느꼈다.

한키치와 아오노 리이치로가 지켜보는 가운데 오치카와 오카쓰는 가마에 올랐다. 선물로 받은 찬합은 미카와야가 미시마야로 배달해 주겠다고 하니, 역시 준비에 빈틈이 없었다.

눈은 괴담 모임이 진행되는 동안 계속 내린 모양이다. 지금은 잠시 멎었지만, 미카와야의 지붕도, 길도 새하얗게 변해 있었다. 두꺼운 구름은 솜을 쌓아 놓은 듯했지만, 거기서 하늘하늘 떨어지는 눈은 조그맣고, 밟으면 뽀득, 하는 소리가 났다.

허리를 숙이며 가마에 들어서는 순간 오치카는 문득 생각이 났다.

다리는 현세의 바깥과 통한다. 다른 곳에서는 접할 수 없는 것을 그곳에서는 만날 때가 있다.

"미안하지만 료고쿠바시 다리가 나오면 미리 일러 주시겠어요? 그곳에서 잠깐 멈췄으면 해서요. 오래 지체하지는 않을 거예요."

가마꾼은 수건으로 얼굴을 감싸고 목도리를 둘렀어도 추워 보였다.

"예, 알겠습니다요."

이런 상황에 익숙한 오카쓰는 오치카의 이런 요구에도 아무것도 묻지 않았다. 한키치와 리이치로는 의아해하는 얼굴이었다.

"왜 그래요, 아가씨?"

"아무것도 아니에요. 행수님, 작은 선생님, 오늘 즐거웠어요. 안녕히 가세요."

발을 내리고 다시 혼자가 되었다. 가마가 움직이기 시작하자 오치카는 조그맣게 한숨을 지었다.

기분 좋게 흔들리며 가는 동안, 오늘 오후에 들은 이야기들, 말한 마디 한 마디, 들으면서 마음에 떠오른 장면들이 가랑눈처럼 작은 알갱이가 되어 오치카의 마음속을 날아다녔다. 아오노 리이치로나 한키치나 이즈쓰야 시치로에몬의 다양한 표정도 떠올랐다.

―그다지 매끄럽게 대하지 못한 것 같아.

리이치로에 대해 그렇게 떠올렸다. 좀 더 재치 있는 말, 아가씨답게 예쁜 말들을 했으면 좋았을 텐데.

―하지만 나는.

역시 그건 너무 이른 걸까. 아니면 내내 이런 상태로 가야 하나?

"아가씨, 료고쿠바시 다리입니다."

가마꾼의 목소리가 들렸다.

"그럼 잠시 멈춰 주시겠어요?"

가마의 흔들림이 멎자 오치카는 비좁은 가마 안에서 신중하게 자세를 가다듬고 가슴 앞에 양손을 모았다. 눈을 감았다.

큰 목소리를 낼 수는 없지만 속으로 생각하는 것만으로는 통하지 않는다.

"미시마야의 오치카입니다. 아까 갈 때 저에게 말을 걸어 주셨지요. 그때는 실례했습니다. 오에이에 대해서는 부디 걱정하지 마세요. 미시마야에서 잘 보살피겠습니다."

눈을 뜨고 계속 말했다.

"혹시 괜찮으시면 모습을 보여 주시겠어요? 당신을 뵈었다는 것을 오에이에게도 들려주고 싶습니다. 부디 부탁드립니다."

가슴속에서 심장이 둑둑둑둑 뛰었다. 무서운 게 아니다. 다만 설렐 뿐이다.

오치카는 몇 번인가 가만히 숨을 고르고 나서 발을 잡아 손바닥 폭만큼 쳐들어 보았다. 가마 옆의 새하얀 눈길에 두 다리가 서 있었다.

조그마한 다리였다. 그리고 이것은 무엇일까, 짚으로 짠, 짚신과 각반이 하나로 이어진 무언가를 신고 있다. 에도에서는 볼 수 없는 것이지만 눈 많은 산골에서는 드물지 않은 것이리라.

—아아, 오셨구나.

오치카는 발을 조금 더 올려 보았다. 그러자 조각조각 이어 붙여서 색깔과 무늬가 어지럽게 뒤섞인 옷자락이 보였다. 솜옷이었다. 소매는 통소매였고 손끝은 그 소매 속으로 감춰져 있었다.

낡기는 했지만 따뜻해 보이는 솜옷이었다. 줄무늬, 가스리무늬_{붓으로 살짝 스친 듯한 잔무늬}가 들어간 다양한 천 조각을 이어 붙였는데, 오른쪽 앞자락에 있는 하얀색과 노란색 개망초 무늬가 눈에 잘 띄었다.

—어떡하지.

몹시 망설였다. 발을 조금 더 올려서 이쪽 얼굴을 보여 주면서 상대방 얼굴을 보아도 괜찮을까?

그렇게 망설이는데 손이 미끄러져 발이 툭 떨어져 내렸다. 얼른 다시 쳐들어 보았는데 거기에는 이미 아무것도 없었다.

오치카는 양손으로 가슴을 안았다. 얼굴은 볼 수 없었지만 인사는 할 수 있었다. 그것으로 충분했다.

"고맙습니다, 이제 됐으니 출발하셔도 좋아요."

따뜻한 마음을 꼭 품고서 오치카는 미시마야로 돌아갔다.

"잘 다녀왔어요, 하는 소리가 들린다 싶더니 벌써 이러고 있네."

오타미가 눈을 휘둥그레 떠 보였다.

"괴담 모임은 어땠니? 얘기 좀 들어 보자. 우선 차분히 앉아 보면 어떻겠니."

"나중에 다 말씀드릴 테니까, 숙모님, 그보다 먼저 오에이 좀 불러 주시겠어요?"

오치카는 후리소데를 갈아입으며 오타미를 몹시 재촉했다.

오에이는 오코치와 함께 목욕탕에서 막 돌아온 참이라는데, 볼의 붉은 기운이 더 심해져 있었다. 아가씨가 급하게 찾는다고 하므로 무슨 실수라도 저질렀나 하고 겁먹은 눈빛이었다. 같이 들어온 오코치도 볼이 굳어 있다.

"미안하구나. 꾸중하려는 게 아니야. 너한테 물어보고 싶은 게 있어서 그래."

서로 몸을 붙이다시피 하고 있는 모녀에게 오치카가 그 특이한 신발에 대해서 이야기했다.

"이렇게 생긴 신발인데—아마 정강이까지 다 들어갈 것 같아. 고향에서 흔히 사용하는 거니?"

오에이는 엄마 얼굴을 보았고, 오코치가 고개를 끄덕이며 대답했다. "그거라면 눈신발이군요."

"직접 만드세요?"

"그럼요, 우리는 다들 어릴 적부터 그런 신발을 짜는 방법을 배웁니다."

"오에이도 자기가 신을 것은 직접 만드니?"

오치카의 급한 물음에 오에이는 여전히 주눅이 들어 있었다.

"예."

"그렇구나. 다른 사람에게 짜준 적도 있니?"

이번에는 잠자코 고개를 끄덕인다.

"그럼 오코치 씨나 오에이는 천 조각으로 솜옷을 만든 적은 없나요? 통소매에다, 기장은 눈신발 위 정도까지 내려오는."

"그런 옷이라면 저희 고향에서는 눈이 많은 겨울에 다들 입어요."

"그렇군요. 그럼 혹시 앞부분의 이쯤에 하얀색과 노란색 개망초 무늬 조각이 들어간 솜옷을 만든 적이 있나요?"

오치카가 오비 아래 부분을 두드려 보이자 오에이가 눈을 휘둥그레 떴다.

"아아, 그거라면."

"알아?"

대답해도 좋을지를 묻는 것처럼 오에이는 엄마의 눈을 살폈다. 오코치는 아직 이해하지 못한 눈치였다.

"알면 가르쳐 줄래? 누가 입고 있었는지."

오치카는 열성적으로 몸을 앞으로 내밀었다. 오에이는 고개를 살짝 움츠린다.

"그 무늬는 제 오래된 여름옷에 있던 거예요. 여기로 오기 전, 엄마가 오코보 님께 솜옷을 지어 드릴 때 우리 집 헌옷을 풀어서 지으셨어요."

"오코보 님?"

이 물음에 오코치가 진지한 얼굴로 대답했다. "고향 마을 변두리에 있는 돌부처님입니다. 고갯길에 계시고 마을 사람들 모두가 인사를 드리지요."

"오코보 님은 불상인가요?"

"옛날 어느 마을 사람이 그 언덕에 쓰러져 계신 것을 발견했어요. 이만한,"

이렇게 말하면서 앉아 있는 오에이의 머리 높이로 팔을 들어 보인다.

"바윗덩어리였지만, 촌장님이 지장보살님이나 스님처럼 생긴 돌이니 함부로 하면 안 된다고 하셔서 그 자리에 모시게 된 겁니다."

역시, 그렇다면 '오코보 님'은 '고보시'^{고보시는 오뚝이를 뜻한다. 고보시에서}를 의미할 것이다.

고보를 따서 '오코보'란 이름을 만들었다는 뜻

"그렇군요. 아! 그랬군요."

오치카는 한없이 기뻤다.

"오에이도 늘 오코보 님께 인사드리며 지냈겠지?"

예, 하고 오에이는 고개를 끄덕였다.

"이번에 엄마와 함께 여기로 올 때도 오코보 님께 인사를 드렸니?"

오코치가 대답했다. "마을 사람들은 늘 오코보 님 앞에서 합장을 합니다. 고개를 넘어 마을을 떠날 때나 돌아올 때나."

오코보 님은 오에이를 비롯한 마을 사람들의 작은 수호신이었던 것이다.

"올해부터는 오에이도 돈 벌러 에도로 가니까 둘 다 건강하게 일할 수 있게 해 주셔요, 하며 오코보 님께 솜옷을 지어 드리고 치성을 드리고 온 거겠죠?"

"그렇습니다만."

그럼 안 되나요? 하는 오코치의 목소리가 주눅이 들며 작아진다. 오에이도 거반 울상을 지을 참이었다. 이런, 이런.

"안 되다니요! 미안해요, 이상한 걸 캐물어서."

오치카는 웃으며 사과했다.

"오코보 님은 따뜻한 솜옷을 입으셔서 기뻐하고 계셔."

오치카는 오에이의 작은 손을 잡았다.

가랑눈 날리는 날의 괴담 모임 • 297

"오코보 님은 늘 오에이를 지켜 주시지. 그러니 열심히 지내. 새해가 오면 나랑 같이 바느질을 배우자."

모녀를 물러가게 한 뒤 오타미와 오카쓰와 오치카만이 남았다. 오타미가 눈을 희번덕거렸다.

"방금 그건 무슨 얘기니, 오치카?"

이야기해 버리기는 역시 아깝다. 오치카는 즐거워서 혼자 쿡쿡 웃었다.

"어머, 왜 이러냐. 오카쓰는 또 뭐니, 빙글빙글 웃고. 방금 그게 무슨 얘긴지 아는 거니?"

"아뇨, 저도 전혀 모릅니다, 마님."

평상복으로 갈아입은 오카쓰는 담담한 얼굴로 웃고 있다.

"하지만 아가씨가 이렇게 즐거워하시니까 아마 좋은 이야기겠지요. 그보다 미카와야에서 찬합이 도착할 때가 다 됐을 거예요. 거물 이즈쓰야 씨가 어떤 선물을 보내 주셨는지 열어 봐요."

"그래, 그게 좋겠어요."

오치카는 먼저 일어났다. 일어나는 김에 창으로 다가가 열어 보았다.

"어머, 또 내리네."

창밖의 밤하늘은 하늘에서 쌀가루를 뿌리는 듯한 풍경으로 변해 있었다.

이 눈길을 작은 눈신발로 아장아장 밟으며 오코보 님이 산에서 내려오셨다. 난생처음 돈 벌러 나가는 마을 아이를 걱정해서

에도까지 찾아오신 것이다. 미시마야뿐만 아니라 마을 아이가 가 있는 곳이면 어디든 그렇게 찾아가실지 모른다.

─에도에도 이렇게 큰 눈이 내리나, 하고 깜짝 놀라셨겠지.

오치카는 눈 내리는 풍경을 보며 미소를 지었다.

괴이한 일이라면 이것도 괴이한 일이다. 하지만 좋지 않은가. 연말 대청소가 끝난 마음의 들보에 청량한 흰 눈이 내리는 것 같 아서 기뻤다. 그 눈의 따뜻함이 오치카의 마음에 스며들었다.

겨울은 아직 한창이었다.

리사·
피슬

미시마야에 와서 두 번째 정월을 맞아, 오치카도 한 살을 더해 열여덟 살이 되었다.

설 동안_{설을 맞아 출입문에 소나무가지를 장식하는 관습이 있는데, 그 기간은 지방에 따라 칠 일 혹은 십오 일이다}에는 어느 가게나 바쁘다. 새해 인사도 다녀야 하고, 새해 인사를 하러 오는 손님도 대접해야 한다. 미시마야는 삼일 아침부터 문을 열고 장사를 시작한다. 새해를 맞아 간지가 변하므로 자잘한 잡화나 주머니 따위도 간지에 맞게 바꾸려는 멋 내기 좋아하는 손님들이 찾아오기 때문이다.

정월 초부터 바쁘니 얼마나 좋은가. 들뜬 기분과 새해 첫날부터 청명한 날씨 덕분에 오치카의 마음도 한결 새로워진 기분이었다. 작년 가을, 흑백의 방에 예고도 없이 들이닥친 진베에라는 관리인 노인에게 괴담을 들었는데, 그 참담한 내용도 내용이려니와 괴담을 마친 노인이 반야로 끌려가는 모습을 보면서 마음고생이 심했다. 그 마음도 이제야 기운을 차리는 듯했다.

그 뒤로 내내 비워 둔 흑백의 방에도 이제는 다음 손님을 초청하자. 오치카의 그런 마음을 들여다보기라도 한 듯이 직업소개소의 도안 노인이 변함없이 두꺼비 상을 하고서 미시마야에 찾아온 것은, 마침 가가미비라키설 동안 신이나 부처에게 공양하기 위해 도코노마에 차려 두었던 가가미모치라는 찹쌀떡을 먹음으로써 무병장수를 비는 것 날이었다.

그날 두꺼비 도사의 얼굴은 썩 좋지 못했다. 오치카의 새해 인사도 건성으로 흘려듣는 눈치였다.

"오늘은 어딜 가나 이걸 피할 도리가 없겠구먼."

이 집 구조를 훤히 아는 사람답게 이헤에의 방에 거침없이 들어가 화로 앞에 떡하니 자리를 잡고, 안 그래도 주름살투성이인 콧등에 더욱 주름을 지으며 말했다.

무엇이 노인을 언짢게 하는지, 오치카는 주위를 살펴보았다.

"이거라면, 무엇을 말씀하시는지요?"

"팥 삶는 냄새!"

킁킁거릴 것도 없이 당연히 부엌에서 풍겨나는 냄새이다. 가가미비라키이므로 팥죽을 쑤는 중이다찹쌀로 빚는 가가미모치는 팥죽에 새알심으로 넣는다. 미시마야는 직인과 침녀 들까지 합치면 살림도 큰살림이라 끓여야 할 팥죽 양도 많다. 해서 아침부터 오시마가 큰솥을 상대로 씨름하는 중이다.

"팥죽을 싫어하시나요?"

두꺼비 도사가 눈을 부라렸다. "팥죽이야 좋아하지요. 단것은 정말 좋아합니다."

"그런데."

"팥죽 냄새와 팥죽 쑤기 전에 팥 삶는 냄새는 별개지요."

그런가?

"세상에는 그런 게 드물지 않습니다. 생선 초밥은 좋은데 초밥용 밥 짓는 냄새는 싫다는 사람도 있고 메밀국수는 좋아도 메밀 삶을 때 피어오르는 김의 냄새는 질색이라는 사람도 있습니다."

도안 노인은 오치카에게 뭔가를 가르칠 때면 짐짓 정중한 말투로 변하곤 한다. 그래서 더 짓궂게 들린다.

"어떡하죠, 창문을 열면 추울 텐데."

"용건을 얼른 마치도록 하지요. 아가씨도 이제 한 살 더 먹었으니 매사 순조롭게 처리하지 않으면."

"어 하는 사이에 시집도 못 가고 늙어 버리겠죠."

두꺼비 도사는 뚱한 얼굴로 차를 마셨다. 선취점을 올려서 오치카는 조금 기분이 좋았다.

"해서, 다음 손님 말인데요―."

"새해 첫 손님이군요. 가슴 설레며 기다리고 있었어요."

"괴담에 가슴이 설레다니, 정말이지 아가씨는 혼담에서 점점 멀어지고 있네요."

일일이 짓궂게 말한다.

"내일, 약속을 잡아 두었습니다. 이번 손님은 칼 두 자루를 차시는 분입니다. 결례가 없도록 잘 대접할 수 있겠어요?"

"무사 나리라면 이미 대접해 본 적이 있으니까요."

"그건 낭인이었죠. 무사가 아니라 습자소 선생이고. 이번 손님
은 진짜입니다."

근번勤番 무사라고 도안 노인은 말했다. 참근 교대각 번의 다이묘들을 한
해 걸러 에도로 올라오게 하여 중앙 정권의 통제하에 두었다를 위해 상경하는 번주를 수
행하며 에도로 올라오는 무사를 말한다.

"옥색 안감아사기우라. 연두빛 안감을 댄 옷. 시골에서 에도로 올라온 무사를 업신여기며 이르
는 말이긴 하지만 시골뜨기라고 무시하면 안 돼요. 그런 사람들은
에도 사람들에게 얕보이지 않으려고 더 거만하게 굴기 마련이라
비위 맞추기가 여간 까다로운 게 아닙니다. 그러면서도 인색하기
는 또 얼마나 인색한지, 푼돈 몇 푼에 쌍심지 세우며 난리를 피우
고."

도안 노인은 심하게 말하고 있다.

"저도 시골 출신인걸요. 화자로 오시는 손님이 어디 출신인지
는 전혀 개의치 않습니다. 그런데 도안 씨, 에도 근번 무사의 귀
에까지 들어갈 만큼 이 괴담 자리를 알리고 다니시나요?"

오치카로서는 그쪽이 훨씬 더 걱정스러웠다. 그러자 두꺼비 도
사는 노골적으로 그게 무슨 소리냐는 표정을 지었다.

"제가 알린 게 아니에요. 그 가와라반 탓이지."

벌써 두 달이나 지난 일이지만, 미시마야의 변조 괴담과 이야
기를 듣는 역할을 맡은 오치카가 가와라반에 소개된 것이다.

어이쿠, 그게 여전히 말썽이네.

"제가 원해서 실린 게 아닙니다. 숙부님이 하도 부탁하셔서 받아들인 것이에요."

변명조로 말하는 것이 스스로 생각해도 싫었다.

"에도 근번 무사가 그런 것도 보나 봐요."

"촌뜨기일수록 에도에 대해 궁금해하거든요. 그런 사람들은 호기심이 유난해요."

말이 점점 심해진다. 이 노인은 근번 무사에게 무슨 앙심이라도 있는 걸까.

"굳이 말할 것도 없는 일이지만, 화자가 그런 사람이니까 신상이나 이름은."

"네, 묻지 않을게요."

"그렇게 넙죽넙죽 대답하는 거 아닙니다. 무슨 대답을 공 튕겨 나오듯 하누."

두꺼비 도사는 그렇게 타박하며 눈에 힘을 주고 오치카를 쏘아보았다. 이렇게 코앞에서 들여다보니 직업소개소 노인의 눈은 영락없는 삼백안_{눈동자가 위로 치우쳐 눈동자의 좌우와 아래쪽의 흰자위가 두드러져 보이는 눈으로, 흉상으로 친다}이다.

"―웃으면 안 됩니다."

"네?"

"손님 얘기를 듣다가 웃는 사태가 있어서는 안 된다고요. 내 분명히 말했습니다! 아시겠죠?"

흑백의 방에서 오치카가 듣는 괴담 중에는 본래부터 우스운 이야기가 없다. 그 정도는 두꺼비 도사도 잘 알 텐데 왜 새삼 다짐을 놓는지 의아했지만, 물어보면 또 번거로워질 것 같았다.

"명심하고 또 명심하겠습니다."

오치카는 얌전히 고개를 숙였다.

그리고 당일이 되었다.

흑백의 방을 찾아온 손님은 뜻밖에 새파란 무사였다. 젊어도 한참 젊다. 가녀린 체구에 피부도 희고 얼굴선도 아직 매끈하다. 오치카는 정중하게 인사한 뒤 늘 하던 대로 설명을 시작하면서,

—작은 새 같은 분이네.

하고 몹시 실례되는 생각을 하고 말았다. 나이는 스무 살이나 되었을까, 그보다 조금 위인지도 모르지만, 작은 체구 탓에 소년처럼 보이기도 한다.

청년 무사는 줄무늬 지리멘으로 된 옷으로 가볍게 차려입었다. 시로타비를 신었지만 평상복 차림이었다.

정월에는 길조를 부르는 물건들을 두는 것이 좋다고 해서 오늘은 도코노마에 칠복신 족자를 걸어 두었다. 히젠야키 꽃병에 소나무와 남천을 꽂아 은은한 향이 풍겨나게 했다. 도안 노인이 '그건 낭인이잖아요'라고 매정하게 말한 아오노 리이치로가 여기 왔을 때는 너무 화려하고 요란한 칼 받침대만 있었기에, 그 뒤 적당히 고풍스러운 흑칠 칼 받침대를 마련해 두었다.

청년 무사는 거기에 칼 두 자루를 놓고 화자의 자리인 상좌에 앉았는데, 자세는 훌륭하나 어딘가 안정감이 없어 보였다.

—이런 분이니까 도안 씨도 행여 결례가 없도록 조심하라고 다짐을 놓았구나.

하지만 정작 노인 자신은 '옥색 안감'이니 '호기심이 유난하다'느니 하며 업신여기는 말을 함부로 늘어놓았다. 그것도 이분이 젊은이였기 때문이었다.

오시마가 들어와 다과를 내놓고 나갔다. 옆방을 구획한 장지 너머에서는 평소처럼 오카쓰가 대기하고 있다. 괴담을 시작할 준비는 다 끝났다. 오치카는 숨을 고르고 청년 무사와 마주했다.

침묵이 내려앉았다.

청년 무사는 여전히 눈동자를 불안정하게 움직이고 있었다. 파르스름해 보이는 매끈한 사카야키_{에도 시대에 성인 남자가 이마에서 정수리까지 머리를 민 것}에 살짝 땀이 배어 있는 듯했다.

"오늘 미시마야에 와 주셔서 깊이 감사드립니다. 손님의 이야기를 들어 드릴 오치카입니다."

얼른 대답이 오지 않아 다시 한 번 인사하며 고개를 숙여 보았다. 그러자 청년 무사도 황망히 고개를 숙였다.

아까부터 오치카의 얼굴을 똑바로 보려고 하질 않는다. 오치카의 시선을 피하려는 것 같았다.

어떻게 이야기를 꺼내야 하는지 모르는 걸까? 아니면 워낙 입이 무거운 분? 그러고 보니 오시마의 안내를 받아 흑백의 방으로

들어왔을 때도,

"실례."

하고 모기만 한 소리로 한 마디 했을 뿐이었다.

"저, 미시마야의 괴담은 이 흑백의 방에서만 오가는 이야기입니다. 말하고 버리고, 듣고 버리는 것을 규범으로 삼고 있지요. 또 나리의 성함이나 지위도 밝히실 필요가 없습니다. 이야기 속에 등장하는 분의 성함도 마찬가지입니다."

조금 전에도 설명했지만 다시 한 번 반복했다. 이야기를 듣는 역할인 오치카로서는 이렇게 유도해 주는 것 말고는 달리 방법이 없었다.

그래도 청년 무사는 입을 다물고 있다.

"직업소개소 도안 씨도 말씀드렸을 줄 압니다만, 저는 미시마야 주인 이헤에의 대리로 이렇게 들어 드리는 역할을 맡고 있습니다."

그래도 청년 무사는 침묵을 지켰다. 잠시 기다려 볼까, 하고 오치카도 잠자코 있는데 청년 무사의 이마와 볼과 귓불이 점점 홍조를 띠어 갔다.

—화가 났나?

"본래대로라면 주인 이헤에가 직접 인사드려야 마땅한데, 엄청난 결례임은 알고 있습니다만,"

하는 수 없이 다시 사과를 하는데 청년 무사가 오른손을 허우적거리듯이 쳐들어 오치카의 사과를 말리는 시늉을 했다. 그런가 싶더니 그 손이 하릴없이 떨어져 주먹을 꽉 쥐었다. 고개를 푹 숙이고 얼굴은 더욱 붉어진다.

—이런, 어떻게 하지?

청년 무사의 가녀린 어깨가 희미하게 흔들리고 있었다. 사카야키가 땀으로 번들거리기 시작했다.

"저어, 나리."

결국 몸을 낮추며 앞으로 내민 오치카 앞에서 청년 무사는 부르르 진저리를 치더니 작심한 듯이 얼굴을 들고 입을 열었다.

"우사스런 꼴 보이가 미안합니더."

조금 전에 말한 '실례'보다 훨씬 힘이 들어간 목소리였는데, 이것이 본래 그의 목소리일 것이다. 작은 새 같은 외모와 어울리지 않는—이라고 하면 역시 실례가 되겠지만, 탄력 있고 늠름한 음성이었다.

청년 무사는 '아, 이런!' 하는 표정을 지었다. 어제 오치카도 도안 노인에게 가와라반 이야기를 들었을 때 이런 표정을 지었을 듯하다. 그리고 지금 오치카는 그저 당황하고 있었다.

뭐지, 방금 그 말은?

청년 무사는 이제는 숫제 데친 문어 꼴이었다. 귀 끝까지 새빨개졌다.

"아아, 우야꼬."

한 손으로 자기 얼굴을 가리며 신음처럼 한 마디 하고는 몸을 움츠린다.

"이래가 쓰것나. 이럴 거면 만다꼬 왔는지."

말투와 몸짓으로 추측건대 자책하는 듯했다.

오치카는 멍하니 앉아 있었다. 청년 무사의 말은 알아듣지 못했다. 하지만 도안 노인이 왜 그렇게 다짐을 놓았는지는 알 수 있었다.

사투리 때문이었다.

이분의 사투리가 심하니 이야기를 듣다가 웃지 말라고 경고했던 것이다.

눈앞이 밝아진 기분이었다. 그 순간 오치카는 도안 노인이 안 된다고 경고한 그 행동을 하고 말았다. 깜빡하고 웃어 버린 것이다.

"아, 나리."

죄송합니다, 하며 얼른 고개를 숙였다.

"부디 신경 쓰지 마십시오. 저는 나리께서 편한 말로 해 주셔도 괜찮습니다."

진지하게 미안해하는 모습을 보여 주는 것이 좋겠지만, 눈앞의 청년 무사가 분한 마음과 수치심으로 전전긍긍하는 것이 애처로워서 아무래도 진지한 표정이 만들어지지 않았다.

"하지만 이카믄."

작은 새 같은 인상의 청년 무사가 얼굴을 잔뜩 일그러뜨리고 있었다. 꼬마라면 울기 직전이라고 해야 할 정도였다.

"이바구를 몬 알아들어—아, 아니, 아니."

주먹으로 이마를 벅벅 문지르고 숨을 고르고 나서 청년 무사는 간신히 고쳐 말했다.

"이야기를 알아들을 수 없지 않겠습니까."

오치카는 방긋 웃어 보였다.

"이해 안 되는 말씀이 있으면 제가 물어보겠습니다. 계속 듣다 보면 저도 조금씩 나리의 고향 사투리에 익숙해질 테고요."

"예……."

젊은 무사는 길게 한숨을 지었다. 미간의 주름이 깊고 입가가 어색하게 움직인다.

"저는 에도 근번이 이번으로 두 번째입니다."

오, 사투리가 아니네.

"그래도 지난번 근번 때부터, 에도에 오래 근무한 상사上±에게 에도 말을 배우며 말할 수 있도록 노력해 왔습니다."

조금씩 끊어 가며 신중하게 말을 이어 나간다. 이제 겨우 두 번째 상경이라면 오히려 에도 말을 썩 잘하는 편이 아닌가. 젊으니까 빨리 익히는 것이다.

"하지만—이런 자리에서는 완전히 머리가 텅 비게 되어서, 말문이 막혀 버리면."

고향 사투리가 먼저 튀어나오고 마는 것이리라.

"실은 저도 에도 출신이 아닙니다. 저희 집안은 가와사키 역참 마을에서 여관을 하고 있습니다" 하고 오치카는 말했다. "가와사키는 큰 역참이라 여러 지방에서 다양한 손님들이 오셔서 다양한 사투리를 들려주십니다. 그것이 귀에 익어서 그리 놀랍지 않습니다."

"하아" 하며 청년 무사는 다시 한숨을 짓는다. "아까 그 말은, 이래서는 곤란하다, 내가 무엇을 하러 왔는지 알 수가 없지 않는가, 라는 말이었습니다."

"예, 알겠습니다."

그렇게 대답하며 오치카는 청년 무사의 얼굴을 보았다.

"그렇게 가르쳐 주시면 괜찮아요. 그렇지요?"

청년 무사는 주뼛주뼛 오치카를 바라본 뒤 냉큼 시선을 돌리고 땀이 난 이마에 주먹을 댔다. 이 또한 아이 같은 몸짓이다.

"저는—아카기 신에몬이라고 합니다."

청년 무사는 작은 소리로 말했다. 오치카는 밝게 응했다.

"잘 오셨습니다, 아카기 나리."

지켜보는 가운데 청년 무사의 이마와 볼에서 홍조가 가시고 있었다. 아담한 이목구비였다.

"일설에 따르면 아카기라는 성의 뿌리는 고즈케 지방에 있다고 들었지만, 오슈 지역에도 이 성을 쓰는 사람이 많습니다. 저도 그렇습니다만."

"아카기 나리는 북쪽 출신이시군요."

"이래 시부지기 말해도—아, 아니, 이 정도로 대강 이야기해도 되나요?"

그가 속한 번이나 모시는 가문의 이름을 밝혀서는 곤란할 것이고, 들을 생각도 없었다. 다만, 아마도 이야기의 무대가 될 지방의 기후나 풍토가 나오는 것은 어쩔 수 없다.

"이맘때에 아카기 나리의 고향에는 여전히 눈이 많이 쌓여 있나요?"

아카기 신에몬은 힘주어 고개를 끄덕였다.

"그야 고마 어구야꼬―아, 아뇨, 대단한 폭설이 내립니다."

오치카는 미소를 지었다. "얼마나 많이 쌓이나요?"

"으음, 그쪽의―."

"오치카입니다."

"오치카 님의 키보다 더 높이 쌓이죠. 한 달에 보름 정도는 눈이 내립니다. 날이 맑아도 강풍이 오면 눈보라 현상이 일어나요."

땅에 쌓인 눈이 강풍에 날려 마치 하늘에서 내리는 듯한 풍경이 된다고 한다. 신에몬은 손짓까지 곁들여서 가르쳐 주었다.

"그럼 아주 춥겠군요."

"입김이 얼 정도입니다."

그렇게 말하고 조금 주저하듯이 뜸을 들였다가 신에몬은 다시 계속했다. "내가 알라 때는 갱분에 나가 풍연을 띄우는데 실이 철사맹키로 변해서 고마 식겁했다 아입니꺼."

일부러 사투리로 말한다. 좋아, 이쯤에서 알아듣는다는 걸 보여 줘야 면목이 서겠지.

"아카기 나리가 어렸을 적에."

네, 네, 하고 신에몬이 고개를 끄덕인다.

"강가에서 뭔가를 띄우는데, 실이─얼어버리는군요?"

"그래요, 그겁니다. 철사맹키로 변했다는 것은 철사처럼 꽁꽁 얼었다는 말입니다."

신에몬이 기뻐했다. 오치카도 더욱 즐거워졌다.

"강가에서 실을 이용해서 올리는 거라면, 연이겠군요?"

"네, 연입니다, 연 맞아요."

"강가에서 연을 띄웠는데 실이 얼어 버려서,"

고마 식겁했다는 말은,

"깜짝 놀랐다?"

"잘 알아들으시네요."

신에몬은 웃으면 더욱 동안이 된다.

"그때는 아버지도 놀라시더군요. 그 지방에서도 연실이 얼어붙을 정도의 추위는 수십 년 만에 처음이라고."

신에몬의 말투가 문득 가라앉았다. "아버지는 재작년 이월에 가셨습니다."

타계했다는 것이다.

"뭐라고 위로의 말씀을 드려야 할지."

오치카가 차분하게 고개를 숙였고 신에몬은 고개를 끄덕여 응했다.

"그리고 며칠 전에 어머니도 돌아가셨습니다. 바로 이레 전에."

오치카는 정말로 놀랐다. 저도 모르게 어조가 높아졌다. "어머니께서요? 바로 이레 전에?"

"예."

"그렇다면 아카기 나리, 고향으로 돌아가셔야 하는 것 아닌가요?"

지금 괴담이나 하고 있을 때가 아닌 것이다.

"나리의 고향까지 며칠이나 걸리는지—."

그렇게 말하다가 입을 다물었다. 그것을 물으면 고향이 어디인지 대략 알 수 있게 된다.

주춤하자 아카기 신에몬은 눈가로만 웃음을 지으며 가볍게 고개를 저었다.

"제 고향은 아주 멉니다."

에도 말로 말할 때는 마치 방금 배운 사람처럼 글을 낭독하는 듯한 말투가 된다. 지금은 그래서 더욱 슬픔이 배어 있다.

"고향을 떠날 때 어머니는 이미 아프셨습니다. 아마 이게 마지막이겠구나 하고 각오한 바였습니다."

한 마디, 한 마디를 꼭꼭 씹듯이 말한다.

"어머니 부고를 어제 받았습니다. 그만큼 먼 곳입니다."

세상에 하나밖에 없는 어머니가 이레 전에 이승을 떠났다는 사실을 어제가 돼서야 알았다.

"게다가 우리 집—고향에서는 제 어머니가 맡으신 소임과 같은 소임을 맡은 사람이 타계할 경우, 가족이라도 남자들은 장례에 참가하지 못합니다. 여성들만 망자를 보내 드릴 수 있지요. 우리 집안에서는 누이동생이 어머니의 장례에 참석했습니다."

오치카는 눈을 살짝 크게 떴다.

"아카기 나리의 어머님은 뭔가 중요한 일을 맡으셨나 보군요?"

신에몬은 말없이 턱을 당기듯 고개를 끄덕였다.

"그것은 제가 사는 지역의 비밀입니다."

글을 읽는 듯한 말투에 일말의 묵직함이 더해졌다.

"입 밖에 내서는 안 되는 일이지만."

오치카는 말없이 다음 말을 기다렸다.

"어무이가 욕본 게 알려지지 않고 끝난다는 것이 못 견디게 서거퍼서."

신에몬은 눈을 바쁘게 깜빡거리며 그렇게 나지막이 말했다.

"어머니 이야기를 누구한테든 하고 싶어졌습니다."

어머니의 고투가 아무에게도 알려지지 않은 채 끝난다고 생각하니 서글퍼서.

"입을 다물고 있자니 가슴만 답답하고."

신에몬은 슬픔을 견디고 있었다.

"말하면 안 되는 이야기입니다. 하지만 말하고 싶었습니다."

"그래서 저희 변조 괴담 자리를 떠올려 주셨군요."

신에몬은 고개를 끄덕였다. "소문을 들었으니까요."

간다 미시마초의 주머니 가게 미시마야가 색다른 이야기를 모으고 있단다. 그곳에서 나온 이야기는 결코 밖으로 흘러나가지 않는다고 하더라.

"에도 번저번주가 에도에 마련한 저택 안에 자리한 나가야에서, 조후참근교

^{대를 하지 않고 에도에 상주하는 자} 동료가 가와라반을 보여 주었습니다."

가와라반도 도움이 될 때가 있었던 것이다.

"이미 소문을 들었지만 좀처럼 그 가와라반을 볼 수가 없었거든요. 동료가 그걸 소중하게 챙겨 두고 있다고 하기에 한참을 졸라서 겨우 얻어 봤지요."

아아, 이렇게 부끄러울 수가. 이제 오치카의 얼굴이 빨개지려고 했다.

"아카기 나리, 흑백의 방에서 들은 이야기는 넣고 봉해 버립니다. 저의 이 가슴속에. 확고하게 약속드릴 수 있답니다."

아카기 신에몬의 눈이 깜빡임을 멈추었다. 조금 젖은 듯한 눈이 오치카를 보았다.

"제 어머니가 맡았던 소임을 아버지는 알고 있었을 겁니다. 하지만 어머니가 그 소임 때문에 목숨을 걸고 일하는 모습은 아버지도 본 적이 없다고 생각합니다. 그 정도로 비밀에 부쳐온 소임이었지요."

말하고 싶다. 하지만 말해서는 안 되는 비밀이다. 그저 세간의 소문만 듣고 찾아와 이렇게 생판 타인에게 다 털어놓아도 될까? 아니, 생판 타인이기 때문에 괜찮지 않을까. 아카기 신에몬의 망설이는 마음이 오치카에게는 빤히 보이는 것 같았다.

"아카기 나리의 누이분은 나이가 어떻게 되시나요?"

"—열여덟입니다만."

오치카는 미소를 지었다. "저도 열여덟입니다. 그래서 다른 뜻

이 있는 게 아니라, 주제넘은 말일지도 모르지만 저를 누이동생
이라 여기시고 그리운 어머님 이야기를 해 주시는 것은 어떨지
요?"

신에몬은 고개를 조금 기울이고 오치카를 바라보았다. 아마 고
향에 있는 누이동생 얼굴과 오치카를 겹쳐 보고 있을 것이다. 오
치카는 움직이지 않고 가만히 있었다.

신에몬의 눈가가 부드럽게 변했다. "그래요. 좋은 생각입니다."

놀라운 이야기가 되겠지만, 이 오빠가 하는 말을 잘 들어 보렴.

"저는―."

말을 시작하다가 이건 아니라는 듯이 고개를 가로젓고 헛기침
을 한 뒤 다시 이야기를 시작했다.

"나는 어렸을 적, 열 살 정도가 될 때까지 그랬다는 말이지만,
얄피리한 아이였어요."

"아카기 나리는 열 살 때까지만 해도―."

"얄피리하다는 말은,"

신에몬은 잠깐 생각하며 미간을 찡그렸다.

"몸이 작고 힘이 약했다는 말입니다."

신에몬은 지금도 단단해 보이지는 않는다. 어릴 적에는 더 약
했을 것이다.

"아카기 가의 말이지만, 아들이 이렇게 얄피리해서는 아무것도
안 되겠다면서 여섯 살 때 외가 쪽 먼 친척에게 보내졌습니다. 아

마기무라라는 산골 마을이지요."

"어린 나이에 외가 쪽 친척에게 맡겨지셨군요."

주군의 에도 상경을 수행하고 있으니, 아카기 가는 마을이 아니라 성안에서 일하는 위치에 있을 것이다. 그렇다면 집과 가족도 조카마치에 있다. 어린 신에몬만 조카마치에 있는 집을 떠나 말하자면 요양을 위해 산골로 가게 된 것이다.

"아카기 나리가 튼튼해질 때까지 물 좋고 음식 좋은 곳에서 자라게 하자는 부모님의 배려이셨군요."

"그게 아니고—."

신에몬이 말끝을 흐렸다.

"그러기 한 해 전 봄에 누이동생이 태어났는데, 어머니가 갓난아기에게 전념할 수 있게 손이 많이 가는 약해 빠진 나를 다른 데로 보내자는 이야기가 나왔던 겁니다."

"하지만." 오치카는 말문이 막혔다. "아카기 나리는 가문을 승계할 적자이신데."

누이동생을 잘 키우기 위해서라지만, 약하고 손이 많이 간다며 장남을 다른 데로 보낸다? 이야기가 거꾸로 된 것 아닌가. 무가에서는 적자를 다른 어느 형제자매보다 귀하게 여긴다.

오치카가 너무나 놀란 모습을 보였기 때문인지 신에몬이 달래는 손짓을 했다. 부드럽게 일러 주는 듯한 말투로,

"고향에서는 집안을 잇는 데는 여자가 더 '대단한' 경우가 있습니다. 고향에서 '대단하다'는 말은 중요하다, 중요한 위치에 있다

는 뜻입니다."

중요한 위치. '어머니가 맡았던 소임'이라는 그 말.

"매년 구월 초하루에 여자들만 참가하는 제사가 있어요. 절이 나 신사, 혹은 시중이나 촌락의 우두머리 집에 모여서 여자들끼 리 시끌벅적하게 놉니다."

오치카는 잠시 생각했다. "그 일도 앞으로 말씀하실 비밀과 관 계가 있나요?"

신에몬은 고개를 끄덕이며 오치카의 얼굴을 보다가 문득 표정 이 부드러워졌다.

"역시 오치카 님은 에도 사람이군요. 북쪽 지방에서는, 조카마 치보다 산골 생활이 훨씬 디다 아임니꺼."

"디다?"

"힘들다. 괴롭다."

그렇구나, 하고 오치카도 깨달았다.

시중보다는 외진 산골이 물과 음식이 좋으니 아이가 성장하는 데도 좋을 것이라고 말하지만, 아무래도 이는 시중에 사는 사람 들의 턱없이 안이한 생각이다. 정말로 자연이 혹독한 곳에서는 어른이나 아이나 산골보다는 조카마치에서 사는 게 편한 것이 사 실이다. 시골에서 요양하면 좋다고들 하지만 실정을 모르는 소리 다.

저도 에도 사람은 아닙니다, 시골 사람입니다, 라고 자랑스러 운 표정으로 말했던 오치카이지만, 북쪽 지방의 생활에 대해서는 아무것도 모른다. 문득 그런 점이 드러나고 만 꼴이었다.

"분명 그렇겠지요. 실례했습니다."

신에몬은 부드럽게 웃었다.

"나는 울면서 집에 갈래, 엄마한테 갈래, 하고 보채다가 얼마나 혼났는지 모릅니다."

울보라, 집이 그립다고 울고는 자주 야단맞았다. 그가 겸연쩍은 듯이 말했다.

"그래도 의외로 먹는 것도 입는 것도 부족하지 않았고 잇페온지도 잘 보살펴 주었습니다."

"잇페온지?"

"내가 간 아마기무라에 있는 집은, 어머니의 이종사촌인 쇼잇페이라는 사람의 집입니다. 그분은 산림계 두령인데, 그 지역 산림 일꾼들을 지휘하는 사람입니다."

쇼잇페이. 드문 이름이라 또 오치카가 당황할 거라고 알고 있기 때문이리라. 신에몬은 다시 한 번 천천히 말해 주었다.

"내 고향은 편백의 산지입니다. 사람들은 산에 들어가 편백을 가꾸고 벌채하는 일로 백 년도 넘게 먹고살았습니다. 산에서 일하는 산림 일꾼들이야말로 이 지역의 보물이지요."

"아카기 나리의 고향에서는 산에서 일하는 분들이 대단하신 거군요. 아, '대단하다'는 말은."

"중요한 사람들이라는 뜻으로 하신 말이겠죠."

"예, 그렇습니다."

"산림계 두령은 대대로 '헤이^{乎}' 혹은 '페이^{乎}'로 끝나는 이름을 갖습니다. 쇼이치^{庄一}라는 산림 일꾼이 두령이 되면 쇼잇페이^{庄一乎}가 되는 것이지요."

이해가 되었다.

"히라^{乎}한자 乎은 훈으로 읽으면 '히라'. 음으로 읽으면 '헤이' 혹은 '페이'가 된다란 산을 개발한다는 뜻이고, 산을 개발한다는 것은 편백이 알아서 자라는 곳이 아니라 묘목부터 심어서 편백이 자라는 산으로 만든다는 뜻이며, 그렇게 개발한 산을 헤아릴 때 '히토 히라^{一乎}', '후타 히라^{二乎}' 하고 불렀지요. 그 '평' 자를 산림계 두령 이름에 붙이다 보니 '히라'를 '헤이' 혹은 '페이'로 바꾸어서 읽게 되었습니다."

산림계 두령의 이름 중에는 '주고롯페이'라든지 '마타사부롯페이'처럼 발음하기 힘든 경우가 있어서, 마을 사람들은 산림계 두령이 다이칸쇼에서 부여받은 옥호로 부르는 것이 관례라고 한다.

"쇼잇페이 집안은 '하카리야^{秤屋}'라는 옥호를 받았습니다."

"하지만 아카기 나리는 '잇페온지'라 부르셨군요."

"그렇죠. '온지'란 나이가 있는 남자를 부르는 말로, '아저씨'와 비슷한 말이지만 그보다는 좀 더 친근한 쪽이죠."

오지상$_{아저씨}$보다는 오지짱 혹은 옷짱. 그 정도의 느낌일까.

에도 한복판에 있는 미시마야의 조용한 흑백의 방에서 화로의 온기를 쬐고 있는 오치카는 머나먼 북쪽 지방의 경치가 눈앞에 선한 기분이었다.

아카기 신에몬이 태어나고 자란 번은 겨울이면 폭설이 내리고 매서운 바람이 스산하게 불어대는 북쪽 지방에 있다. 번의 재정을 지탱하는 것은 풍부한 편백 숲이며, 그것은 일조일석에 생긴 숲이 아니다. 백 년 넘게 그 땅에 정착해 온 사람들이 열심히 산림을 개척해 왔기 때문에 산물이 풍부해진 것이다.

영민의 살림을 지탱하는 남자들은 필시 피부가 볕에 검게 그을렸고 힘이 센 데다 부지런하게 일하며, 숲에 대해서라면 하나부터 열까지 모르는 게 없을 것이다. 마을의 집들에는 두툼한 띠 지붕을 얹었고, 굴뚝에서는 조석으로 하얀 연기가 피어오른다. 여자들은 깊은 산의 품속에서 집을 지키며 아이들을 키운다.

"전에 여기서 어린아이의 이야기를 들은 적이 있습니다. 그 아이는 소나무나 삼나무가 많이 나는 산촌에서 자랐는데, 그 마을에서는 산림 경영 일체를 관장하는 사람을 '야마가시라^{山頭}'라고 불렀다더군요."

"그래요? 그렇다면 어디쯤이려나. 북쪽 지방은 어디나 나무장사에 지대고 살았어요."

산악 지방이라 논밭이 적고 추위가 심해서 열매가 풍부하지 못하므로, 고급 원목을 산물로 삼아 번 재정을 튼튼하게 하려고 필사적인 것이다. 혹시 '지대고 살았다'는 '의지하고 살았다'는 뜻일까?

"아카기 가는 대대로 서번방^{西番方}의 우마마와리 직^{다이묘의 최측근에서 주로 경호를 담당하는 직}을 맡고 있습니다만."

가문의 격을 밝히는 대목이라 그런지 신에몬의 말투에 위엄이 돌아왔다. 오치카도 허리를 세우며 고쳐 앉았다.

"아, 예."

"우리 번에는 번방番方을 동서로 양분하는 관습이 있습니다. 동번방東番方에는 주군과 인연이 깊은 가문들이, 서번방에는 이 땅과 인연이 깊은 가문들이 속해 있습니다."

번방이란 모시는 가문이나 조카마치의 경비를 맡는 직책이다. 성 내부 업무를 맡는 직책에 비하면 소박하게 '무사다운' 자리이다. 강직한 기풍이 있는 자리라고 해도 좋다.

"어머니가 아버지와 혼인한 것도 아카기 가가 서번방 가문이었기 때문입니다. 아마기무라는 번에서도 가장 오래된 마을 가운데 하나로, 토지와의 유대도 깊지요. 내 어머니 생가도 본래 아마기무라에 있었습니다. 아마기무라는 어머니의 고향이지요."

어머니의 이종사촌 쇼이치도 그곳에서 살았다.

"그런데도 나를 아마기무라로 보내자는 이야기가 나왔을 때 어머니는 크게 반대했다고 합니다. 나도 어렴풋이 기억하지만, 평소 온화하던 어머니가 그때는 아버지에게 심하게 반발하며, 이치로타를 다른 곳에 보내는 것은 어쩔 수 없다 해도 아마기무라만은 안 된다고."

이치로타는 신에몬의 아명일 것이다.

잠시 침묵이 내려앉았다.

"어무이가 만대 그카이 반대했는지?"

신에몬은 또 고향 사투리로 돌아가 자문하듯이 말했다. '만대 그카이'는 '왜 그렇게'라는 말 같다.

그의 눈이 먼 산을 보고 있다. 멀리 있는 뭔가를 바라보고 있다. 기억을 깨워 마음의 눈으로 바라보면서 이야기를 시작하려 하고 있다.

"예" 하고 오치카가 호응했다.

신에몬이 결연한 눈빛으로 오치카를 바라보았다.

"내가 그 이유를 안 것은 그해 한여름이었습니다."

이상하게 더운 여름이었다.

아마기무라에서 지낸 지 두 달밖에 안 된 이치로타는 과거와 비교해 볼 수가 없으므로 알 수 없었다. 다만 잇페온지와 그 집안 사람들도, 그리고 소간지 절의 스님도 그렇게 말했다. 실제로 한낮의 태양은 어린 이치로타도 놀랄 만큼 따갑고 눈부셨고, 매일 마을 주변의 편백나무 산을 폭 감싸듯이 나타나는 아지랑이 풍경에도 눈이 휘둥그레졌다. 조카마치에서는 아지랑이 같은 것을 본 적이 좀처럼 없었다.

아마기무라의 아이들은 아침에 잠자리에서 나오면 각자 집안 일을 돕다가 오후까지 소간지宗願寺 본당에서 주지와 승려에게 글을 배운다. 서당인 셈이다. 조카마치에 살 때는 아카기 같은 평사의 자식들이 다니는 번의 학문소가 있어서 이치로타도 새해부터 다니기 시작한 참이었지만, 열과 배앓이 때문에 자주 쉬는 바람에 '이로하'일본어의 기본 철자 오십 개도 떼지 못하고 아마기무라로 오고 말았다. 여기에서는 처음 시작하는 아이들과 함께 배웠다.

소간지는 오래된 절이고 종파는 정토종이다. 마을을 에워싼 산들이 잇달아 개척되고 편백 식림이 진행되면서 가지런한 풍경으로 바뀌어 갔지만 소간지가 위치한 곳만은 잡목이 잔뜩 우거져 있었다. 키도 제각각이고 가지도 제멋대로 뻗은 나무들 사이로 주지스님이 나무아미타불을 외는 소리가 조석으로 흘러나오고, 그 틈틈이 아이들의 목소리도 들렸다.

경내의 작은 종루에 매달린 종은 아마기무라의 시종時鐘이기도 해서, 고키치라는 이름의 불목하니가 때에 맞춰 종을 쳤다. 이 고키치가 정신이 오락가락하여 종종 타종을 잊어버리기도 했지만, 마을 사람들은 하루하루 작업에 쫓겨도 시간에 쫓기며 사는 사람들은 아닌지라 아무도 곤란하지 않았다. 다만 아이들 보는 눈도 있으므로 그가 타종을 잊어버릴 때마다 주지가 엄하게 꾸짖는다. 그것이 소간지의 명물이 되어 있었다.

이치로타가 아마기무라에 왔을 때, 잇페온지는 소년을 제일 먼저 소간지로 데려갔다.

"먼저 스님께 인사부터 드려야지."

잇페온지의 손에 이끌려 급한 산길을 올라 산문을 지나자, 산자락 색깔에 녹아드는 것처럼 이끼로 덮인 절이 나타났다. 초목에서 얻은 염료로 염색한 옷을 입은 주지는 잇페온지보다 한참 젊은 사람으로, 까까머리가 반질반질 빛났다.

영문도 모른 채 집을 떠나온 이치로타는 어머니와 떨어져 서럽기만 해서, 주지에게 인사를 하러 와서도 땅바닥만 바라보고 있었다. 다만 주지가 이치로타를 찬찬히 살펴본 일과,

"미쓰에 님의 아이로구나."

"예. 이 아이가 마을로 돌아온 것도 뭔가가 인도한 결과겠지요."

하고 잇페온지와 스님이 나누던 대화도 귀에 남았다.

미쓰에는 이치로타의 어머니 이름이다. 그 어머니가 고향 마을에서는 '님'으로 불리고 있다. 어머니는 비록 산촌 출신이지만, 평사이기는 해도 번방의 유서 깊은 가문인 아카기 가에 시집을 갔기 때문에 이렇게 존중을 받나 보다, 하고 어린 마음으로 이해했다. 그래서 더욱 어머니가 간절히 생각나, 돌아올 때는 또 눈물을 지었다.

"울지 마라. 너는 이 마을의 '대단한' 아이야. 자꾸 울면 창피하지."

잇페온지는 그렇게 말하며 머리를 쓸어 주었다.

잇페온지는 부인을 여의었지만 집에는 머슴과 하녀 들이 많았다. 아들도 둘 있었는데, 그때는 이미 한 사람 몫을 할 만큼 장성한 상태였으므로 결국 어른들밖에 없는 집이었다. 이치로타는 하카리야에서는 유일한 어린이였고, 소간지 서당에도 혼자 다녀야 했다. 길을 잃으려야 잃기도 힘든 길이라며 아무도 데려다 주지 않아서 처음 며칠 동안은 겁에 질린 채 혼자 걸어 다녔지만, 곧 차라리 혼자인 쪽이 편하다는 사실을 깨닫게 되었다.

시중이건 촌이건 아이들이 모이는 곳이면 어디에나 골목대장이 있다. 아마기무라의 골목대장은 도키치라는 아홉 살 사내아이였다. 몸집이 단단하고 크고, 힘도 유난히 셌다. 얼굴도 컸지만 이목구비는 한복판에 오종종 모여 있었고, 자기 귀를 잡아당기는 버릇을 가졌으며, 마음에 안 드는 일이 있으면 금방 발을 쿵쿵 굴렀다.

이치로타는 이 도키치에게 일찌감치 먹잇감으로 찍히고 말았다. 첫 번째 이유는 이치로타가 겉보기에도 약해 보였기 때문이겠지만, 설령 그렇지 않았더라도 도키치는 이치로타를 가만 내버려 두지 않았을 것이다.

도키치의 집안도 나타야鉈屋라는 옥호를 가진 가문이었다. 마을에는 구라야藏屋라는 옥호를 가진 가문이 하나 더 있어서, 산림계 두령은 이 세 가문 사람이 돌아가며 맡았다.

아마기무라에도 촌장은 있었다. 촌장은 소간지 신자 모임의 총무이기도 하고 마을의 내정 일체를 관장했지만 산림에는 전혀 관여하지 않았다. 애초에 촌장 가문에서는 산림 일꾼이 되는 자가 없었다. 산림에 관한 한, 옥호를 가진 세 집안이 촌장보다 중요했다.

산림계 두령에게는 그만한 권위가 있다. 그렇기 때문에 그 권위가 한곳에 고여서 탁해지는 일이 없도록 윤번제로 되어 있다. 더구나 산림계 두령의 자리는 그 가문의 그 대에 한정된다. 가령 잇페온지가 두령에서 물러나도 그의 장남은 산림계 두령이 될 수 없다. 그러므로 차기 두령은 반드시 나타야나 구라야에서 나와야 한다. 또 이런 교체는 두령이 늙었거나 다쳤거나 병에 걸렸을 때만 이루어지지 않는다. 산불이나 홍수나 가뭄, 혹은 마을에 돌림병이 나돌아도 두령이 교체된다. 그런 의미에서 보자면 산림계 두령은 그냥 일꾼들의 우두머리가 아니라 신관神官에 가까운 자리였다.

윤번제이므로 옥호를 가진 세 가문은 결코 그 자리를 두고 다투고 있지는 않다. 그래도 왠지 경쟁하게 되는 것이 인지상정이다. 특히 세 가문의 아녀자들이나 일꾼들은 당주가 산림계 두령이 되면, 당사자가 아니기에 더 함부로 으스대며 다니고, 두령 자리가 다른 가문으로 넘어가면 못내 아쉬워했다.

도키치도 그랬다. 정말 순진한 아이답게 원통해했다.

나타야에서는 도키치의 조부가 두령을 맡았다. 하카리야 잇페온지의 전임 두령이다. 그리고 도키치의 조부는 오 년 전 편백을 벌채할 때 실수가 있어 일꾼 하나가 압사했기 때문에 두령을 그만두었다.

그런 불행한 사고가 생기면 두령은 즉시 교체된다. 산림계 두령을 탄핵하는 것이 아니라 어디까지나 부정을 씻기 위함이었다. 아무리 몸집이 크고, 연상의 남자아이들도 두려워할 만큼 힘이 세더라도 머릿속은 아홉 살 꼬마인 도키치가 그런 속사정을 이해할 리 없다. 우리 할아버지는 아무 잘못도 없는데 하카리야에 두령 자리를 빼앗겼다는 정도로 이해하고 있었다. 이는 도키치의 할머니나 어머니가 아이의 귀에 대고 그런 푸념을 늘어놓은 탓도 있는 것 같았다.

그래도 하카리야의 아들들은 이미 장성했으므로 아무리 힘센 도키치라도 당할 수 없거니와 애초에 도키치를 거들떠봐 주지도 않았다. 그러던 참에 이치로타라는 외지인이 불로 날아드는 벌레처럼 하카리야에 들어온 것이다. 더구나 그 낯선 아이는 무슨 까닭인지 늘 울상을 짓고 다니는 한심한 녀석이다. 도키치가 이게 웬 떡이냐는 심정으로 이치로타에게 집적거리게 된 것은 능히 있을 만한 일이었다.

아침마다 이치로타가 소간지로 가면 도키치와 그의 패거리—골목대장의 졸개들이 도중에 대기하고 있다가 짓궂게 괴롭히고, 놀리고, 점심으로 싸온 삶은 감자나 떡을 빼앗았다. 그래도 흙투성이가 되어 소간지에 도착하면 그나마 나은 편이었고, 한번은 얼이 빠질 정도로 구타를 당한 뒤 질질 끌려가 분뇨구덩이에 처박혔다.

소간지가 있는 산은, 절 뒤쪽에서부터 급작스럽게 험해진다. 계속 올라가면 마을 사람들이 '큰 고개'라 부르는 곳에 닿는데, 거기로 가는 길은 평소 폐쇄되어 있다. 큰 고개는 험한 곳이고 계절을 가리지 않고 돌풍이 불기 때문이라고, 이치로타는 들었다. 이 금기는 잘 지켜지고 있어서 소간지를 지나서는 아무도 올라가지 않았다.

그런 금기를 깨고 싶어 하는 것이 아이들의 심리이고, 마을의 골목대장이라면 더욱 그러했을 테지만, 심술궂게도 도키치(와 졸 개들)는 스스로 금기를 깨는 것이 아니라 이치로타가 깨게끔 하려고 했다. 주지와 승려의 눈을 피해 이치로타의 옷을 벗겨 알몸으로 만들고, 옷을 찾고 싶으면 큰 고개까지 올라가 여름이면 높은 곳에 피는 '아카나나에'라는 꽃을 꺾어오라고 협박한 것이다.

이때는 불목하니 고키치가 소간지 뒤쪽 덤불에 알몸으로 숨어서 울고 있는 이치로타를 발견했다. 그는 머리는 모자라도 마음은 따뜻한 사람이었다. 평소 소간지에 오는 아이들을 많이 겪어본 터라 무슨 일이 있었는지 금방 눈치챘을 것이다. 그는 자기가 기거하는 오두막에 이치로타를 데려다 놓은 뒤 옷을 찾으러 다녔다. 고키치에게 들킨 것을 알아챈 도키치와 졸개들은 벌써 내뺐고, 소간지 뒷간에 버려져 있던 옷을 고키치가 깨끗하게 빨아서 말려 주었다.

고키치는 소싯적에는 훌륭한 산림 일꾼이었는데 술이 과하여 근력이 딸리게 되었고 머리도 둔해졌다는 소문이 있었다. 이치로타도 그것은 알고 있었다. 실제로 고키치는 아이 눈에도 정말 구제할 수 없을 만큼 아둔한 사람처럼 보였다. 하지만 이때만큼은 고맙게도, 과거 술고래였던 흔적인 붉은 콧등을 겸연쩍게 문지르며 말없이 이치로타를 도와준 뒤, 아무 일도 없었던 것처럼 잔소리 한 마디 없이 집으로 돌려보내 주었다. 게다가 고키치는 이 일을 아무한테도 일러바치지 않았다.

그러나 이치로타가 계속 그렇게 괴롭힘을 당하므로 주변 어른들이 눈치채지 못할 리가 없었다. 하카리야의 하녀들이 나타야에 여러 번 항의했지만 그렇다고 얌전해질 도키치가 아니었다.

게다가 이치로타가 무엇보다 억울했던 것은 주지와 잇페온지가 아무것도 해 주지 않는다는 점이었다.

"너도 같이 때리렴."

"미쓰에 님의 아드님이잖아. 지면 안 되지."

주지는 여기에서도 정중하게 '미쓰에 님의 아드님'이라고 했지만, 이치로타에게는 그 위광이 전혀 느껴지지 않았다.

"나는 아카기 가의 장손이에요!"

무가의 자손이에요, 무사란 말이에요. 울면서 그렇게 호소하면, 그럼 무사답게 행동해야지, 하는 설교만 들었다.

"주군을 모시는 무가의 자손이라고 해서 다 통하는 것은 아니지."

그런 식이므로 이치로타로서는 서당 다니기가 하루하루 생지옥이었다. 소간지 본당에 들어가면 공부하는 동안은 그나마 괜찮았다. 도키치도 주지에게 혼나는 것은 무섭기 때문이다. 하지만 주지가 잠깐 한눈을 판 사이 먹물을 뒤집어쓴 적도 있었다.

왜 내가 이런 꼴을 당해야 하지? 왜 이런 마을로 와 여기서 갇혀 지내야 할까. 왜 조카마치의 집으로 돌아가지 못할까.

아무것도 모르는 여섯 살배기 울보였지만, 궁리하고 또 궁리해서 마침내 작심을 했다. 혼자서 몰래 조카마치로 돌아가자.

이치로타는 가출을 시도했다. 나중에 안 일이지만 그날은 한해

중에 해가 가장 긴 하지였다.

　수통을 허리에 차고, 어제저녁 먹다 남은 밥을 부엌에서 훔쳐서 주먹밥처럼 뭉쳐 품에 넣고, 작은 손으로 짚신 끈을 단단히 조인 다음 산의 끄트머리를 희미하게 물들이는 아침노을을 의지하며 하카리야를 나섰다. 일단 마을의 남쪽 언덕을 올라가면 거기서부터는 계속 내려가기만 하면 된다. 길을 헤맬 일은 없다. 마지못해 몇 달을 시골에서 생활한 덕분에 산길에는 제법 익숙해졌다. 괜찮을 거야, 하고 믿었다.

　어림없는 생각이었다. 고키치가 또 타종하는 것을 잊었는지, 해 높이로 보자면 한참 늦어서야 소간지의 아침 시종이 울렸는데, 그때는 이미 보기 좋게 미아가 되어 있었다.

　발밑에는 좁은 길이 있었다. 사람들의 걸음에 단단하게 다져진 길이었다. 그런데 아무리 걸어도 편백 숲으로 깊숙이 들어갈 뿐이었다. 산을 내려가고 싶은데 길을 따라가다 보니 어찌된 일인지 계속 오르막을 걷고 있다. 이러다가 큰일 나겠다 싶어서 왔던 길을 돌아가면 이내 다시 오르막을 만났다. 왜 이러지? 산길을 헤매는 사람들이 흔히 겪는 일로, 같은 장소를 뱅뱅 돌면서 점점 큰 원을 그려가다가 목적한 방향을 잃었던 모양이지만, 산을 모르는 여섯 살배기 꼬마에게는 그런 생각일랑 염두에도 없었다.

　숨은 가쁘고 몸은 떨리고 자꾸 눈물이 났다. 그래도 넘어지면 다시 일어나 얼굴을 훔치고, 후들거리는 무릎에 채찍질을 하며 기어코 계속 걸은 것은 오로지 조카마치에 있는 집이 그리웠기 때문이었다. 하지만 아마기무라를 에워싼 산들은 그 간절한 바람을 받아들여 길을 열어줄 만큼 너그럽지 않았다.

그러다가 어디서 여울물 소리가 들려왔다. 한여름이라 땀을 비 오듯 쏟고 눈물까지 쏟으며 걷다 보니 수통은 바닥난 지 오래였다. 이치로타는 물을 찾아 여울물 소리가 나는 쪽으로 거의 기다시피 해서 다가갔다.

정연하게 늘어선 편백나무 숲 너머에 완만한 내리막이 있었고 그 끝에 못이 보였다. 못 주변에는 잡목림이 남아 있었고, 잎이 뻣뻣하고 진하며 작고 빨간 꽃들이 무수하게 핀 덤불이 못으로 내려가는 비탈을 뒤덮고 있었다.

그런 곳은 바닥이 미끄럽기 마련이다. 그 사실을 모르는 이치로타는 다시 보기 좋게 엉덩방아를 찧고 주르륵 미끄러져 못으로 떨어지고 말았다. 머리가 깨지지 않은 것이 다행이었지만 하카마_{치마처럼 생긴 하의}를 입은 엉덩이며 각반을 찬 다리며 짚신까지 흙탕물에 흠뻑 젖고 말았다. 손을 짚고 몸을 일으키면서 자기도 모르게 엉엉 울다가—.

울음을 뚝 그쳤다.

바로 눈앞에 있는 빨간 꽃들이 핀 덤불 속에서 손 하나가 쓰윽 나와 있다.

팔꿈치부터 손끝까지 살집이 좋고 볕에 잘 그을었다. 손바닥이 위를 향하고 있고, 뭔가를 쥔 듯이 다섯 손가락이 갈고리처럼 굽어 있다. 손톱에는 진흙이 끼었다.

팔 안쪽으로 한 줄기 피가 묻어 있다.

이치로타는 흙탕물에 젖은 채 주저앉아서 천천히 입을 벌렸다. 뭐라고 말을 하려고―이쪽으로 비죽 튀어나온 그 팔뚝에게 뭐라고 말을 해야 할 것 같은 생각이 들었다.

이런 곳에 팔이 있다. 그렇다면 사람이 있는 것이다. 쓰러져 있을 것이다. 어디 사는 누구일까.

하지만 이곳은 비탈이다. 진초록 잎과 작고 빨간 꽃들이 온통 뒤덮고 있다. 땅 위로 낮고 넓게 가지를 뻗고 있는 덕분에 이치로타는 심하게 다치지 않을 수 있었다.

이런 곳에 사람의 팔이 있다. 이 팔이 달려 있던 몸통은 덤불 어디에 숨어 있을까?

그때 이치로타의 정수리에 물방울 같은 것이 똑 떨어졌다. 간지러운 느낌에 이치로타는 아무 생각 없이 손가락으로 그것을 닦았다. 그 손가락 끝이 검붉게 물들어 있었다.

눈앞으로 한 손을 쳐든 채 이치로타는 머리 위를 올려다보았다.

못으로 내려가는 비탈의 가장자리에 나무 한 그루가 사람이 양팔을 벌린 듯한 모습으로 서 있었다. 옹이로 울퉁불퉁한 줄기 여기저기가 하얗게 변색되었고 한여름인데도 잎이 거의 다 떨어졌다. 병든 나무일까, 수명이 다해 가는 고목일까.

못 쪽으로 뻗은 한 나뭇가지에 사람의 팔이 매달려 있었다.

팔뿐이다. 역시 팔꿈치까지 뿐이었다. 그 외에는 아무것도 없었다.

팔꿈치 부분이 갈가리 찢겨 있다.

—저기 있는 것은 오른팔이다.

손가락의 방향으로 알 수 있었다.

—그렇다면 밑에 있는 이것은 왼팔이다.

머리 위에 있는 오른팔의 갈가리 찢긴 자리에서 또 한 방울의 검붉은 피가 떨어져, 이번에는 위를 올려다보던 이치로타의 이마 한가운데에 떨어졌다.

머릿속이 하얘진 이치로타는 비명을 질렀다.

이 대목에서 아카기 신에몬은 휴지를 꺼내 이마의 땀을 닦았다.

듣고 있던 오치카도 숨을 내쉬었다. 후우, 한 뒤, 어깨가 떨어진다.

오시마가 타준 차는 손도 대지 않은 채 식어 있었다. 다시 타려고 하다가 손이 미끄러져 주전자 뚜껑을 떨어뜨리고 말았다.

"죄송합니다. 제가 오늘은 이런 실수를—."

신에몬은 식은 찻잔을 들어 단숨에 차를 다 마셨다. 쉬지 않고 이야기하느라 목이 말랐을 것이다.

"내도 이카이 기억을 떠올리가 얘기하는 것은 처음이지만, 오치카 님은 이런 이바구라면 천지빼까리로 들었겠지요."

오치카 님은 이런 이야기를 많이 들어 보지 않았느냐고 말한 것 같았다.

"아뇨, 이런 이야기는 저도 처음이에요. 그런데 그 팔뚝의 주인은."

신에몬은 고개를 가로저었다. "찾지 못했습니다. 잡아먹힌 겁니다."

두 팔은 그냥 찢긴 것이 아니라, 잡아먹힐 때 이빨에 잘려나가 남은 것이었다.

"산짐승의 짓이군요? 곰이나 승냥이 같은. 승냥이가 떼 지어 사람을 공격했다거나."

오치카도 생가인 여관에서 몇 가지 이야기를 들은 적이 있었다.

오치카가 새로 타준 차에서 김이 피어오르자 신에몬은 눈을 가늘게 떴다.

"짐승—이긴 하죠, 예."

쿵, 하고 콧김을 내쉬고 이야기로 돌아간다.

"내가 얼마나 혼비백산해서 비명을 질렀는지."

그때는 이미 이치로타가 가출한 것 같다고 판단한 잇페온지가 산에 들어가, 산에 대해 모르는 아이가 조카마치로 가려고 하다가 길을 잃었다면 이 근방일 거라고 얼추 짐작해서 수색을 시작한 상태였다. 그의 예측은 정확해서 이치로타가 비명을 질렀을 때 잇페온지는 그리 멀지 않은 곳에 와 있었다.

"금방 아저씨들이 달려와서 나를 구해 주었습니다."

잇페온지가 하카리야의 산림 일꾼 두 명과 함께 달려왔다. 그들은 이치로타를 발견했지만, 안도할 새도 없이 머리 위와 덤불 속에 있던 두 팔에 소스라치게 놀라야 했다.

"잇페온지 일행의 얼굴은 흙빛이 되었습니다."

산림 일꾼 하나는 아직 젊은 사람이었는데, 그 자리에서 말 그대로 털썩 주저앉고 말았다고 한다.

"그리고 다른 일꾼이 잇페온지를 불러, 이걸 보라고 하며 팔이 매달린 나무의 옆자리를 가리켰습니다."

잇페온지는 그걸 보자 더욱 낯이 파래졌다.

─이건 마구루다.

나지막이 신음하듯 말했다.

─큰일이군. 먼저 아이를 데리고 돌아가야겠다.

"나는 잇페온지에게 매달려 겨우 숨이나 쉬는 지경이었기 때문에, 등에 업혀서 마을로 돌아왔습니다."

산림 일꾼들의 발은 나는 듯이 빨랐다. 무참한 모습으로 남아 있던 두 팔을 제대로 조사하지도 않고, 여하튼 빨리 그 자리를 뜨고 싶어 하는 모습이었다.

"그렇게 마을로 돌아오자 그때부터 더욱 소란스러워졌습니다. 외지인에다 아직 어렸던 나로서는 생각할 수도 없는 일이었지만, 그것은─."

말을 하다 말고 오치카에게 물었다.

"사람을 잡아먹고 팔뚝만 그런 상태로 남겼다면, 과연 어떤 짐승일까요?"

오치카는 짐작도 할 수 없었다.

"그 팔은 둘 다 나뭇가지를 붙잡고 있었던 겁니다. 짐승에게 쫓기던 사람이 나무 위로 도망친 거지요. 그것을 이렇게 낚아채듯 물어서."

아마 그랬을 것이다.

"몸통을 한입에 덥석 물어서 두 팔만 남은."

신에몬은 두 팔로, 커다란 턱이 아래에서 위로 뭔가를 씹는 모습을 흉내 내 보였다.

"그렇군요……. 남은 팔도 하나는 밑으로 떨어지고 말았고요."

"그렇습니다."

신에몬은 고개를 끄덕였다. "대체 사람을 그런 식으로 잡아먹었다면 도대체 얼마나 큰 짐승일까요. 아무리 아마기무라가 산촌이라지만 그런 곰은 없습니다. 승냥이가 무리를 이루더라도 그렇게는 못합니다."

등골이 오싹했다. "그럼 어떤 짐승인가요?"

신에몬의 눈이 깜빡였다.

"마구루."

이치로타를 발견한 못에서 잇페온지가 말했던 그것이다.

"마구라우는 먹는다는 말입니다. 그것도 많이 먹는 것을 뜻하는데, 마구루는 그 말에서 나왔어요."

그것이 그 짐승의 이름이다.

"잇페온지만이 아니었습니다. 많은 마을 사람이 그렇게 말했습니다. 이건 마구루 짓이다, 마구루가 나타났다—."

어제 구라야의 산림 일꾼 셋이 산 두 개 너머에 있는 초소에 갔다가 아직 돌아오지 않았다. 지금 마을을 비운 사람은 그 셋뿐이었다.

이치로타를 데리고 하카리야로 돌아온 잇페온지는 즉시 산림 일꾼을 모아 사냥 준비에 들어갔다. 여자들은 그들을 위해 밥을 짓기 시작했고 마을 아이들은 소간지에 모아 두기로 했다.

이치로타는 작은 지장보살 석상처럼 제 몸을 꼭 껴안은 채, 말도 제대로 하지 못하고 움직이지도 못했다. 그런 아이를 신경 써줄 만큼 여유로운 사람은 아무도 없었으므로 이치로타는 자연스레 방치되었다. 그만이 하카리야에 남아, 남자들이 경황없이 드나들고 여자들이 분주히 일하는 토방 구석에서 몸을 웅크리고 있었다.

거기에서도 그 말을 들었다. 마을 사람들도 내내 '마구루' '마구루' 하고 있었다. 그 말투며 표정에는, 아까 못에서 본 잇페온지의 그것과 마찬가지로 심상치 않은 귀기가 감돌았다.

"마구루는 이렇게 더운 여름에 나온대. 우리 남편이 그러더라고."

"올해는 산복숭아꽃이 피도록 곰을 못 봤어. 마구루가 나오는 해이기 때문이야. 그놈들도 마구루가 나올 것임을 아는 거지."

두려움에 떨며 속삭이는 사람들이 있는가 하면, 이 호들갑을 비웃으며 달래려고 하는 사람들도 있었다.

"아직 마구루라고 단정할 수 있는 건 아니야. 마구루는 그리 쉽게 나오는 게 아니라니까."

"하지만 우리 남편 말로는."

"자네 남편이 마구루를 봤대? 이 마을에서 마구루를 본 사람이 있나?"

"그렇지만……."

"저번에 마구루가 나타났다는 곳은 아시비키자와 쪽이었어. 여기서 산을 세 개나 넘어야 하는 곳이야."

"그렇지. 그것도 벌써 이십 년은 지났을걸."

"아니, 이십 년은 아니야. 그리고 그건 마구루도 아니었어. 헛소동이었지. 그래서 혼조무라 마을이 웃음거리가 되었잖아."

"그래도 일단 사냥은 해야지. 구라야 사람들이 돌아오기 전에는 방심해선 안 돼."

사냥에 나가는 남자들 중에는 철포를 든 사람도 섞여 있었다. 이치로타는 놀랐다. 산림 일꾼들을 귀하게 여기는 이 지역에서는 활이나 총 같은 무기로 사냥하는 일은 엄격하게 금하고 있었다. 아이들이 새총으로 새를 쏘는 것조차 금했다. 만에 하나라도 편백 숲에서 일하는 산림 일꾼이 다칠 수 있기 때문이다.

그 금기를 깨고 철포를 투입하니까 마구루란 정말 대단한 짐승인 것이다. 어린 마음에도 그렇게 짐작되자 이치로타는 몸을 더욱 웅크렸고, 무서운 만큼 더욱 귀를 세우게 되었다.

잇페온지는 여전히 안색이 창백했다. 거동은 평소처럼 빠릿빠릿하고 여자들에게 일을 시킬 때는 온화했지만 눈이 얼어붙어 있었다. 그 팔뚝을 보았기 때문이다. 이빨에 씹혀서 끊어진 자리와 팔뚝만 남았어도 여전히 필사적으로 나뭇가지를 붙들고 있던, 저 갈고리처럼 구부러진 손가락. 거기에는 잡아먹히는 자의 공포가 남아 있었다.

그리고 또 하나를 보았다. 동행한 산림 일꾼이 불러서 나무 옆 진창을 살펴보러 간 잇페온지의 얼굴을 더욱 파랗게 질리게 만든 것. 잇페온지에게 업혀 못을 떠날 때, 이치로타는 혹시 그 진창에 몸뚱이의 일부가 남아 있나 해서 얼굴을 돌려 보았다. 눈에 들어온 것은 다른 것이었지만 충분히 수상쩍고 섬뜩한 것이었다.

발자국이었다. 못 돼도 작은 나무통만 한 크기였다. 사람 손 모양을 닮았지만 더 볼품없게 생겼고 손끝에 해당하는 곳이 깊게 패어 있었다.

마을로 돌아온 뒤에 잇페온지는 한 번도 '마구루'라는 말을 입에 담지 않았다. 동행했던 하카리야의 두 산림 일꾼도 그랬다. 하지만 웃는 낯으로 사람들을 달래는 남자들과는 판이하게 이 세 남자는 그것이 '마구루'라는 짐승의 짓임을 확신하는 듯이 보였다.

마을 남자들이 감시인 몇 명만 남기고 사냥하러 산으로 들어가자 마을은 일단 차분해졌다. 여자들도 일상적인 일로 돌아가거나 아이를 보러 소간지로 올라가기도 했다.

사람들 목소리와 밥 짓는 냄새 속에 앉아 있자 이치로타의 마음도 가라앉았다. 그러자 나약한 어린아이다운 얄팍한 꾀가 고개를 들었다.

이대로 여기 있다가는 곧 소간지로 끌려가게 된다. 사냥이 끝날 때까지 절에 붙들리게 되면 도키치와 그 졸개들과 내내 같이 있어야 한다. 그건 정말 죽기보다 싫었다.

어디로든 숨자. 어디가 좋을까. 이치로타가 생각해 낸 것은 하카리야의 다락방이었다.

이층 방 천장에는 위로 밀어서 여는 덮개가 있는데, 사다리를 내리면 다락방으로 올라갈 수 있게 되어 있었다. 하카리야에서 창고로 쓰는 곳인지 하녀가 자주 오르내리는 모습을 본 적이 있어서 호기심을 품었던 참이었다.

이치로타는 토방을 빠져나갔다. 한동안 다락방에서 내려올 수 없을 테니까 뒷간에 들렀다 가자는 생각으로 뒤뜰로 돌아갔는데, 마을에 남은 감시인 중 하나가 건물 모퉁이에서 막 나오는 참이었다. 이치로타는 당황해서 장작 창고 뒤로 몸을 숨겼다.

하카리야는 마을 동쪽 끝에 위치해서 본채 뒤뜰의 바로 코앞까지 산자락이 내려와 있었다. 아마기무라 주변에서는 보기 드물게 이 산에는 빽빽한 대숲이 멋지게 자리 잡고 있었고, 그 발치에는 얼룩조릿대가 무성했다. 감시인 남자는 호리호리한 청년이었는데, 벌채용 도끼를 어깨에 메고 그 얼룩조릿대 덤불 쪽으로 어슬렁어슬렁 걸어갔다. 멀리서 잠깐 보기에는 어딘지 뚱한 표정을 하고 있는 듯했다. 그는 얼룩조릿대를 발로 능숙하게 헤치며 대숲 속으로 들어갔다.

젊은이의 통소매 옷의 등판에는 나타야 옥호가 염색되어 있었다. 키가 크고 몸이 가늘 뿐 아니라 어깨에나 팔에도 살집이 박했다. 그는 도끼를 마구 휘둘러 주변의 어린 대나무들을 퍽퍽 후려치고, 얼룩조릿대를 뽑아 토막을 내기 시작했다.

이치로타도 그 청년의 기분이 몹시 상해 있다는 사실을 알 수 있었다. 사냥에 참가하지 못하고 마을에 남아 불만인 것이다. 감시는 재미없는 일이다.

멍청하군. 장작 창고 뒤에서 이치로타는 문득 기억이 난 것처럼 진저리를 쳤다. 당신은 그 팔뚝을, 진창에 찍힌 그 발자국을 보지 못했으니까 그런 표정을 짓는 거야. 그걸 보았다면 마을에 남으라는 말이 반가웠을걸.

그런 생각을 하고 있을 때 그 못에서 본 것들이 뇌리에 살아났다. 이치로타는 손으로 눈을 마구 비볐다.

—잇페온지는 무섭지도 않나?

아까 그 못에서는 무서워했다. 눈가에서 콧등까지 핏기가 싹 가셨다.

그래도 선두에 서서 사냥하러 나갔다. 산림 일꾼이라도 세 사람으로는 감당해낼 수 없지만, 많은 사람이 한꺼번에 덤비면 '마구루'를 상대할 수 있을까? 철포가 있으니 이길 수 있는 걸까?

대숲은 안으로 들어갈수록 오르막이 가팔라진다. 뒤뜰에서 올려다보기만 해도 대숲이 하카리야 본채를 덮치려는 것처럼 자리 잡고 있음을 알 수 있었다. 그래도 감시인 청년은 산림 일꾼답게 거침없이 척척 올라갔다. 쪽빛으로 염색한 통소매가 얼룩조릿대 속으로 사라지는 걸 확인하자 이치로타는 재빨리 몸을 돌려 장작 창고 그늘에서 뛰어나와 본채로 돌아왔다. 뒷간은 생략하기로 하자. 여하튼 들키기 전에 얼른 숨어야 한다.

집 안에서는 하녀들의 목소리가 들리고 누군가는 웃기도 했다. 그래, 마을에 있으면 아무 걱정도 없어. 아저씨들이 '마구루'를 퇴치해 줄 거야. 꾹 참고 있으면 돼. '마구루'도 무섭지만 도키치도 무서워. 이치로타의 머리는 그런 생각들로 가득 차 있었다.

이층 방으로 들어가 천장 덮개에 달린 사다리를 내리고 있을 때 밖에서 무슨 소리가 난 것 같았다. 전에 잇페온지에게 손을 잡혀 산을 올라갔을 때(발이 아파서 돌아올 때는 잇페온지의 등에 업혔지만) 산림 일꾼들이 산에서 작업하면서 서로의 위치를 알리기 위해 손가락피리를 부는 소리를 들은 적이 있다. 방금 들린 소리가 그것과 비슷했다. 휘익, 하고 날카롭게 숨을 불어 입술을 울리는 것이다. 그 감시인 청년일까?

다락방에 올라서자 버둥대는 이치로타의 행동에 먼지가 일어났다. 창고라고 하지만 특별한 물건이 있는 것은 아니었다. 낡은 나무상자나 망가진 도구들, 헌옷 꾸러미. 다락방 천장은 이치로타도 허리를 구부리지 않으면 머리를 부딪칠 정도로 낮았지만,

건물의 이쪽 부분에서 저쪽 부분까지 칸막이도 없이 트여 있고, 중간에 기둥만 서 있을 뿐이었다. 곳곳에 설치된 좁은 쇠살창은 활짝 열 수는 없지만 그 격자 창살을 움직여 외부의 빛을 들일 수 있게 되어 있었다.

이치로타는 바닥에 엎드려 먼저 집의 정면에 난 창으로 밖을 내다보았다. 하녀 하나가 다스키를 벗으며 문 쪽으로 잔달음질쳐서 나가는데, 이제 경황이 없는 분위기는 아니었다.

엎드린 채 방향을 바꾸어 뒤뜰 쪽 자리로 옮겼다. 그때 바깥의 대숲 쪽에서 투둑투둑 하는 소리가 났다. 감시자 청년이 내려온 걸까?

감쪽같이 숨었다고 생각하니 마음이 편했다. 문득 그 청년의 성난 얼굴이 왠지 낯익다는 생각이 들었다. 도키치를 닮았다. 그 골목대장은 네 형제 중 막내였다. 아까 그 청년은 어쩌면 도키치의 형인지도 모른다. 그렇다면 사냥에 끼지 못해 성이 난 것도 고소한 일이라는 생각이 들었다.

투둑투둑투둑.

쇠살창 격자를 움직여 틈새로 아래를 내다보니 대숲이 소리를 내며 휘어지는 것이 보였다. 뒷산 대숲이 위에서 아래로 점점, 무언가에 의해 양쪽으로 갈라지거나 짓밟히면서 크게 흔들리고 있었다.

이치로타의 눈에 처음 날아든 것은 쪽빛 통소매였다. 그 이름의 유래인 통 모양의 소매가 대숲의 어중간한 높이에 묘하게 붕

떠 있었다. 마치 아까 그 청년이 대숲 한복판으로 올라가 그곳에서 팔을 옆으로 벌리고 있는 것 같았다. 이상한 모습인지라 이치로타는 눈을 깜빡거리며 쳐다보았다.

그러다가 그것을 보았다. 그것의 색이, 대숲과 얼룩조릿대의 농담이 혼합된 풀빛에 섞여 있어서 금방 눈에 띄지 않았던 것이다.

그것이 대숲에서 반신을 내밀고 굵은 앞발을 뒤뜰에 디뎠다. 철썩, 하고 들러붙는 듯한 소리가 이치로타의 귀에 들렸다.

그것은 컸다. 두께나 생김새는 꼭 낚싯배를 뒤집어놓은 것 같았지만, 둘레는 낚싯배보다 훨씬 컸다. 머리는 폭이 좁았고 몸통은 굵으며 엉덩이로 갈수록 점점 가늘어졌다. 몸에는 얼룩덜룩한 풀빛 가로무늬가 있고, 모가지 밑에서 배까지는 푸르스름한 색이며 불룩하게 부풀어 축 처져서 땅바닥에 쓸렸다.

이제 그것은 거대한 배를 들어 올리듯이 하며 몸을 부르르 떨더니 뒷산에서 온몸을 드러냈다. 그 김에 입가에 매달려 있던 쪽빛 통소매를 귀찮다는 듯이 휙 휘둘러서 날려 버렸다.

피가 좌악 튀었다. 그 소매에 팔이 들어 있었다. 아까 그 청년의 팔.

몸의 다른 부분은 어디로 갔지?

아마 배 속일 것이다. 아까 그 손가락피리 같은 소리는 청년이 저것에게 잡아먹힐 때 낸 비명이었다. 덥석 잡아먹히자 그런 소리밖에 낼 수 없었던 것이다.

대숲이 휘청거리고 소리를 내며 휘어졌다가 부웅, 하고 바람을 가르며 제 위치로 일어섰다. 그 직후에 뭔가가 허공에 호를 그리며 하카리야 본채 벽을 강하게 때렸다. 꽝, 하는 소리와 함께 진동이 배를 흔들었다.

꼬리다. 긴 꼬리가 달려 있다.

짤막한 뱀 같은 몸에 두꺼비 같은 배. 네 다리와 꼬리는 도마뱀을 닮았다. 다만 도마뱀하고는 비교도 할 수 없이 거대하다.

집 안에서 여자들의 목소리가 들렸다. 웅성웅성. 그리고 한 호흡 정도 후에 새된 비명이 터져 나왔다.

그것이 비명 소리를 들었다. 머리를 낮추고 몸통을 쓰윽 가라앉히더니 여자들이 있는 쪽으로 방향을 틀었다. 그때 그것의 머리 부분에서 뭔가가 번쩍 하고 빛났다. 눈이었다.

―저 앞다리.

사람의 손을 닮았지만 훨씬 흉하게 생겼고, 손끝에 해당하는 부분이 깊이 패어 있었던 그 발자국. 그것과 일치하는 형태였다. 땅이 깊이 팬 까닭은, 이 높이에서도 알아볼 수 있을 만큼 굵고 날카로운 발톱 때문이었다.

그것이 아가리를 쩌억 벌렸다. 마치 몸통의 절반을 벌린 것 같았다. 그 정도로 커다란 아가리였다. 가지런하게 난 이빨은 피로 물들었고 살점이 끼어 있었다.

그것이 목구멍의 부들부들하고 하얀 피부를 떨면서 짧게 울부짖었다. 들개 백 마리가 짖는 소리를 합친 것보다 크고, 어떤 소리라도 다 지워 버릴 만큼 굵었다. 더럽고 탁한 그 포효는 아무리 흉악한 꿈에서라도 들려서는 안 될 법한 것이었다.

이 괴물이 '마구루'였다.

포효와 함께 마구루는 네 개의 굵은 다리로 땅을 힘차게 박차며 여자들의 비명이 들리는 곳으로 돌진했다.

"―야생동물로 인한 피해는."

머릿속 가득 마구루의 모습을 상상하고 있던 오치카는 아카기 신에몬의 목소리에 눈길을 들었다.

"어떤 지역에나 있습니다. 하지만 그것은 새가 밭을 망친다든지 곰이나 원숭이가 새싹이나 열매를 먹어 치운다든지 멧돼지가 울타리를 부순다든지 하는 정도이지, 나서서 사람을 잡아먹는 짐 승은 의외로 없습니다. 곰이든 들개든 어지간히 주리지 않고서는 마을로 들어오지 않죠."

그러나 마구루는 다르다고 했다.

"그건 원래부터 식인 괴물이라 사람만 노립니다. 산에 사는 동 물에는 눈길도 주지 않아요."

고개를 끄덕이다 문득 자신의 손을 본 오치카는 손가락이 희미하게 떨리고 있음을 알았다. 신에몬이 볼까 봐 가볍게 쥐었다.

"마을에 들어온 마구루는 미처 피하지 못한 여자들을 몇 명 삼 키고, 도우려고 달려온 감시인 남자를 밟아 죽였습니다."

우왕좌왕 도망치는 사람들을 쫓아 이 집 저 집에 몸을 부딪치고 수레나 목재 더미를 걷어차서 무너뜨리고 겁에 질려 날뛰는 마소 앞에서 포효하는 등, 닥치는 대로 짓밟고 꼬리로 때려 부수며 난동을 부렸다.

낫이나 도끼로는 도저히 마구루와 맞설 수 없었다. 그 썩은 듯한 풀빛 피부는 도마뱀이나 개구리의 것과 닮았지만 마구루에게는 단단한 비늘이 있었다. 사람이 휘두를 만한 크기의 날붙이라면, 있는 힘껏 던지거나 내리찍어도 튕겨나가고 말 것이다.

누가 생각해 냈는지 횃불을 켜서 휘두르자 마구루도 움찔하며 포효하는 음색이 변했다. 불만은 두려워하는 것이다. 이 사실에 고무된 사람들이 횃불을 들고 필사적으로 대항하는 와중에 그만 마을의 연장 창고에 불이 나고 말았다.

"잇페온지를 비롯한 남자들은 사방으로 흩어져 산으로 올라갔다가 마을의 급보를 전해 듣고 급히 돌아왔습니다. 상당히 멀리까지 올라간 탓에 사태를 전해 듣지 못한 남자들도 불길을 보고 깜짝 놀란 듯합니다."

나는 듯이 마을로 돌아온 남자들은 여름 하늘 아래에서 훨훨 불타오르는 연장 창고의 연기 너머로, 마을 북쪽 네거리를 가로질러 산으로 도망치는 마구루를 볼 수 있었다. 그 다리가 일으키는 땅울림을 들었다.

"나도 마구루가 사라진 것을 보고 다락방에서 내려왔지만, 너무 무서워 거의 산송장처럼 몸이 굳어 있었습니다."

두려움에 몸서리치기는 아마기무라 사람들도 마찬가지였다.

이제 누구도, "마구루라고 단정할 수는 없지"라고 하며 웃지 않았다. 기세등등하던 남자들도 이제는 누구 하나 예외 없이, 그 못에서 이치로타를 구했을 때의 잇페온지처럼 낯빛이 변해 있었다.

먼저 불을 끄고 피해 규모를 확인한 뒤 아마기무라 주민들은 방어 태세를 단단히 갖추었다. 잇페온지와 나타야와 구라야가 작업을 지휘했다. 이렇게 되면 아이들을 소간지에 모아 두는 것이 더 위험했다. 얼른 데리고 돌아와 촌장 집과 옥호를 가진 세 가문의 집에 숨기기로 했다.

"마구루는 원래 엄청나게 먹어 치우는 괴물이지만…… 특히 여자와 아이의 부드러운 고기를 좋아해서 냄새로 찾아냅니다."

더욱 끔찍한 이야기였다.

마을 둘레에는 횃불이나 모닥불을 피워 두고 한시도 꺼뜨리지 않기로 했다. 장작만으로는 부족해서 아까 마구루의 습격으로 파괴된 집이나 오두막도 땔감으로 쓰기로 했다. 사냥하러 나가지 않았던 노인이나 젊은이도 요란한 소리를 낼 수 있는 물건을 들고 순찰에 나섰다. 여러 집의 지붕에 감시자들이 올라갔다. 흡사 전투가 시작된 풍경이었다.

해가 기울어질 무렵이 되자 나쁜 소식이 날아들었다. 아마기무라에서 남쪽으로 오 리약 이십 킬로미터 정도 떨어진 오자와무라라는 마을에서 주민 하나가 찾아온 것이다. 기진맥진하여 걸음도 제대로 떼지 못해, 겨우 목숨만 붙어 있는 듯한 모습이었다.

"그 마구루는 아마기무라에서 생긴 것이 아니었습니다. 벌써 닷새 전에 오자와무라 근처에서 처음 나타났다고 했습니다."

처음 얼마 동안은 남쪽 산에서 산림 일꾼들을 잡아먹던 마구루가 사람 냄새가 짙게 풍겨오는 마을로 접근하게 되었고, 마침내 그제 동트기 전에 오자와무라를 덮쳤다. 오자와무라는 많은 사람이 죽어 괴멸 상태에 빠졌다. 그러자 오자와무라 촌장이 아마기무라에 급보를 전하기 위해 두 사람을 보냈는데, 겨우 오 리, 그 것도 낯익은 산길에서 마구루를 만나는 바람에 한 명은 잡아먹히고 나머지 한 명도 겁에 질려 도망치다가 길을 잃었다고 했다. 그렇게 한참을 헤매다가 마구루 발자국을 발견하면 또다시 도망치고 하느라 이제야 도착했다는 것이다.

이치로타가 발견한, 불쌍한 산림 일꾼의 두 팔은 마구루가 오자와무라에서 이쪽으로 이동하다가 저지른 짓에 의해 생겨난 것이다. 게다가 마구루는 오자와무라에서 사람들의 행동 방식이나 반격의 위험성을 깨달았는지 아마기무라 쪽으로 왔을 때는 무기를 가진 억센 남자들이 사냥하러 나가고 마을에 노인과 여자와 아이 들만 남기를 기다렸다.

─이 마구루가 교활하기까지 하구나.

이제 인간을 공격하는 데 익숙해졌다.

당시 일을 떠올리면 지금도 가슴이 떨리는지 눈이 불안스레 흔들리고, 말을 더듬기 시작하자 오치카가 나서서 질문해 주었다.

"아카기 나리, 대체 마구루라는 생물의 정체는 무엇입니까?"

이렇게 직접적으로 묻자 신에몬도 정신을 가다듬고 오치카의 얼굴을 보았다.

"다른 지방에는 이런 괴물 이야기가 없나요?"

"예. 적어도 지금까지는 들어본 적이 없습니다."

신에몬은 생각에 잠긴 얼굴로 한 번, 또 한 번 고개를 끄덕였다.

"그날 밤 잇페온지가 나를 불러 놓고 차근차근 가르쳐 주었습니다."

마구루는 이 지방의 생물이다. 아마기무라를 중심으로, 동서남북으로 각각 산이 셋 내지 다섯 개쯤 자리 잡고 있는 범위 내에서 수십 년에 한 번이라는 매우 드문 비율로 나타난다. 반드시 여름에 나타나며, 마구루가 나타나는 여름은 대단히 덥다.

"오래전 이곳 산에 사람이 정착해서 마을을 이루기 전부터 마구루는 존재했다, 이 근방은 마구루의 집이었고 우리가 외지인이었지, 하고 잇페온지는 말했습니다."

—그럼 마구루는 이곳의 산신인가요?

어린 신에몬이 묻자 잇페온지는 고개를 가로저었다.

—아니, 산신은 아니야. 그저 사람을 잡아먹는 고약한 짐승이지. 그래도 우리보다 먼저 이 산골에 살고 있었다. 우리가 여기에서 살기 위해서는 마구루가 나타나면 물리쳐야 하는 거야.

물리치는 것은 쉽지 않지만 방법은 알고 있단다. 그러니 차분하게 기다려 봐라, 하고 잇페온지는 말했다.

—그래서, 애야.

잇페온지는 아카기 가의 적자의 어깨에 손을 얹고 눈을 들여다 보며 말했다.

—그래서 미쓰에 님이 오시는 거다. 네 어머님이라면 마구루를 퇴치하실 수 있다.

벌써 촌장이 사람을 보냈으니 내일 점심에는 미쓰에 님이 마을에 도착하실 거다.

이치로타는 너무 놀라서 아무 말도 하지 못했다.

우리 엄마가 왜?

그날 밤 하카리야에 모인 아이들과 뒤엉켜 자면서 이치로타는 이리저리 생각해 보았다. 오래전에 혼인하여 고향을 떠나 조카마치에서 살아온 미쓰에가 어째서 마구루 퇴치를 위해 부름을 받았을까?

미쓰에는 무가의 부인이기는 하지만 무술에 능한 것도 아니다. 아니, 이치로타만 모를 뿐 미쓰에가 검이나 궁술에 뛰어나다고 해도, 그 억센 산림 일꾼들이 한꺼번에 맞서도 당해낼 수 없다고 단념한 괴물을 여자 혼자 어떻게 쓰러뜨린단 말인가.

그리고 날이 밝았고 새벽에 마구루가 다시 마을을 공격했다. 지난번과는 반대쪽, 소간지로 오르는 길 쪽에서 내려왔지만, 감시자가 금방 발견하여 고함을 지르자 남자들이 횃불을 들고 달려가 가까스로 몰아냈다.

이때 철포를 든 자도 몇 있었지만 잇페온지가 큰 소리로 그들을 막았다.

"쏘지 마, 쏘면 안 돼! 마구루를 다치게 하면 안 돼!"

그래도 한두 발 쏘는 자가 있어서 나중에 잇페온지가 하카리야에서 그들을 사납게 꾸짖는 소리를 이치로타는 몰래 들었다. 어머니 미쓰에에 대해 듣고 나자 마구루에 관한 이야기라면 아무리 사소한 것이라도 알고 싶었다.

"마구루는 우리 힘으로는 못 이겨. 왜 그걸 모르나!"

철포를 다루는 자들도 반론했다.

"두령, 여자의 힘을 빌리지 않고서는 마구루를 잡을 수 없다는 얘기를 어떻게 믿습니까. 마구루는 짐승이에요! 철포로 잡을 수 있단 말입니다!"

그따위 고리타분한 전설을 어떻게 믿으란 말입니까, 라는 말까지 나왔다. 잇페온지는 그 주장도 단호히 물리쳤다.

"너희, 미쓰에 님 앞에서 그딴 소리 한 마디라도 해 봐, 내가 모가지를 꺾어 버릴 테다!"

그 자리에는 나타야와 구라야의 당주도 있었지만, 둘 다 잇페온지와 뜻을 맞춘 것처럼 남자들을 타이르고 있었다.

―고리타분한 전설?

점점 알 수 없었다.

그날 여름 해가 조금 기울었을 무렵, 사람 둘을 대동한 미쓰에가 작은 짐을 지고 아마기무라에 도착했다. 동행한 두 사람은 노바카마옷자락에 넓은 단을 댄 여행용 하카마와 진바오리무사가 전투에 임할 때 방호구 위에 착용한 상의를 착용했으며, 칼뿐만 아니라 활과 화살집을 찬 번방 무사였다.

미쓰에 일행은 하카리야에 들어가기 무섭게 안채의 방에서 잇페온지 등과 회의에 들어갔다. 그리운 어머니 모습을 잠깐 보기만 했을 뿐 가까이 가지도 못하고 있던 이치로타는 반 각 정도 지나서야 부름을 받았다. 허공을 걷는 기분으로 방에 들어가 보니 회의는 이미 끝났고 미쓰에와 두 무사, 그리고 잇페온지만 앉아 있었다.

이치로타는 마음껏 어머니 품에 뛰어들어 눈물로 호소하고 싶은 것이 산더미 같았지만 이런 위급한 상황에서 그런 짓은 허용되지 않는다는 사실을 알고 있었다. 미쓰에 역시 눈빛은 부드럽지만 엄중한 태도로 이치로타의 응석과 나약함을 물리쳤다.

이런 일이 있을까 봐 너를 이 마을에 보내고 싶지 않았는데— 이치로타를 앞에 두고 미쓰에는 그렇게 말했다.

"쇼잇페이 님께 들었다. 너도 마구루를 보았다며?"

이치로타는 마구루를 보았다. 그 공포를 목도하고 말았다.

"그런 괴물이 있기 때문에 산이 무서운 거란다. 그래도 여기 산은 이 지역의 보물이니 마구루가 무섭다고 버리고 도망갈 수는 없단다. 산림 일꾼들은 옛날부터 오랜 경험을 통해 마구루를 물리치는 기술을 알아냈어."

미쓰에는 자기 가슴에 손을 얹어 보였다.

"지금은 내가 그 기술을 물려받았단다. 안심하렴."

다만 이치로타는 엄마가 그 기술을 사용하는 모습을 보면 안

된단다. 모자지간이라도 봐서는 안 되게 되어 있어. 마구루를 퇴치하는 이 기술은 여자에서 여자에게로만 계승되고, 여자만 구사할 수 있단다. 어른이든 아이든, 남자는 아주 한정된 자만이 그 자리에 함께하는 것이 허용된단다.

"엄마―."

이치로타는 끝내 참지 못하고 소리를 지를 뻔했다. 가지 마. 엄마 혼자 그런 괴물을 쓰러뜨릴 수 있을 리가 없잖아. 엄마는 잡아먹히고 말 거야. 몸이 떨리고 눈물이 나왔다. 열심히 눈을 깜빡여서 막으려 해도 부질없이 눈물은 이치로타의 볼을 타고 흘렀다.

"미쓰에 님은 우리가 지켜 드릴 거다."

잇페온지가 옆으로 다가와 달래 주었다. 우락부락한 손이 이치로타의 어깨를 잡았다.

"마구루는 새눈이라 밤이면 움직임이 둔해지니까 오늘 밤 안으로 물리칠 수 있어. 내일이 되면 다 끝나 있을 거다."

이치로타의 눈에서 눈물이 뚝뚝 떨어졌다.

"엄마는, 어떻게, 마구루를, 물리칠 건데?"

이치로타는 숨넘어갈 것처럼 울면서도 물었다. 조금이라도 더 오래 엄마 곁에서 엄마 목소리를 듣고 싶었다. 살아서 보는 마지막 모습이 될 것 같다는 생각을 떨칠 수가 없었다.

그러나 대답은 없었다. 미쓰에는 잠자코 미소만 지을 뿐이었다.

"그런 연유로—."

아카기 신에몬은 코를 쿵, 하고 울렸다가 당황한 듯 손가락으로 코를 쥐었다. 당시의 두려움과 슬픔과 공포를 말하다가 눈물이 고였을 것이다.

그야말로 '무사의 정동료의 허물을 짐짓 모르는 척해 주는 것'으로 오치카는 시치미를 뗐다. 실은 시치미를 떼고 있다는 것은 신에몬도 알고 있다. 그래서 더욱 창피하게 여겼는지 신에몬은 묘하게 딱딱한 표정이 되어서,

"제 어머니는 마구루를 퇴치하러 오셨습니다. 일이 잘 진행되었더라면 저는 그 이상의 상황은 몰랐을 것이고 듣지도 못했을 것이며 아무것도 하지 못한 채 그저 하카리야에서 어머니가 돌아오기만 기다렸을 겁니다."

격식을 차린 말투로 이야기를 계속했다.

"그런데 상황은 그렇게 쉽게 돌아가지 않았습니다. 하긴 그 때문에 저도 그 비밀을 알게 되었지만."

저 골목대장 도키치 탓이었다고 한다.

"어디서 들었는지 몰라도 도키치는 마구루가 마을을 습격했을 때 제가 하카리야 다락방에 숨어서 보았다는 사실을 알고 있었습니다."

그리고 그때 대숲에서 잡아먹힌 감시인 청년은 역시 나타야의 자식이었다. 그는 네 형제 가운데 차남이었다.

"그것이 분했겠지요. 도키치는 제게 미친 듯이 화가 나 있었습

니다.”

그 심정은 이해합니다, 라고 신에몬은 무겁게 말했다.

“나타야 형제는 우애가 깊었고…….”

그렇게 형을 잃은 도키치는 그 분노와 슬픔을 전부 이치로타에게 터뜨렸다.

“잇페온지의 배려로 그날 밤 저는 다른 아이들과 떨어져 헛방에서 혼자 잤습니다.”

어머니가 마구루를 퇴치하러 나갔음을 알고 있으니 다른 아이들 틈에 섞여 있기가 힘들 거라는 배려였다.

“물론 잠들 수가 없었습니다. 그저 이불을 쓰고 또 울고 있었습니다.”

그 헛방으로 도키치와 나타야의 삼남이 숨어들었다.

“갑자기 이불 위에서 꽉 짓누르고 입을 틀어막고 머리에 겨주머니_{손바닥만 한 주머니로 면이나 비단으로 만든다. 안에 쌀겨를 넣어 몸을 닦을 때 요즘의 비누처럼 썼다}를 씌웠습니다. 반항도 하지 못한 채 꽁꽁 묶여 헛방에서 끌려 나갔습니다.”

나타야의 장남은 마을 수비에 나가 있었고, 남은 두 형제가 이치로타를 납치하러 왔다. 나타야의 삼남은 이때 열세 살이었지만 도키치를 그대로 확대해 놓은 것처럼 힘이 세서, 몸집이 작은 이치로타를 옆구리에 끼고 가뿐하게 움직였다.

―시끄럽게 굴면 목을 따 버릴 테다.

나타야의 삼남은 이치로타의 목에 단도를 들이대고 위협했다.

―너는 형의 원수다.

　도키치의 불온하게 낮은 목소리도 목청이 상한 양 갈라져 있었다.

　나타야 뒤뜰에서 이치로타는 수레에 실렸다. 몸에 거적이 씌워지자마자 수레가 움직이기 시작했다.

　"나중에 안 일이지만, 이 형제는 마을을 수비하던 남자들에게 소간지에 장작을 배달하러 간다고 거짓말을 해 두었습니다. 주지는 절에 남아 있었고, 마구루를 막기 위해 밤새 불을 피우고 있어야 하므로 땔감이 많이 필요했습니다."

　수레는 덜컹덜컹 달려서, 겁에 질려 웅크린 이치로타를 소간지로 데려갔다. 수레 안에는 술병 같은 작은 토기가 많이 실려 있어서 수레가 흔들릴 때마다 딱딱 소리를 냈다.

　힘이 센 나타야 형제는 수레를 끌고 소간지로 오르면서 숨을 헐떡였다.

　"지금 생각하면 그들도 무서웠을 겁니다."

　그렇게 말하는 신에몬의 마음에도 공포가 되살아나는지 눈가가 굳어 있다.

　"하지만 아카기 나리를 절로 데려가서 대체 뭘 어떻게 하겠다는 거죠?"

　오치카의 말투도 어느새 날카로워지고 말았다. 형을 잃은 아홉 살 도키치의 분노와 슬픔은 이해한다. 하지만 이치로타 때문이 아니었다. 마구루 때문이었다. 형의 원수는 이치로타가 아니다.

마구루이다.

"그런 이야기는 도키치에게 통할 수가 없었습니다. 둘은 저를 미끼로 마구루를 유인해서 자기들 힘으로 퇴치하겠다는 것이었어요."

무사히 소간지에 도착하자 나타야 형제는 이치로타를 수레에서 내려 손발을 다시 단단히 묶고 재갈까지 물린 다음, 마치 개를 묶듯이 종루 기둥에 묶어 두었다.

준비 태세의 마지막 단계로 나타야의 삼남은 아까 그 단도로 이치로타의 부드럽고 가는 상박을 그어서 상처를 냈다. 즉시 피가 나와 팔꿈치 쪽으로 흘러내렸다.

─마구루는 밤눈은 어둡지만 냄새는 잘 맡아.

틀림없이 피비린내를 맡고 찾아올 것이다. 지난밤부터 마을 사람들에게 쫓기느라 인간을 잡아먹지 못했다. 마구루는 배가 고플 것이다.

─마구루가 너를 덥석 깨물면 이걸로 통째로 태워 버릴 거다.

나타야 형제는 수레에 있던 기름병들을 품에 잔뜩 안고 있었다.

─여기에 기름을 채워 놓았다.

토기 안에는 어유가 들어 있다. 나타야 형제는 마구루가 이치로타를 공격할 때 토기를 던져서 기름을 잔뜩 묻힌 다음 거기에 불을 붙이겠다는 생각이었다.

"열세 살과 아홉 살 아이들치고는 대단한 꾀지요."

신에몬의 말에 오치카는 아연했다.

"아카기 나리, 그건 지나치게 관대한 말씀 아닌가요?"

신에몬은 겸연쩍게 웃었다. "물론 저도 이렇게 목숨을 이어 왔으니 여유로운 말도 할 수 있는 거겠지만."

그때는 정신이 하나도 없었다고 한다. 당연하다.

"어머니는 오후에 헤어진 뒤로 만나 보지 못해서, 지금은 마구루를 쫓아 어디로 가셨는지 아니면 나타야 형제처럼 어딘가에 미끼나 함정을 마련해 놓고 마구루를 기다리고 계신지, 아무것도 알 수 없었습니다. 잇페온지의 모습도 얼마 전부터 보이지 않았습니다."

이치로타는 고립무원, 절체절명의 상태였다.

부처님을 모신 절을 두고 도망칠 수 없다고 했던 주지도 역시 그날 밤은 독경을 하지 않았다. 주변은 쥐 죽은 듯 조용했다.

바람도 불지 않는 무더운 밤이었다. 하늘에는 두꺼운 구름이 들어차 별도 달도 보이지 않았다. 본당 주위에서는 횃불이 환하게 타고 있지만 그 불빛도 종루까지는 미치지 않았다. 절을 에워싼 산과 숲의 칠흑 같은 어둠은 당장이라도 이치로타를 덮칠 듯했다.

이치로타를 종루 기둥에 묶어 놓은 밧줄은 길이가 삼 척 정도였다. 도망치려고 버둥거려도 기둥 주위만 맴돌 뿐이었다. 재갈이 단단히 물려 있어서 섣불리 움직이면 숨이 막혔다.

"몇 번이나 토했습니다. 마구루에게 죽기 전에 숨이 막혀 죽을 것 같았습니다. 그래도 마구루에게 먹히는 것보다는 차라리 이쪽이 나을까 하는 생각도 들더군요."

팔의 상처에서 흘러나오던 피는 겨우 멎었지만 비린내는 남아 있었다. 그 냄새가 아니라도 마구루는 밤공기 속에서 코를 킁킁거려 어린아이의 연하고 맛난 살 냄새를 맡고 있는지도 몰랐다.

"울면 더 숨이 막히더군요. 그래도 눈물과 땀이 멎지 않았습니다."

나타야의 형제는 종루를 떠나 몸을 숨기고 있었다. 어디에 있는지 눈을 부릅뜨고 살펴봐도 보이지 않았다. 다만 산문 옆에 방치되어 있는 수레가 눈에 들어왔다.

"그것이—횃불 상태를 보러 나온 고키치의 눈에 띈 겁니다."

멍청한 놈이라고 주지에게 꾸중을 듣고 마을 사람들에게 웃음거리가 되고 있는 고키치이지만, 예전에는 산림 일꾼이었다. 뼛속까지 바보가 된 건 아니었다. 평소에 없던 수상한 것은 확실히 눈치챘다.

고키치가 횃불 하나를 집어 들어 그쪽을 비추며 수레로 다가갔다. 이치로타는 몸을 버둥거려서 손목을 묶은 밧줄을 당기며 데굴데굴 굴렀다.

고키치가 어둠 속으로 시선을 모으며 이쪽을 살펴보았다. 그리고 발견했다.

—너!

소스라치게 놀라더니 엉거주춤한 자세 그대로 허우적거리는 듯이 하며 이치로타에게 달려왔다.

—왜 이런 짓을.

밧줄을 풀어 주려다가 고통에 몸부림치는 이치로타의 호소를 눈치채고 재갈부터 풀어 주기 시작했다.

그때.

소간지를 에워싼 밤의 어둠이 움찔 하고 움직이는 것을 이치로타는 느꼈다.

구름도 움직이지 않는 바람 없는 여름밤에, 종루를 내려다보고 있는 산자락이 움찔움찔 움직이고 있었다. 나무들이 소리 내며 휘청거렸다.

이치로타는 푸르르르, 하는 콧김 같은 소리도 들었다.

다가온다.

어둠 속에서도 고키치의 눈이 한껏 커졌음을 알 수 있었다. 불목하니의 손가락은 사정없이 떨려서, 이치로타의 재갈과 밧줄을 빨리 풀어 주려고 했지만 마음만 급할 뿐 뜻대로 되지 않았다.

종루 뒤에서 어둠보다 진한 무엇이 여름 밤공기보다 눅눅하고 더운 기운과 비릿한 냄새를 뿜으면서 나타났다.

마구루에 밀려서 꺾인 나무가 천천히 이쪽으로 쓰러져 내려 종루 지붕에 걸렸다.

마구루의 거대한 몸뚱이는 종루 기단을 절반쯤 감고도 남을 만큼 컸다. 코끝을 이치로타와 고키치 쪽으로 향하고 천천히 대가리를 낮추었다.

캄캄한 숲이 다시 휘청거렸다. 그리고 마구루의 꼬리가 나타났다. 흐린 하늘에 부드러운 호를 그린 그것은 독립된 생물처럼 꿈틀거리며 종루의 기둥 하나에 스르륵 감겼다.

이치로타는 움직일 수 없었다. 고키치도 움직이지 못했다. 횃불이 너울너울 흔들렸고, 그 불빛이 마구루의 눈에 비치는 것이 보였다.

마구루의 눈이 움직였다. 깜빡거린 것이 아니다. 눈동자가 밑에서 위로 뒤룩 올라가 순간 눈을 부라린 것이다.

마구루가 먹이를 발견했다.

그 커다란 아가리가 벌어졌다. 이치로타와 고키치에게 비릿한 냄새를 확 토하며 마구루는 힘차게 포효했다.

도망치려고 했다면 고키치는 아직 늦지 않았을 것이다. 하지만 불목하니는 도망치지 않았다. 도리어 이치로타를 몸으로 가려서 그를 보호했다.

이치로타를 꽉 껴안은 고키치의 삭정이 같은 팔이 굉장한 힘으로 뜯겨나가는 동시에 고키치의 모습이 사라졌다.

재갈 탓에 욱욱, 하는 소리밖에 나지 않았다. 눈물과 땀으로 시야가 흐릿했다. 그래도 이치로타는 보았다. 마구루는 고키치의 머리를 물고 공중으로 높이 쳐들어 올렸다. 거꾸로 된 고키치의 두 다리가 버둥거리고 있었다.

마구루는 몸을 부르르 떨고 아가리를 벌려 고키치를 입안으로 떨어뜨린 뒤 목구멍을 꿈틀꿈틀 움직여 삼켜 버렸다. 먹이를 먹는 기쁨에 마구루의 몸통이 부르르 떨렸다. 종루 기둥에 감겨 있던 꼬리가 다시 공중을 가르며 종루를 쳤고, 그 결에 꼬리 끝이 종을 때렸다. 엉뚱한 시간에 시원한 종소리가 울렸다.

누군가 고함을 치고 있었다. 나타야의 형제였다. 작고 검은 것들이 날아왔지만, 마구루를 맞추지 못하고 발치에서 퍽, 퍽, 소리를 내며 깨졌다. 기름 냄새가 물씬 풍겨났다.

"죽어라, 이 괴물놈아!"

"이 원수!"

나타야 형제는 바쁘게 기름병을 던졌지만 어느 것도 마구루를 맞추지 못했다. 마구루는 술주정꾼이 딸꾹질하듯 목을 울린 뒤 불룩한 배를 쳐들며 형제를 향해 다리를 내디뎠다. 아가리를 벌리며 다시 포효했다. 본당을 지키는 횃불 옆에서 기름병을 던지고 있던 도키치가 마구루의 포효를 정면으로 받아 엉덩방아를 찧었다.

본당에서 주지가 뛰어나왔다. 도키치를 부추겨 일으키다가 도키치가 매달리는 바람에 함께 나동그라졌다. 둘이 횃불에 부딪히는 바람에 횃불이 쓰러지며 불티가 요란하게 흩어졌다. 불의 색을 싫어하는 마구루가 다시 흥분해서 포효했다.

그 소리에 다른 소리가 섞였다.

새가 지저귀는 소리라고 이치로타는 생각했다. 마구루에 놀란 숲의 새들이 내는 소리.

아니, 아니다. 새가 지저귀는 소리하고는 다르다. 좀 더 곧은 소리, 화살처럼 날아드는 가늘고 높고 시원한 소리.

산림 일꾼들의 손가락피리 소리와 비슷하다.

마구루의 동작이 뚝 멈췄다. 대가리를 조금 든다. 귀를 바짝 세운 것처럼, 혹은 주변을 살펴보는 것처럼 마구루는 가볍게 대가리를 갸웃했다.

다시 소리가 들렸다. 이번에는 손가락피리 소리임을 분명히 알 수 있었다. 하지만 산림 일꾼의 손가락피리 소리하고는 다르다는 사실도 알 수 있었다. 더 길고 더 풍부하고 더 윤기가 느껴지는 소리.

마치 노래를 부르는 것처럼.

사람들 한 무리가 산문을 지나 걸어오고 있었다. 서두르는 기색도 없이 마치 발 디딜 곳을 고르는 것처럼 천천히 걸어온다.

선두에 선 사람은 소복에 하얀 머리띠를 두른 미쓰에였다. 그 바로 뒤를 횃불을 쳐든 잇페온지가 따랐다. 미쓰에와 함께 온 무사 가운데 한 명은 칼을 뽑아 들고 있으며, 또 다른 무사는 시위에 화살을 메기고 있다. 다시 그들 뒤를 나타야와 구라야의 당주가 따랐고, 그밖에 남자 두 명이 더 보였다. 모두 손에 횃불을 들었다.

손가락피리를 부는 사람은 미쓰에였다.

처음 보는 방법이었다. 오른손 인지를 입술 옆에 대고 입을 오므리거나 반쯤 벌리거나 해서 음조를 조금씩 바꿔가며 불었다. 말을 하는 것은 아니었다. 하지만 소리에 미묘한 가락이 있어서 언어나 주문처럼 들리기도 했다.

미쓰에는 무기를 차지 않았다. 다만 작은 향로 같은 것을 왼손으로 받쳐 들고 있었다. 그것만 들고 마구루에게 다가가고 있었다. 그녀는 눈도 깜빡이지 않고 마구루를 뚫어져라 쳐다보았다. 여울을 건너는 듯한 걸음으로 한 발 또 한 발 마구루에게 다가갔다.

마구루는 동작을 멈춘 상태였다. 마구루 역시 미쓰에를 보고 있었다. 눈동자가 뒤룩 굴러 흰자위가 크게 보였다가 다시 원래대로 돌아왔다.

미쓰에는 손가락피리를 계속 불었다. 높아지다가 낮아진다. 귓불을 쓰다듬어 주는 듯한 기분 좋은 속삭임. 그 소리가 일변하여 찌르는 듯이 날카로워진다 싶더니 다음 순간에는 땅을 기듯이 가라앉는다.

이치로타는 종루 기둥에 연결된 밧줄에 묶인 채 덜덜 떨기 시작했다. 새삼 공포를 느껴서는 아니었다. 그래도 자꾸 떨리는 것을 어쩔 수 없었다. 손가락이 떨리고 무릎이 후들거렸다. 누가 등을 거꾸로 쓸어 올리는 듯한, 몸속의 오장육부가 천천히 위치를 바꾸고 있는 듯한 느낌이었다.

마구루가 앞다리를 접고 이어서 뒷다리도 접었다. 거체가 엎드려 작은 동산을 이루었다. 꼬리를 제 몸에 감았다.

미쓰에는 더 가까이 갔다. 손가락피리 소리에 마구루가 목을 울리는 소리가 섞이기 시작했다.

잇페온지와 남자들이 마구루와 미쓰에에게서 조금 떨어진 곳에 반원 형태로 늘어섰다. 횃불이 탁탁 소리를 내며 타올랐다.

손가락피리 소리가 그쳤다. 미쓰에가 입술에서 손가락을 뗐다. 이번에는 목청으로 소리를 내기 시작했다.

손가락피리 소리와 비슷하지만 더 부드러워서 흡사 자장가 같았다. 역시 언어를 이루는 소리는 아니었다. 다만 목소리의 연속이었다. 하지만 거기에 어떤 의미가 깃들어 있음을 느낄 수 있었다.

마구루는 눈을 감고 한없이 온순해졌다.

미쓰에는 끊임없이 그런 소리를 내면서 왼손에 든 향로 같은 것을 눈앞으로 올리고 뚜껑을 열었다. 그릇 안으로 손가락을 집어넣으며 마구루에게 다가갔다. 내내 같은 걸음이었다. 서두르지도 않고 겁내지도 않았다.

미쓰에는 팔을 뻗어 마구루의 오른쪽 앞다리를 만졌다. 사람이라면 꼭 팔꿈치에 해당하는 자리이다.

거기에 뭔가를 쓰기 시작했다. 무늬나 한자 같은 것을 쓴다.

—엄마가 마구루 몸에 글자를 쓰다니.

저 그릇 안에 먹물이 있나? 아니, 까맣지는 않았다. 횃불에 비친 색은 빨간색이다. 피처럼 빨갛다. 혹은 연지처럼.

오른쪽 앞다리가 끝나자 미쓰에는 주저 없이 뒷다리로 자리를 옮겼다. 그곳이 끝나자 꼬리 중간쯤으로 옮겼다. 왼쪽 뒷다리에 쓰고 나서 앞으로 돌아와 왼쪽 앞다리에도 썼다.

한 바퀴를 돌아 정면으로 돌아오자 이번에는 마구루의 대가리에, 저렇게 납작 엎드려 있어도 미쓰에의 눈높이에 오는, 사람이라면 이마에 해당하는 자리에 무늬인지 한자인지 모를 것들을 더욱 크게 써 나갔다.

그리고 미쓰에의 노래가 멎었다.

마쓰에는 향로 같은 그릇에 뚜껑을 닫고 마구루를 똑바로 바라보면서 뒷걸음질로 멀어졌다.

마구루는 움직이지 않았다. 눈도 감고 있다.

미쓰에는 시선을 정면에 고정한 채 손을 뒤로 돌려 잇페온지에게 향로 같은 것을 건넸다. 잇페온지는 그 그릇을 꼭 쥐어 가슴에 댔다.

미쓰에는 마구루에게 목례하고 합장을 했다. 그러고 나서 다시 인지를 입가에 대고 손가락피리를 불기 시작했다.

아까와는 음조가 달랐다. 더 서두르는 듯, 몰아대는 듯 귀청을 찌르는 음조였다. 종루 기둥에 묶인 채 쓰러져 있던 이치로타는 몸부림을 쳤다. 그 손가락피리 소리를 들으니 벼룩이 온몸을 깨무는 것 같았다. 불쾌해서 견딜 수 없었다. 소름이 돋아 만약 양손이 자유롭다면 온몸을 벅벅 긁어대고 싶었다.

보니까 미쓰에의 뒤를 지키는 남자들도 고통스러워하고 있었다. 나타야 당주는 복통이 온 것처럼 몸을 웅크리고, 함께 온 무사들은 차마 못 견디겠다는 듯 귀를 틀어막았다.

그때 갑자기 마구루가 눈을 번쩍 뜨고 몸을 일으켰다. 꼬리가 땅을 때려 땅울림이 일어났다.

그리고 눈앞에 펼쳐진 광경은 그 뒤로도 오래도록 이치로타의 꿈에 나타났다. 이치로타의 마음에 각인되어 거기에 상처를 남긴 광경이었다.

마구루가 커다란 아가리를 벌리더니 제 오른쪽 앞다리를 씹어 먹기 시작한 것이다.

사람을 잡아먹을 때와 다르지 않았다. 이름의 유래 자체였다. 마구라우, 마구라우. 발톱이 달린 발가락부터 시작해서 몸통과 연결된 부분까지 마구 씹어 먹었다. 발에서 피가 흘러나오고, 그 거무칙칙한 피는 썩은 내를 풍기며 땅에 흡수되어 얼룩을 남겼다.

오른쪽 앞다리를 먹어 치우자 다음은 왼쪽 앞다리였다. 몸통을 지탱할 수 없게 되자 마구루는 옆으로 쓰러졌다. 그다음에는 오른쪽 뒷다리를 쳐들어 커다란 아가리가 닿는 곳까지 덥석 물고 우둑우둑 깨물어 꿀꺽 삼켜 버렸다. 그러고 나서 꼬리를 거의 다 먹자, 어렵게 옆으로 굴러서 이번에는 왼쪽 뒷다리를 물었다.

마구루는 점점 약해져 간다. 이제 남은 다리를 쳐들지도 못한다. 그 커다란 아가리가 불룩하게 튀어나온 푸르스름한 배를 뜯어먹기 시작했다. 생물이 제 몸뚱이를 먹어 치워 나간다. 먹은 것이 담긴 내장을 끄집어내서, 피를 철철 흘리고 콧김을 격하게 토하면서도 먹어 치워 나간다.

이대로 마구루가 제 배를 찢으며 먹어 간다면 아까 통째로 삼킨 고키치가 나오지 않을까. 어쩌면 고키치를 구할 수 있지 않을까.

누군가의 손이 이치로타를 건드렸다. 어느 새인가 잇페온지가 곁에 와 있었다.

—곧 끝난다.

밧줄을 풀어 준 잇페온지는 이치로타의 눈을 손으로 가리고 몸을 돌려서 마구루를 등지게 했다.

—더 이상 보면 안 돼.

불쌍한 것, 하고 중얼거린 것 같았다. 그의 입가에서 피가 한 줄기 흘러내리고 있었다. 잇페온지는 당장이라도 쓰러질 듯이 휘청거리고 있었다.

눈을 돌려도 마구루의 콧김 소리가 띄엄띄엄 들린다. 미쓰에의 손가락피리 소리가 계속되고 있다. 마구루가 제 몸뚱이를 먹는 소리, 그 고통과 괴로움에 몸부림치는 소리.

마침내 그것이 멎었다.

미쓰에의 손가락피리 소리도 멎었다.

그 대신 울음소리가 들려왔다. 도키치다. 체면이고 뭐고 없이 소리 내어 울고 있었다.

여름의 탁한 밤기운과 썩은 피 냄새 속에서 소간지 주지가 나무아미타불을 외는 소리가 울리기 시작했다.

마구루에게 마구루 자신을 먹게 하는 것.

그것이 유일한 퇴치법이었다. 바로 대대로 계승되어 온 기술이었다.

"그 손가락피리 소리는 여자만 낼 수 있습니다."

아카기 신에몬은 그렇게 말하며 고개를 들었다. 말없이 앉아 있는 오치카를 걱정스러운 눈빛으로 바라보았다.

"여자 목소리가 아니면 안 됩니다. 남자는 잘된 사례가 없다고 하더군요."

오치카가 그제야 한 번, 또 한 번 숨을 고르고 떨리는 가슴을 달랬다.

"그래서 아카기 나리의 고향에서는 여자를 소중히 여기는군요."

"그런 사정입니다."

"하지만 대체 누가 그런 기술을─."

신에몬은 고개를 가로저었다.

"아주 옛날 일입니다. 내 고향에서는 그저 그것을 하나의 지혜로서 계승해 왔습니다. 마구루라는 재앙을 피하려면 꼭 필요한 지혜로서."

이치로타와 나타야의 형제가 그 자리에 있었던 것은 본래대로라면 규정을 깬 일이었다. 그래서 그때는 눈으로 본 것보다 더 상세한 속사정은 들을 수 없었다고 한다.

"어머니는 바로 그 마을을 떠났고, 잇페온지에게 물었다가 꾸중만 들었습니다."

"힘드셨겠군요."

어린아이였으니까요, 하고 신에몬은 말했다.

"나는 여전히 나약했고요."

그래서 신에몬은 내내 수수께끼를 품은 채 성장했는데,

"이번에 상경할 때 어머니가 이미 아프셨다고 말했지만."

"예."

"이대로 아무 설명도 없이 죽으면 아들이 딱하다고 생각하셨겠
지요. 은밀히 얘기해 주셨습니다. 사실 어머니도 선대 마구루 피
리술사 여자에게 전해 받은 점밖에는 모른다고 하셨지만."

마구루 피리술사?

"잇페온지는 마구루를 그저 고약한 짐승이라고 했지만, 그것은
음―그렇게 생각하는 것이 편하다는 말이고,"

실은 다른 설이 있다고 한다.

"마구루는 어떤 원한이 실체를 띠고 나타난 것이라고 합니다."

옛날 그 지방의 산들이 활발하게 개척되기 전에, 그러니까 사
람들이 사냥과 숯 굽기로 간신히 살아나가던 시절에, 영주에게
가혹하게 착취당하고 전쟁터에 끌려 나가고 비참하게 굶어 죽어
간 산골 주민들의 원한이 깊었는데, 그것이 마구루가 되었다는
것이다.

"그러므로 마구루를 죽이기는 불가능합니다. 원한은 죽일 수
있는 것이 아니니까요. 죽여도 죽여도 남습니다."

오히려 죽이면 더 깊어지는 것이 원한이다.

"그래서 마구루라는 원한으로 하여금 스스로를 먹어 치우게 해서 물리치는군요."

그러나 그렇다고 원한이 가시지는 않는다. 그러므로 마구루는 소생한다. 긴 세월을 두고 몇 번이고 부활한다.

"어머니가 마구루의 몸에 그렸던 것은 그 당시 영주의 깃발에 있던 무늬를 상하좌우 뒤집은 형상이라고 합니다."

오치카는 고개를 끄덕였고, 그제야 울렁이는 가슴이 가라앉았다.

"마구루 피리술사가 되는 여자는 특정한 가문이나 마을에서만 태어나나요?"

"물론 마구루에게 짓밟힌 지역에서 태어나는 경우가 많지만, 가문이나 혈통은 전혀 관계가 없습니다. 마구루 피리술사인 어머니가 마구루 피리술사 딸을 낳는 것도 아니고요."

오치카가 흠칫 놀랐다.

오치카의 마음을 읽었는지 신에몬이 가만히 웃었다.

"짐작하신 대로입니다. 실은 나도 누이동생이 언젠가 어머니 뒤를 잇지는 않을까 하고 두려워했어요. 어머니도 그걸 헤아리고 나에게 설명해 주신 겁니다."

"그러면 누이동생 분은?"

"마구루 피리술사가 될 수 없습니다."

될 수 없다. 그 한마디가 의미심장했다. 누이는 면했습니다.

"그런 것은 어떻게 알 수 있나요?"

"이야기 첫머리에 내 고향에서는 여자들만 참가해서 떠들썩하게 치르는 제사가 있다고 말씀드렸지요?"

아, 그게 그런 건가.

"여자가 여섯 살이 되면 손가락피리를 가르쳐 주고 불어 보게 합니다. 그럼 금방 알 수 있습니다."

"하지만 그것은 어디까지나 마구루가 없는 상황에서 시험해 보는 것이겠죠?"

오치카가 의아해하자 신에몬이 말했다.

"그렇습니다. 그 여자가 정말 마구루를 상대할 수 있는지 아닌지는 닥쳐 보지 않으면 알 수 없습니다. 어머니도 마구루 피리를 부는 법을 익힌 지 오래였지만 마구루를 본 것은 그때가 처음이었습니다."

그렇다면 신에몬의 어머니도 목숨을 걸었던 것이다. 물려받은 지혜와 기술만 믿고 마구루를 상대했다.

얼마나 대단한 용기인가.

"아카기 나리의 어머니는—."

오치카는 말문이 막혔다. 새삼 몸이 떨려왔다. 그 낯빛을 보고 신에몬은 당황한 듯이 몸을 앞으로 기울였다.

"그래도 그 여성이 부는 마구루 피리 소리가 효과가 있을지 없을지는 마구루가 없는 곳에서도 알 수 있습니다."

인간도 영향을 받는 힘이기 때문이다.

"어머니의 마구루 피리 소리를 들었을 때 나는 몸부림을 쳤고 소름이 돋았습니다. 잇페온지는 입가에 피를 흘렸고 당시 그곳에 있던 남자는 모두 그렇게 코피를 흘리거나 눈앞이 캄캄해지며 쓰러졌고, 나타야 당주는 그 뒤 보름이나 일어나지 못했습니다. 마구루 피리는 그런 것입니다."

한 소녀가 배운 대로 손가락피리를 불고 목청으로 노래할 때 주변 사람들이 그런 반응을 보이면 마구루 피리술사임을 알 수 있다. 그러나 이 이야기를 뒤집어보면 그 자질을 판별할 방법이 달리 없다는 말이기도 하다. 마구루와 직접 대치하기 전에는.

그것은 얼마나 무섭고 힘겨운 일인가. 오랜 세월 쌓인 원한은 마구루로만 실체화된 것이 아니다. 그 기술, 계승되어 온 비밀 자체도 그것이 실체화된 모습이 아닐까. 오치카는 그런 생각이 들었다.

하지만 잇페온지가 말한 대로 산림을 개간하며 살아온 사람들은 결코 산을 버릴 수 없다. 사람은 살아가야만 한다.

"어머니가 들고 있던 향로 비슷한 그릇은 그냥 연지함이었답니다. 내용물도 연지지만, 마구루를 물리칠 때는 거기에 마구루 피리술사의 피를 섞습니다."

그 피 냄새가 마구루를 얌전하게 만든다고 한다.

"자기 몸을 먹어 치우는 마구루는 다 먹기도 전에 죽고 맙니다. 남은 몸뚱이는—."

"네, 어떻게 처분하죠?"

"아마기무라 근방에서는, 소간지가 있는 산의 큰 고개에 묻기로 정해져 있답니다. 그런 무덤이 있기 때문에 사람들도 평소 그 고개에 올라가지 않는 것이지요."

물론 큰 고개에는 돌풍도 많이 불어오지만 그 탓만은 아니며, 그곳에는 새나 토끼조차 없다고 한다.

새삼 오치카는 아카기 신에몬의 아담한 이목구비를 바라보았다.

"돌아가신 어머니의 장례도 여자들끼리만 치렀다고 하셨는데, 그것도 관습이군요?"

"예. 마구루 피리술사는 여럿 있지만, 마구루를 물리친 피리술사는 특별한 존경을 받으니까요."

같은 책임을 짊어지고 같은 공포와 함께 살아가는 여자들끼리 마구루를 퇴치한 여자를 장사 지낸다.

"그래도 아카기 나리는 어머님의 장례에 참석하고 싶으셨겠지요—."

말하고 나서야 괜한 소리를 했구나 하는 생각에 오치카는 눈길을 떨어뜨렸다.

신에몬은 다시 잠깐 코를 훌쩍인 뒤 가만히 목깃을 만졌다.

"어머니는 나에게 고키치의 묘를 찾는 일을 거르지 말라고 말씀하셨습니다."

머리가 모자란 불목하니는 생명의 은인이니 잊어서는 안 된다고 했다는 것이다. 아카기 가의 미쓰에 님은 속이 깊은 여장부였다.

오치카는 차를 다시 탔다. 신에몬은 흑백의 방의 유키미 장지바깥 풍경을 방 안에서 구경하기 위해, 일부분을 위아래로 밀어 여닫을 수 있게 만든 장지. 중세 이후로 설경을 감상하는 풍속에서 비롯되었다를 달강달강 흔드는 바람 소리를 듣고 있었다.

"다른 지방 사람들은 왜 그런 산골짜기에 사느냐며 의아해하겠지만."

당시 잇페온지는 어린 이치로타에게 이렇게 말했다고 한다.

—마구루는 눈에 뻔히 보인다. 불로 쫓을 수도 있고 마구루 피리술사로 물리칠 수도 있어.

눈에 보이지 않아 정체를 알 수 없고, 어떻게 도망쳐야 하는지도 알 수 없는 재앙보다 낫다고.

"자, 이런 이야기였습니다. 그런데…… 우사스런 말입니다만, 오치카 님."

부끄러운 말이라는 뜻이다.

"예."

"나는 누이동생이 피리술사가 되지 않아서 정말 안도했습니다. 어머니께도 그렇게 말씀드렸는데."

신에몬의 목소리가 조금 작아졌다.

"마구루 피리술사가 되지 못하는 여자는 평범한 여자입니다. 어머니처럼 산골에서 번방 가문으로 들어가는 꽃가마는 못 타지요. 그뿐만 아니라 아카기 집안에 걸맞은 혼담도 들어오지 않을지도 모릅니다."

마구루 피리를 불지 못하는 여자는 '대단한' 여자가 아니기 때문이다.

"그래도 마구루와 대결하지 않아도 되잖아요?"

"모르는 일이죠. 어느 향사鄕土 집안에 시집을 가 산촌에서 사는데 그곳에 마구루가 나온다면."

오치카는 손길을 멈추고 신에몬의 얼굴을 보았다. 나약한 울보 아이의 흔적은 남아 있지 않았다. 하지만 울보나 나약한 사람이 아니라도 사람은 무엇인가를 두려워하지 않을 수 없다. 사람은 무엇인가를 두려워하지 않고는 살아갈 수 없다. 그 얼굴에는 그렇게 쓰여 있었다.

"누이동생은 마구루에게 잡아먹힐지도 모릅니다."

마구루는 여자와 아이를 선호하여 습격한다.

"그렇다면 마구루 피리술사가 되는 편이 차라리 나은 게 아닐까. 어머니에게는 말하지 않았지만 나는 그런 생각도 해 봤습니다."

신에몬의 눈에서 절실한 빛이 엿보였다.

"내 생각이 잘못된 걸까요?"

오치카는 대답을 할 수 없었다.

그날 밤 오치카는 미시마야 안채에서 잠잘 준비를 하다가 문득 장난기가 발동하여 손가락피리를 불어 보았다. 엉뚱한 소리가 났다. 그러자 복도 저쪽에서 오타미의 꾸중이 날아왔다.

"이런 오밤중에 누가 휘파람을 부니! 뱀 나올라!"

오치카는 목을 움츠렸다. 이거, 휘파람 아니에요, 숙모님.

―나는 너무 서툴구나.

마구루가 나온다는 오슈의 어느 산골에 태어나도 마구루 피리술사는 되지도 못할 것 같다.

하지만 그래서 다행이라고 생각하기에는 뭔가가 마음에 걸린다.

오치카의 마구루도 어딘가에 있다. 미시마야의 마구루도 어딘가에 있을 것이다.

그것이 출몰했을 때 마구루 피리에 해당하는 것을 오치카는 가지고 있을까? 미시마야는 가지고 있을까?

사람은 그저 마구루를 만나지 않으면 좋은 걸까? 마구루를 만나도 물리칠 수 있는 힘을 가지고 있는 게 좋은 걸까?

모르겠다.

오늘 밤은 아카기 신에몬이 떠나면서 보여 준 웃는 얼굴,

―어머니 이야기를 털어놓을 수 있어서 속이 후련합니다.

그것을 부적 삼아서 잠들기로 하자.

기굴
절얼

·

오늘 미시마야의 흑백의 방은 침울한 분위기가 가득하다.

괴담을 얘기하는 방인 만큼 평소에도 그리 화사한 분위기는 아니다. 그런 방이 더욱 가라앉은 까닭은 상좌에 앉은 오늘의 화자가 잔뜩 가라앉은 표정을 하고 있는 탓일 것이다.

나이는 마흔이 넘어 보이고 얼굴은 흔히 말하는 복스러운 상이며, 온화한 인상을 가진 부인이다. 적갈색에 검정이 섞인 줄무늬 지리멘 기모노에 검은 오비를 둘렀고, 머리에는 조청 빛깔이 되도록 오래 쓴 회양목 빗을 꽂았다. 행동거지로 보아 부유한 듯하지만, 몸치장을 삼간 이유는 괴담 화자로 와서만은 아닌 것 같다는 생각을 하고 있는데,

"지난해 가을, 남편을 여의어서."

부인은 속삭이듯이 입을 열었다.

"뭐라고 위로의 말씀을 드려야 할지."

오치카가 정중하게 고개를 숙였다.

"반년이 지나도록 마음을 추스르지 못하고 있습니다. 아이들은 엄마가 자꾸 그러면 저승의 아빠가 더 걱정할 거라고 타박합니다만."

아마 사이가 돈독한 부부였을 것이다. 쓸쓸함에 홀로 남은 아내는 아직도 상복을 입고 있다.

"세상은 어느새 봄이 되었으니―."

오늘이 춘분이다.

"조금은 봄에 맞게 차려입고 나가라며, 오늘도 외출하기 전에 딸이 이것저것 손을 봐주었지만 아무래도 마음이 밝아지지 않았습니다."

죄송합니다, 하고 여자는 더욱 작은 목소리로 말한다.

"편하신 대로 계셔도 됩니다. 여기는 그런 곳이니까요."

도코노마에는 아직 꽃봉오리를 단단하게 다문 매화가 꼿꼿이 되어 놓여 있다. 가지 하나에 홍백이 섞여 피는 보기 드문 매화이니 부디 꽃이 피기 시작할 때부터 보시라고, 여기 출입하는 꽃가게 주인이 설명했다. 하지만 이 화자에게는 봉오리인 상태가 더 어울릴 것 같다.

"이렇게 불러 주셔서 고맙습니다. 하지만―."

조심스러워하는 정도가 아니라 미리 사과라도 하려는 것처럼 부인은 아래만 보고 있다.

"두 달쯤 전인가요. 도안 씨로부터 이곳 변조 괴담 자리에 대해 전해 듣고 내내 망설였습니다. 다른 사람에게 이야기하느니 차라리 집안사람에게 털어놓는 것이 더 개운하지 않을까 하고 생각한 적도 있고, 아니, 다른 사람이 더 편할 것 같기도 하고, 아들이나 딸에게 이야기하면 엄마가 슬픔에 겨운 나머지 머리가 조금 이상해진 것은 아닌가 하고 오해할까 봐 두렵기도 하고 부끄럽기도 해서."

그런 망설임이라면 오치카가 잘 안다.

"이 흑백의 방에서는, 화자는 말하고 버리고, 청자는 듣고 버리는 것이 규칙입니다. 물론 여기 들어오신 뒤 손님의 마음이 바뀌어 역시 말하지 않는 게 낫겠다고 생각하신다면 그 역시 괜찮습니다."

오치카의 미소에 부인은 그제야 조심스레 눈길을 들었다.

"아마 아가씨 꿈자리를 사납게 만들 이야기일 텐데요."

"걱정해 주셔서 고맙습니다만 저는 그런 것들을 충분히 각오하고 듣는 역할을 맡고 있습니다. 안심하셔도 좋습니다."

바로 얼마 전에는 사람을 습격해 잡아먹는 짐승 이야기도 들었다. 꿈자리가 사나워지는 거라면 그 전의 이야기는 더욱 그러했다.

자세히 들려줄 수도 없으므로 오치카는 굳건한 모습을 보여 주는 수밖에 없었다. 여자의 눈빛에서 망설이는 기미는 사라지지 않았다.

"이야기를 들어 주시는 분이 설마 이리 어여쁜 아가씨일 줄이야…… 아니요, 도안 씨의 설명을 의심했다는 말은 아닙니다만."

오치카도 잠깐 고민했다. 내가 나서서 이끌어 줘야 할까?

"미시마야의 주인은 제게 숙부인데, 그분이 이 변조 괴담 자리를 마련하고 청자로 저를 앉힌 것은 다름이 아니라 제가 지금의 부인처럼 깊은 슬픔에 빠져서 헤어나지 못한 시기가 있었기 때문입니다."

아—하며 부인이 눈을 크게 떴다.

"이 년쯤 전에 저는 약혼자를 잃었습니다. 그 사람은 소꿉친구였고 그때부터 잘 알아온 사이였기 때문에 더 괴로웠습니다. 그래서, 주제넘은 말이지만 남편분을 잃으신 사모님의 슬픔도 조금은 헤아릴 수 있을 것 같습니다."

부인은 체구나 얼굴과 마찬가지로 포동포동하고 부드러워 보이는 손을 입가에 대고 고개를 한 번 끄덕였다.

"그런 사정이 있었군요."

가만히 말하다가 문득 황망히 말했다.

"아가씨, 저는 사모님 소리를 들을 만한 사람이 못 됩니다. 방물가게 안주인일 뿐이니 아주머니면 충분합니다."

다른 때와 마찬가지로 오치카는 화자에게 이름이나 신상을 묻지 않고 마주 앉아 있었다.

"그러면 부인, 저도 아가씨가 아니라 그냥 오치카라고 불러 주세요."

둘은 그제야 잔잔한 미소를 나누었다.

"그런데 그렇게 슬픈 일을 겪은 아가씨에게 굳이 괴담을 듣게 하다니, 미시마야 주인님도 참 별난 분이시군요."

오치카는 고개를 크게 끄덕여 보였다. "예, 숙부는 원래 별난 분이거든요."

가슴을 펴고 떳떳하게 할 만한 이야기는 아닌가.

"어머, 그렇군요. 하지만 뭔가 각별하게 생각하시는 바가 있어서 그리하셨겠지요."

"저에게 세상물정이란 것을 조금이나마 알려 주고 싶으셨던 거겠지요" 하고 오치카는 말했다. "이런저런 기이한 이야기를 듣다 보니 저도 차차 세상을 보는 눈이 넓어지는 것 같습니다. 세상에는 정말로 생각지도 못한 일들이 일어납니다. 사람이 살아가는 길도 다양하고 이승을 떠나는 길도 다양한 것 같습니다."

이승에 남은 사람들의 생각도 가지가지이다.

여자는 고개를 기울이고 잠시 오치카의 얼굴을 쳐다보다가 불쑥 그녀 쪽으로 몸을 내밀며 물었다.

"오치카 님은 한 번이라도 좋으니 죽은 약혼자를 만나고 싶다고 생각하신 적은 없나요?"

오치카는 잠시 숨을 멈췄다.

대개는 '있다'고 대답할 것이다. 하지만 오치카는 대답이 쉽지 않았다.

만나서—미안하다고 말하고 싶다.

미안하다고 말한들—무슨 소용인가 하는 생각도 한다.

그런 생각을 하는 것은—내 욕심이다.

하지만 굳이 대답을 찾을 필요는 없었다. 부인은 무릎 위에 두 손을 모으고 가만히 한숨을 짓고 나서 이렇게 말했다. "이렇게 무례하게 묻는 것도 제가 말하려고 하는 이야기가 그런 이야기이기 때문입니다."

망자와 재회하기를 바라는 이야기란 말인가.

"하지만 죽은 남편에 대한 이야기는 아닙니다. 아주 오래전에 일어난 일이거든요."

제 삼촌 이야기입니다, 하고 이야기를 시작했다.

"제가 열 살 때 돌아가셨습니다. 헤아려 보면 삼십 년이나 지난 일입니다."

이야기가 시작되었다. 오치카는 청자로서 자세를 가다듬었다.

"제 이름은 오스에라고 합니다. 친가도 방물 가게입니다. 가게는 시바구치바시 초입의 신마치라는 곳에 있었지요."

옥호를 '마루텐㡀天'이라 했다고 한다.

"하늘 천 자에 동그라미를 두르고 그렇게 읽었습니다. 특별히 유래가 있는 것은 아니고 행운을 부르는, 좋은 음 두 개를 붙여 놓은 소박한 이름입니다."

친근감이 느껴지는 옥호이다.

"제 생가는 여관을 하는데, 마찬가지로 마루㡀에 센千을 붙여서 '마루센'이라고 합니다" 하고 오치카는 말했다. "옥호의 유래를 들어본 적은 없지만, 역시 소박하고 기억하기 쉬워서 마음에 들더군요."

"두 가게가 글자 하나만 다르니, 이것도 인연인가 봅니다." 오스에는 반갑다는 듯이 방긋 웃었다. "그리고 할아버지가 세운 '마루텐' 본점은 간다 도미마쓰초에 있었습니다."

화려했던 본점 모습이 다 기억난다고 했다.

"여기서 가깝네요."

"네. 저만의 생각이겠지만 그 점에서도 이곳과 인연 같은 것을 느낍니다."

화자가 여기로 찾아오게 되는 데도 인연이 필요하다.

"신마치 쪽은 분점이고 가게도 작았지만, 그 근방에는 무가 저택과 절이 많아서 손님들도 대개 점잖았고 덕분에 쉽게 장사를 했습니다."

그 시절을 그리워하는 말투였다. 지금도 어머니를 걱정하는 아들딸이 있는 오스에의 집도 그렇겠지만, 오스에가 나고 자란 집도 따뜻한 곳이었을 것이다.

"아버지는 삼남이라 이름도 산조三藏였습니다. 그래서 분점을 내게 된 것이었고요."

그런데 본점을 물려받은 사람은 장남이 아니었다.

"아버지 바로 위의 형, 그러니까 차남이 물려받았습니다. 가게를 물려받아야 할 장남이 아무도 못 말리는 한량이었기 때문입니다. 술, 노름, 여자, 삼박자를 고루 즐기는 데다 눈물로 만류하는 어머니를 발길질로 쓰러뜨리고 집안의 돈을 들고 나가 노름판으로 달려가는 한심한 사람이었습니다."

신랄한 말이었지만 고통스러움은 느껴지지 않았다. 그 이유는 곧 알 수 있었다.

"이 장남이 삼십대 중반을 지나서야 뭔가를 깨달았는지 갑자기 제정신을 차리고 집으로 돌아왔습니다."

오스에의 눈이 먼 곳을 바라본다.

"하지만 이미 의절당한 처지고, 본점은 이미 차남이 물려받았고 부모님도—제 조부모입니다만, 오래전에 세상을 떠나셨습니다."

"아, 그러면."

"예. 장남이 아무리 사죄하고 이제는 회개했다고 호소해도 엎질러진 물이었습니다. 자치회 장로가 중재해 주었지만 당주가 된 차남이 응하지 않으니 의절을 취소할 수 없었습니다."

오스에는 아직 어렸으므로 당시 '마루텐'에서 어떤 말들이 오갔는지는 자세히 알지 못했다. 하지만 부모의 수심에 찬 표정을 보거나 가끔 단편적인 이야기를 듣기만 해도, 어린 마음에도 몹시 걱정스러웠다고 한다.

"본점에서는 장남에게 몹시 화가 나 있었어요. 가업을 물려받은 차남은 방탕한 형 때문에 부모가 얼마나 고통을 받았는지 알고 있었으므로 형을 쉽게 용서할 수가 없었겠지요."

이미 한참 지난 일이라 지난 허물을 씻어낼 물도 바닥난 상태였다.

"결국 제 아버지가 나서게 되었습니다."

갈 곳 없는 장남을 신마치 분점에서 받아 주기로 했다.

"딸인 제가 이렇게 말하기는 쑥스럽지만, 아버지는 마음이 따뜻한 분이었습니다. 과거가 어떻든 피를 나눈 형이 지난날의 잘못을 눈물로 사죄하는 모습을 냉정하게 외면할 수 없었을 겁니다."

─하루 형님이 그렇게 뉘우쳤다고 하니 내 눈으로 지켜봐 드려야지.

"아버지의 큰형, 제게는 삼촌인 분의 이름은 하루이치입니다. 태어난 날이 춘분이라 그렇게 지었다고 합니다."

그렇다면 바로 오늘이다.

"춘분에 삼촌 이야기를 하게 된 것도 참으로 묘한 인연이지요."

그렇게 말하는 오스에의 눈빛도 따뜻했다.

"한참 나중에 들은 이야기지만, 아버지도 삼촌의 사죄를 곧이 곧대로 믿은 것은 아니었습니다. 술, 노름, 계집을 밝히게 만든다는 벌레는 본래 사람의 골수에 둥지를 틀게 마련입니다. 본인은 이제 그런 벌레는 없다, 깨끗이 퇴치했다고 생각하지만 벌레는 잠시 잠들어 있을 뿐 언제 다시 꿈틀거리며 나올지 모릅니다."

그것을 판별하려면 일단 한 지붕 아래에서 지내 봐야 한다.

"그러면서 차차 장사를 배우게 해서 어떻게 일하는지 지켜보자. 부모님은 그럴 생각으로 삼촌을 받아들였는데,"

막상 본인을 만나 이야기해 보니 하루이치는 이쪽의 생각과는 다른 이야기를 했다.

—내가 이제 와서 착실한 상인이 되려고 하는 건 아니다. 이미 늦었다. 그렇다고 너희 집에 빌붙어 편히 살려는 것도 아니니 안심해라.

다만 일 년만 분점에 있게 해 달라, 하고 말했다.

"본점에도 같은 부탁을 할 생각이었다고 합니다. 앞으로 어떻게 처신할지를 신중에 신중을 기해서 생각해야 하니 일 년만 시간을 달라는 거였습니다."

오스에의 부모는 당혹스러웠다. 원래 처신이란, 고민한다고 깨닫는 것이 아니다. 몸을 움직여 일하면서 체득해 가는 것이다. 모처럼 돌아와 그렇게 사죄해 놓고 상인이 될 생각이 없다는 말도 이해할 수 없었다.

—왜 이런 말을 하는지는 곧 알게 될 거다. 끝까지 숨길 수 있는 것이 아니라는 점은 내가 제일 잘 안다.

"내 상황이 지금 이러저러하다고 설명해 본들 아무도 믿어줄 것 같지 않구나, 하고 삼촌은 말했다고 합니다."

—그러니 아무 말 말고 나를 믿어 달라.

그렇게 말하며 고개를 숙이는 모습은 본점에서 비난받을 때보다 더 순순한 태도였다.

"편하게 살 생각은 없다는 말도 진심 같았습니다."

하루이치는 집 안에서 지내지 않았다. 뒤뜰 구석에 있는 창고

를 가리키며,

—미안하지만 저곳을 빌려 주게.

그러더니 품에서 금화를 꺼내어 내밀었다. 세 냥이었다고 한다.

"이걸로 일 년 동안 먹여나 달라는 겁니다."

—너무 소소해서 부끄럽지만, 모자라지는 않을 거다. 잘 부탁한다.

얇은 담요와 꾀죄죄한 침구, 등잔 하나를 가지고 가서 정말로 창고에서 지내기 시작했다.

"처음 말한 대로 가게 일에는 전혀 관여하지 않았지만 아무것도 하지 않은 것은 아닙니다. 장작도 패고 물도 긷고 청소도 하고, 정말 부지런히 일했습니다."

방탕했던 지난날의 모습은 흔적도 볼 수 없었다.

—이제 그럴 걱정은 필요 없을 듯하지만 혹시 마루텐의 하루이치를 기억하는 사람이 나를 알아보면 난처하니까.

"일할 때는 늘 수건을 눈 밑에 둘러서 얼굴을 감추었습니다."

오치카는 생각했다. 하루이치가 '난처하다'고 한 말은 자기 처지만 생각해서 한 얘기는 아닐 것이다. 오스에의 부모가 형을 하인처럼 부리고 있는 듯이 보인다면 싫어할 거라는 점을 염려하기도 했으리라.

"저도 수건으로 얼굴을 가린 삼촌을 몇 번 보았지만, 그때마다 무슨 좀도둑을 보는 것 같아서 영 불안해지곤 했습니다."

처음에는 하루 세 끼니도 부엌에서 먹었지만, 하루이치가 부탁을 했는지 곧 하녀가 창고로 가져다주게 되었다.

"술은 한 방울도 입에 대지 않았습니다. 술만은 확실하게 끊었더군요. 가끔 간식으로 단것을 내놓아도 자기한테는 아깝다면서 손도 대지 않고 물렸을 정도입니다."

"그러니까 하루이치 씨는 일꾼처럼 일하고 착실하게 생활하면서 되도록 집안사람들과 얼굴을 마주치지 않으려고 했던 거군요."

오치카의 물음에 오스에는 고개를 크게 끄덕였다.

"게다가 더욱 철저해졌어요."

—창고에 오지 말아 주게. 특히 오스에는 얼씬도 하지 못하게 해 줘.

"저는 외동딸이었어요. 그때는 가게에 견습 점원도 두지 않아서 집에 아이는 저 하나뿐이었습니다."

그렇다면 어린아이는 가까이 오게 하지 말라는 뜻일까?

"무서워할 게 틀림없다고 말했다고 합니다. 그리고 또 하나."

오스에는 잠시 뜸을 들였다. 이제 이야기가 완급을 띠게 되었다.

"삼촌은 이런 말도 했습니다. 나는 가끔 밖에 나갈 것이다. 특히 24절기 날이 되면 반드시 하루 종일 나가 있을 테니까 내버려 둬 달라고."

그날은 밥도 필요 없다. 말없이 나갔다 말없이 돌아올 테니까 아예 신경 쓰지 마라.

"뒤뜰 창고에서 지내기로 한 까닭도, 그곳이라면 출입하기가 편하고 집안사람에게 일일이 양해를 구하지 않아도 되기 때문인 듯했습니다."

흐음—하며 오치카는 숨을 토했다. 그 표정이 재미있는지 오스에가 미소를 지었다.

"이상하죠? 이유는 말하지 않으면서 요구 사항은 까다롭고."

"수수께끼 같네요. 하루이치 씨는 그런 요구를 할 때 어떤 모습이었나요? 진지했나요? 아니면 웃으면서? 아니면 조금 무서워한다거나 뭔가를 경계하는?"

오스에는 즉시 대답했다. "진지했어요. 정말 진지했습니다. 뭐랄까, 무슨 신앙이라도 가지고 있는 사람처럼."

말하고 나서 이내 고개를 가로저어 부정했다. "아뇨, 신앙은 아니에요. 다만 뭔가를 기대하는 듯한 표정이었어요."

한 마디 한 마디를 음미하듯이 말한다.

"나중에 사정을 알고 나서 보니 삼촌의 자잘한 요구에도 다 까닭이 있었어요."

몹시 궁금하게 한다.

"하루이치 씨가 어디로 나가는지 짐작이 되던가요?"

"아뇨, 전혀."

"밖에 나가니까 누굴 만나는…… 혹은 사람이나 뭔가를 찾고 있었던 걸까요? 하지만 24절기 날에 반드시 나가야 한다는 것은 무슨 이유에서일까요?"

24절기란 입춘부터 대한까지, 한해에 이십사 일 있는 절기를 말한다. 아무리 저렴한 달력에도 표기되어 있어서 어린아이도 안다. 농사를 짓지 않는 시중 생활에서는 의미가 약한 절기도 있지만, 더위나 추위의 왕래, 연중행사와 관계가 있는 절기는 일상생활의 중요한 구분이 된다.

"그것이 말이죠, 오치카 님."

오스에는 조금 장난스러운 표정이 되었다. 화자가 이런 식으로 청자 오치카의 호기심을 자극하는 것은 경계심이 풀리고 분위기를 타고 있다는 신호이다.

"큰 의미는 없어요. 그렇게 정해 두는 것이 삼촌에게 편할 것이라는 거죠."

무슨 말인지 얼른 이해하기가 힘들다.

"그렇다면 그건 무슨 약속 같은 거네요?"

"네, 약속 같은 거였어요."

약속인가. 누구와 무엇을 약속했을까. 그것이 '편할 것'이라니?

청자는 서둘러서는 안 된다. 오치카는 입을 다물고 오스에는 계속 말했다.

"그해 하루이치 삼촌은 상강을 지난 직후, 그러니까 구월에 분점을 찾아왔어요. 그리고 입동과 소설 때—그 두 날 모두, 삼촌은 정말로 하루 종일 창고를 비우고 외출했던 것 같았어요."

분점의 어느 누구도 그가 나가는 모습이나 돌아오는 모습을 보지 못했다. 어두울 때 나가서 어두워진 뒤에야 돌아왔을 것이다.

"수상쩍기는 했지만 외출하지 않는 날은 아까 말했다시피 일꾼처럼 일했으므로 불평할 일은 없었습니다. 아버지도 한동안은 알아서 하게 놔 두는 수밖에 없다면서, 절반은 기막혀 하고 절반은 못마땅한 얼굴을 하고 있었습니다."

자고로 식객은 더 뻔뻔하게 행동하기 마련이다. 그래야 주인도 마음이 편한 법이라고 불평한 적도 있었다고 한다. 오스에의 아버지는 천성이 착한 사람이었다.

"삼촌은 자신의 비밀은 '끝까지 숨길 수 있는 게 아니다'라고 했지만, 우리는 계속 영문을 모른 채 두 달 가까이 지났는데."

소설이 지나고 대설을 맞았을 때 그 비밀이 단번에 풀렸다.

"그날 제가 습자소에서 늘 친하게 붙어 다니던 여자애와 다툰 것이 일의 시작이었습니다."

오스에는 그렇게 말하고, 그때가 생각나는지 살짝 웃었다.

―내 잘못이 아니란 말이야.

여전히 울상을 지은 채 공책과 필통을 싼 꾸러미를 품에 꼭 안고 오스에는 잰걸음으로 길을 걷고 있었다. 습자소에서 집으로 돌아가는 길이다.

오늘 아침 오스에는 잠자리에서 일어나면서 재채기를 몇 번 했다. 콧물도 조금 나왔다. 아무래도 고뿔이 시작되는 모양이라고 걱정한 엄마가 예쁜 목도리를 빌려 주어서 오스에는 그 목도리를 두르고 습자소에 갔다.

그리고 싸움이 벌어졌다. 평소 가장 친하게 지내던 오미쓰와.

하지만 오늘 그 일은 누가 뭐래도 오미쓰 잘못이었다. 오미쓰가, 와, 예쁜 목도리네, 잠깐 보여 줘, 라고 한 것까지는 좋았다. 그런데, 나도 둘러 보고 싶은데, 좀 빌려 주라, 하고도 부탁했다. 엄마 거라서 안 된다고 하자 오미쓰가 발끈했다. 끝내 억지로 낚아채서 제 목에 감아 보더니 마음에 든다면서 돌려주기를 거절하는 바람에 오스에도 화가 났던 것이다.

오미쓰는 가끔 그런 식으로 행동한다. 이상하게 심통을 내며 해코지를 한다. 게다가 말주변도 좋고 약삭빠른 구석이 있어서, 그렇게 심통을 내기 시작하면 오스에는 도저히 당해낼 수가 없었다.

한번은 오스에가 엄마에게 그렇게 이야기하자,

—아마 외로운 게로구나.

하고 말했다.

—오미쓰는 엄마, 아빠가 없어서 아줌마네 집에서 눈칫밥을 먹고 있잖니.

그러니까 웬만하면 네가 양보하렴, 하는 훈계도 들었지만, 오늘 한 짓은 너무 심해서 용서할 수가 없었다. 오스에가 어렵게 목도리를 되찾자 오미쓰는 분해하며 먹물 통에 가득 담긴 먹물을 오스에에게 끼얹은 것이다. 얼굴에 묻은 먹물이야 닦으면 되지만 옷이나 목도리는 검은 얼룩투성이가 되었다.

이 싸움으로 둘 다 선생님에게 한바탕 꾸중을 들었다. 밖에 나가 서 있어! 라고 했지만 오스에는 선생님 눈을 피해 도망치고 말았다. 선생님에게 꾸중을 들었어도 여전히 눈을 흘기며, "오스에가 너무 쩨쩨하게 굴었단 말이에요!" 하고 우기는 오미쓰하고는 도저히 나란히 서서 벌을 받을 수 없었다. 무엇보다 날이 너무 추웠다.

평소 오스에는 아침밥을 먹으면 바로 습자소로 갔다가 점심시간에 일단 집으로 돌아와 점심을 먹고, 다시 습자소로 갔다가 오후 세시쯤이 되어서야 돌아왔다. 하지만 오늘은 점심 전에 집으로 돌아간다. 집에 도착하면 대체 무슨 일이냐면서 엄마한테 혼이 날 판이다. 옷이 이렇게 검은 얼룩투성이만 아니었다면 역시 고뿔 때문에 힘들어서 조퇴했다고 둘러댈 수도 있겠지만, 이런 꼴이니 그런 거짓말도 통하지 않을 것이다. 아홉 살배기 소녀의 머리로도 그 정도는 생각할 수 있었다.

집으로 몰래 들어가 옷부터 갈아입자. 오스에는 콧물을 훌쩍이며 손으로 얼굴을 쓱쓱 문질렀다.

'마루텐' 가게 쪽은 판자 담을 둘렀지만, 집 뒤쪽은 낮은 울타리를 둘렀다. 그리 높은 울타리도 아니므로 몸이 가벼운 오스에라면 쉽게 넘을 수 있다. 실은 이미 여러 번 넘어 보았다. 뒷간 및 창고와 가까운 북쪽 울타리다. 거기라면 아무한테도 들키지 않을 것이다. 뒷간에 출입하는 사람만 조심하면 된다.

오스에는 제법 빈틈없이 움직였다. 새끼 원숭이처럼 울타리를

가뿐하게 넘은 뒤 일단 그곳의 나무 그늘에 쪼그리고 앉아 귀를
기울였다.

오늘은 대설. 아침부터 날이 흐려 햇빛이 없기 때문에 더욱 쌀
쌀하다. 오스에는 다시 재채기가 터지려고 해서 황망히 코를 막
았다.

어디선가 나무문 열리는 소리가 들렸다. 문이 잘 안 맞는지 덜
걱거리는 소리가 났다.

—아, 하루이치 삼촌이다.

그걸 깜빡하고 있었구나. 그래, 삼촌이 창고에 있었지. 평소 오
스에는 삼촌과 거의 대화가 없었다. 가끔 삼촌 모습을 언뜻 봤을
뿐이다. 그래서 그만 깜빡하고 말았다.

나무 뒤에서 얼굴을 내밀어 보니 삼촌이 막 창고에서 나오는
참이었다. 평소처럼 수건을 둘러서 얼굴을 감추었다. 이쪽에 등
을, 아니 그렇기보다는 엉덩이를 보이고 있다. 몸을 앞으로 푹 구
부리고 있었던 것이다.

—이상하네.

물을 긷거나 장작을 패는 모습을 보면 삼촌은 허리가 좀 더 꼿
꼿했다. 저렇게 노인처럼 구부정하지 않았다.

삼촌은 몸을 휘청거리며 느릿느릿 걷기 시작했다. 다리를 질질
끌듯이 하며 걸었다. 뒷간에 가나?

오스에는 흠칫하며 나무를 껴안았다.

삼촌이 피투성이였던 것이다.

소매에 피가 튀어 있었다. 가만 보니 옷을 걷어 올려서 드러난 정강이와 팔뚝에도 피가 묻어 있었다.

기척을 느꼈는지 삼촌이 고개를 쳐들고 오스에가 숨어 있는 쪽으로 시선을 돌렸다. 그래서 몸 정면을 볼 수 있었다. 그쪽도 피투성이였다.

─다쳤구나.

그래서 그렇게 구부정했구나. 온몸이 아픈 거야. 겨우 걷고 있지만 당장이라도 쓰러질 것 같잖아.

오스에는 더 생각할 것도 없이 나무 뒤에서 뛰어나갔다. 이번에는 삼촌이 흠칫해서 헛발을 디디다가 그대로 엉덩방아를 찧었다.

"삼촌, 그 상처."

어떻게 된 거냐고 물으려다가 오스에는 목소리를 꿀꺽 삼키고 말았다.

이 사람, 삼촌이 아니잖아!

아무리 수건을 둘러도 이렇게 가까이서 보면 눈 밑부터 콧등, 입 주변까지 알아볼 수 있다. 엉덩방아를 찧은 남자의 얼굴은 오스에가 아는 하루이치 삼촌의 얼굴과 달랐다.

정식으로 인사한 것은(부모님이 시켜서) 딱 한 번뿐이다. 하지만 하루이치 삼촌의 얼굴은 오스에도 잊을 수 없었다. 아빠와 많이 닮았기 때문이다. 아빠도 그렇게 말했다. 형제라도 이렇게 얼굴이 닮는 것은 드문 일이지. 체격까지 닮았더라면 쌍둥이 소리를 들었을 거다, 라고.

"아저씨, 누구?"

오스에가 물었다. 제 딴에는 날카롭게 물을 생각이었는데 가늘고 떨리는 목소리밖에 나오지 않았다.

주저앉은 남자는 그 물음에 정신을 다잡았는지, 상반신을 일으키고, 늦었지만 수건을 당겨 얼굴을 가리려고 했다. 그렇게 하는 손등에도 찰과상이 있었다.

"됐으니 저리 가거라. 귀찮게 굴지 말고."

목소리도 다르다. 하루이치 삼촌의 목소리가 아니다. 오스에는 더욱 겁에 질려 몸이 굳었다. 그러자 남자가 문득 눈을 끔뻑였다.

"오스에, 그 꼴은 뭐냐. 먹물을 쏟았니?"

오스에는 검은 얼룩투성이였다.

"얼굴에도 묻었구나. 이마에."

오스에는 손을 들어 이마를 만졌다.

아하—하고 남자가 말했다. 입을 움직이면 통증이 오는 듯한데, 그러면서도 웃으려고 한다.

"습자소에서 다툰 모양이구나. 그래서 이렇게 일찍 돌아왔겠지."

정확하네.

"엄마가 알면 난리 나겠다. 나는 입 다물고 있을 테니까 얼른 안으로 들어가렴."

남자는 땅바닥을 짚고 끄응, 하고 앓는 소리를 내며 몸을 일으켰다.

"근데, 아저씨."

오스에의 목소리는 더욱 떨렸다.

"너무 심하게 다쳤어요."

"나한테 상관 말라고 했잖니."

얼른 가, 하고 손짓으로 오스에를 쫓아낸다.

"아저씨, 삼촌 맞아요? 아니에요?"

오스에는 무릎까지 덜덜 떨리기 시작했다. 무서운데 무엇이 무서운지 알 수 없었다. 이 낯선 얼굴의 남자가 무서운 건지, 남자의 심한 부상이 무서운 건지, 아니면.

―이 사람, 나를 알잖아.

삼촌이 아닌데 삼촌처럼 '오스에'라고 불렀어.

"누구세요?"

아무라도 불러야겠다고 생각했다. 하지만 오스에는 꼼짝할 수 없었고 큰 소리도 낼 수 없었다.

남자는 창고 문을 잡고 열려고 한다. 문은 삐걱삐걱 소리만 날 뿐 좀처럼 열리지 않았다.

"내 걱정 마라. 나는 아무것도 안 봤고, 오스에도 아무것도 안 본 거야."

괴로운 듯이 숨을 가쁘게 쉬면서도 남자는 오스에를 달래는 것처럼 웃고 있었다.

"살펴보지도 않고 불쑥 나오는 게 아니었는데, 미안하구나."

오스에는 저도 모르게 남자의 손 옆으로 손을 뻗어 문을 여는 것을 도왔다. 덜컹, 소리와 함께 문이 열리면서 좁은 창고 내부가 한눈에 들어왔다.

꺄악, 하는 비명이 나오려고 해서 오스에는 양손으로 입을 막았다. 창고 바닥에는 대발이 나란히 놓여 있고 그 위에 얇은 담요 하나가 깔려 있었다. 그 담요에도 핏자국이 잔뜩 묻어 있었다.

"고맙다. 이제 됐으니 가거라."

남자는 힘겹게 담요까지 걸어가 무릎을 접고 그 위에 웅크렸다.

"뭐가 됐다는 거예요! 아저씨, 많이 다쳤잖아요. 그냥 있다간 죽어 버릴지도 몰라요. 내가 엄마를 불러 올게요."

"그럼 네가 혼날 텐데."

"혼나도 좋아요!"

다시 울상이 되어 대꾸한 오스에를 남자는 고개를 들고 돌아다보았다. 그러고 나서 천천히 수건을 치웠다. 얼굴이 전부 드러난다. 역시 하루이치 삼촌의 얼굴이 아니다.

"착하기도 하지."

오스에는 역시 산조의 딸답구나, 하고 말했다.

"마음씨가 닮았어. 하지만 너는 꽤 말괄량이야. 그 점은 아빠랑 조금 다른걸."

산조는 얌전한 아이였거든—하고 중얼거리며 그 자리에서 혼절한 것인지, 남자가 담요 위로 털썩 엎어졌다.

"저는 째지는 목소리로 부모를 부르며 집으로 뛰어 들어갔습니다."

친절한 말괄량이 소녀는 이제 복스러운 인상의 부인이 되어 그때 일을 떠올리면서 이야기하고 있다.

"한참 나중에 아버지가 쓴웃음을 지으며 말해 주시더군요. 그때 네 모습이 얼마나 이상하던지. 실성한 아이처럼 마구 떠들어 대는데, 이상하기도 하고 우스꽝스럽기도 하고."

"삼촌이 큰일 났어요."

"삼촌이 아닌데 삼촌처럼 말하는 사람이 창고 안에 있어요!"

"삼촌 같은데 삼촌은 아닌 사람이 심하게 다쳤어요!"

무슨 소리인지는 알아듣겠는데 머리끝까지 흥분해 있었다고 한다.

"그래도 아버지와 어머니는 '삼촌'이라는 말만으로도 짚이는 것이 있었는지, 일꾼들을 물리친 뒤 둘이서만 얼른 달려가 주었습니다."

창고의 얇은 담요 위에 혼절해 있는 피투성이 남자를 보자 오스에의 부모도 크게 놀라 우왕좌왕하기 시작했다. 이게 누구지? 이 심한 상처들은 뭐야? 하루 형님은 어디로 간 거야? 오스에, 이 자가 무슨 짓인가 했니? 어서 말해 봐! 대체 무슨 일이 있었던 거냐?

"아버지, 어머니도 저를 흉볼 처지가 아니었어요. 두 분 모습이 그렇게 우스울 수가 없었어요."

곁에서 소란을 피워선지 혼절해 있던 남자가 깨어났다. 그리고 당황하는 오스에 가족 세 사람을 달래기 시작했다.

─좀 침착해, 아우. 그 문도 좀 닫고 여기 앉아 봐. 나는 하루이치가 맞아.

얼굴은 다르지만 산조의 형 하루이치가 맞다고 했다.

─오늘은 24절기 중 대설이잖아. 나는 절기가 되면 얼굴이 달라져. 절기 날 하루만 다른 사람의 얼굴이 되는 거야. 그때는 목소리도 변하지."

믿기지 않는 말이었지만 남자가 옷자락을 들추고 왼쪽 무릎 뒤에 있는 일 문짜리 엽전만 한 점을 보여 주자 산조의 안색이 달라졌다.

"하루이치 삼촌한테도 그런 점이 있다는 겁니다."

─하루 형인가.

오스에의 부모는 손을 맞잡고 털썩 주저앉았고, 오스에는 아빠 등에 매달렸다. 하루이치인데 하루이치하고는 전혀 다르게 생긴 남자는 상처투성이에 피를 잔뜩 흘려서 참혹한 모습이었고 보는 사람까지 괴로울 정도였다. 그래도 숨을 헐떡이며, 통증으로 종종 말이 끊기고 얼굴을 찡그리면서도 담담하게 이야기를 해 나갔다.

"이런 이상한 일이 시작된 것은 그해 오월, 하지 전날이었다고 하루이치 삼촌은 말했습니다."

당시 하루이치는 불우하다는 말로는 부족할 만큼 비참한 처지로 전락해 있었다.

"한량 생활이 겉으로는 속편해 보이지만 배를 탄 것과 같답니다. 나무판 한 장 밑은 지옥이라, 운이 다하자 돈도 떨어졌고 게다가 그즈음 폐병을 앓기 시작했다고 합니다. 조석으로 수상한 기침이 나왔다는 것입니다."

방탕한 생활의 대가를 치러야 할 때가 도래한 것이다.

"노름판에서 계속 돈을 잃으면 화풀이 술을 마시고, 그 술 때문에 감이 둔해져서 노름판에서 또 잃고. 그러다가 그때까지 이 년가까이 애인으로 착 달라붙어 있던 도키와즈샤미센 반주로 줄거리가 있는 이야기를 창으로 들려주는 예능으로 가부키 음악으로도 많이 쓰인다 사범 집에서도 쫓겨나니까 이제 갈 데도 없었습니다."

노름판 동료인 어느 점원에게 부탁해서 쪽방 나가야를 빌렸지만, 집세도 못 내서 관리인에게 독촉을 받았다. 게다가 빚쟁이들까지 찾아와 이불을 뒤집어쓰고 자는 척하고 있을 수도 없어서, 낮이면 시중을 어슬렁거리며 연줄을 찾아가 손이나 벌리고 다니는 나날이었다.

"그렇게 해서 몇 푼이라도 들어오면 다시 노름판에서 죽치고 있고."

그마저 잃으면 다시 무일푼으로 돌아갔다. 하루이치에게 남은 것은 빈 지갑과 심상치 않은 기침뿐이었다.

"그런 짓을 반복하다 보니 노름빚도 불어났습니다."

단골로 드나들던 노름판 주인에게도 이달 안으로 밀린 빚을 절반이라도 갚지 않으면 목을 내놓아야 할 줄 알라며 협박을 받았다.

―그런 노름판의 주인은 빈말로라도 손님에게 목숨을 내놓으라는 공갈을 하지 않아. 죽어 버리면 공연히 먹잇감이나 하나 잃어버리는 거니까.

"그래서 죽인다고 했다면 그건 공갈이 아니라 진담이라고 합니다."

"노름판에서 계속 지던 하루이치 씨는 이제 노름판 주인으로서도 기대할 게 없는 천덕꾸러기다, 없애 버려도 상관없다는 의미일까요?"

오치카의 물음에 오스에는 고개를 끄덕였다.

"당시 삼촌은 운이 다 빠져나간 듯한 얼굴을 하고 있었다고 합니다."

―내가 느낄 정도였으니 노름판 주인이야 벌써부터 눈치챘겠지.

"삼촌은 운이 바닥났을 뿐 아니라 노름에 대한 집착도 사그라지기 시작했다고 합니다."

자꾸 잃기만 하니까 넌더리가 났을까? 운이 다해서 집착도 시들해진 걸까? 아니면 그 반대였을까? 그것도 아니면 그 전부가 한꺼번에 닥친 것일까?

"어쨌거나 아무리 노름을 좋아하는 사람이라도 그런 때를 맞이합니다. 올 때는 옵니다. 그리고 일단 그렇게 되고 나면 더는 어찌해볼 도리도 없게 된다고 합니다."

한량 생활에는 재미난 일도 많았다. 한창 잘나갈 때는 고지식한 상인은 평생 맛볼 수도 없는 호사도 누려 보았다.

—그것도 끝이로구나.

빚을 청산할 때가 왔다. 이게 내 인생이었구나, 하고 하루이치는 멍하니 생각했다.

"노름빚으로 목숨을 내놓아야 할 처지라면 그 전에 내 손으로 결판을 내자. 자살을 하자면 어디가 좋을까. 어떻게 죽을까, 하며 꿈인지 생시인지 모를 심정으로 궁리하면서 시중을 어슬렁거리고 있었습니다. 그러다가 어디선가 초상집을 만났다고 합니다."

아카사카 뒷골목 어디쯤인가에 그 여염집 한 채가 무가 저택들 사이에 끼어 아담하게 자리 잡고 있었다.

"오치카 님은 아시나요? 노름판은 주로 무가 저택의 주겐 방에서 벌어진다고 합니다. 그래서 삼촌도 아카사카 근방이라면 여러 번 가 보아서 동네 분위기나 지리에 밝았지만, 그곳으로 흘러든 적은 처음이었습니다."

전혀 기억에 없는 곳에서 모퉁이를 돌자 초상집이 나타났다. 망자를 모신 허름한 나무 관을 막 운구하는 참이었다.

나무 관 말고는 이렇다 할 만한 준비도 없는 소박한 장례였고, 가족으로 보이는 사람들과 이웃 주민들이 징을 들고 조용히 모여 있을 뿐이었다.

하루이치는 그 자리에 못 박힌 것처럼 걸음을 멈췄다. 나이가 든 부인이 울고 있었다. 두 아이가 합장하고 있었다. 염불 소리가 낮게 흘렀다.

오월 한낮의 일이었다. 양지는 유난히 밝았고 그늘은 몹시 짙었다. 산들바람에 흐르는 구름에 햇살은 사라졌다가 금방 얼굴을 내밀었고, 그럴 때마다 장례식 광경은 밝아지다가 어두워지기를 반복했다. 이를 바라보는 하루이치의 눈 속도 마찬가지였다.

─무슨 까닭인지 그러다가 문득 울고 말았다.

짧은 장례 행렬이 움직이기 시작했다. 하루이치는 그 자리에서 합장하고 고개를 숙였다. 가슴속 깊은 곳에서 굉장한 기세로 오열이 치밀어 올랐다.

낯선 사람의 장례식이다. 망자와 무슨 인연이 있지도 않다. 그런데도 하루이치는 어느새 소리 내어 울고 있었다. 어깨는 처지고 합장하던 양손은 축 늘어뜨린 채 그저 엉엉 소리 내어 울고 있었다. 그야말로 거리낌 없는 울음이었다.

아무것도 생각할 수 없었다. 눈물은 마르지 않고 흘러나왔다.

그렇게 한바탕 울다가 문득 정신을 차려 보니 장례 행렬은 사라지고 없었다. 길가의 여염집도 문이 닫혀 있다. 하루이치는 인기척 없는 길가에 혼자 서 있었다.

초여름 햇살이 쏟아진다 싶더니 이내 다시 흐려졌다.

울 만큼 울고 나니 가슴속으로 툭 떨어진 것이 있었다.

─아아, 나 같은 불효자가 또 있을까.

자신의 진한 그림자를 밟고 서서 그렇게 생각했다.

─방탕한 생활에 빠져 부모님의 임종조차 지켜보지 못했구나.

거기까지 말하고 오스에는 눈을 깜빡이며 오치카의 눈을 보았다.

"하루이치 삼촌은 자신이 집을 떠난 뒤 부모가 타계한 것을 알고 있었습니다."

"그 소식을 알 만큼 집안에 조금은 신경을 썼던 걸까요?"

오스에는 고개를 끄덕이고 살짝 쓸쓸한 듯이 미소를 지었다.

"이 또한 하루이치 삼촌의 말이므로 방탕한 자식들이 다 그렇다고는 할 수 없지만, 의절당한 사람은 의외로 자기를 쫓아낸 집안을 의식하며 산다고 합니다. 집안이 잘되면 기쁘지만 부아가 나고, 집안이 기울면 분하고 또 못내 허전해지고."

의절당해 쫓겨난 하루이치의 처지를 걱정해서 어떻게든 중재해 주려고 애쓴 사람도 있었다고 하므로,

"삼촌도 생가와 완전히 인연이 끊기지는 않았던 겁니다. 다만 그때까지만 해도 가늘게 남아 있던 인연을 스스로 돌아본 적은 없었다고 합니다."

한낮의 장례식을 만나 문득 자신의 삶을 돌아보게 되기까지는.

─죽으려고 작정했기 때문인지도 모르지.

자신의 죽음이 임박했음을 느끼자 마음자리가 달라진 건지도 모른다고 생각했다고 한다.

"그렇다고 이제 와서 본점으로 돌아갈 수도 없었습니다. 무슨 낯으로 돌아가겠습니까. 삼촌에게도 그만한 분별은 있었습니다."

눈물을 훔치며 하루이치는 다시 걷기 시작했다. 돈은 떨어지고 배는 고팠지만 아직은 걸을 수 있다. 걷고 또 걸어서 죽을 자리를 찾자.

"주변에는 사람 하나 보이지 않았습니다."

하루이치는 그 여염집을 지나쳐 무가 저택의 담과 덤불이 이어지는 좁은 언덕길을 고개를 숙이고 걸어갔다.

그때 문득 목덜미가 서늘했다.

바람이 불었던 것이다. 분명히 느꼈다. 하지만 주위 덤불은 흔들리지 않았고, 다만 머리 위에 구름이 드리워 해를 가렸다.

―여보시오.

목소리가 들려서 하루이치는 고개를 들었다.

―그래요, 제가 불렀습니다.

뒤에서 부르고 있었다. 하루이치는 흠칫 놀라 돌아보았다. 소매가 스칠 만큼 바로 가까이에 한 남자가 서 있었다. 너무나 가까워서 하루이치는 저도 모르게 몸을 젖히며 한 발 물러섰을 정도였다.

언제 나타났을까. 스쳐 지나가던 사람이라고는 생각할 수 없었다. 뒤에서 쫓아온 걸까. 그렇다면 기척 정도는 느낄 수 있었을 텐데.

―놀라게 했다면 미안합니다.

남자는 낭랑한 목소리로 사과했다.

―그래도 잠깐 일러 드리는 것이 좋을 듯해서.

당신의, 그것은.

방금 낯선 사람의 죽음에 목청껏 운 것은.

―발심이라는 겁니다.

하루이치는 너무 놀라서 대답도 못하고 그 자리에 못 박혀 있었다. 그가 놀라는 모습을 보이자 낯선 남자는 더욱 스스럼없이 다가왔다.

―모처럼 나온 발심을 헛되이 하고 싶지는 않겠지요. 지금이야말로 정말 잘 생각해야 할 때입니다.

속삭이듯이 그렇게 말했다.

그렇게 말하는 오스에의 말투에 차디찬 기운이 담겨 있어서, 오치카는 저도 모르게 손을 꼭 쥐었다.

"그 낯선 남자는 작은 체구에 놀라울 정도로 수척했고 살쩍에 흰머리가 섞여 있었다고 합니다. 오메지마_{비단과 면의 교직물로서, 도쿄 인근 다마 지역 북서부의 오메 지방에서 생산되었다} 옷을 입고 셋타를 신었으니 가난한 사람은 아닌 듯했고, 관리인이나 가게 주인처럼 보였다고 합니다."

다만 이 대목을 이야기할 때, 하루이치는 묘한 말을 했다고 한다.

―그때 코가 닿을 만큼 가까운 거리에서 얼굴을 똑똑히 보았는데도 잠시 지나자 그 남자의 인상이 제대로 떠오르질 않더군.

"지금 이렇게 이야기하고 있지만 여전히 모호하다. 작은 체구에 놀라울 정도로 수척했다고 말했지만, 수척해도 키가 컸을지도 모른다. 코가 뾰족한 것 같기도 하고 귀가 작았던 것 같기도 하다. 기억을 떠올릴 때마다 점점 더 헷갈리는구나, 라고."

그러나 그 목소리만은 잘 기억했다. 잊으려야 잊을 수 없었다. 정중하고 온화하고 낭랑하게 울리는 목소리였다. 입을 거의 움직이지 않는데도 말은 또렷이 알아들을 수 있었다.

그 목소리로 또 이런 말을 했다.

—좋은 일 해볼 생각 없습니까?

"좋은 일?"

오치카는 목소리를 낮추어 반문했다.

"예. 선한 일, 남을 위하는 일이라는 뜻이겠지요."

당혹을 넘어 얼어붙은 듯이 서 있는 하루이치의 귓가에 입을 대고 남자는 말했다.

—네, 하고 말하세요.

자, '네' 하고.

하루이치는 모깃소리처럼 작은 목소리로 "네" 하고 말했다. 전혀 맞설 수 없었다. 목각인형처럼 조종되고 있었다.

오메지마를 입고 낭랑한 목소리를 가진, 관리인인지 상인인지 알 수 없는 그 남자가 환한 웃음을 지었다.

—잘 말하셨습니다. 그렇다면 일을 해 주시지요.

—일?

—뭐 어려운 일은 아닙니다. 땀 흘릴 일도 없습니다.

아주 쉬운 일.

―당신의 그 얼굴을 빌리겠습니다.

낭랑한 목소리가 다시 하루이치의 귓불을 핥을 것처럼 가까운 곳에서 속삭였다.

―날짜를 정해 두지 않으면 당신도 불편할 테고 생활이 안정되지 못해서 곤란하겠지요. 그래요, 절기에만 얼굴을 빌리기로 합시다.

마침 내일은 '하지'다. 이야기가 금방 끝나서 딱 잘됐다면서 남자는 혼자 술술 말했다.

―처음인 만큼 알아보기 쉬운 얼굴이 붙으면 좋겠네요.

콧노래라도 하듯 중얼거리며 남자는 품에서 지갑을 꺼냈다. 차림새에 어울리지 않게, 귀퉁이가 너덜너덜해졌을 만큼 낡은 지갑이었다.

―일을 시작하기도 전에 당신이 길바닥에 쓰러지면 곤란하지요. 품삯을 선불로 드리리다.

역시 낡은 지갑과는 어울리지 않는 반짝거리는 금화 세 개가 하루이치의 손에 쥐어졌다.

―이 세 냥을 어떻게 쓸지는 당신 마음이지만 이걸 밑천으로 노름을 해도, 도박 운은 돌아오지 않습니다.

이어서 남자가 속삭이는 말이 하루이치의 귀에 스산하게 울렸다.

―당신에게는 이미 도박 운이 아니라 다른 것이 들러붙어 있으니까.

그러고 나서 남자는 몸을 휙 돌린 뒤 오메지마 자락을 사락사락 울리며 걷기 시작했다.

자신도 모르게 진저리를 친 하루이치는 힘겹게 기운을 짜내어 남자에게 소리쳤다.

—당신, 누구요?

남자가 멈춰 섰다. 등을 보인 채 고개만 틀어서 돌아보았다.

하루이치의 눈을 쳐다보며 이렇게 대답했다.

—저는 상인입니다.

제가 파는 물건을 원하는 사람에게 팔고, 제가 팔고 싶은 물건을 갖고 있는 사람이 있으면 그 사람에게서 사들이고.

—하지만 점포는 없습니다. 제 손님은 여기저기 흩어져 있어서 나도 이리저리 돌아다녀야 하니까요.

그때 하루이치는 깨달았다.

이 남자에게는 그림자가 없다.

이자는 이승의 존재가 아니다.

차가운 바람이 다시 불어왔다. 순간 하루이치는 손으로 눈을 가렸다. 그 손을 치워 보니 남자의 모습은 사라지고 없었다.

오치카는 무릎 위에 올린 양손을 꼭 쥐고 있었다.

기억을 떠올리고 있었다. 머릿속 깊은 곳에서 선명하게 되살아난다.

오치카는 '상인'을 자처했다는 그 남자를 알고 있다. 그 남자가 하루이치에게 했던 말도 들은 적이 있다.

오치카는 그 남자를 알고 있다.

변조 괴담 자리를 시작할 때 들었던, 사람을 끌어들이고 가두고 영혼을 먹어 치우는 저택이라고 해서 사람들이 두려워하던 '흉가' 이야기에 등장했던 사람이다. 그때도 그는 관리인이나 대행수 같은 차림을 하고 있었다.

나중에 오치카는 그 흉가에 갇힌 사람들을 도우려고 직접 그곳으로 갔다. 이승도 저승도 아닌 곳에 있는 저택에서 역시 관리인 같은 차림을 한 그 남자와 대치했다. 그때 남자가 말했다.

—저는 상인입니다.

두 장소를 잇는 길목에서 손님을 상대하고 있지요.

"오치카 님."

그렇게 부르는 소리에 정신을 차렸다. 오스에가 걱정스런 표정으로 그녀 쪽으로 윗몸을 기울이고 있었다.

"왜 그러세요? 얼굴이 창백해요."

오치카는 땀을 흘리고 있었다.

"미안해요. 아무것도 아닙니다."

지금 그 이유를 말하는 것은 성급하다. 여하튼 오스에가 이야기를 마쳐야 한다.

"차가 다 식어 버렸군요. 다시 타 드릴게요."

어색하게 웃으면서 일어나서 움직이자 마음의 동요도 차차 가

라앉았다. 무쇠 주전자 아가리에서 피어오르는 김이 마음을 편하
게 해 준다.

"그 뒤 하루이치 씨는 어떻게 하셨나요?"

오스에는 여전히 근심 어린 표정이었으나 오치카가 내민 향기
로운 차에 기분이 나아진 듯했다.

"―그날은 이상하게 오한이 들어 고생했다고 합니다."

남자가 오금을 박듯이 했던 말이 귀에 남아 있었지만, 그게 아
니라도 금화 세 냥을 쥐고 노름판으로 달려가고 싶은 기력은 생
기지 않았다. 나가야로 돌아가 관리인에게 한 냥 건네면 일단 그
곳에서 지내는 데는 문제가 없겠지만 남은 두 냥으로는 빚쟁이를
막을 도리가 없다.

"아무래도 몸도 안 좋고 그곳에서 최대한 멀리 떨어지고 싶기
도 해서 굳이 오카와 강을 건넜습니다. 후카가와로 가서 싸구려
숙소를 찾아서 자리를 잡았다고 합니다."

빈손으로 와서 쌀도 없었다. 무뚝뚝한 하녀에게 돈을 건네며
장을 봐 달라고 부탁한 뒤 숙소에 웅크리고 누워 있었다.

뭐가 뭔지 알 수 없었다. 너구리나 여우한테 홀렸나? 그렇다면
이 번쩍거리는 금화도 곧 나뭇잎으로 변하는 것은 아닐까? 깨물
어 보니 이빨이 아프도록 딱딱하고, 부탁한 대로 장을 봐준 하녀
도 별말이 없지 않은가. 수고비를 넉넉히 떼어 줘도 여전히 무뚝
뚝한 하녀이지만.

"그날 밤은 찜찜한 기침도 안 나오고 해서 삼촌도 푹 잘 수 있

었다고 합니다."

—죽은 듯이 잤어.

맥없이 웃으며 오스에 식구들에게 말했다.

"하지에는 동이 일찍 트지요. 동이 트자 삼촌은 자리에서 일어나 뒷간에 들렀습니다."

싸구려 숙소의 뒷간은 건물 뒤쪽으로부터 조금 떨어진 곳에 있었다. 하루이치가 투숙한 방은 이층 구석에 있어서, 삐걱거리는 계단을 내려가야 했다.

"그때부터 벌써 느낌이 이상했다고 합니다."

별 생각 없이 자기 얼굴을 만졌는데 그 촉감이 묘하게 언짢았다.

"하룻밤 만에 수염이 자라 있었습니다. 그건 그렇다 치더라도 코나 턱 모양이 자기 것이 아닌 듯한 느낌이었습니다."

그렇지만 사람들은 평소 일부러 자기 얼굴을 만져 보거나 하지 않는다. 세안을 하고 입을 헹구고, 남자라면 면도를 한다. 그럴 때나 만져 보는 것이 고작일 것이고, 그때마다 일일이 이것이 내 얼굴이 맞다고 확인하는 것은 아니다. 하루이치도 마찬가지였고, 그래서 확신은 없었다.

"뒷간을 나와 지저분한 푼주 위로 몸을 구부렸을 때—."

아침 해가 하루이치의 얼굴을 수면에 비춰 주었다.

아니, 어떤 남자의 얼굴을 비춰 주었다. 하루이치가 모르는 얼굴, 하루이치가 아닌 남자의 얼굴. 눈썹이 다르다, 콧대가 다르다, 입술 모양이 다르다, 튀어나온 턱 모양이 다르다.

하루이치는 어, 하고 소리쳤다. 양손으로 제 얼굴을 여기저기 더듬고 잡아당겨도 보고 볼을 쳐보기도 했다. 하지만 무엇을 어떻게 해도 푼주에 비친 얼굴은 달라지지 않았다.

─이게 어떻게 된 거지?

그렇게 소리쳤다가 더욱 놀라서 아악, 하고 비명을 지르고 말았다.

"목소리마저 달라져 있었습니다."

다만 얼굴은 분명 얼굴이다. 사람의 얼굴이고, 남자의 얼굴이다. 꼼꼼히 살펴보니 하루이치보다 조금 젊어 보였다. 오른쪽 콧방울 옆에 작은 검정 사마귀가 있고, 눈가가 처져 있는 것이 호인상으로 보였다.

"특별히 괴물 같은 얼굴로 변한 것은 아니었습니다. 그대로 있어도 곤란할 일은 없겠지만."

어제 투숙한 하루이치와 오늘 아침의 하루이치가 달라져 있었다. 숙소 측에서는 다른 사람이라고 생각할 것이다. 실제로 하루이치가 뒷간 옆에서 서성이고 있을 때, 그 무뚝뚝한 하녀가 땔감을 안고 지나가다가 불쑥 이렇게 물었다.

─여기 손님이세요? 말도 없이 함부로 들어오면 안 돼요.

아니다, 어제 투숙한 사람이다, 얼굴이 달라지긴 했지만, 하고 설명해 본들 이야기만 복잡해질 뿐이다. 하루이치는 새 손님인 척하며 그 자리에서 선금을 지불했다. 다행히 지갑은 전대 속에 들어 있었다.

"돈을 꺼내다가 또 놀랐습니다."

번쩍거리는 금화 세 냥이 그대로 들어 있었던 것이다.

돈이 줄지 않았다.

―품삯을 선불로 드리리다.

하루이치는 그 상인의 말을 돌이키며 새삼 몸서리를 쳤다.

"여하튼 어제 그 남자를 만나 봐야겠다. 꼭 만나야겠다, 하고 삼촌은 결심했습니다."

나는 그 계약을 수락한 적이 없다. 멋대로 결정하고 멋대로 금화를 쥐어 주고 내 얼굴을 바꿔 버렸다.

―괘씸한 놈.

이승의 존재가 아니라고 해도 내 알 바 아니다. 어차피 나도 죽으려고 작정했던 몸이다. 폐병을 앓고 있으니 오래 살기는 힘들지 모른다. 병으로 죽느니 그자에게 죽는 것이 덜 고통스럽지 않겠는가.

"그렇게 작심하고 숙소를 나와 아카사카를 향해 걷기 시작했습니다. 오카와 강을 건너고 료고쿠바시 대로를 가로질러 간다가와를 따라 열심히 걸어가는데."

이즈미바시 다리가 시야에 들어올 때 뒤쪽 멀리서 누군가를 애타게 부르는 소리가 들렸다. 여자의 새된 목소리였다.

"인파가 붐벼서 삼촌은 자기를 부르는 소리라고는 생각하지 않았습니다."

부르는 사람도, "슌키치 씨, 슌키치 씨" 하고 외치고 있었다.

하루이치는 뒤를 돌아보지도 않고 그저 아카사카를 향해 걸음을 서두르고 있는데, 그 목소리가 점점 다가오더니 등 뒤에서 그의 팔을 덥석 붙들었다.

―슌키치 씨!

놀라서 돌아보니 다스키로 소매를 단속한 젊은 여인이 새빨개진 얼굴에 옷자락을 걷어 부친 모습으로 숨을 가쁘게 몰아쉬고 있었다. 여자는 왠지 한 손에 감물부채감물을 들여 튼튼하게 만든 적갈색 부채로. 부엌에서 불을 살리는 용도로 쓴다를 들고 있었다.

―슌키치 씨! 설마 슌키치 씨인 거예요?

아아, 역시 맞네, 하며 부채를 툭 떨어뜨리고 양손으로 하루이치의 얼굴을 만지려고 들었다. 꼭 껴안을 기세였다.

어허, 잠깐만. 하루이치는 당혹스러울 뿐 아니라 덜컥 겁이 나서 여자를 밀어내려고 손을 들었다. 여자는 더욱 바짝 매달리며 코끝이 닿을 정도로 얼굴을 바짝 대고,

―왜요, 슌키치 씨가 맞잖아요!

흥분한 목소리로 외치더니 갑자기 안색을 잃었다.

―아아, 아닌가요? 당신, 슌키치 씨가 아니군요! 생판 남인데 어쩜 이렇게 닮을 수가.

이렇게 똑같이 생겼는데!

"하긴 슌키치 씨일 리가 없지요, 하며 젊은 여자는 어깨를 떨구고 그 자리에 무너지듯 주저앉아서 울기 시작했다고 합니다."

―슌키치 씨일 리가 없지요. 죽어 버렸는걸요. 살아 돌아올 리가 없잖아요.

흐느껴 우는 여자 곁에 멍하니 선 채 하루이치는 따귀라도 맞은 것처럼 퍼뜩 깨달았다.

―나의, 이 얼굴이다.

오치카도 이야기 방향을 짐작할 수 있었다.

"하루이치 씨의 얼굴은 그 여자가 말하는 슌키치라는 사람의 얼굴로 변해 있었군요?"

오스에는 고개를 천천히 두 번 끄덕였다.

"예. 목수로 일하던 남편이었답니다. 나이는 서른. 겨우 닷새 전에 공사장 비계에서 떨어져서 죽었답니다."

과부가 된 여자는 죽은 남편이 눈앞을 급하게 걸어가는 것을 보고,

―망자가 살아 돌아올 리는 만무하지만.

저도 모르게 쫓아가 붙들었던 것이다.

"오분이라는 여자인데, 아사쿠사 성문 옆 덴가쿠ᵒᵃᵗ짜, 생선 따위로 만드는 산적 식당에서 일하고 있었습니다. 감물부채를 들고 있던 것도 그 탓이었고요."

그 식당 앞을 슌키치 얼굴을 한 하루이치가 지나갔던 것이다. 그녀로서는 앞뒤 생각할 겨를도 없이 이름을 부르며 쫓아가지 않을 수 없었을 것이다.

―당신의 그 얼굴을 빌리겠습니다.

오메지마를 입은, 목소리가 낭랑한 남자의 말에 거짓은 없었다. 다만 정확하게 말하면 그가 빌리는 것은 하루이치의 얼굴이 아니라 '얼굴이 놓인 자리'였다.

그 자리에 하루 종일 망자의 얼굴이 있게 된다. 망자의 얼굴이 하루이치의 얼굴 자리를 빌려 이승으로 돌아온다. 그런 계약이었다.

그래, 그렇지 않으면 앞뒤가 맞지 않는다. 오치카는 더 깊이 납득할 수 있었다.

오치카가 만난 그 남자. 이제 의심할 여지가 없었다. 하루이치가 만난 것도 바로 그 남자였다. 짐짓 점잖게, "두 장소를 잇는 길목에서 손님을 상대하고 있다"고 말했다. 그것은 산 자와 죽은 자 쌍방을 손님으로 삼아서 서로가 원하는 것을 사고판다는 의미였다.

따라서 남자가 말하는 '두 장소', 저쪽과 이쪽이란.

저승과 이승이었다.

"하루이치 삼촌은 그날 하루를 오분 씨 옆에서 보냈다고 합니다."

슌키치를 아는 사람들도 여러 사람 만났다. 모두 예외 없이 놀라며, 슌키치가 살아 돌아온 것 같다고 기뻐하고 눈물을 짓기도 했다.

"그 남자와 맺은 계약 이야기는 꺼낼 수도 없었습니다. 그저 똑같이 생긴 타인인 척하며 버텼습니다."

그래도 슌키치의 죽음을 아쉬워하던 사람들—특히 아내 오분에게는 충분했다.

"하기야 졸지에 죽었잖아요. 아침에, 다녀오리다, 조심하셔요, 하고 헤어진 것을 끝으로 영영 이별이라니. 아쉬움 때문에 차마 받아들이지 못하고 있었을 겁니다."

그래서 오분은 정신없이 하루이치를 쫓아갔던 것이다.

하루이치는 슌키치의 얼굴로 웃고, 눈물을 흘리는 오분을 달래 주고, 슌키치의 생전 이야기들을 다 들어 주고, 그의 사람 됨됨이를 물어 주었다. 오분은 지치지도 않고 들려주고, 다시 눈물을 흘리고, 행복했던 기억을 떠올리며 웃었다. 그것들이 홀로 남은 오분의 가슴에 뻥 뚫려 있던 구멍을 메워 주는 위로가 되었다. 또 그렇게 위로해 주는 동안 하루이치의 마음도 충족되었다. 오분과 처음 보는 사람 같지가 않았다. 재회한 기분이 들었다. 슌키치의 얼굴이 됨으로써 하루이치의 마음도 일부나마 슌키치의 마음과 연결되어 있었다.

―어느 정도나 닮았소?

―똑같아요, 정말 똑같다니까요.

"체구는 다른데, 정말 신기하네요, 하며 웃었다고 합니다."

―게다가 목소리까지 닮았어요.

―얼굴이 비슷하니 목소리도 닮았겠지요.

결국 아카사카에는 가지 못하고 말았지만, 오분과 간단히 저녁밥을 먹었다. 그리고 오분은 이것도 인연이라면서 슌키치의 유품

중에 허리띠를 하나 주었다. 하루이치는 밤길을 걸어 후카가와 숙소까지 터벅터벅 걸어서 돌아갔다.

"그때는 왠지 배불리 먹은 것처럼 흡족한 기분이었고, 어느새 납득하고 있었다고 합니다."

—좋은 일 해볼 생각 없습니까?

이것이 저 그림자 없는 남자가 나에게 준 일거리였구나.

나쁘지 않군—하고 생각했다.

"그리고 한 가지 깨달았습니다. 그날 하루 종일 저 언짢은 기침이 전혀 없었어요."

이튿날 아침 눈을 뜬 하루이치는 어제와 마찬가지로 계단을 내려갔다. 이번에는 대야를 들여다보기 전에 뒷간부터 들렀다. 그런데 새벽같이 일어나 바지런하게 일하는 그 무뚝뚝한 하녀가 그를 보더니 이렇게 말하는 것이었다.

—손님, 어제는 하루 종일 어디 가 계셨어요?

하루이치의 얼굴이 원래대로, 본인 얼굴로 돌아와 있었다.

"방탕하게 놀아나느라 배움은 없지만, 한때 노름으로 잘나가던 시절도 있었으므로 하루이치 삼촌은 배포가 있고 감도 빠른 사람이었습니다."

하짓날 하루의 경험을 통해 하루이치는 이 계약을 받아들였다. 안달하지 말고 이 일을 잘 해보자, 하고 마음먹었다. 그럼 앞으로 어떻게 해야 할까? 하는 일이 참으로 이상야릇한 일인지라 무관한 사람들에게 알려지지 말아야 했다. 그리고 사람들의 이목을 철저히 피하며 살되 절기가 되면 밖으로 나가 망자의 얼굴을 아는 자를 찾아가 줘야 한다.

"자꾸 꺼내 써도 줄어들지 않는 금화 세 냥이 있으니 먹고살 걱정은 없었습니다."

의심을 사지 않기 위해 이 숙소, 저 숙소를 전전하는 요령도 금방 터득했다.

"하지의 다음 절기는 소서이고, 그다음은 대서입니다."

절기만 되면 하루이치의 얼굴이 변했다. 소서 때는 노인 얼굴, 대서 때는 몹시 여윈 병자의 얼굴이었다.

"유감스럽게도 오분 씨를 만났을 때처럼 상황이 흡족하게 흘러가지는 않았습니다. 소서 때나 대서 때나 삼촌 얼굴에 나타난 망자를 알아보는 사람이 없어서ㅡ."

하루 종일 시중을 돌아다녔지만 성과가 없었다.

"그 뒤에 그 남자를 만난 아카사카에는 가 보셨나요?"

오치카의 물음에 오스에는 고개를 저었다.

"몇 번을 가서 구석구석 찾아보았지만 그때 그 장소는 찾을 수 없었다고 합니다."

당연히 그렇겠지. 오치카는 내심 고개를 끄덕였다. 그 남자는 찾는다고 만날 수 있는 사람이 아닌 것이다.

"삼촌도 그것은 일찌감치 체념했습니다. 그보다 자기 얼굴에 나타나는 망자를 아는 사람, 그 가족이나 지인을 찾으려고 더 열심히 돌아다녔습니다."

마루텐 분점의 주인, 즉 자기 동생 산조를 '따뜻한 사람'이라고 말하고, 그의 딸 오스에에게도 같은 말을 하며 온화한 눈길로 바라보던 하루이치 본인도 참으로 마음 따뜻한 사람 아닌가.

"그럼 절기가 될 때마다 그렇게 시중을 돌아다니며,"

"예."

입추에는 인연이 닿았는지, 우시고메 헌옷가게 거리를 걷고 있는데 기도반에서 그를 불렀다. 그날 하루이치의 얼굴은 한 달쯤 전에 병으로 죽은 그곳 관리인의 얼굴이었던 것이다.

—체격은 다르지만…….

하는 소리를 들었다.

—나이도 다른데 얼굴은 꼭 닮았군. 목소리도 관리인님하고 똑같아.

경험을 쌓아나가면서 하루이치는 여러 가지를 알게 되었다. 그의 얼굴에 나타나는 망자의 얼굴은 신원을 금방 알 수 있는 경우도 있고 알 수 없는 때도 있었다. 그 차이는 그 사람이 죽은 시기보다 죽은 장소에 따라 좌우되는 듯했다.

—자기 얼굴에 내리는 망자들은 에도 시중에 살던 사람만은 아닌 것 같다고 했습니다.

흔히 영혼은 천리를 간다고 한다. 망자의 혼이 정말로 천리 너머에서 하루이치를 찾아오는 것은 아니겠지만, 그의 두 발로, 그것도 하루 동안 돌아다닐 수 있는 범위 내에서 죽은 자만 찾아오지는 않는다는 것이다. 그럴 경우에는 망자의 지인을 만나기가 힘들어진다.

그에게 내린 망자의 얼굴이 하루이치의 마음을 들쑤셔서 어떤 곳으로 가고 싶어 하거나 어떤 경치를 보고 싶어 하는 경우도 있다. 그럴 때는 눈길이 향하는 방향으로 걸음을 옮기면 망자의 지인을 만나는 경우가 많다. 아무도 만나지 못하더라도 재촉하는 기미는 가라앉는다. 그 사실 또한 알게 되었다.

"하루이치 삼촌은 그 일에 의욕을 품게 되었어요. 회를 거듭할수록 정성과 열의를 다하게 되었습니다."

절기가 아닌 날에도 전에 만난 망자의 가족—오분처럼 혼자 남은 사람들이 그 뒤 어떻게 지내는지 살펴보러 가거나, 가능하면 적당한 구실을 대고 찾아가서 망자의 지인인 척하며 이야기를 나눠 보기도 했다.

"삼촌이 처음 우리에게 종종 외출할 것이다, 절기 날이면 반드시 하루 종일 외출하게 될 것이라고 말한 것도 그런 이유 때문이었습니다."

하루이치는 망자의 얼굴로 그 지인들을 찾아다니며 단 하루의 재회를 돕는 일에 열중했다. 작년 하지에 시작된 이 색다른 일은 그에게 삶의 보람이 되었다.

"그때 죽지 않아서 천만다행이라고 생각하게 되었다고 합니다."

하루이치를 좀먹던 폐병과 언짢은 기침도 씻은 듯이 사라졌다.

"계약을 할 때, 내가 열심히 일할 수 있도록 그 남자가 병을 없 애준 것이 아닐까 하고 삼촌은 말했습니다."

저승사자 같아서 영 언짢았는데, 나에게는 부처님 같은 분이었 어, 라고 했다.

"하지만 애초에 요상한 일인지라 좋은 일만 있지는 않았습니 다."

오스에의 눈빛에 살짝 그늘이 드리워졌다.

"때로는 삼촌에게 내린 망자의 얼굴을 알아본 지인이 노골적으 로 싫어하거나 무서워한 적도 있었다고 합니다."

생전에 망자와 지인의 사이가 좋지 않았던 경우일 것이다. 골 치 아픈 자가 죽어 주어서 가슴이 후련했는데, 기분 나쁘네, 그 자의 얼굴과 꼭 닮은 남자라니.

"소금을 뿌리기도 하고 귀신이 나왔다고 소란을 피우기도 하고 빗자루로 때려서 쫓아내기도 하고······."

"그런 일도 있었군요."

그런데 하루이치도 어떤 망자의 얼굴이나 다 수용할 수 있는 것은 아니었다.

"먼저 여자는 안 됩니다."

당연한 일이다. 몸이 그대로이니 너무 이상하지 않겠는가.

"남자만 가능합니다. 체격 차이나 나이는 큰 문제가 아니라고 했습니다. 다만 상대가 어린아이면 안 됩니다."

백로 날이었으니까 하루이치가 아직 분점에 찾아오기 전이었

다. 그날은 소년의 얼굴이 내렸다. 아마 무가 출신인지 이목구비가 늠름하고 현명해 보이기는 했지만,

"막 관례를 올린 소년 같아서 삼촌에 비해 턱없이 어렸던 겁니다."

망자의 얼굴과 삼십대 중반인 하루이치의 체구가 너무 어울리지 않아, 그날은 밖에 나가기도 난처해서 시중을 돌아다니지 못했다고 한다.

"이튿날 아침 자기 얼굴로 돌아왔을 때는 망자에게 미안해서 서쪽을 향해 합장을 했다고 합니다."

오스에의 눈이 촉촉했다. 오치카도 그녀의 심정을 생각해서 잠시 잠자코 있었다.

"여하튼 형님 말씀은 알겠다면서."

오스에 부모는 손을 맞잡고 주저앉은 채 마음을 다잡고 고개를 끄덕였다.

"특히 삼촌 이야기를 듣던 아버지는 얼굴도 목소리도 다르지만 이 사람은 하루 형이 분명하다고 느낀 점이 있었겠지요."

그래서 형제인 것이다.

"그렇지만 그 심한 상처는 의아했습니다. 무슨 일로 이렇게 되었느냐고 삼촌에게 물었더니."

하루이치는 곤혹스럽게 웃으며 머리를 긁적였다.

─내가 실수한 탓이야. 아니, 졸지에 재난을 당했다고밖에 할 수 없겠구나.

"그날 삼촌에게 내린 망자의 얼굴은, 나이로는 서른 안팎이라 삼촌의 몸과 잘 맞는 편이었습니다. 하지만 얼굴은—저도 찬찬히 뜯어보고 나서야 알았지만 그걸 흔히 송충이 눈썹이라고 하던가요?"

더구나 흰자위가 많은 삼백안이라, 사실대로 말하면 인상이 고약했다.

"혹시 흉악범이라거나?"

그렇게 물은 오치카에게 오스에는 웃어 보였다.

"일단 그런 생각도 들 만하지만, 그건 아닙니다. 히라카와텐진 신사 옆에 있는 요릿집에서 조리사로 일하던 사람이었습니다."

잠에서 깨어날 때부터 망자의 눈이 하도 재촉을 하는 바람에 하루이치는 쉽게 그 요릿집을 찾아갈 수 있었다. 눈이 휘둥그레질 만큼 호사스러운 요릿집이라 꽤 비싸 보이는 곳이었다.

하지만 그다음부터가 심상치 않았다.

"요릿집 앞에서 청소를 하던 점원이 삼촌을 보자마자 아악, 하고 비명을 지르며 도망치고 이내 점원들이 몰려나와서."

졸지에 분위기가 험악해졌다.

―곤지로, 네놈이 살아 있었구나!

―징그러운 놈! 아니면 저승에서 돌아온 귀신이냐?

안색이 변하며 하루이치를 에워싼 남자들은 화를 낼 뿐만 아니라 명백히 겁에 질린 모습이었다.

"삼촌은, 이보시오, 사정은 모르지만 사람을 잘못 봤소, 하고

급하게 변명했지만, 그들은 들은 척도 하지 않고 달려들어 요릿집 뒤로 끌고 가 주먹으로 때리고 발로 짓밟고."

모두 조리사나 허드렛일을 하는 점원들이었겠지만, 이상하게 힘이 좋았고, 얼마나 화가 났는지 여하튼 적당히 봐주는 구석도 없었으며 쉴 틈도 주지 않았다. 하루이치는 꼼짝 못하고 몰매를 맞았다. 그렇게 주먹을 휘두르면서도 남자들은 곤지로라는 망자를 내내 저주하고 비난했다. 그들의 목소리는 거의 비명처럼 들리기까지 했다고 한다.

"바깥이 시끄럽자 마침내 요릿집 주인 내외가 달려 나왔지만, 두 사람도 역시 삼촌 얼굴을 보자 소스라치게 놀라며,"

주인은 낯이 파랗게 질려서 그 자리에 얼어붙었고 안주인은 갑자기 몸을 웅크리고 달달 떨면서 염불을 외기 시작했다. 미안해요, 곤지로 씨, 미안해요, 미안했어요, 상황이 이러니 이승에서 이러지 마시고 부디 성불해 주세요.

그 목소리가 물을 끼얹은 격이 되어 남자들의 기세가 수그러들자 하루이치도 가까스로 숨을 돌릴 수 있었다. 눈꺼풀이 찢어져 피가 나서 앞도 잘 보이지 않고 일어설 수도 없었다.

—사정은 모르지만 당신들은 사람을 잘못 봤소. 나는 곤지로라는 사람을 알지도 못한단 말이오.

똑같이 생겼는지는 몰라도 생판 남이란 말이오! 그렇게 설득하는 수밖에 없었다.

—당신, 정말 곤지로가 아닌가?

―여기는 요릿집 아니오? 당신들은 조리사일 테고, 곤지로라는 사람도 아마 조리사였던 모양인데, 나는 태어나서 지금까지 무 토막 하나 잘라본 적 없소. 거짓말이 아니오, 뭣하면 이 손에 식 칼을 쥐여줘 보시오. 무 하나 자르지 못한다니까.

남자들은 기가 죽어서 서로 얼굴만 쳐다보았다. 낯이 파랗게 질려 있던 주인이 앞으로 나와 하루이치 곁에 쪼그려 앉았다. 이 글거리는 눈빛을 띠고 말했다.

―분명히 얼굴은 닮았지만 곤지로는 아니군. 어디 손 좀 봅시 다.

그 순간.

"삼촌은 얼굴로 피가 확 솟구치는 것을 느꼈다고 합니다."

그런 일은 처음이었지만, 이거 큰일 나겠구나, 하고 순간적으 로 깨달았다.

―오늘 일은 전부 없었던 일로 칩시다. 나는 다시는 이쪽에 얼 씬하지 않을 거요.

하루이치가 휘청거리는 몸을 가누며 일어나서 걸으려고 했다. 하지만 무릎이 맥없이 무너졌다.

―미안하지만 부축 좀 해 주시오. 밖으로 나가고 싶소. 나를 여 기서 내보내 주시오.

하루이치의 이마에서 피 섞인 땀이 흐르기 시작했다. 차가운 땀이었다. 그런데도 얼굴은 달아오르고 몸도 점점 후끈해졌다. 자신도 모르게 주먹을 꽉 움켜쥐려고 하는 것을 애써 참았다.

"삼촌의 모습에서 심상치 않은 기운을 느꼈겠지요. 엉겁결이기는 했지만 자기들이 저지른 짓도 두려웠을 테고. 조리사 남자들은 삼촌이 요구하는 대로 어깨를 부축해 주고 거의 질질 끌다시피 해서 밖으로 데리고 나갔다고 합니다."

―이제 됐소. 이제 나를 놔두시오. 내가 알아서 가리다. 다만 한 가지 부탁이 있소. 곤지로는 틀림없이 죽었소. 그러니 당신들이 걱정하는 일은 없을 거요.

즉흥적으로 뱉은 것치고는 이상한 말이었지만, 조리사들에게는 효과가 있었다. 모두 제정신이 돌아온 것처럼 앞을 다투어 하루이치에게서 물러났다.

―해서 비틀거리며 돌아온 거다.

"간신히 도망칠 수 있었군요."

"예. 그랬죠. 하지만 삼촌은 조리사들로부터 도망친 것은 아니었어요."

망자의 분노에서 도망쳤던 것이다.

"주먹질과 발길질에 짓밟히며 욕설을 들을 때부터 삼촌은 곤지로라는 망자의 분노를 느끼고 있었다고 합니다. 삼촌에게 내린 망자의 얼굴이 원한으로 일그러지고, 그 원한이 삼촌의 온몸에서 배어나오는 것을 느꼈다는 겁니다."

요릿집 주인이 곁으로 오자 그 원한의 기운이 커다란 파도처럼 하루이치를 덮쳤다. 주인의 목덜미를 쥐고 뚝 소리가 나도록 꺾어 버리겠다는 충동이 솟구쳤다.

'이거 큰일 나겠구나'라는 것은 그런 의미였던 것이다.

그랬군요. 오치카는 눈을 깜빡였다.

"그 곤지로라는 망자는 자신을 죽인 조리사들에게 복수를 하고 싶었던 거군요. 그래서 잠에서 깨기 무섭게 하루이치 씨를 재촉해서—."

정말 낭패였다고 하루이치는 머리를 긁적이며 쓴웃음을 지었다고 한다.

"망자가 복수를 꾀할 수도 있더군. 명심해 두지 않으면 큰일 나겠다고 진지하게 말했습니다."

하루이치는 의원을 부르겠다는 산조를 만류하고 지혈제와 습포만으로 상처를 치료했다. 다행히 뼈는 부러지지 않았지만 제대로 걷게 되기까지 열흘이나 걸렸다고 한다.

"그래도 고집스레 창고에서 움직이지 않았어요. 부모님이 더 좋은 담요나 화로를 놓아 주려고 설득했지만 꿈쩍도 하지 않았는데,"

오스에가 울면서 부탁하자 그제야 들어주었다.

—너에게 요상한 일을 보여 주고 말았으니 내가 할 말이 없구나.

그 일을 계기로 오스에는 종종 삼촌의 상태를 살펴보러 창고로 가게 되었다.

"조금 무섭긴 했습니다. 하지만 왠지 삼촌이 가엽다는 생각이 들어서……. 어린 나이에 주제넘은 생각이었지만요."

다쳐서 누워 있는 탓인지 하루이치도 말로는, "여기로 오지 말라니까", "애들은 귀찮다!"라고 싫은 소리를 했지만 오스에를 정말로 쫓아내려고 하지는 않았다.

오스에의 걱정하는 마음이 통했을 것이다. 다친 곳이 나을 무렵에는 조금은 편하게 이야기하는 사이가 되었다.

대설 다음 절기는 동지이다. 크게 다치고 난 탓인지, 그날 오스에가 아침 일찍 일어나 창고로 가보니 하루이치는 아직 그 안에 있었다.

"삼촌은 주름투성이이긴 하지만 어딘지 기품 있는 노인의 얼굴로 변해 있었습니다."

―삼촌, 오늘도 나가요?

하루이치는 자기 얼굴을 만져보며 고개를 갸웃거렸다.

―어떤 얼굴이 되었니?

―할아버지 얼굴이에요.

―이상한 얼굴이냐?

―아뇨, 그렇지 않아요.

그래? 하고 중얼거리며 하루이치는 턱을 당겨보고, 말상 늙은이로구나, 하고 웃었다. 그 노인의 얼굴은 턱이 유난히 길었다.

―이 할아버지는 어디로 가고 싶어 하나요?

―글쎄다, 아직 모르겠구나.

―삼촌, 오늘은 동지예요. 호박죽 먹고 유자탕에 목욕도 해야죠. 나가지 말고 집에 있어요.

—그럴 수는 없지. 꾸물거리고 있을 수는 없단다.

삼촌이 이상한 말을 한다고 오스에는 생각했다. 폐병은 사라졌다. 심하게 다친 자리도 그럭저럭 나았는데.

—왜요?

그럴 때는 하루이치는 대답이 없었다.

—어쨌거나 저번의 그 요릿집에 가보고 싶구나. 그곳에서 무슨 일이 있었고, 곤지로라는 남자가 왜 죽었는지 알아봐야겠다.

아마 요릿집 점원들에게 몰매를 맞아서 죽었겠지만.

—내막을 알고 싶구나. 이유도 모르고 얻어맞은 것도 울화가 치밀 뿐 아니라 그 이유를 알아봐 주는 것도 망자에게 공양이 될 테니까.

"그렇게 말하고 나가는 삼촌의 뒷모습을 바라볼 때, 느낌이 뭐랄까."

바람이 불면 날아가 버릴 것 같았다.

오스에는 그런 인상을 받았다.

"심한 부상에서 막 회복한 탓에 아직 수척해서 힘이 없어 보이는 거겠지. 그때는 그렇게 생각했어요."

그때까지는 별 생각이 없었다고 할까, 생각할 필요가 없었기 때문에 삼촌의 전후 모습을 비교해 볼 수도 없었다.

"다만 그 뒤에도 몇 번인가 삼촌이 뒤뜰에서 일을 하거나 툇마루에 앉아 잠시 쉬고 있는 모습을 잠깐씩 보면서, 역시 아직 회복되지 않았나 보다, 수척해진 몸이 원래대로 회복되지 않고 있다고 생각한 적은 있습니다."

오스에의 이야기가 갈피를 잃은 양 잠시 멈칫했다.

"당시 저는 그것을 말로 제대로 표현할 수 없었어요."

오치카는 말없이 고개를 끄덕였다.

"아무튼 그날은 동지였는데, 하루이치 삼촌이 해지기 전에 창고로 돌아왔습니다."

오스에가 상황을 묻자,

—양쪽 다 허탕이었다.

하며 웃었다. 오늘 내린 노인의 지인도 찾지 못하고, 곤지로가 죽은 이유도 알아내지 못했다는 것이다.

—곤지로 씨가 동료들과 싸운 거 아닐까요?

—괜한 소리 마라.

하지만 뭐 그런 거겠지, 하고 하루이치는 말했다.

—요릿집 내부에 갈등이 심했겠지. 곤지로란 자의 인상이 고약했잖니?

—네, 왠지 심술궂어 보였어요.

—뭔가 못된 짓이나 비겁한 짓을 자꾸 저질러서, 이놈은 더 이상 용서할 수 없다는 말이 나올 정도로 동료들을 화나게 했겠지.

곤지로도 하루이치가 당한 것처럼 몰매를 맞았을 것이다. 동료들도 주먹질과 발길질로 몰매를 주었지만 처음부터 죽일 생각은 아니었을 것이다. 분노에 휩쓸려 서로 경쟁이라도 하듯 한참 때리다 보니 어느새 죽어 있었을 것이다. 아마 그랬을 공산이 크다.

사체는 어디에 숨겼거나 버렸을 것이다. 그러던 차에 똑같이 생긴 자가 불쑥 나타났으니 뒤가 켕기던 조리사들이 이성을 잃고 말았던 것이다.

"자신과 곤지로는 체구도 비슷했을지 모른다고 삼촌은 말했습니다."

"그래서 손을 검사해 보기 전에는 알 수 없었던 거겠죠."

"예, 그랬을 거예요. 어쨌거나 제게는 무서운 이야기였지만, 삼촌이 불쑥 이렇게 말하던 것이 기억납니다."

─곤지로, 지금도 원한에 사무쳐서 헤매고 있나?

어서 망자가 갈 곳으로 가야지.

오스에 식구들에게 모든 것을 밝힌 뒤에도 분점에서 일하는 하루이치의 생활은 달라지지 않았다. 산조는 하루이치에게 이제 창고에서 나오라고 몇 번이나 권했지만 본인이 들은 척도 하지 않았다. 또 절기마다 다른 얼굴로 바뀌는 요상한 일이 점원들에게 알려지면 상황이 난처해질 것 같아서 실은 강하게 권하지도 못했다.

그 대신 오스에는 하루이치와 더욱 친해졌다. 어린아이와 인연이 없이 생활해 온 하루이치였지만 어찌된 일인지 도르래 장난감을 잘 만들어서, 오스에는 종종 삼촌에게 도르래를 선물 받아서 갖고 놀았다고 한다.

절기가 될 때마다 하루이치의 얼굴은 변했고, 그 망자의 얼굴을 아는 사람을 찾아다니는 그의 일도 계속되었다. 오스에는 삼촌이 히라카와텐진 신사 옆 요릿집에서 겪은 봉변을 또 당하면 어쩌나 하며 가슴을 졸였지만, 그 뒤로 그런 일은 없었다.

이런저런 일들은 있었으나 하루이치가, "오늘은 좋았다"라고 기쁜 낯으로 돌아오면 오스에도 기뻤다.

"내가 삼촌의 귀가를 기다리게 되면서 삼촌도 일찍 돌아오게 되었어요. 이듬해 입춘 때였나, 큰 꾸러미를 안고 돌아와서,"

—열어 봐라. 좋은 걸 받았단다.

"아직 따끈한 팥고물찰떡이 한 바구니나 담겨 있었습니다."

그날 하루이치의 얼굴은 젊은이였고, 본래 얼굴보다 푸근한 인상이었다.

—오늘 망자의 어머니를 만날 수 있었다. 이게 아들이 좋아하던 떡이라는구나.

하루이치는 자신의 푸근한 얼굴을 가리키며 웃었다. 어머니가 만들어 주는 팥고물 찰떡이 그리워 이승에 돌아온 망자의 얼굴도 웃고 있었다.

"그때였어요. 같이 팥고물 찰떡을 먹던 삼촌이 문득 생각난 것처럼 나에게 들려주었습니다."

—그러고 보니 그걸 묻지 못했구나. 작년 대설 때 너는 왜 그렇게 먹물을 까맣게 뒤집어쓴 거지?

"저는 친하게 지내던 오미짱과 싸운 일을 솔직히 말했습니다. 오미짱은 외로운 아이니까 웬만하면 네가 양보하라고 어머니에게 훈계를 들은 것도 이야기했어요."

하루이치는 흠, 흠, 하며 고개를 끄덕이며 듣다가 물었다.

―그럼 이제 화해는 했니?

여전히 화해하지 못하고 있었다.

"저한테도 꽁한 구석이 있었어요. 오미짱이 잘못한 거니까 그 아이가 먼저 사과하기 전에는 용서하지 않겠다는 생각으로 그 아이를 피하고 있었습니다."

그러면 못쓴다, 하고 하루이치에게 꾸중을 들었다.

―오미짱네 부모는 왜 죽었다고 하든?

―화재였대요. 오미짱은 아주머니네 집에 살기 전에는 부모님과 료고쿠바시 다리 근처에서 살았대요. 아버지가 니하치소바^{메밀}가루 8에 밀가루 2의 비율로 만드는 저렴한 메밀국수 노점을 하고 있었대요.

멀지 않은 곳이구나, 하고 하루이치는 말했다.

―부모가 어린 딸 하나를 남기고 죽었으니 얼마나 미련이 많을까.

"그래, 오미짱의 얼굴은 어떤 얼굴이냐? 아빠를 닮았다고 하든 엄마를 닮았다고 하든? 오미짱은 부모님 목소리를 기억한다고 하든? 하며 이것저것 물었습니다. 저로서는 알 수 없는 것들뿐이었지만."

―하는 수 없지. 나이는 산조 정도일 테니까.

하루이치는 팔짱을 끼고, 오미쓰의 어머니는 안 되지만 아버지 얼굴이라면 혹시 가능할지 모른다고 말했다.

—다음에 나이가 네 아빠쯤 돼 보이는 남자의 얼굴이 내리면 나를 오미짱에게 데려다 다오. 오미짱이라면 아빠 얼굴을 알 테니까.

그 이야기를 듣는 오치카의 가슴에 따끈한 온기가 깃들었다.

"좋은 생각이군요."

오스에도 고개를 끄덕이며 미소를 지었다.

"예. 저도 일이 그렇게만 되면 얼마나 좋을까 하고 생각했어요."

죽은 아버지 얼굴을 보면 오미쓰의 쓸쓸함도 조금은 위로받을지 모른다.

그다음 절기인 우수와 경칩은 모두 노인의 얼굴이 내려서 오미쓰의 아버지라기보다는 할아버지 같았다. 그리고 그다음인 춘분을 맞아서야 겨우 이 정도면 오미쓰 아버지라고 해도 이상하지 않을 법한 나이의 남자 얼굴이 내렸다.

"동그란 눈이 오미짱을 닮았더군요."

하루이치와 미리 입을 맞춘 오스에는 점심때 하루이치와 함께 길가 빗물통화재를 대비해 거리 곳곳에 빗물을 담아 두는 통 옆에 숨어 습자소에서 돌아오는 오미쓰를 기다렸다.

"저와 싸운 뒤로 친한 친구가 생기지 않은 오미쓰는 혼자서 터벅터벅 걸어왔습니다."

부드러운 봄 햇살이 쏟아져도 오미쓰의 얼굴은 어두웠다.

—오미짱.

그렇게 부르자 눈길을 들고 몹시 놀라는 눈치였다. 닮았나 보다, 하는 생각에 오스에와 하루이치와 슬쩍 눈길을 맞추며 좋아했다.

　하지만 오미쓰는 이내 아이답지 않은 험악한 눈초리가 되어 이렇게 쏘아붙였다.

　—오스에짱, 거기서 뭐해!

　하루이치의 얼굴이 아닌 하루이치에게도,

　—마루텐에서 일하는 분이 아니네요. 아저씨, 오스에짱을 어디로 데려가려는 거예요?

　오스에는 당황해서 하루이치의 손을 놓았다.

　"우리의 착각이었어요. 기가 드센 오미짱은 제가 모르는 아저씨와 손을 잡고 있는 것을 보고 납치라고 생각했나 봐요."

　나, 소리 지를 거예요! 저리 가요! 오스에짱, 이리 와! 오미쓰의 서슬에 하루이치는 허둥지둥 도망치지 않을 수 없었다.

　깔깔 웃으며 그 이야기를 전하던 오스에였지만 소매 끝으로 눈가를 살짝 찍어냈다.

　"삼촌이 도망간 뒤에도 오스에짱은 왜 그렇게 멍청하냐고 저를 한참 혼냈어요. 세상에 무서운 놈들이 얼마나 많은 줄 아느냐면서."

　—그래, 알았어.

　—알았으면 다행이고.

　—오미짱.

—왜.

—미안해.

—뭐가 미안해.

화난 얼굴로 짐짓 외면했지만, 잠시 후 오미쓰도 이렇게 말했다.

—미안하다.

둘은 손을 잡고 돌아갔다.

"어린 나이였지만 가슴에 응어리진 것이 풀려서 정말 기뻤습니다만."

길을 가던 오미쓰가 심상치 않은 말을 했다.

—아까 그 이상한 아저씨 말이야.

그림자가 희미했어.

오스에는 흠칫 놀랐다. 하루이치 삼촌과 친해진 뒤로 오스에가 지금까지 종종 보았던 삼촌의 힘없는 인상, 바람이 불면 날아가 버릴 것 같은 인상을 잘 표현해 주는 절묘한 말이었기 때문이다.

오미짱은 단번에 그런 생각을 했던 것이다.

—그림책에 그려진 도깨비 같았어. 어딘지 좀 희뿌연 한 모습이.

그리고 오미쓰는 날카롭게 덧붙였다.

—처음엔 네가 망자한테 끌려가는 거 아닌가 했어.

정말 오싹하더라, 하고 말했다.

잠시 뜸을 두고 나서 오치카는 조용히 입을 열었다. "그 이야기를 하루이치 씨에게,"

오스에는 바로 입을 열지는 않았다. 마침내 이야기를 시작하자 목소리가 조금 작아졌다.

"그날 삼촌 얼굴에는 실제로 망자가—망자의 얼굴이 내렸으니까 사정을 모르는 오미짱 눈에는 그렇게 보였나 보다, 하고 생각해 보기도 했지만."

지금까지 하루이치에게 그런 이야기를 들어본 적이 없었다. 아무래도 자꾸 불안해서 집에 도착하자 제일 먼저 하루이치에게 갔다.

—오늘은 생각대로 되지 않았구나.

다음에 또 기회가 있겠지, 하고 위로하는 그의 말을 막으며 오스에는 오미짱이 이런 말을 했다고 전해 보았다.

그러자 하루이치의 제 얼굴이 아닌 그 얼굴에 그늘이 졌다.

—그래?

혼잣말처럼 말하며 어딘지 쓸쓸한 얼굴로 다른 곳을 바라보았다.

—오늘 이 얼굴로는 오미짱에게 안 통할 테고, 나는 지금부터 이 얼굴을 조금이라도 아는 사람이나 찾아볼 생각이니까 내일 얘기하자꾸나.

미안하지만 오스에, 네 엄마 아빠하고도 이야기하고 싶구나. 중요한 이야기니까 내일, 그래, 저녁밥 먹고 나서 함께 창고로 와 주겠니?

—너는 안 와도 좋아.

—왜요? 중요한 이야기라면 나도 듣고 싶어요.

—너한테는 들려주고 싶지 않은데.

모처럼 친해진 귀여운 조카에게는 들려주고 싶지 않은 이야기.

"이튿날 저녁을 먹고 나서 우리 세 식구가 창고로 가보니 삼촌은 담요 위에 무릎을 꿇고 앉아 있었어요."

어제 있었던 일을 시작으로, 처음에 이 요상한 '일'에 대하여 설명할 때와 마찬가지로 담담하게 이야기를 해나갔다.

—긴 말 않고 결론부터 말하자면, 내 목숨은 이제 거의 다 된 듯하다.

오미쓰가 자신을 보고, '그림자가 희미하다'고 말한 것도 당연하다고 했다. 그 아이는 영리하고 조숙한 아이겠구나, 하고 오스에게 말했다.

—요즘 나는 정말로 그림자가 희미하단다.

희미한 등잔 불빛 앞으로 손을 쳐들어 건들건들 흔들어 보였다.

—산조, 너도 이렇게 해봐. 내 그림자하고는 전혀 다를 테니까.

오스에 아버지의 손 그림자는 등잔 불빛을 가리며 진하게 드리우는데 하루이치의 그것은 연한 먹물처럼 맥이 없었다.

—물웅덩이나 대야의 수면에 비춰도 얼굴이 비치지 않게 되었어.

그 현상이 분명해진 것은 세 달쯤 전이었다고 했다. 하지만 그 전부터 본인은 알고 있었다. 나는 희미해지고 있는 거야.

—그 남자와 계약을 하고 절기를 다섯 번 정도 지났을 때부터 였을까. 어? 하고 놀라는 일이 잦아졌어.

몸이 이상하게 가뿐했다. 머릿속이 종종 멍해지고 눈앞이 흐릿해졌다.

크게 당황하며, 이건 또 무슨 병인가 하고 불안해하는 오스에의 부모에게 하루이치는 웃음을 지어 보였다.

—걱정할 거 없어, 병이 아니니까. 실은 죽는 것도 아닌 듯해.

다만 희미해져 가는 것이다. 이승에 있는 하루이치의 몸이.

—나는 절기마다 망자의 얼굴을 하고 하루 종일 망자와 어울려 왔어. 그 짓을 반복해 온 거지. 그러니 이렇게 돼도 어쩔 수 없지.

—형님을 찾아온 망자에게 생기를 빨리고 있는 것 아닌가요?

아니, 그런 것도 아니야, 하고 하루이치는 침착하게 말했다.

—이제 거의 다 끌려간 것 같아.

저승 쪽으로.

—지금까지 말하지 않은 것은 미안하지만, 망자에게 얼굴을 빌려주는 동안 내 얼굴은 저쪽으로 끌려가고 있던 거야.

저쪽. 저승. 피안의 저편.

—진기한 경치를 보았어.

삼도천이라는 곳은 정말 건너편 기슭이 보이지 않을 만큼 넓은 강이더군.

―무서운 곳은 아니야. 조금 쓸쓸하긴 하지만.

그 경치에 눈이 자꾸 익숙해지고 빠져들어서, 절기 날이 오기만 기다리게 되었지.

―그러다가 깨달았다. 이쪽에 머물러 있을 수 있는 시간도 일 년 정도가 아닌가 생각했어. 그래서 집으로 돌아온 거야.

본점이든 분점이든 상관없다. 내가 버린 가족, 나와 의절한 가족 곁으로 돌아가고 싶다.

―무엇보다 안정되게 '일'에 몰두할 수 있고, 잘하면 내 몸에 아버지 얼굴이 불쑥 내리는 일이 있을지도 모르지. 그렇다면 산조, 너도 아버지를 뵐 수 있는 거야. 내가 모르고 있던 아버지 어머니 이야기를 너를 통해 들을 수 있겠지. 나를 원망해도 좋아. 꾸짖어도 좋아.

그러나 이들의 아버지인 '마루텐'의 선대 주인이 그의 몸에 내리는 일은 없었다.

―아버지는 구천을 헤매고 계시지는 않은 거야. 이승으로 돌아오고 싶어 하실 만큼 미련을 남기시지도 않은 거야. 그렇게 생각하면 나도 마음이 놓이더구나.

오스에의 가족 세 사람은 하루이치의 기묘한 '일'에 대하여 알고 하루하루 보내는 가운데 어느새 납득하게 되었기 때문에 알아차리지 못했지만, 오미쓰라는 타인의 눈에는 하루이치가 절기마다 저승과 관계하는 탓에 이변을 겪고 있다는 것이 금방 보였던 것이다.

—사람이 조금씩 뚱뚱해지거나 수척해지면 매일 곁에 있는 식구 눈에는 그게 의외로 잘 안 보이게 마련이지. 그와 마찬가지일 거야.

오스에는, 나도 조금은 알고 있었는데, 하며 맥없이 항변했다.

마침내 빚을 갚을 때가 온 거야. 하루이치는 그렇게 말했다. 언젠가 빚에 몰려 죽을 자리를 찾을 때처럼.

—그때가 돼도 나는 조금도 두렵지 않을 것이고 고통스럽지도 않을 것 같구나.

그런 계약이었다. 이것은 '일'이지 벌이 아니니까.

—그 세 냥은 어떻게 했지?

하고 묻자, 실은 쓰지 않았어요, 하고 산조가 대답했다. 그런 이야기를 듣고 보니 차마 쓸 수가 없어서 잘 보관해 두었다고 했다.

하루이치는 웃으며, 산조답구나, 하고 말했다.

—그렇다면 그 돈으로 나를 장사 지내 주겠나?

다음 상강까지 어떻게든 버텨 주면 좋겠는데. 그는 매우 편안한 얼굴로, 내일은 날씨가 맑으면 좋겠는데, 라고 말하는 것처럼 혼잣말을 했다. 그렇게 말하는 하루이치의 눈은 맑았다.

그의 그림자는 누구의 눈에도 분명할 만큼 희박해지고 있었다.

"바라던 대로 삼촌의 몸은 상강까지 버텨 주었지만."

그날이 마지막이었다. 아침에 하루이치는 일어나지 않았다. 오스에가 살펴보러 가보니 똑바로 누운 채 움직이지 않았다.

―드디어 몸이 움직이지 않는구나.

얼굴은 달라지지 않았다. 하루이치의 얼굴 그대로였다. 이제 '일'을 할 수 없게 된 것이다.

산조는 이때만큼은 점원들을 불러서 하루이치를 집 안으로 옮기고 보살폈지만,

"병은 아니었습니다. 괴로워하는 것 같지도 않았고 열도 없고 어디가 아픈 것도 아니었습니다. 다만 깊이 잠들어 있었습니다."

오스에는 습자소도 쉬고 하루이치 곁을 지켰다. 자리를 비우면 바람에 마른 잎이 날아가듯 하루이치가 어디로 사라져버릴 것 같았기 때문이다.

하루 종일 그렇게 있다가 짧은 가을해가 저물 무렵, 오스에는 잠깐 뒷간에 다녀왔다가 깜짝 놀랐다. 아무 소리도 내지 못한 채 그 자리에 털썩 주저앉고 말았다.

하루이치의 얼굴이 없었다.

"눈도 코도 입도 없었습니다. 그냥 밋밋한 얼굴이었어요."

곧 정신을 가다듬었지만 그래도 여전히 아무 소리는 내지 못하고 자리에서 일어나지도 못한 채 바닥을 긁어대는 것처럼 기어서 부모를 부르러 갔다. 세 사람이 돌아와 보니,

"삼촌 얼굴로 돌아와 있었습니다."

잠에서 깨어나 눈을 뜨자 세 사람의 얼굴을 보고 환하게 웃었다.

―아까 그 남자가 왔다.

계약이 끝났다. 일하는 기간이 끝난 거야.

―방금까지 내 발치에 있었다.

그 말에 오스에 식구들이 흠칫하며 침상의 발치 쪽에서 뒤로 물러났다.

"그때 느꼈던 것인데, 다다미가 조금 눅눅해져 있었어요."

―오늘도 말쑥한 차림을 하고 왔던데, 무슨 일인지 발은 맨발이더군.

하루이치의 말투는 편안하고 차분했다.

―남은 품삯을 주겠다고 하기에 이제 돈은 필요 없다고 했다. 그럼 무엇이 좋겠느냐고 하기에 이번에는 내가 누군가의 몸을 빌릴 수 있게 해 달라고 했지.

―건강하게 돌아다닐 수는 없는 몸이 되었으니, 내가 미안해하는 사람들에게 얼굴만 보내 달라고 해서 사죄하고 왔단다.

―아아, 이제 속이 후련하구나.

그렇게 말하고 깊은 숨을 한 번 쉬었다.

"그리고 숨을 거두고 말았습니다."

눈앞에 벌어진 상황에 아연실색했지만 산조는 형이 부탁한 대로 장사를 치러 주기로 했다. 오스에는 눈물로 삼촌을 보냈다.

하루이치가 들어간 나무관은 놀랄 정도로 가벼웠다고 한다.

"자, 이런 이야기입니다."

오스에는 조용히 숨을 내쉬고 오치카를 향해 고개를 숙였다.

"삼촌이 돌아가신 뒤 제 부모님은 삼촌이 타계하기 직전에 누군가의 몸을 빌려 만나러 갔다는 사람이 어디 사는 누구인지 내내 궁금해하고 있었는데,"

"부모님은 어떻게 짐작하시던가요?"

"어머니는 아마 여자일 거라고 했습니다. 한때 죽고 못 살 것처럼 사랑했지만 모질게 차 버린 여자를 마지막으로 만나러 갔을 거라고."

산조의 생각은 달랐다. 상대가 여자라면 하루 형님은 아직 몸이 건강했을 때 어떻게든 구실을 대고 제 발로 만나러 갔을 거라고 했다.

"남자는 원래 여자에게 그럴 수 있는 것들이야. 얼마든지 응석을 부릴 수 있지. 자기를 매정하게 차 버린 여자라고 해도 얼마든지 만나러 갈 수 있다고."

그러므로 그 상대는 여자가 아니라 하루 형님이 큰 죄를 지은 남자일 것이다. 피눈물을 흘리게 한 부모 말고도 그런 사람이 또 있었다면 하루 형님은 많이 괴로웠을 것이다.

"마지막으로 여한을 풀고 가서 다행이라고 아버지는 말했습니다."

그 말에 담긴 온기를 충분히 곱씹고 나서 오치카는 고쳐 앉고 오스에를 쳐다보았다.

"부인, 실은 저도—그 '상인'이라는 남자를 알고 있습니다."

말쑥한 차림에 낭랑한 목소리를 가진 남자.

오스에는 "세상에!" 하며 눈을 동그랗게 떴다.

"전에 이 방에서 들은 적이 있습니다."

오치카는 신중하게 말을 골랐다. 직접 만나서 이야기도 해 봤습니다, 라고 사실대로 말하지 않는 것이 좋겠다 싶었다. 아니, 말하고 싶지 않았다.

"그 이야기도 삼촌 이야기와 비슷했나요?"

"아뇨, 이야기는 전혀 다릅니다. 사건도 다르고요."

그러나 그 남자는 동일인물이다.

"제가 들은 이야기에서도 그 남자는 관리인이나 유복한 상인처럼 보였다고 하는데, 기묘한 점은 옷도 허리띠도 호사스러운데 발만은 버선도 신지 않은 맨발이었다는 거예요. 그것이 너무 이상하고 무서워서."

그래요, 맨발로—하고 중얼거리고 고개를 갸웃하며 생각에 잠긴 오스에는 곧 표정이 환해졌다.

"이것도 아버지가 했던 말인데요."

하루이치가, "방금까지 내 발치에 있었다"라고 말했던 그 자리가 이상하게도 약간 눅눅했다는 점과 관련된 이야기였다.

"하루이치 삼촌에게 '일'을 준 남자, 본인은 상인이라고 하지만 오히려 중개인 같은 역할을 한 남자 말이에요."

그는 망자와 산 자 사이를 오가며 서로가 원하는 것을 주거나 가져간다.

"그런 자라면 저승과 이승도 자유자재로 오갈 거라고 하셨어요."

"예, 저도 그렇게 생각해요."

"그렇다면 그자는 그때마다 일일이 나루터지기에게 부탁하지
않고 삼도천을 걸어서 건너겠지요. 그래서 맨발이었던 것이고,
발이 젖어 있던 것도 그 때문이 아닐까 하는 것이 아버지의 생각
이었어요."

오치카의 가슴에도 그 해석이 쿵, 소리를 내며 납득되는 기분
이었다. 신을 벗고 버선도 벗고 오늘은 차안으로, 내일은 피안으
로.

'중개인'이라는 말도 과연 그럴듯했다.

"저는요, 오치카 님."

가만 보니 오스에는 또 살짝 눈물을 짓고 있다.

"하루이치 삼촌을 잊은 날이 하루도 없습니다. 그게 행복한 임
종이었다는 생각도 들지 않고, 기괴한 일에 매료된 가엾은 분이
었다고 생각했어요. 그래서 생각날 때마다 가슴이 아팠습니다
만."

얼마 전 남편을 여의고 나서는 생각이 조금 달라졌다.

"이 세상 어딘가에."

오스에의 서글픈 눈이 허공을 더듬었다.

"삼촌 같은 분이 또 있어서."

그 '상인'과 계약을 맺고.

"지금도 망자에게 얼굴을 빌려 주고 있을지 모른다. 아니, 그랬

으면 좋겠다고 생각하게 되었어요."

그럼 오스에도 그리운 남편 얼굴을 어느 날 불쑥 맞닥뜨릴지 모른다.

"만약 그런 기회가 온다면 저는 남편 얼굴을 한 그 사람을 후하게 대접하고 남편의 지난 이야기를 다 들려줄 거예요."

제 욕심만 차리는 짓인지 모르지만요.

"그렇게 생각하니 하루이치 삼촌은 분명히 '좋은 일'을 하셨던 거라는 기분이 들었어요."

오분을 놀라게 하고 기쁘게 했다. 부모보다 먼저 간 아들에게 다시 한 번 어머니가 만든 팥고물 찰떡을 먹을 수 있게 해 주었다.

"그렇다면 삼촌도 역시 만족하며 일했는지도 몰라요. 그 '상인'은 괴상한 존재이기는 하지만 결코 사악한 존재는 아니었는지 몰라요."

지금도 있었으면 좋겠어요—.

오스에의 표정에는 아무런 사심도 보이지 않았다. 그저 애달프고 간절한 그리움만 감돌고 있었다.

그날 밤 미시마야의 저녁 밥상 자리도 차분한 분위기였다.

오스에에게 들은 이야기를 전한 뒤 오치카가 혼자 생각에 잠기자 이헤에도 오타미도 시시콜콜 묻거나 하지는 않았다. 그 대신 줄곧 부부끼리 대화를 나누고 있다.

"그 '상인'이라는 자는 하루이치 씨에게, 당신은 발심을 낸 거라고 말했다고 했지?"

"네, 그랬대요."

"발심이라면 불도에 귀의하는 거 아닌가? 보리심을 일으킨다는 뜻이잖아? 그렇다면 그자는 부처님의 사자가 아닐까?"

오타미는 눈을 흘겼다. "무슨 소리예요, 당신. 자비로운 부처님의 사자라는 자가 그런 괴상한 짓을 할 리가 없잖아요. 게다가 부처님은 한번 죽은 자를 바둑돌 위치를 바꾸듯이 이승으로 돌려보내거나 하지 않아요."

"어허, 바둑돌 위치를 바꿔? 이러니까 바둑을 모르는 사람은 곤란하다니까. 누구 맘대로 바둑돌 위치를 바꿔."

이헤는 바둑에 푹 빠져 있다. 흑백의 방도 애초에 그가 바둑 친구를 부르기 위해서 마련한 방이었다.

두 사람이 갑론을박하는 동안에도 오치카는 차분히 생각에 잠겨 있었다.

방에서 물러난 뒤에도 상념은 계속되어 잠을 이루지 못했다. 자꾸 눈이 맑아질 뿐만 아니라 혼자 있는 것이 힘들어서, 조금이라도 좋으니 인기척이 남아 있는 곳이 그리웠다. 해서 모두가 잠든 조용한 시간에 부엌으로 나가 양 무릎을 모으고 앉아 있었다. 가마의 온기는 이미 사라졌지만 그래도 좋았다.

불빛을 보았는지 오카쓰가 발소리를 죽이며 찾아왔다.

"아가씨."

그러다 감기 걸리세요, 하고 한텐을 걸쳐 주었다. 그러고는 가만히 옆에 앉았다.

"오늘은 손님이 돌아가고 난 뒤 아가씨 안색이 무겁다고 오시마 님도 걱정했어요."

미안해요, 하고 오치카가 작은 소리로 말했다.

"차를 마시면 잠이 안 올 테니까 백탕이라도 드릴까요?"

오카쓰가 뜬숯을 가져다가 불을 피우고 물을 끓이기 시작했다.

"—오카쓰 씨."

부엌 바닥에 시선을 고정한 채 오치카가 말을 건넸다.

"예."

"어떻게 생각해요?"

"오늘 이야기 말이에요?"

경호를 맡았던 오카쓰도 장지 너머에서 들었을 것이다.

"저는요."

대답을 기다리지 않고 오치카가 계속 말했다.

"그 '상인'이라는 자를 나쁜 사람이라고만 생각해 왔어요."

이승과 저승을 잇는 길목에서 쌍방이 원하는 것을 사들이고 팔아치운다.

"섬뜩하고 못된 자라고만 생각했어요."

하지만 이제는 알 수 없게 되고 말았다.

"그자를 사악한 자로 치부한다면 그 사람들이 간절히 원한 것도 다 사악한 것이 되어 버리겠죠."

죽은 사람을 다시 한 번 만나고 싶다. 한 번만 더 이승으로 돌아가고 싶다.

"오스에 씨도 말했지만 지금도 역시 누군가가 하루이치 씨처럼 망자에게 얼굴을 빌려 주고 있는지도 몰라요."

그럴 수만 있다면 그 '상인'은 몇 번이라도 그런 거래를 할 것이다.

"그렇다면 저도 요시스케 씨 얼굴을 볼 수 있을지도 모르죠."

요시스케는 세상을 떠난 오치카가 약혼자 이름이다.

물음인지 혼잣말인지 모를 오치카의 말에 오카쓰는 잠시 대답을 하지 않았다.

잔에 백탕을 따라서 오치카 앞으로 밀어 주고 나서 조용히 말했다.

"아가씨는 그게 두려운가요?"

요시스케를 만나고 싶은가, 만나고 싶지 않은가.

오늘 오스에가 물어도 대답하지 못했던 물음이다.

"모르겠어요."

오치카가 대답하자 작은 등불 속에서 오카쓰의 날렵하고 아름다운 그림자가 고개를 끄덕였다.

"몰라도 괜찮다고 생각해요. 하지만 아가씨, 저는 한 가지 알 수 있었던 것이 있답니다."

오치카는 고개를 들어 오카쓰를 쳐다보았다. 오카쓰는 부드러운 등불 같은 미소를 짓고 있었다.

"아가씨는 언젠가 다시 그 '상인'을 만나게 될 거예요. 그쪽에서 찾아올 거예요, 틀림없이."

찾는다고 만날 수 있는 남자는 아니다. 하지만 이승과 저승의 경계로 시선을 모으고 있는 사람 앞에는 불쑥 모습을 드러낸다.

"―그래요" 하고 오치카도 고개를 끄덕였다.

"하지만 두려워할 건 없어요."

오카쓰가 오만하다 싶을 만큼 단정적으로 말했다.

"만나면 의문이 풀릴 때까지 묻고 또 물으면 돼요. 당신은 선한 사람인가 사악한 사람인가. 당신이 원하는 것은 무엇인가."

"제가, 그럴 수 있을까요."

오카쓰가 주저 없이 냉큼 말했다.

"할 수 있고말고요."

눈초리는 당당하다.

"이제 아가씨는 어제의 아가씨가 아니니까요."

주눅 들지 않고 잘할 수 있어요, 하고 말했다.

복도 끝에서 또 다른 기척이 들렸다. 오시마였다. 눈치 빠른 이 하녀는 오카쓰처럼 사뿐하게 움직이지 못하고, 야심한 시각인데도 쿵쿵거리며 다가왔다.

"이런 곳에서 무슨 비밀을 속닥거리는 거예요?"

"그래요. 하지만 오시마 씨라면 한 자리 내드릴게요."

오카쓰가 웃자 오시마도 따라 웃었다. 세 사람 사이에 더운 김이 피어오른다.

"뭐 달콤한 거라도 있으면 좋겠다."

"어머, 안 돼요. 충치 생겨요."

미시마야 부엌에서 다정하게 속닥거리는 이들을 감싸며 춘분의 밤은 깊어가고 있었다.

편집자 후기

미시마야는, 에도에서 장사를 시작한 주머니 가게의 이름이다. 이곳에서 한 아가씨가 기이한 이야기를 모으고 있다. 이 자리에 엄격한 규칙은 없다. 화자는 말하고 버린다. 청자는 듣고 버린다. 그것만이 규칙이다. 그 미시마야에 한 사람씩, 누군가가 자신의 이야기를 하기 위해 찾아온다. 가슴속에 맺혀 있던 이야기를 털어놓은 사람들은 그렇게 털어놓음으로써 마치 보이지 않는 짐을 부려 놓은 듯 모종의 평온을 얻는 것 같다. 그 평온의 온기가 이야기를 듣는 이의 마음에도 등불을 밝혀 준다. 영혼이 부서질 정도로 비극적인 일을 겪은 이에게 어지간한 위로나 격려는 별 소용이 없으며, 그보다는 차라리 이런 식으로 이야기들에서 실을 자아내 스스로 자신의 영혼을 꿰매어 수선할 수 있도록 도와주는 것이 좋지 않을까, 를 고찰해 보고자 이 시리즈를 쓰기 시작했다고 저자는 밝히고 있다.

'미시마야 시리즈'의 1편인 『흑백』(2008년 7월 출간)은 원래 한 권으로 완결할 예정이었다. 처음에는 한 화, 한 화를 독립적인 이야기로 쓸 생각이었는데 미시마야라는 설정을 만들어 막상 쓰다 보니 「만주사화」도 「흉가」도 이야기가 길어져 버려서 한 권 분량을 다 썼을 즈음에 "이건 한 권으로 끝나는 게 아니라 백물어니까 100화까지 쓸게요"라고 말해 담당 편집자를 기함하게 만들었다고 한다. 시리즈의 2편인 『안주』(2010년 7월 출간)를 발간할 당시에는 "100화를 쓰면 실제로 괴이한 일이 일어날지도 모르니, 99화까지 쓰고 마지막 이야기는 이걸 계속 읽고 싶어 하는 독자들로 하여금 무서운 이야기를 만들어 보게 하면 어떨까" 하고 말하기도 했다.

시리즈의 3편인 『피리술사』(2013년 6월)에는 모두 여섯 편의 연작소설이 실려 있다. 가까이 다가오면 반드시 사랑하는 남녀를 헤어지게 만든다는 연못, 앞일을 예고하는 능력을 가진 산장, 사람이 감추고 있는 악행을 꿰뚫어 보는 아이, '마구루'라는 짐승을 퇴치해야 할 운명을 가지고 태어난 여인의 이야기 등을 통해 '선의와 악의는 종이 한 장 차이이며, 입장을 바꿔 놓고 생각하면 누가 어떤 행동을 할지 알 수 없다'는 『흑백』과 『안주』에서의 기조를 여전히 유지하는 가운데, 「절기 얼굴」에서는 망자와 산 자 사이를 오가는 정체불명의 상인을 등장시켜 속편에 대한 기대감을 더하고 있다. 전체적으로 애절함과 무서움이 배가되었지만, "앞으로도 오치카는 사람들의 이야기를 들으며 연애를 하고, 결혼을 하고, 아이를 가지고, 점점 나이를 먹어 갈 겁니다. 저와 함께 나이를 먹어 가는 오치카의 일생을 그리고 싶습니다"라고 밝힌 포부와 달리 오치카의 연애담은 진도가 그대로라서 안타까웠다. '저 닳은 소매는 언젠가 어떻게든 해야지원'이라며 잔뜩 변죽만 울려 놓고 뒷짐을 지고 있다니 이건 좀 곤란한데. 4편에서의 진전을 기대해 본다.

초판 4쇄 발행 2019년 6월 20일

지은이 미야베 미유키
옮긴이 이규원

발행편집인 김홍민 · 최내현
책임편집 유온누리
편집 안현아
마케팅 홍용준
표지디자인 이혜경디자인
용지 타라
출력 인쇄 현문
제본 현문
독자교정 김민경, 박사, 이정인, 이지수, 조애리

펴낸곳 도서출판 북스피어
출판등록 2005년 6월 18일 제105—90—91700호
주소 (121—130) 서울특별시 마포구 방울내로 11길 43 101-902
전화 02) 518—0427
팩스 02) 701—0428
홈페이지 www.booksfear.com
전자우편 editor@booksfear.com

ISBN 978—89—98791—22—3 (04830)
     978—89—91931—29—9 (세트)

책값은 뒤표지에 있습니다.
파본은 구입하신 곳에서 교환해 드립니다